Veröffentlicht von
DREAMSPINNER PRESS

5032 Capital Circle SW, Suite 2, PMB# 279, Tallahassee, FL 32305-7886 USA
www.dreamspinnerpress.com

Dies ist eine erfundene Geschichte. Namen, Figuren, Plätze, und Vorfälle entstammen entweder der Fantasie des Autors oder werden fiktiv verwendet. Ähnlichkeiten mit lebenden oder verstorbenen Personen, Firmen, Ereignissen oder Schauplätzen sind vollkommen zufällig.

Vertrauen und Hingabe
Urheberrecht der deutschen Ausgabe © 2018 Dreamspinner Press.
Originaltitel: Faith & Fidelity
Urheberrecht © 2014 Tere Michaels.
Original Erstausgabe. Oktober 2014
Übersetzt von T. N. Brooks.

Umschlagillustration
© 2014 Aaron Anderson.
aaronbydesign55@gmail.com
Die Illustrationen auf dem Einband bzw. Titelseite werden nur für darstellerische Zwecke genutzt. Jede abgebildete Person ist ein Model.

Deutsche ISBN. 978-1-64080-929-1
Deutsche eBook Ausgabe. 978-1-64080-928-4
Deutsche Erstausgabe. Juli 2018
v 1.0

Gedruckt in den Vereinigten Staaten von Amerika.

TERE MICHAELS

Vertrauen
und Hingabe

Dieses Buch ist den Lesern, Bloggern und Fans gewidmet, die diese Serie in ihre Herzen geschlossen haben. Eure Liebe und Unterstützung ist unbezahlbar und ich danke Euch dafür, dass ihr diese Charaktere so sehr liebt wie ich.

PROLOG

ER TRUG den marineblauen Anzug, weil sie ihn am liebsten gemocht hatte und das hellblaue Hemd, weil der schmale Farbstreifen ihn an ihre Augen erinnerte, wenn er auf seine Manschetten hinabsah. Zwanzig Minuten lang wühlte er in seinem Schrank herum, um die Krawatte zu finden, die sie ihm letzte Weihnachten geschenkt hatte, aber seine Augen füllten sich immer wieder mit Tränen und er konnte nichts sehen.

Jemand – vielleicht seine Schwägerin, Elena – kam zur Tür und sagte ihm, dass die Limousine wartete. Er wandte sich nicht zu ihr, reagierte nicht auf das, was sie sagte. Das Brennen in seiner Brust machte ihm Angst und er konnte seine Stimme nicht finden. Schließlich gab er die Suche nach der Krawatte auf und gab sich mit einer blauen mit winzigen grünen Blättern zufrieden. Er ging zum Spiegel und begann seine Krawatte zu knoten, während er es bewusst vermied, sein eigenes Gesicht anzusehen. Er konzentrierte sich auf einen zufälligen Punkt – das Kopfende ihres Bettes – und fiel mit einem Mal in ein Loch, das er gemieden hatte, seit sie gestorben war.

Vor weniger als einer Woche hatten er und Sherri dort gemeinsam gelegen und einen seltenen Moment der Ruhe ohne die Kinder genossen. Er war spät nach Hause gekommen – wie immer – und sie hatte bereits geschlafen, auf seiner Seite des Bettes eingerollt. Als er sich hinter sie gelegt hatte, hatte er gesehen, dass sie sein verblasstes USMC-Shirt trug. Und sonst nichts.

„Mmmm, Baby. Womit habe ich das verdient?", fragte er und drückte seinen Mund auf ihr zerzaustes, blondes Haar.

Sie hatte sich umgedreht, ihre noch immer geschlossenen Augen gerieben und ein verschlafenes Lächeln war über ihr Gesicht gehuscht. „Du? Oh nein, Honey, das ist meine Belohnung."

Sie hatten leise und unbefangen gelacht. Sich Zeit genommen, über ihren Tag zu sprechen, während seine Hände ihren ganzen Körper streichelten. Sie hatte ihm eine alberne Geschichte über ihr Pech mit der Fahrgemeinschaft an diesem Tag erzählt und mit einem „Findest du nicht auch, dass ich etwas Besonderes verdiene?" geendet.

Der verschmitzte Ausdruck in ihren haselnussbraunen Augen hatte ihn seine Beherrschung gekostet und er hatte sich vorgebeugt, um sie tief zu küssen. Nach beinahe zwanzig Jahren der Freundschaft und fünfzehn der körperlichen Leidenschaft waren nicht mehr viele Überraschungen geblieben, wenn sie sich liebten. Aber irgendwie hatte das Vergnügen, das den gelernten Rhythmen und

1

unausgesprochenen Forderungen entstammte, fehlende Mysterien mehr als ausgeglichen.

Anschließend hatten sie gekuschelt, einander alberne Dinge zugeflüstert – solche, die zu intim waren, um sie bei Tageslicht auszusprechen. Evan war aufgestanden, um wie immer sein Glas „postkoitales Wasser" zu trinken, wie Sherry es amüsiert genannt hatte. Als er zurückgekommen war, hatte sie sich wieder eingerollt – auf ihrer Seite diesmal – und war fest eingeschlafen. Er hatte sich ins Bett gelegt und sie umarmt.

Und drei Tage später … drei Tage später hatte sein Telefon auf dem Revier geklingelt und jetzt war sie weg.

DIE AUFBAHRUNG dauerte sechs schmerzerfüllte Stunden. Evan saß die ganze Zeit in der ersten Reihe und mindestens eines seiner Kinder drängte sich immer an seine Seite. Sie waren emotional erschöpft von der Trauer, rastlos und betäubt vom Weinen. Er wusste, dass er aufstehen und durch den vollen Raum gehen sollte, aber seine Beine kooperierten nicht. Er brachte es kaum über sich, den Smalltalk zu machen, zu dem er gezwungen war, wann immer neue Leute ankamen.

Er beobachtete sie, wie sie sich vor Sherris Sarg knieten, einander etwas zuflüsterten. (Er vermutete, es ging darum, dass sie so wundervoll aussah, so jung und schön. Man hätte nie erraten, dass sie vierunddreißig war, die Mutter zweier Teenager und zwei weiterer, nicht viel jüngerer Kinder. Man hätte nie erraten, dass irgendein Arschloch, dem der Führerschein entzogen worden war, mit seinem Pickup ein Stoppschild ignoriert hatte und in die Seite des Familienwagens gefahren war, womit er sie sofort getötet hatte.) Anschließend gingen sie zu den MacGregors weiter – ihren Eltern, Phil und Josie, und ihrer einzigen Schwester, Elena – und landeten schließlich vor Evan, um ihm ihr Beileid und Mitgefühl auszusprechen.

Er wollte einfach nur, dass sie alle weggingen.

Gegen Mittag lichtete die Menge sich etwas. An einem Samstagnachmittag mussten Einkäufe erledigt werden, vermutete er. Elena nahm die Kinder zum Mittagessen mit in ein Diner auf der anderen Straßenseite. Phil ging nach draußen, um zu rauchen. Evan und Josie saßen schweigend nebeneinander. Er versuchte sein Schluchzen hinunterzuschlucken; seine Schwiegermutter betete ihren fünften Rosenkranz des Tages.

Während er Josies konzentriertes Murmeln neben sich hörte, dachte Evan an seine eigene Familie. Oder das Fehlen einer Familie. Sein Vater war lange tot, seine Stiefväter inzwischen vermutlich auch; seine Mutter vegetierte in einem Pflegeheim im Norden vor sich hin, wo sie jeden Tag ein weiteres Jahr ihrer Erinnerung verlor. Er hatte keine Familie in ihre Ehe mitgebracht – keine warmen Geschichten, keine Tanten, keine Onkel, keine Cousins. Nur Albträume und Dämonen, die Sherri mitten in der Nacht zärtlich gelindert hatte. Alles was sie erschaffen hatten, war durch Sherri möglich geworden, durch ihre glückliche Kindheit, durch ihren Traum von einer großen Familie.

„Deine Freunde sind hier, Evan", sagte Josie leise an seinem Ohr.

Evan blinzelte und drehte sich zu seiner Schwiegermutter. Ihr Gesicht – Sherris Gesicht in einer Zukunft, die nicht länger existierte – war nur wenige Zentimeter von seinem entfernt. Er konnte ihre Stimme kaum hören.

„Deine Freunde, Liebling. Von der Polizei." Josie deutete auf eine Gruppe, die sich unbeholfen um Sherris Sarg sammelte. Helena Abbott, Vic Wolkowski, Jonah Moses und Kalee Jensen. Alle waren formal gekleidet und trugen ihre omnipräsenten Trenchcoats.

Vic bekreuzigte sich und kniete sich hin, um zu beten. Helena rieb sich die Augen und atmete tief ein, bevor sie zu der Stelle hinüberkam, wo Evan und Josie saßen.

Evan stand auf und ließ sich fest von Helena umarmen.

„Hey, Partner", flüsterte sie ihm ins Ohr. „Wie kommst du klar?"

Er zuckte die Schultern und legte sein Kinn auf ihre Schulter. Seit Tagen hatte ihn niemand, abgesehen von seinen Kindern, so berührt und der Trost machte beinahe seine Beherrschung zunichte. „Ich wünschte nur, es wäre vorbei", flüsterte er zurück. *Ich wünschte nur, es wäre nie passiert*, dachte er.

Helena löste die Umarmung, hielt jedoch weiterhin seine Arme fest. „Kann ich irgendetwas für dich tun? Egal was, du musst nur fragen."

Er schüttelte den Kopf. „Nein. Ich denke, ich komme im Moment klar. Ich lasse es dich wissen – wirklich." Er war dankbar, dass sie ihm die Lüge ohne weiteres durchgehen ließ. „Ähm, Helena, das ist Sherris Mom, Josie MacGregor. Mom, das ist Helena Abbot, meine Partnerin."

Die Frauen schüttelten die Hände. „Ja, ich erinnere mich an Sie, Sie waren im Krankenhaus. Es ist so nett von Ihnen, dass Sie hier sind."

Oh richtig, das Krankenhaus. *Nervös durch den Gang rennen, seine Marke zeigen, versuchen, Antworten zu bekommen. Helena, die ihm folgte – sie hatte sich geweigert, ihn allein gehen zu lassen.*

„Ich kannte Sherri nicht sehr gut, aber … Ich wollte nur sagen, wie schrecklich leid mir Ihr Verlust tut, Mrs. MacGregor."

Mr. Cerelli? Hier entlang.

„Vielen Dank, Miss Abbot."

Wir haben die erste Identifikation anhand der Informationen am Unfallort gemacht.

„Mrs. MacGregor, das ist unser Captain, Victor Wolkowski."

„Danke, dass Sie gekommen sind, Captain."

Sie müssen nur bestätigen, dass das Ihre Frau, Sherri Cerelli, ist.

„Ich weiß, was du gerade durchmachst, Evan. Wenn du reden willst …"

Evan nickte verbissen und umfasste Vics Hand fester. In all den Jahren, die sie zusammengearbeitet hatten, hatte er sich nie vorgestellt, dass sie das einmal gemeinsam haben würden.

Kalt und blass lag sie unter einem sauberen Laken auf der Metallbahre. Sie hatten das meiste Blut abgewischt. Die linke Seite ihres Schädels war zertrümmert. Alle Luft verließ Evans Lungen auf einmal. Ein Arzt der Notaufnahme sagte ihm leise, dass sie schon bei der Ankunft im Krankenhaus tot gewesen war – vermutlich beim Aufprall gestorben.

„Danke, Vic."

Moses und Jensen warteten schweigend im Hintergrund, bis Evan sie heranwinkte. Eine weitere Vorstellungsrunde. Eine weitere Runde hilfreicher Angebote des Trostes, der Kameradschaft und Unterstützung. Evan dankte ihnen höflich. Alle wussten, dass er nicht annehmen konnte, was sie ihm anboten, obwohl er es nicht aussprach. Die kleine Gruppe verfiel in ein unangenehmes Schweigen. Glücklicherweise kehrten die Kinder und Elena vom Mittagessen zurück und lenkten die Aufmerksamkeit von Evan ab.

Sie hatten ihn ihre Hand berühren und ihre eisigen Lippen küssen lassen. Es war überhaupt nicht Sherri und er fühlte sich, als würde er nur vorgeben, um diese Leiche zu trauern.

Helena und Vic blieben für den Rest der Aufbahrung. Als erneut mehr Menschen hereinkamen, setzten sie sich hinter Evans rechte Schulter. Er wünschte, er könnte sie wissen lassen, wie sehr es ihn tröstete.

Der Verschluss des Sarges war bei weitem der schlimmste Teil. Sherris Familie beendete ihre Gebete über ihrem Körper. Miranda und Kathleen umarmten einander, um ihre Gefühle im Zaum zu halten und er wusste, dass sie versuchten, die Zwillinge nicht zum Weinen zu bringen. Aber nichts würde Elizabeth und Danny davon abhalten, zusammenzubrechen. Ihr leises Weinen verwandelte sich schnell in hysterisches Schluchzen. Evan drückte die Zwillinge an seine Brust und hielt die beiden Siebenjährigen, als wären sie zappelige Kleinkinder, bis liebevolle Hände die Kinder fortzogen, als hätten sie Evans wachsende Hilflosigkeit gespürt.

Denn Evan wusste, dass es keine Ablenkungen, keine Entschuldigungen mehr gab.

Phil und Josie schienen seine Fassungslosigkeit zu spüren. Sie führten die weinenden Zwillinge sanft fort, um ihre Mäntel zu holen und im Auto auf ihn zu warten. Miranda und Katie folgten ihnen Arm in Arm. Nur Elena blieb, aber sie wartete mit Pfarrer Deckard außerhalb des Aufbahrungsraums, um Evan etwas Privatsphäre zu geben.

Er kniete sich hin, um seine Frau endlich anzusehen. Er musterte die blassen Überreste der starken und lebhaften Frau, die er zwanzig Jahre lang geliebt hatte. Er erinnerte sich, wie er sie das erste Mal in der Junior High gesehen hatte. Er erinnerte sich, wie er sich so heftig, so schnell in sie verliebt hatte, dass es an Besessenheit grenzte. Die Leute wären wohl überrascht, wenn sie wüssten, dass er niemals eine andere Frau leidenschaftlich geküsst, niemals den Körper einer anderen Frau gespürt hatte. Es hatte immer nur ihn und Sherri gegeben, unzertrennlich seit sie vierzehn Jahre alt gewesen waren, zwanzig Jahre lang im Herzen miteinander verbunden. Die Panik kam so schnell, dass er nicht bemerkte, dass er schluchzte, bis seine Stirn Sherris verschränkte Hände berührte, die auf einem Gebetsbuch gefaltet waren. Was sollte er nur tun? Sie war alles.

Seine Freundin, seine Geliebte, sein Anker. Sie sorgte dafür, dass sich alles sicher anfühlte.

„Oh, Jesus, Sherri. Oh, Baby, es tut mir so leid. Ich hätte öfter zu Hause sein sollen, ich hätte mehr tun sollen. Oh, es tut mir leid. Bitte vergib mir, Sherri." Er weinte und weinte, bis sein ganzes Dasein sich in zwei Hälften teilte. Er ertrank in seiner Trauer. Nur der ferne Gedanke an seine Kinder ließ ihn nach Luft schnappen.

Elena hielt ihn fest, als alles wieder scharf wurde. Sie streichelte sein Haar und gab tröstende Laute von sich. „Evan? Honey, atme einfach nur, okay?" Er hörte, wie sie etwas zu Pfarrer Deckard sagte – *Passen Sie auf, dass die Kinder nicht hereinkommen. Sie sollten das nicht sehen.* Oh Gott.

Er riss sich Stück für Stück zusammen. Das war nicht er, das würde nicht helfen. Er musste sich um seine Kinder kümmern. Irgendwann würde er wieder arbeiten müssen. *Okay, Evan. Das bist du. Sei ein Mann. Sherri ist weg, aber du hast noch immer Pflichten. Komm schon. Steh auf und verabschiede dich.*

Sanft schob er Elena von sich. Er kämpfte sich auf die Beine und beugte sich über den Sarg, dieses Mal, um seine Lippen auf Sherris Stirn zu drücken. Er betete für ihre unsterbliche Seele. Er bat Gott, sich um sie zu kümmern, da sie es verdiente, zur Abwechslung einmal jemanden zu haben, der auf sie aufpasste. Sie war die bestmögliche Ehefrau und Mutter gewesen und er liebte sie so sehr und wollte, dass sie in Frieden ruhte. Amen.

Evan wischte sich die Augen an seinem Ärmel ab und entfernte sich vom Sarg. Er sah nicht zurück. Er konnte nicht. Pfarrer Deckard sagte etwas in seine Richtung, aber Evan ging weiter. Er hatte noch nie viel Verwendung für organisierte Religion gehabt; er und Gott hatten im besten Fall eine schwierige Beziehung. Die Kinder waren um Sherris Willen religiös erzogen worden – das würde sich nicht ändern.

Er verließ den Aufbahrungsraum, ging durch die geschmackvolle Lobby des Bestattungsunternehmens und durch die Tür. Die Kinder drängten sich auf dem Rücksitz seines Sedans zusammen. Danny und Elizabeth hatten ihrer Erschöpfung nachgegeben, und die anderen beiden Mädchen wirkten nicht, als würden sie noch lange durchhalten. Seine Schwiegereltern standen auf dem Bordstein, ihre Gesichter waren von der Trauer gezeichnet.

„Danke, Mom, Dad. Wir sehen uns morgen in der Kirche."

„Evan, bitte, wir können die Kinder mit zu uns nehmen …"

„Nein. Wir sehen uns morgen." Er küsste Josie, schüttelte Phils Hand und stieg in sein Auto.

5

Als sie davonfuhren, hörte er Kathleens leise Stimme von der Rückbank. „Daddy?"

„Ja, Liebling?"

„Was werden wir ... Ich meine, was passiert jetzt?" Das *ohne Mommy* hing schwer in der Luft.

Evan atmete tief ein und zapfte seine letzte Kraftreserve an. „Ich weiß es nicht genau, Kathleen – ich werde ehrlich mit euch sein. Aber ich werde mein Bestes tun, damit es uns gut geht. Ich verspreche es."

Das schien seine Tochter zu beruhigen. Sie legte ihren Kopf auf Mirandas Schulter und schloss die Augen. Evan begegnete dem Blick seines ältesten Kindes im Rückspiegel. Sie teilten einen müden Moment; dann ruhte Miranda ebenfalls ihre schweren Augenlider aus.

Dann war Evan allein mit seiner Trauer.

1

MATT HAIGHT saß mit Schmetterlingen im Bauch in seinem Auto vor dem Eingang der Bar. Wenn er es genau bedachte, fühlte es sich eher nach einer Hornisse mit einer Maschinenpistole an. Er konnte die ganzen Polizisten da drin von der gegenüberliegenden Straßenseite riechen; drinnen, in diesem blauen Meer, war der Ort, an dem er am meisten und am wenigsten auf der ganzen Welt sein wollte. Nur Abe Kleins Verabschiedung in den Ruhestand schaffte es, ihn in die Stadt zu bringen, in einen Raum voller Kriminalbeamter und Streifenpolizisten, die Matt wieder und wieder daran erinnern würden, was nicht länger sein Leben war.

Es war lange her, dass er Zeit mit den Cops aus Manhattan verbracht hatte. Staten Island könnte genauso gut eine Lepraklinik sein (und er der ansteckendste Leprakranke?), denn niemand wollte dort sein und niemand wollte zugeben, Matt Haight zu kennen. Andererseits war er seit beinahe einem Jahr kein Cop mehr, also war es ihnen im Prinzip scheißegal.

Gott, er brauchte etwas zu trinken.

Mit Händen, die mehr zitterten, als Matt jemals zugeben würde, beförderte er seinen großen, muskulösen Körper aus dem Sedan. Er vermutete, dass es eine psychische Sache war, dass er noch immer das Auto eines Kriminalbeamten fuhr und sich noch immer kleidete, als wäre er bei der Polizei. Er schien die Illusion seines früheren Lebens einfach nicht aufgeben zu können. In der Sicherheitsfirma, für die er arbeitete, nannten sie ihn Lieutenant Matt und er lachte jedes Mal mit einem gezwungenen Lächeln über den Witz und ging anschließend davon. Er war gut darin geworden, davonzugehen – etwas, das er auf die harte Tour gelernt hatte, aber er nahm an, dass er mit verdammten zweiundvierzig Jahren ebenso gut anfangen konnte, sich wie ein Erwachsener zu verhalten.

Zumindest sagte er sich das gern, kurz bevor er sich bis zum Umfallen betrank.

Plötzlich war er in der Bar und machte automatisch eine geistige Notiz zu der Holzverkleidung, den Erinnerungsstücken von Boxkämpfen und den Fernsehgeräten, die an beiden Enden der Bar hingen – Mann, eine Bar wie jede in NYC. Junge, sah dieser Ort vertraut aus.

Ein schneller Scan seiner Umgebung sagte ihm, dass er niemanden kannte, der sich im Hauptraum aufhielt; er konnte aus dem hinteren Teil brüllendes Lachen und wildes Stimmengewirr hören. Irgendwann würde er Abe in der Menge aus vertrauten Gesichtern finden müssen und ihm seine aufrichtigsten Glückwünsche aussprechen, aber zuerst ging Matt zur Bar, sah auf den Punktestand der Yankees und wartete darauf, dass der Barkeeper ihn bemerkte. Er wusste, es würde Geflüster geben und er wollte es nicht hören. Also würde er warten, bis er nur ein wenig betrunken war.

Die Tür hinter ihm öffnete sich und er drehte sich um, um zu sehen, ob es jemand war, den er kannte. Vic Wolkowski! Ein breites Lächeln huschte über Matts Gesicht.

„Hey, Vic!"

Der glatzköpfige Captain zog gerade seine Jacke aus, sah auf und lächelte, als er erkannte, wer ihn angesprochen hatte. „Matt! Was zur Hölle tust du hier?"

Es war nicht böse gemeint, aber es tat dennoch weh.

„Konnte Abes Verabschiedung nicht verpassen." Sie gaben sich herzlich die Hand. „Du siehst gut aus, Matty. Es heißt, du hast die Polizei verlassen?"

„Ja, ja. War Zeit, weiterzuziehen." Er zuckte die Schultern und tat so, als wäre es keine große Sache. Vic spielte freundlicherweise mit. „Habe einen ganz guten Job bei einer Sicherheitsfirma. Wir analysieren die Sicherheitssysteme für Unternehmen, schützen Chefs vor verärgerten Angestellten. So was."

„Gute Bezahlung?"

Matt lachte. „Ich komme klar." *Ich kann mir mein Abendessen in dem Drecksloch von Pub am Ende der Straße meiner Ein-Zimmer-Wohnung leisten. Mir geht es großartig,* dachte er.

„Eine Frage. Meinst du, diese hochtrabende Firma wäre was für mich?"

„Denkst du darüber nach, aufzuhören, Vic?"

„Wäre vielleicht gut. Ich werde inzwischen schrecklich müde. Die Sitte kann wirklich ein schwarzes Loch sein."

Matt nickte. Er hatte nie Zeit im Sittendezernat verbracht, aber er erinnerte sich an seine eigene Arbeit in der Mordkommission, die mit der anderen Abteilung zusammengearbeitet hatte. Manche Dinge waren tatsächlich schlimmer als der Tod.

„Komm, ich stelle dir ein paar Detectives aus meiner Einheit vor." Zum ersten Mal bemerkte Matt, dass ein paar Schritte entfernt Leute auf Vic warteten. Ein Mann und eine Frau. *Jesus,* dachte Matt, *wie konnte ich sie übersehen? Muss am Alter liegen.* Er lächelte strahlend in ihre Richtung.

„Helena Abbot, Evan Cerelli, das ist Matt Haight. Er war Abes Partner bei der Mordkommission."

„Freut mich, Sie kennenzulernen", sagte Matt, während er Helenas Hand drückte.

Sie lächelte zurück. Heiliger Bimbam. Wunderschönes Lächeln. Violette Augen. Kurzes, glänzendes schwarzes Haar, das eher in die Fifth Avenue als ins Sittendezernat gepasst hätte. Er schüttelte die Hand des Mannes – Elvis? – und wandte seine Aufmerksamkeit sofort wieder Helena zu.

Er kam nie weiter als seinen Mund zu öffnen. Helena ging an ihm vorbei und winkte den Barkeeper heran. „Evan, Captain – Matt, richtig? Was wollt ihr?"

„Mineralwasser."

„Dito."

„Aw, komm schon, Evan, nicht einmal ein Bier?"

„Trotz Gruppenzwang, Helena, nur ein Wasser", sagte Evan.

„Ähm, ich nehme ein Bier", meldete Matt sich zu Wort und widerstand dem Drang, an sich zu riechen oder seine Zähne auf Essensreste zu überprüfen.

„Gezapft oder aus der Flasche?"

„Gezapft ist okay", sagte Matt, unfähig, eine geistreiche Antwort zu finden.

Ihr Lächeln war warm, aber ihre Augen zeigten, dass ihre Gedanken abwesend waren. Matt spürte keinen Anstieg der Interesseskala. Autsch.

Die Getränke kamen und Helena spielte Kellnerin. Ihr Hauptfokus schien auf Evan zu liegen. Sie berührte wiederholt seinen Arm und lächelte strahlend in seine Richtung. Die Unterhaltung war oberflächlich und drehte sich um alte Bekannte, über die Matt von Vic auf den neuesten Stand gebracht wurde und gelegentliche „Erinnerst du dich noch an"-Geschichten. Er hörte mit halbem Ohr hin – Helena lenkte ihn ab. Er konnte beim besten Willen nicht herausfinden, was sie in ihrem Partner sah. Der Mann war kein Frauenheld, das war verdammt eindeutig, und schien eher zur kühlen Sorte zu gehören. Er wusste offensichtlich nicht, wie er auf Helenas Flirten reagieren sollte.

Vic entschuldigte sich, als er sah, wie ein Freund die Bar betrat und Matt seinem offiziellen Schicksal als fünftes Rad am Wagen überließ.

Fuck. Vielleicht war es Zeit, Abe zu suchen.

„Hey, ich werde mir mal die Party im Hinterzimmer ansehen. Kommt ihr mit?" Er klang albern. Er fühlte sich wie in der High School.

Helena lächelte ihn an. „Danke – wir kommen bald nach."

Danke. *Ich bin entlassen*, dachte Matt. Er nahm sein Bier – und die dunkle Wolke über seinem Kopf – und ging ins Hinterzimmer.

Etwa fünfundsiebzig von Abes engsten Freunden stießen auf seine Gesundheit und anscheinend auf die Größe seines Penis an. Stilvoller Haufen. Gott, aber er vermisste sie. Matt scannte den Raum und sah seinen alten Freund, der sich mit ein paar Anzugträgern in der Ecke unterhielt. Matt machte sich auf den Weg rüber zu Abe und vermied jeden Blickkontakt mit allen anderen.

Er hatte es beinahe geschafft, als eine Hand aus der Menge hervorstieß und seinen Arm packte. „Matt Haight!", brüllte eine Stimme. Matt drehte sich um und sah auf das rote und aufgedunsene Gesicht von Rick Hanlon, einem ehemaligen Klassenkameraden von der Polizeiakademie, hinab. Soweit er wusste, war Rick auf dem besten Weg ein Captain zu werden. Wenn er sich nicht vorher zu Tode soff.

Oh großartig, dachte Matt, *genau der Mensch, den ich jetzt sehen will.*

„Matty, Baby! Wie geht es dir? Jesus, sie haben dich hierfür von der Fußstreife befreit!" Ricks Klone, die an seinem Tisch saßen, lachten gehorsam. „Was tust du auf der großen Insel?"

9

Matt lächelte sein charmantestes Lächeln und zählte von zehn rückwärts. „Hey, Rick. Nein, keine Fußstreife für mich. Ich trage keine blaue Uniform mehr. Arbeite für einen privaten Sicherheitsdienst —"

Rick schnitt ihm das Wort ab. „Sicherheitsmann – coooool. Hast ein schickes Outfit?" Mehr dümmliches Lachen.

„Ja, was auch immer. Man sieht sich, Rick." Matt machte auf dem Absatz kehrt und ging, ohne nachzudenken, den Weg zurück, den er gekommen war. Verdammt noch mal, wie hatte er glauben können, das wäre eine gute Idee?

Er spürte alle Blicke in seinem Rücken brennen. Er fühlte sich wie bei America's Most Wanted. Brüder in blau – was für ein Haufen Scheiße. Brüder, bis einer von ihnen angezeigt wurde, weil er nicht besser war als die Leute, die sie verhafteten. Brüder, die einem den Rücken stärkten, das Leben in ihren Händen hatten, bis man sich entschied, dass die Wahrheit wichtiger war als ihre beschissenen Codes. Dann war offensichtlich alles möglich.

Wut und Frust rollten über ihn hinweg wie eine Welle.

An dieser Stelle brachte er sich immer selbst in Schwierigkeiten und er war fest entschlossen, es unter Kontrolle zu halten. Er hatte den endgültigen Preis bezahlt – seine Karriere – dafür, dass er die vorrübergehende Befriedigung gespürt hatte, als er die Wut mit einem Schlag herausgelassen hatte.

Nie wieder.

Matt blieb stehen, atmete tief ein und fand sich bei der Bar wieder. Er winkte dem Barkeeper, bekam seine sofortige Aufmerksamkeit, indem er einen Zwanziger hochhielt und bestellte ein weiteres Bier. Als er seinen Kopf drehte, sah er, dass die Beamten des Sittendezernats sich an einen anderen Tisch in der Ecke gesetzt hatten. Wolkowski war verschwunden – vermutlich im hinteren Raum – aber eine attraktive Frau hatte sich zu Helena und Evan gesellt. Himmel, arbeiteten in der Sitte keine hässlichen Frauen?

Ohne etwas anderes zu tun – außer der offensichtlichen Option, sich zu betrinken – beobachtete Matt die drei Detectives am Ecktisch und versuchte noch immer herauszufinden, was an diesem Evan dran war, dass zwei so heiße Frauen an ihm klebten.

Aber als Matt genauer hinsah, erkannte er, dass der Detective kaum auf ihre Flirterei reagierte. Kurze Zeit später entschuldigte er sich, stand auf und nahm ein Handy aus seiner Manteltasche, während er nach draußen ging. Als Matt zurück zum Tisch blickte, sah er, dass die beiden Frauen die Stirn runzelten und leise miteinander sprachen.

Bei der Sitte geht etwas Verrücktes vor sich. Wow, was für ein großartiger Polizist du warst, Matt. Erstaunlich, dass sie dich haben gehenlassen.

Die Tür öffnete sich erneut und Evan kehrte, gefolgt von einem anderen Mann, zurück. Der rundliche Mann mit einer beginnenden Glatze und einem billigen Anzug, sah zehn Jahre älter aus, als er vermutlich war – definitiv ein

Polizist. Allgemeines Geplauder und eine freundliche Unterhaltungswelle füllten die Luft, während Evan einen zusätzlichen Stuhl an ihren Tisch stellte.

EVAN ENTSPANNTE sich, froh darüber, dass Moses einen Teil der Aufmerksamkeit seiner Kollegen aufsog. Während er sich gedanklich aus der Unterhaltung zurückzog, sah er auf und bemerkte, dass Matt Haight den Tisch mit einem niedergeschlagenen Gesichtsausdruck musterte. Evan lächelte ihm zu. Er fühlte sich ein wenig schlecht wegen dem, was sich zuvor an der Bar abgespielt hatte. Er konnte sehen, dass Matt Interesse an Helena hatte und sie schien es nicht bemerkt zu haben.

Er wusste wieso; er war hier und Helena war durchschaubar. Im letzten Jahr hatte sie sich so viel Mühe gegeben, ein Auge auf ihn zu haben, dass ihre ehemals gleichgestellte Beziehung eher zu einer zwischen Pflegerin und Patient geworden war. Jeden Morgen hatte sie ihm Frühstück gebracht und zugesehen, wie er es gegessen hatte. Nachmittags hatte sie ihm mit Mittagessen in den Ohren gelegen. Sie hatte Witze erzählt und sich durchgehend so gut gelaunt gegeben, dass er sich manchmal Sorgen machte, sie könnte sich selbst damit schaden. Bevor sie sich abends voneinander verabschiedeten, erinnerte sie ihn an sein Abendessen. Die Frau war besessen von seinen Essgewohnheiten. Manchmal rief sie ihn am Wochenende zu Hause an, nur um zu plaudern, während sie so tat, als bräuchte sie seine professionelle Meinung zu irgendetwas.

Evan vermisste es, nur Helenas Freund und Partner zu sein.

Evan kannte Matt Haights Geschichte. Nachdem er ein Jahr Teil von Vic Wolkowskis Selbsthilfegruppe für Witwer und geschiedene Männer (Moses, ein anderer Teilnehmer, hatte sie getauft) gewesen war, hatte er die schmutzigen Details erfahren: Matt Haights berüchtigtes Temperament, wie er den falschen Politikern ans Bein gepisst hatte, und seine Laufbahn als Opferlamm, nachdem er während den Ermittlungen zu einem ermordeten Junkie auf eine Reihe korrupter Cops gestoßen war. Einen korrupten, aber beliebten Cop zur Strecke zu bringen, um einen Fall zu lösen, brachte einem nicht gerade eine Konfettiparade ein. Ein Mordkommissar aus NYC, der zum Streifenpolizist auf Staten Island degradiert wurde und die Polizei dann für immer verließ – ein höllischer Absturz. Das war neben Tod oder Verletzungen vermutlich der schlimmste Alptraum eines Cops. Oder vielleicht auch nicht. Tod bedeutete höchstwahrscheinlich Ehre. Was Haight passiert war, befleckte einen Mann für immer, von innen und außen.

Evan bedeutete ihm, sich zu ihnen an den Tisch zu setzen. Haight zögerte, also winkte er erneut. Matt wirkte, als würde er ablehnen, aber Evan konnte die Einsamkeit auf seinem Gesicht lesen. Nach einem kurzen Moment erhob er sich von seinem Barhocker und kam herüber.

„Hi, Matt. Setz dich zu uns", sagte Evan höflich.

Alle anderen am Tisch sahen erwartungsvoll auf. Helena schien ihren Fauxpas an der Bar zu realisieren, denn sie nickte enthusiastisch. „Ich habe dich da drüben nicht gesehen oder ich hätte dich selbst rübergewinkt!"

Matt lächelte matt und zog sich einen Stuhl heran. Sie rutschten alle zusammen, bis die Stühle passten.

Evan machte eine Handbewegung zwischen Matt und den Neuankömmlingen hin und her. „Matt Haight, Kalee Jensen und Jonah Moses. Sitte."

Handschläge und Nicken wurden ausgetauscht. Kalee schickte ein flirtendes Lächeln in Matts Richtung und er lächelte zurück, bevor sie in eine Tirade über den Pflichtverteidiger ausbrach, der sie in einem Verfahren am vergangenen Tag ins Kreuzverhör genommen hatte. Die Unterhaltung verwandelte sich schnell in einen „Das findest du schlimm?!"-Wettbewerb, an dem sich sogar Matt beteiligte, indem er ein paar seiner eigenen Geschichten erzählte.

Helena bedeutete dem Barkeeper weiterhin, Krüge mit Bier zu bringen, da das hier offensichtlich etwas Größeres werden würde.

Nach einer Weile driftete die Unterhaltung ab und Kalee und Moses begannen einen gespielten Streit darüber, welche Abteilung härter war, Sitte oder Drogenfahndung, wo Moses den Großteil seiner Laufbahn verbracht hatte. Es kam Mighty Mouse vs. Superman gefährlich nahe und alle lehnten sich einfach zurück und sahen zu, wie sie sich zankten. Evan warf einen Blick über den Tisch hinweg auf Matt, der seit einer Weile kein Wort mehr gesagt hatte. Sein zerfurchtes Gesicht spiegelte eine erschöpfte Akzeptanz des Lebens wieder, die Evan recht einfach erkannte – er hatte beinahe ein ganzes Jahr damit verbracht, ihr in seinem eigenen Spiegel auszuweichen.

Sherri zu vermissen, war ein Vollzeitjob geworden. Dazu kam die Erziehung seiner Kinder und die Arbeit bei der Sitte und er hatte einfach ein paar Dinge aufgegeben, um über die Runden zu kommen. Wie schlafen. Wie essen (außer wenn Helena oder Miranda in der Nähe waren, ihn zwangen, sich hinzusetzen und ein paar Nahrungsmittel zu schlucken). Wie bewusste Gedanken außerhalb der Dinge, die erledigt werden mussten. Diese zombieartige Existenz schien konstant zu sein. Seine Arbeit hatte nicht darunter gelitten – sich auf den Schmerz und das Elend anderer zu konzentrieren, schien eine gute Ablenkung von seiner eigenen lauernden Trauer zu sein. Niemand bemerkte etwas. Sie wussten, dass er traurig war, vermuteten, dass er einsam war.

Aber sie erkannten nicht, dass er sich in jeglicher Hinsicht aus dem Leben zurückgezogen hatte. Er liebte seine Kinder und Freunde, aber da hörte es im Prinzip auf. Er konnte nicht fühlen, was sie zurückgaben, reagierte nicht, wenn Elizabeth ihre Arme um seinen Hals schlang oder Danny sich nach dem Abendessen neben ihm auf der Couch zusammenrollte. Jedes Mal wenn Helena ihn berührte, musste er ihre Hand anstarren, um die Verbindung zwischen seinem Arm und seinem Gehirn herzustellen. Er wusste, dass er sich irgendwann Hilfe suchen musste – das konnte so nicht weitergehen, denn früher oder später würde es damit enden, dass er sich erschoss. Und das konnte er seinen Kindern nicht antun.

Über den Lärm der Unterhaltung hinweg begegnete Evan Matts Blick, zuckte die Schultern über den Unsinn seiner Freunde und lächelte erneut. Er war sich nicht ganz sicher, wieso er den Kontakt zu diesem Mann suchte – vielleicht die Macht der Gewohnheit. Wenn man jemanden so tief in einem Loch sitzen sah, bot man ihm eine Hand an.

MATT HAIGHT ließ die summende Unterhaltung und das Bier auf sich wirken. Er hatte seit langer Zeit nicht mehr in Gegenwart anderer Menschen getrunken. Obwohl die Unterhaltung ihn nicht wirklich miteinschloss, war es angenehm, einmal eine Weile lang nicht unsichtbar zu sein. Und Evan Cerelli – nun, da lag etwas in seinem Gesichtsausdruck, das Matt erkannte. Keiner von ihnen fühlte sich hier wirklich wohl, aber gleichzeitig, wo sollten sie sonst sein?

Also lächelte Matt zurück.

Die Freunde am Tisch setzten ihr lautes Geplänkel fort. Matts Gedanken schweiften erneut ab. Er hatte den Überblick darüber verloren, wie viel Bier er getrunken hatte, aber er wusste, dass er nicht einmal ansatzweise betrunken war. Er hatte seine Toleranz auf ein ziemlich hohes Niveau gebracht. Mehr Cops kamen und gingen durch die Eingangstür. Mehr beiläufige Blicke in seine Richtung. Mehr leises Flüstern seines Namens hier und da, das lauter wurde, je weiter der Abend Fortschritt. Der billige Alkohol hatte jegliche Versuche der Lautstärkekontrolle zerstört. Matts Rücken versteifte sich langsam, er zog mit Anspannung und Unwohlsein seine Schultern zu seinen Ohren hinauf.

„Hey, Matt", hörte er entfernt.

Evan rief von der anderen Seite des Tisches nach ihm, laut genug, dass Matt ihn über die erzürnten Schreie hören konnte, die von Helena und Kalee stammten, als Moses etwas besonders Albernes sagte. „Ich sehe Abe da drüben bei Vic. Hattest du schon eine Gelegenheit, mit ihm zu sprechen?"

Matt schüttelte den Kopf.

„Dann lass uns rübergehen." Evan stand auf und versprach dem Tisch, dass sie zurückkommen würden.

Abe und Vic lehnten an der Bar, tranken Mineralwasser und wischten sich Schweiß von den Brauen. Dem Lärm nach zu schließen, hatte niemand im hinteren Raum bemerkt, dass der Ehrengast verschwunden war, um etwas Luft zu schnappen.

Als Abe aufblickte und Matt sah, lächelte er breit und trat vor, um ihn fest zu umarmen. Matt erwiderte die warmherzige Umarmung und fühlte, wie ein Kloß in seiner Kehle aufstieg. Er vergaß immer, wie sehr er den alten Kauz vermisste. Es war eine Erleichterung, zu sehen, dass er in einem Stück in Rente gegangen war. Er war der einzige von Matts Partnern, dem das gelungen war. Er versuchte, nicht von sich als Vorboten des Todes zu denken.

„Ich hatte gehofft, dass du uns mit deiner Anwesenheit beehren würdest." Abe zwinkerte Vic zu. „Hätte am Tisch mit den schönen Frauen nachsehen sollen, sobald ich reingekommen bin."

Alle lachten.

EVAN TRAT diskret beiseite und beobachtete das warmherzige Wiedersehen. Nett. Es wirkte, als ob Matt jemanden gebraucht hatte, der sich freute, ihn zu sehen. Er erinnerte sich daran wie oft – *vorher,* wie er es nannte – nach dem schlimmsten Tag eines der Kinder ihn mit einem einfachen Lächeln oder einer Umarmung begrüßt und er mit einem Mal die Hässlichkeit vergessen hatte. Sherri, wie sie neben dem Ofen stand, sich umdrehte, um ihm ein breites Lächeln zu schenken, froh darüber, dass er vor Mitternacht nach Hause gekommen war.

Denn, du weißt schon, Evan, sagte er sich selbst, *wenn du eine Erinnerung hast, dann hab' wenigstens eine echte.* Er hatte es ihr schwergemacht, hatte so viel gearbeitet, sie mit den Kindern allein gelassen, mit dem Haus, mit ihren Leben. Sie hatte es hervorragend gemeistert, was es ihm so viel leichter gemacht hatte, zwei (oder vier) Überstunden zu machen, um etwas zu verfolgen, das bis zum nächsten Morgen hätte warten können. Sie hatten eine Million Streits darüber gehabt. Es war wirklich die einzige Sache, über die sie gestritten hatten, was es so viel schmerzhafter machte. Ein Problem, das er hätte lösen können, indem er die Sitte einfach verlassen hätte. Aber er hatte es nicht getan und wenn das Wörtchen wenn nicht wär oder wie immer diese Redewendung ging … Vic sagte etwas über einen weiteren Drink, und Evan sah auf seine Uhr. Es war beinahe neun Uhr und er hatte den Kindern versprochen, rechtzeitig zu Hause zu sein, um ihnen Gute Nacht zu sagen. Verdammt. Evan entschuldigte sich und unterbrach dann zögerlich Abes und Matts Unterhaltung.

„Sorry, Leute. Ich muss nach Hause. Abe – Ich wollte dir nur das Beste wünschen."

„Hey, Evan! Danke fürs Kommen. Ich bin mir sicher, wir sehen uns. Diese Freizeit-Sache wird vermutlich ziemlich schnell langweilig werden und ich werde regelmäßig vorbeikommen, um Vic hier auf die Nerven zu gehen. Vielleicht um ein bisschen meiner lebenserfahrenen Weisheit zu teilen."

Evan grinste. „Und ich weiß, dass du keines von Vics Treffen verpassen willst."

Abe begann zu lachen. „Oh, ja. Das wäre eine Schande. Wieso ausgehen und nach der nächsten Ms. Right suchen, wenn ich die Donnerstagabende mit dir, Moses und Vic verbringen kann."

„Genau. Mach's gut. Wir sehen uns." Sie schüttelten die Hände und Evan wandte sich ab. Er hielt inne, drehte sich um und bot Matt seine Hand an.

„Schön, dich kennengelernt zu haben."

„Hey, danke."

Evan verstand die unausgesprochene Nachricht. *Hey, danke, dass du mich nicht wie eine Zirkusattraktion behandelt hast.* Er fühlte sich ganz genauso.

„Uhm, wir sollten, du weißt schon, mal was trinken gehen oder so", sagte Matt beiläufig. „Einfach Zeit miteinander verbringen."

„Ja. Ruf mich auf der Wache an."

Matt nickte.

„Großartig."

Evan winkte Vic zu und ging zum Tisch, um seine Sachen zu holen. Er verabschiedete sich und ging schnell zur Tür, bevor irgendjemand protestieren konnte.

MATT BEMERKTE mehr Stirnrunzeln und Geflüster am Tisch, besonders von Helena, die sich die Stirn rieb und Fragen von den beiden anderen Detectives mit einer Handbewegung abwehrte. Er wandte sich an Abe und Vic, der sie mit ebenfalls sorgenvollen Blicken bedachte.

„Also, was ist seine Geschichte?"

„Evans? Seine Frau ist etwa vor zehn Monaten gestorben – Autounfall. Hat ihn mit vier Kindern zurückgelassen. Es ist alles so tragisch." Vic schüttelte den Kopf.

„Scheiße."

„Ja. Er reißt sich zusammen, zumindest an der Oberfläche. Ich hab' es selbst durchgemacht, weißt du, und ehrlich gesagt, glaube ich nicht, dass es ihm so gut geht, wie er behauptet."

Matt grunzte und sah in sein Bierglas.

Vielleicht war das dann die Verbindung. Man trauerte mit jeder Faser seines Seins, wenn die Sache, die man am meisten liebte, aus seinem Leben gerissen wurde.

2

MATT FAND sich an einem weiteren Freitagabend in einer weiteren Kneipe wieder. Bier, check. Leichter Schwips, check. Keine weibliche Begleitung in Sicht, check. Ja, so konnte es weitergehen. Er musterte sein Spiegelbild in dem gewölbten Spiegel hinter der Bar. Jesus, er sah scheiße aus. Begann, aufgebläht auszusehen. Zeit, eine Diät zu machen, wieder in Fitnessstudio zu gehen. Etwas. Irgendetwas.

Er musste mit jemandem sprechen, einfach nur plaudern. Nachdem er seine alten Freunde vor ein paar Wochen bei Abes Verabschiedung gesehen hatte, hatte er sich gewünscht, er hätte sich mehr Mühe gegeben, den Kontakt zu halten. Er sah seinen Ex-Partner Dick O'Neill und seine Familie an wichtigen Feiertagen – die, bei denen man zur Messe gehen musste – aber das war's. Er verbrachte seine Zeit alleine in dieser Bar (oder einer, die dieser bemerkenswert ähnelte). Neue Freundschaften hatte er seit … Jahren … nicht mehr geschlossen. Es war verdammt deprimierend. Er wusste nicht mehr, wie er eine Verbindung zu Leuten aufbaute – er wurde zu einem Einsiedler. Einem betrunkenen Einsiedler.

Matt dachte an Abes Party und erinnerte sich an den Mann, den er dort kennengelernt hatte. Evan Cerelli? Der Witwer. Cop. Wirkte nett. Vic Wolkowski und Abe hielten beide viel von ihm. Schien als ob es cool wäre, Zeit mit ihm zu verbringen.

Matt atmete tief ein. *Überwinde dich Matt, überwinde dich. Beweg deinen Arsch und mach was gegen deinen erbärmlichen Zustand.*

Als er auf seine Uhr blickte, sah er, dass es beinahe neun Uhr war. Evan war um diese Zeit vermutlich bereits zu Hause, aber Matt dachte, dass er eine Nachricht hinterlassen könnte. Vielleicht könnten sie sich nächste Woche treffen. Er ging zur Tür, um etwas mehr Privatsphäre zu haben, klappte sein Handy auf, bevor er den Mut verlieren konnte und wählte die Nummer der Sitte aus dem Gedächtnis (ein Gedächtnis wie ein Elefant). Fragte nach Evan Cerelli. Sah sich abwesend in der leeren Bar um. Was für ein Loser suchte sich ein Loch wie dieses aus, um sich darin zu betrinken? Dann sprach eine Stimme am anderen Ende der Leitung.

„Cerelli."

„Äh, hey. Evan. Hier ist Matt Haight."

„Oh, du erinnerst dich …"

„Nun, ja." Evan lachte leise ins Telefon. „Gutes Gedächtnis."

Kurzzeitig abgelenkt sammelte Matt seine Gedanken zusammen. „Bin etwas überrascht, dass du bei der Arbeit bist …"

„Meine Kinder sind übers Wochenende bei ihren Großeltern", sagte Evan und Matt konnte hören, wie Evans Stimme in der Ferne dumpfer wurde. „Ich bringe nur ein bisschen Papierkram auf den neusten Stand."

„Nun, dann lasse ich dich weitermachen."

„Warte. Wo bist du?"

Die Lüge kam über Matts Lippen, ohne dass er darüber nachdachte. „Manhattan. Ihr seid auf der West Side, richtig?"

„Ja – willst du vorbeikommen? Wir könnten heute was trinken gehen." Ein leeres Lachen. „Ich könnte es gebrauchen."

Amen, Bruder, dachte Matt. „Gib mir eine Stunde – ich, äh, muss noch etwas erledigen."

„Großartig. Komm in den dritten Stock."

„Bis gleich." Und dann klappte er sein Handy zu.

Matt sah einen langen Moment sein Handy an, ging zurück zur Bar, warf drei Zehner für seine letzten drei Biere und ein Trinkgeld hin und ging zur Tür. Er hatte eine Stunde Zeit, um von Staten Island in die Innenstadt zu kommen. Auto oder Fähre? Er entschied sich für die Fähre, da er vermutete, dass er zu betrunken war, um zu fahren, und überquerte die Straße in Richtung des Anlegers.

Siehst du, das war einfach, dachte Matt. Die Dinge sahen bereits etwas besser aus.

EVAN LEGTE auf, starrte auf die ordentliche Oberfläche seines Schreibtisches und den Papierkram, den er vor einer Stunde beendet hatte. Anschließend hatte er seine Schubladen ausgeräumt, mehrere Akten auf den neusten Stand gebracht und ein paar Bleistifte gespitzt. Er hatte gerade die Kaffeemaschine putzen wollen – alles, damit er nicht nach Hause gehen musste – als Matt Haight ihm einen Fluchtplan geliefert hatte. Ein Drink. Vielleicht eine ganze Menge Drinks. Eine Unterhaltung mit jemandem, der nicht automatisch die „armer Evan"-Miene aufsetzte, wenn er mit ihm sprach.

Haight war im Prinzip ein Fremder. Er würde nicht nach Hinweisen auf Evans Geisteszustand suchen oder seine Essgewohnheiten kontrollieren. Oder seine Hände beobachten, um zu sehen, ob sie zitterten. (Was sie taten, aber vielleicht würde Haight es nicht bemerken.)

Die Kinder brauchten diese Pause – das Haus war ein lebendiges Zeugnis von Sherris Leben und eine konstante Erinnerung an ihren Tod, und er wusste, dass es ihnen genauso an die Nieren ging wie ihm. Es erschöpfte ihn, normal zu wirken und seine Schwiegereltern hatten es bemerkt, als sie das letzte Mal für einen schnellen Besuch „vorbeigekommen" waren.

Wie irgendjemand von Long Island mal eben in Queens „vorbeikommen" konnte, war ihm ein Rätsel, aber dieser Tage zog er es vor, seine Beziehung zu Phil und Josie so höflich distanziert wie möglich zu halten. Er hatte kein Interesse daran, noch zwei Stimmen mehr zu hören, die kommentierten, wie er sich hielt. Sie hatten darauf bestanden, die Kinder übers Wochenende zu sich zu nehmen – sie von der Schule abgeholt und waren direkt auf die Insel gefahren. Hatten versprochen, sie am Sonntagabend zurückzubringen. Das würde Evan Zeit geben, sich zu „entspannen" – oh ja, weil es förmlich nach Entspannung schrie, in einem leeren Haus zu schlafen, die Abwesenheit deiner toten Frau und deiner Kinder zu fühlen.

Evan seufzte. Er dachte, dass er heute Nacht, vielleicht, mit einem Bauch voller Alkohol ein paar Stunden schlafen würde. Das war der beste Fall, auf den er hoffen konnte.

MATT KAM in einer Rekordzeit von zweiundvierzig Minuten bei der Sitte an. Er hatte die ganze Fähren- und Taxifahrt damit verbracht, nüchterner zu werden und das Flattern in seiner Brust zu verstehen. Während er an dem Ziegelsteingebäude hinaufstarrte, schluckte er den Anflug von Erinnerungen, die überwältigende Sehnsucht, hinunter. Es war bittersüß – wie eine Ex glücklich in den Armen eines anderen Menschen zu sehen.

Er nahm die Treppen in den dritten Stock und blieb in der Tür des Büroraums stehen. Evan saß an seinem Schreibtisch, starrte in die Luft, sein Kopf war von Matt abgewandt. Er war in seinem Stuhl zusammengesunken, seine Hand lag schlaff auf der Oberfläche seines Schreibtischs. Seine Haltung sprach von Erschöpfung, Niederlage. Matt erkannte mit einem Mal, wie ausgemergelt er war – seine Haut war blass und er sah aus, als könnte er es vertragen, zehn oder fünfzehn Kilo zuzunehmen. Eine Welle des Mitgefühls schob Matt durch die Tür. Er räusperte sich, gab Evan eine Gelegenheit, sich zu sammeln.

EVAN DREHTE sich zu dem Geräusch um. Er blinzelte, als wäre er für einen Moment überrascht von Matts Erscheinen.

Matt kommentierte es nicht; er tat so, als wäre alles in Ordnung. „Hey, bereit für diesen Drink?"

SIE LANDETEN in einer Spelunke, die, wie Matt wusste, O'Malley's hieß – eine von etwa sechshundert Bars in den fünf Bezirken, die diesen Namen trugen, aber diese unterschied sich von den anderen darin, dass sie von einem Mann geführt wurde, dessen Mutter Kubanerin und dessen Vater Jamaikaner war.

Der Laden war bis an seine Grenzen – zehn Leute – gefüllt, vor allem an der Bar, aber ein paar saßen an den Tischen und in den Nischen, die willkürlich in der Bar verteilt waren. Ein Mann stritt sich über das alte Münztelefon in der Nähe der Toilettenräume mit jemandem. Matt und Evan gingen zu dem Tisch, der am weitesten von der Tür entfernt war, in der linken Ecke, um sich selbst genug Abstand zu den anderen Gästen zu geben, dass sie sich unterhalten konnten.

Evan zog seinen Mantel und seine Anzugsjacke aus und lockerte seine Krawatte, während er sich mit einem schweren Seufzen setzte.

„Du hast nicht gelogen, als du gesagt hast, dass du einen Drink gebrauchen könntest."

Evan zuckte die Schultern. „Lange Woche. Ich denke, ich muss mich nur eine Weile entspannen."

„Bier oder willst du etwas Stärkeres?"

„Bier ist okay."

Matt stand auf, ging hinüber zu dem Barkeeper und bestellte ihnen zwei Bier.

„Wollt ihr was essen?", fragte der kräftige Mann. Seine verblassten Tattoos blitzten unter seinen Hemdärmeln und seinem Kragen hervor. Matt bemerkte das Logo der US-Marines auf der Innenseite seines Armes, als der Barkeeper auf die kurze Speisekarte auf der Tafel hinter sich deutete.

„Eins von allem", sagte Matt. Das sollte sie über den Abend bringen. Fettiges Kneipenessen und Bier. Er würde am nächsten Morgen anfangen müssen, joggen zu gehen.

Der Barkeeper grunzte und schob die Bierkrüge zu Matt hinüber. „Rechnung?"

„Oh, ja. Wollen Sie eine Kreditkarte?"

„Nee, ich vertraue Cops." Er machte sich wieder daran, ein verschüttetes Getränk vor einem Geschäftsmann mit trüben Augen aufzuwischen.

Als Matt die beiden Pitcher und zwei Gläser zurück zu ihrem Platz balancierte, fragte er sich abwesend, ob es eine erlernte Fähigkeit oder ein Naturtalent war, dass Barkeeper Polizisten zehn Meilen gegen den Wind riechen konnten.

„Ta-da!" Er stellte alles auf den Tisch, beeindruckt, dass er keinen wertvollen Tropfen verschüttet hatte. „Ich habe auch ein bisschen Essen bestellt."

Evan schenkte bereits Bier in die Gläser. „Oh, großartig. Danke."

Matt setzte sich und nahm sein Bier, hob es dann an, um mit seinem Begleiter auf das Trinken ins Vergessen anzustoßen. „Auf schlechtes Essen, wässriges Bier und angenehme Gesellschaft."

Evan lächelte zurück. „Klingt perfekt."

Sie stießen an und begannen den Weg in die Betäubung.

Das war das erste Mal.

Innerhalb eines Monats trafen sie sich wöchentlich, um etwas trinken zu gehen, wann immer Evan Zeit hatte. Evans Kinder waren seine höchste Priorität und er verbrachte so viele Abende wie möglich mit ihnen, aber immer öfter baten seine Schwiegereltern um Übernachtungsbesuche. Unfähig abzulehnen, sah Evan zu, wie seine Kinder sich in das Rentnermobil ihrer Großeltern quetschten und zum

Abschied winkten. Er nahm ihnen ihre Sehnsucht nach frisch gekochten Mahlzeiten und warmen Umarmungen nicht übel. Er war ein Geist, der mit einer Verzweiflung, die jeden Tag größer und schwerer wurde, durch sein Haus spukte. Er wusste nicht, wie er die Dinge so besonders machen sollte, wie Sherri es getan hatte. Er schaffte kaum das Minimum. Sein einziger Ausgleich neben der Arbeit war der einfache Trost, Matt Haight gegenüber zu sitzen und zu trinken, bis er doppelt sah.

Sie kehrten ins O'Malley's zurück, wegen der Ruhe und den überraschend guten Hähnchenflügeln. Ihr Tisch wurde ihnen meistens freigehalten; der Barkeeper kannte sie und ihre Bestellung beim dritten Besuch. Die Routine war tröstend. Er mochte es, über nichts anderes als das Bier und die Unterhaltung nachzudenken. Sie begann mit Sport, Polizeidingen, oberflächlichen Themen, bis die Taubheit des Alkohols sich in ein Brüllen verwandelte und die hässliche Wahrheit hervorbrach.

Vielleicht war es das Bier oder die ruhige Intimität, die entstand, wenn man in einem dunklen Raum nahe beieinandersaß. Was immer der Grund war, Evan erwischte sich dabei, dass er sich Matt öffnete, wie er es gegenüber niemand anderem in seinem Leben tat. Es kamen keine tröstenden Worte oder abgedroschenen Ratschläge, wenn er über seine tote Frau, die auf der Bahre gelegen hatte, sprach und sich wünschte, er hätte fünf Minuten gehabt, um mit dem Bastard zu sprechen, der sie getötet hatte, sodass er seinen Schädel auf dieselbe Art zerschlagen konnte.

Ihre Freundschaft wurde gut genug, dass sie höflich die Tränen, das Selbstmitleid und das bittere Ausschütten ihrer Emotionen vergaßen. Matt ignorierte freundlicherweise die feuchten Spuren auf Evans Gesicht.

Und Evan nickte einfach nur, wenn Matt mit undeutlicher Stimme seinen Hass auf seine „Brüder" hervorbrachte, obwohl er wusste, dass es allein seine Schuld gewesen war, seine Schuld, dass er alles verloren hatte. Evan stimmte ohne Wertung zu und griff nach dem Krug, um ihre Gläser nachzufüllen. Er wusste, wie sich das anfühlte.

Matt wusste nicht, wie es Evan ging, aber für ihn war es das Highlight der Woche, in ihrer kleinen Ecke der Bar zu sitzen und einfach nur zu sprechen, zuzuhören und zu trinken. Sie hatten sich einen kleinen Kokon aus ihrem Elend geschaffen, einen sicheren Hafen, in dem sie sich schlecht fühlen konnten. Müde, bitter und Versager sein konnten, ohne sich entschuldigen zu müssen.

Wann genau sich das zu täglichen Telefonaten entwickelt hatte, um sich auszukotzen, konnte er nicht genau sagen.

„Hey, Matt, ich schaffe es heute nicht – der Elternabend hat sich anscheinend an mich angeschlichen."

Evan hörte sich scheiße an, wortkarg und müde. Ihr letztes Treffen hatte offenbart, dass Evan nicht viel Schlaf bekam und wenn er es nicht bereits gewusst hätte, hätte Matt es bei dieser Unterhaltung zur Mittagszeit bemerkt.

„Kein Ding, Mann." Matt atmete ein und ließ seinen Blick durchs Büro wandern. Die meisten anderen waren die Straße runter zu einem neuen kubanischen Restaurant gegangen, während Matt sich entschuldigt hatte. Das Gerede seiner Kollegen hatte keinen Anreiz – aber Evans Leid schon. „Das O'Malley's läuft nicht weg und meine Leber hat noch nicht aufgegeben. Ich werde diesen Bastard brechen."

Evan lachte kurz.

Ermutigt lehnte Matt sich in seinem Stuhl zurück und hörte auf das Quietschen, das ihm sagte, dass er die optimale Bequemlichkeit erreicht hatte. „Bist du in der Mittagspause?"

„Ja. Mein Partner war heute im Gericht, deshalb hole ich gerade ein paar Anrufe nach."

„Wie kommt es, dass sie diesen Teil des Berufs nie in Krimiserien zeigen?", fragte Matt und starrte an die Decke.

„Weil die Leute glauben wollen, dass jeder Tag aus einer Verfolgungsjagd besteht und daraus, Serienkiller zu verhaften." Matt hörte ein Rascheln im Hintergrund und vermutete, dass Evan sich bewegte. „Du wirkst nicht beschäftigt. Vielleicht kannst du einen Haufen dieses Mists von meinem Schreibtisch nehmen."

Auf eine seltsame Art und Weise hätte Matt töten können, um ein paar Stunden mit Polizeipapierkram zu verbringen – ein sicheres Zeichen dafür, dass er seinen ehemaligen Beruf romantisierte.

„Ich bin sehr beschäftigt. Ich warte darauf, dass UPS an der Tür klingelt. Da ist ein wirklich faszinierender Bericht über die Notausgänge in einem neuen Supermarkt in Long Island City, den ich lesen muss …"

Evan lachte leise. „Die glamouröse Seite des Sicherheitsdienstes."

„Oh, was ich dir alles über Bewegungsmelder erzählen könnte."

Matt bemerkte nicht, wie viel Zeit mit der sinnlosen Unterhaltung vergangen war, bis die Tür klackte und seine Kollegen nacheinander zurückkamen.

„Ich habe Tickets für die Giants am Wochenende – bist du dabei?"

„Wo zur Hölle hast du die bekommen?"

„Dankbare Kunden mit Logenplätzen. Also?"

„Ja. Kinder sind wieder weg. Meine Schwägerin geht mit ihnen Kürbisse ernten."

„Wieso gehst du nicht mit?"

Matt konnte das Schulterzucken beinahe durch das Telefon hören. „Scheine die Energie, die ich brauche, nicht aufbringen zu können."

„Dann hole ich dich am Sonntag um zehn Uhr ab."

„Passt."

Nachdem er aufgelegt hatte, ging Matt in den Pausenraum, um sein Tiefkühlessen aus der Mikrowelle zu retten.

Er konnte nicht genau sagen, wann er begonnen hatte, die kleinen Dinge zu bemerken, wie die seltsame silber-blaue Farbe von Evans Augen oder die Art, wie er sich in seinen einfachen Button-Down-Hemden bewegte, wenn er sich auf seinem Stuhl ausstreckte und den Kopf in den Nacken fallen ließ, um die Verspannungen loszuwerden. Matt konnte sich nicht erinnern, wann er begonnen hatte, bei ihren wöchentlichen Barbesuchen seinen Stuhl ein wenig näher zu schieben und den schwachen Duft nach Seife und Rasierwasser, der von Evans Haut ausging, wahrnahm. Er stellte sich vor, dass eines seiner Kinder es zu Weihnachten oder zum Vatertag für ihn gekauft hatte. Vor seinem gedanklichen Auge konnte er Evan vor seinem Badezimmerspiegel stehen sehen, wie er es aufsprühte und sein Gesicht mit feuchten Händen rieb. Er versuchte, nicht zu viel Zeit damit zu verbringen, daran zu denken, denn es warf viel größere Fragen auf, als dass Matt sich mit ihnen beschäftigen wollte.

Natürlich half das der Situation nicht, als die Träume begannen.

Der erste war nur … seltsam. Er erinnerte sich nur an ein Tattoo der US-Marines. Zuerst dachte Matt, dass er von dem Barkeeper im O'Malley's träumte, was an sich schon beängstigend gewesen wäre. Aber sie waren nicht in der Bar, sie waren … im Büro. Matts altem Büro bei der Mordkommission. Er saß an seinem Schreibtisch, tippte, und als er zur Seite blickte, um mit Abe zu sprechen, sah er … Evan. Lächelnd.

Er konnte das USMC-Tattoo auf der Innenseite von Evans Arm sehen, eine Erinnerung an seine kurze Zeit beim Militär. Und das war alles, woran Matt sich erinnerte.

Der nächste Traum – ein paar Nächte später – war ziemlich unvergesslich und dieses Mal musste Matt die Bedeutung nicht erraten. Er erwachte schweißgebadet, sein Herzschlag donnerte in seinen Ohren. Die Laken waren feucht. Aber das war kein Alptraum.

In diesem Traum – und in allen darauffolgenden – saßen sie irgendwo, wo es dunkel und … weich … war. Nebeneinander, beinahe berührten sie sich. Matt flüsterte, da es sich fast wie in der Kirche anfühlte. Fast. *Wie schmeckt dein Tattoo?*

Evan sagte nichts. Er war kaum mehr als ein Geist, seine Augen strahlten irgendeine Art Licht aus … und dann drückte er sich gegen Matt, hob seinen Arm gerade außerhalb der Reichweite von Matts Lippen. Ohne darüber nachzudenken, strich Matt mit seiner Zunge von Evans Handgelenk zu seiner Ellenbeuge. Hielt inne. Machte weiter. Den Bizeps hinauf, schmeckte seinen Muskel. An seiner Schulter vorbei in die Kuhle über seinem Schlüsselbein. Der Geschmack machte süchtig. Oh, und sein Mund …

Sein Mund.

Nach dem letzten Traum – der Morgen nachdem er sich mit Evan für das Spiel der Giants verabredet hatte – vergrub Matt die Hände in seinen Haaren und atmete schwer. Beinahe hätte er sich umgedreht, um nachzusehen, dass niemand neben ihm im Bett lag. Diese Träume trieben ihn in den Wahnsinn. In jeder verdammten Nacht der letzten beiden Wochen war er zitternd und steinhart aufgewacht, während sein Mund mit einer Erinnerung aus seiner Vorstellung brannte. Das war ihm noch nie zuvor passiert. Er hatte sich immer nur von Frauen angezogen gefühlt, 100 Prozent. Hatte seine Jungfräulichkeit mit vierzehn verloren, um Gottes willen. Zugegeben, in den letzten paar Jahren war er weniger als erfolgreich gewesen, was Sex anging und er konnte sich ehrlich gesagt nicht an die letzte Beziehung erinnern, die er gehabt hatte.

Wie die, die du mit Evan hast, du Idiot? Seine innere Stimme klang wie sein letzter Partner Tony, eine Art Mischung aus einem Besserwisser und einem Dad aus einer Sitcom.

Oh nein. Matt schüttelte wild den Kopf und warf die Decke zurück, um aufzustehen. Er versuchte so zu tun, als wäre sein Ständer eine Folge davon, dass er zur Toilette musste, aber er konnte sich nicht täuschen und, hey, er konnte seinen Schwanz nicht täuschen.

Während er in seinen Badezimmerspiegel sah, kam er ihm nah genug, dass seine Nase das Glas berührte. Der Alkohol forderte sein Tribut. Er hatte gesehen, wie es mit seinem Vater passiert war, kannte die Zeichen. Alterte er sehr? Würde er jemals jemanden finden, der ihn mit etwas anderem als Mitleid ansah? Oder Verachtung? Oder beiläufiger Zuneigung? Er wollte, was Evan gehabt hatte, worüber er nach einem Krug Bier gesprochen hatte. Er wollte jemanden genug lieben, um um ihn zu trauern.

Er wollte auch aufhören, davon zu träumen, seine Zunge über Evan Cerellis ganzen Körper streichen zu lassen. Nun, hey, er könnte damit anfangen und auf den Rest später hinarbeiten.

Ihm am Sonntag gegenüberzutreten, würde schwer werden. Hart. Er stöhnte innerlich. *Erinner mich nicht*, stöhnte er und versuchte das Pulsieren in seinem Schritt zu ignorieren. Es war nur eine Fantasie; es bedeutete nicht, dass er schwul war. Bedeutete überhaupt nichts, um genau zu sein. Er verbrachte viel Zeit mit Evan, der ersten Person seit langer Zeit, die Matt zuhörte, bei der er sich wohl, ruhig fühlte. Sein Unterbewusstsein setzte nur Sex – den er seit einer Weile nicht gehabt hatte – mit diesem Trost gleich. Mann, all die Zeit, die er mit seiner Freundin Liz, der Psychotherapeutin, verbrachte, hatte ihn zu einem Traumdeuter gemacht. Wie eindrucksvoll. Vielleicht sollte er sie anrufen und sie um ihre Meinung zu einem Mann fragen, der sein ganzes Leben lang heterosexuell gewesen war und Sexträume von einem Mann hatte, der zufälligerweise sein engster Freund war. Und ebenfalls hetero. Nein, er wollte nicht wirklich wissen, was sie zu sagen hatte. Vermutlich würde er sich anschließend kopfüber von einem Pier stürzen.

Er kippte ein Glas Orangensaft seine Kehle hinunter, im Versuch das Kribbeln von seiner Zunge zu spülen. Kroch zurück unter die Decke, wiederholte seine Theorie, nach der sein Unterbewusstsein sich an ein wenig kreativem Schreiben versuchte. Tat so, als dachte er nicht an Evan, während er beendete, was sein Traum begonnen hatte.

Herrgott.

3

AN SEINEM freien Tag vor dem Giants Spiel am Sonntag begann Matt joggen zu gehen und hasste es nach etwa fünf Minuten. Er schnaufte und keuchte einmal um seinen Block, ein zweites und ein drittes Mal, wobei er der Verkehrshelferin im Vorbeilaufen zuwinkte.

„Soll ich Ihre Zeit stoppen?", rief sie beim zweiten Mal.

„Gott, nein", keuchte er.

Zurück in seiner Wohnung stolperte er ins Bad und stand benommen und unter Schmerzen in der Dusche. Er war einmal in Form gewesen – er erinnerte sich vage daran. War er nicht hinter Kriminellen hergerannt? War er nicht viele, viele Treppen hinaufgelaufen, ohne einen Herzinfarkt zu haben? Waren das Erfindungen seiner Fantasie?

„Ich bin kein alter Mann. Ich werde wieder in Form kommen." Er fühlte sich besser, nachdem er seiner Duschkabine diese Tatsache mitgeteilt hatte. Das Echo sorgte dafür, dass es nach einer wichtigen Sache klang.

Er aß sein Mittagessen in einem Lehnstuhl, den er so gestellt hatte, dass er seine Füße auf die Fensterbank legen und den atemberaubenden Anblick des Gartens auf dem benachbarten Gebäudedach genießen konnte. Seine ganze Wohnung bestand aus einem großen Raum mit einer winzigen Küche und einem Badezimmer. Er bezahlte nicht viel dafür und sie lag nah genug an seinem Büro, dass er bei gutem Wetter zu Fuß gehen konnte. Außerdem sah sie ziemlich scheiße aus. Er hatte die Wände nicht gestrichen, seit er eingezogen war und die Möbel waren von der Heilsarmee aussortiert worden und Gott behüte, er könnte sie tatsächlich gelegentlich putzen.

Nach seinem leckeren Schinkensandwich und einem Glas Eistee (kein Zucker – er versuchte es wirklich), wanderte Matt durch den Raum und nahm Bestand auf. Vielleicht könnte er sich ein Schlafsofa anschaffen. Den Lehnstuhl durch etwas ersetzen, das kein Klebeband brauchte, um die Füllung nicht zu verlieren. Ein Tisch, ein paar Stühle. Geschirr, das zusammenpasste. Neue Handtücher. Oh ja. Das wäre nett. Er hatte sein Geld auf der Bank liegen, wo es eine Menge Zinsen und Staub sammelte. Wieso sollte er nicht ein wenig davon ausgeben? Als erstes brauchte diese Wohnung einen neuen Anstrich. Vielleicht könnte Evan vorbeikommen und ihm helfen … Ja, und vielleicht könnten sie sich Gladiator-Filme ausleihen und auf der Couch rumknutschen.

Allmächtiger Herr. Er verlor seinen Bezug zur Realität. Matt musste so schnell wie menschenmöglich flachgelegt werden. Diese unnatürliche Enthaltsamkeit musste der Grund für seine … seltsamen Träume sein.

Und die Tatsache, dass du weißt, wie ein anderer Mann riecht. Und es macht dich an. Gib es zu, Matthew. Ein anderer Mann macht dich an.

Farbe. Denk an Farbe. Wäre gelb eine gute Farbe? Creme? Kannte er überhaupt den Unterschied zwischen diesen beiden?

Matt zog sich seine Schuhe an, griff nach Geldbeutel und Jacke und ging zur Tür. Farbe. Er brauchte Farbe.

EVANS PLÄNE für das Wochenende gingen in rasantem Tempo den Bach hinunter.

Er hatte Matt zugesagt, mit ihm am Sonntag zu dem Spiel zu gehen, da Elena die Kinder für den Tag nehmen würde. Aber sie hatte am Samstagabend angerufen und gefragt, ob es in Ordnung wäre, wenn sie den Ausflug auf die nächste Woche verschöben. Ein Freund brauchte Hilfe bei einem Umzug ... oder so ähnlich. Die Kinder waren enttäuscht und Evan war nicht sicher, was er mit dem Tag tun sollte. Der Wetterbericht erwähnte Schnee, weshalb er einen Tag mit Gesellschaftsspielen und einem Abendessen in ihrem Lieblingsrestaurant (ein Italiener in der Nähe und mit der hervorragenden Idee, in einem abgetrennten Raum Videospiele anzubieten) vorgeschlagen hatte. Nach ein paar skeptischen Blicken – da Daddy zurzeit üblicherweise nichts davon hielt, Spaß zu haben – hatten sie zugestimmt, dass das gut klang.

Dann hatte er erkannt, dass er Matt würde anrufen müssen, um ihn über die Planänderung zu informieren. Er sorgte dafür, dass die Kinder bettfertig waren und griff nach dem Telefon. Ein Anruf bei Matt wurde sofort an den Anrufbeantworter weitergeleitet, der ihm mitteilte, dass er voll war.

„Scheiße." Evan legte auf und ging im Raum auf und ab. Er hatte keine Ahnung, wie er Kontakt mit Matt aufnehmen sollte. Er wollte nicht, dass der Mann umsonst den ganzen Weg bis nach Queens kam.

Gegen Mitternacht gab Evan auf und legte sich auf die Couch, wo er regelmäßig vorgab, zu schlafen. Er würde es am Morgen erneut versuchen.

ALS MATT einmal angefangen hatte, fiel es ihm schwer, wieder aufzuhören. Streichen. Und putzen. Und Mist wegwerfen.

Glücklicherweise war der Mann unter ihm stocktaub, sodass Matt bis weit nach acht Uhr arbeitete. Zuerst wollte er seine Möbel abdecken, aber sie sahen sowieso schrecklich aus, wieso sollte er sich also die Mühe machen? Er ließ die Matratze auf dem Boden liegen. Alles andere trug er zum Müllcontainer hinter dem Haus. Die Farbe, die er gekauft hatte, hieß „Eierschale" und sah auf den Wänden beige aus. Oder vielleicht war das, was er für beige gehalten hatte, tatsächlich eierschalenfarbig. Er dachte über dieses Mysterium des Lebens nach, während er seine Wohnung strich. Um ein Uhr nachts hatte er sein Badezimmer zu Ende geputzt. In der Wohnung war es eiskalt. Er hatte die Fenster geöffnet, damit die Farbe schneller trocknete und die Dämpfe ausgelüftet wurden. Er freute sich darauf, schöne Möbel hineinzustellen, seine kleine Wohnung ein wenig heimischer zu machen. Nach fünf Jahren schien es langsam Zeit zu werden.

Eine Stunde später hatte er sich auf seiner Matratze unter allen Decken, die er besaß und zwei Mänteln zusammengerollt. Erschöpfung hielt seine erotischen Träume zurück und er schlief endlich eine Nacht durch.

Um neun Uhr war er bereits unterwegs in Richtung Queens.

EVAN MACHTE Pfannkuchen. Miranda suchte unauffällig die heraus, die noch nicht ganz durch waren und legte sie erneut in die Pfanne. Er machte Sausage Patties, die die Musterung scheinbar bestanden. Sie hatten ein schönes Frühstück, wobei sie sich unterhielten und den Tag planten. Kathleen wollte Scrabble. Elizabeth und Danny stimmten für einen Besuch in der Videothek. Miranda zuckte die Schultern – ihr war es egal, solange sie es gemeinsam taten.

„Lasst uns alles machen", sagte Evan und versuchte sich auf den Geist des Tages einzustimmen. Filme, Brettspiele, Abendessen. Die Unterhaltung hatte sich den schulfreien Tagen an Thanksgiving zugewandt, als es an der Tür klingelte.

„Oh nein." Evan wusste genau, wer vor seiner Haustür stehen würde. Er hatte vollkommen vergessen, Matt erneut anzurufen.

„Hey."

Matt stand auf den Stufen und lächelte. „Hey. Bist du —" Und dann sah er ein bisschen weiter ins Haus hinein und erblickte einen Frühstückstisch voller junger Cerellis.

„Sorry – ich habe versucht, dich anzurufen. Der Plan ist ins Wasser gefallen." Evan fühlte sich schrecklich. „Es tut mir so leid, dass du den ganzen Weg herfahren musstest."

„Kein Problem."

„Die Tickets …"

„Sie waren kostenlos. Mach dir keine Gedanken."

„Hi!", rief eine Stimme hinter Evan. Elizabeth, ganz die zuvorkommende Gastgeberin. „Wollen Sie ein paar Pfannkuchen?"

„Äh, sicher."

Evan lachte. „Meine Kinder haben bessere Manieren als ich. Komm rein."

MATT BETRAT das ordentliche kleine Haus und nahm die heimische Atmosphäre wahr. Überall Bilder der Kinder. Ein Piano. Eine gemütliche Couch und Rüschenvorhänge. Es wirkte wie aus einer Sitcom entsprungen.

Und Evans Kinder saßen um den Küchentisch und sahen zu ihm auf. „Nun, hi."

„Das ist mein Freund, Matt Haight."

Matt versuchte den Überblick über die Kinder zu behalten, während sie vorgestellt wurden. Miranda, die älteste, blond und hübsch, mit Evans Augen und scharfsinniger Miene. Kathleen, ebenfalls blond, ebenfalls hübsch. Sie wirkte schüchtern und senkte den Kopf, als Matt sie anlächelte. Elizabeth – eine wahre Schönheit mit Evans dunklem Haar und seinem Gesicht. Sie strahlte Wärme aus und begrüßte Matt mit Begeisterung. Er wusste, dass er in ihr sofort eine Freundin gefunden hatte. Und schließlich Danny, der weniger mitteilsam war als seine Schwestern. Er saß auf seinen Händen und ließ seine Füße gegen seinen Stuhl baumeln.

Evan deutete auf einen Stuhl und Matt setzte sich, wobei er versuchte, nicht unter den unerschütterlichen Blicken der Kinder zusammenzuzucken. Er nahm einen vollen Teller mit Frühstück und eine große Tasse Kaffee von Evan entgegen, der noch immer einen entschuldigenden Gesichtsausdruck zur Schau trug.

„Es ist okay!"

„Gehst du trotzdem zum Spiel?"

Matt zuckte mit den Schultern, weil er sich in der Gegenwart der Kinder an seine Tischmanieren erinnerte. Er schluckte einen Bissen seiner Pfannkuchen. „Macht alleine nicht viel Spaß."

„Hey, wir machen einen Familienspaßtag. Mögen Sie Scrabble?" Wieder Elizabeth. Sie hatte ihre Knie auf den Stuhl gezogen und die Ellbogen auf den Tisch gelegt, während sie Matt mit der Intensität einer Ermittlerin ansah. Ihr fehlte nur ein Gummischlauch und ein Scheinwerfer.

Ein wenig überrascht nickte Matt. „Habe allerdings seit einer Weile nicht gespielt. Ein kluges Kind wie du könnte mich vermutlich um Längen schlagen."

Elizabeth dachte einen Moment lang darüber nach. „Wollen Sie mit uns Zeit verbringen?"

Matt warf einen Blick zur Seite auf Evan. „Vielleicht ein anderes Mal – klingt als wäre ein Familienspaßtag nur für die Familie."

EVAN BEMERKTE den Hauch von Wehmut in Matts Stimme und sah sich schnell am Tisch um. Er wusste nicht, was er tun sollte – so sehr er auch Zeit mit seinen Kindern verbringen wollte, es wäre großartig, wenn ein wenig Druck von ihm genommen würde, indem ein anderer Erwachsener anwesend war.

Miranda rettete ihn. „Nun, ja, aber es wäre okay, wenn Sie eine Weile bleiben würden. Mindestens eine Partie Scrabble. Vielleicht kann dann endlich jemand Daddy schlagen."

Erstaunt über die Intuition und Freundlichkeit seiner ältesten Tochter, schenkte Evan ihr ein Lächeln. Die selbstsüchtige Jugendliche, die noch vor einem Jahr in diesem Haus gelebt hatte, war durch eine reifere und ruhige junge Frau ersetzt worden. Er bereute, dass sie so schnell hatte erwachsen werden müssen, denn mit siebzehn war sie noch viel zu jung, um so viel emotionale

Verantwortung für ihre Familie zu übernehmen. Aber er wusste aus Erfahrung, dass es auch helfen konnte, Mitgefühl und Freundlichkeit auf einem viel tieferen Level zu lernen.

„Äh, danke, Miranda."

Evan begegnete Matts Blick und zwinkerte. „Sie wurden herausgefordert, Sir."

AUS EINER Partie Scrabble wurden zwei. Sieger beider Spiele: Evan Cerelli.

„Xylyl – das ist kein Wort", sagte Matt und musterte das beinahe vollständig bedeckte Spielfeld.

Evan zuckte die Schultern; er spürte, wie ein winziges Lächeln an seinen Mundwinkeln zupfte. Matt versuchte offensichtlich ihn zu schlagen und hatte offensichtlich keine Chance. Evan hatte oft genug Scrabble gespielt, um zu wissen, dass Matts letztes Plättchen das gefürchtete Q war. „Forderst du mich heraus?"

Kathleen kicherte.

Matt sah das Mädchen an, das seine Hand vor den Mund schlug.

„Was?"

„Es ist ein Wort. Er benutzt es andauernd", meckerte sie. „Es ist ein Gift oder so was."

Matt starrte Evan gespielt wütend an. „Ernsthaft?" Er formte *Todesschuss* mit den Lippen und Evan konnte nicht länger ernst sein.

„Manchmal langweilt man sich während einer Überwachung und manchmal ist das einzige, was man lesen kann, ein Scrabble-Wörterbuch."

Sein Mund bewegte sich ein paar Mal, aber kein Ton kam heraus; Matt machte langsam weiter und warf dann sein unbrauchbares Q in die Schachtel, bevor er sich mit erhobenen Händen geschlagen gab. „Können wir nicht etwas Einfacheres spielen?"

„Doktor Bibber!", rief Danny begeistert und rannte in sein Zimmer.

Evan lachte laut. „Du bist ein toter Mann."

Die Mädchen standen auf, um ihre Getränke aufzufüllen; Matt blieb mit einem gespielten Schmollen sitzen und warf Evan böse Blicke zu.

„Was?"

„Weißt du, manche Menschen lesen einfach Zeitschriften, während sie bei einer Überwachung festsitzen", murmelte Matt leise.

Evan spürte, wie sein Gesicht heiß wurde. „Was soll ich sagen? Ich bin ein intellektueller Mensch."

„Ein Scrabble-Betrüger, das bist du." Matt räumte das Spiel in seine Schachtel, während sie darauf warteten, dass der Rest der Familie zurückkehrte.

„Wir könnten etwas Einfacheres spielen", neckte Evan. „Wie Galgenmännchen."

„Ich kenne nur die Version für Erwachsene."

„Tic-tac-toe?"

„Nur die —"

Evan brach in Lachen aus. Als er seine Hand hob, um sich die Augen zu reiben, erkannte er, dass er so seit … es war zu lange her und zu traurig, um weiter darüber nachzudenken. Er sah zu Matt hinüber, der grinste, ohne zu wissen, wie viel besser er diesen Tag gemacht hatte.

Sie ließen Matt nicht gehen, nachdem Danny zum Doktor-Bibber-Meister gekrönt worden war. Sie schleppten ihn in die Videothek vor dem Supermarkt, wo er wertvolle Punkte machte, als er argumentierte, dass der Film ab 13, den die Kinder sich ausgesucht hatten, wenig beinhaltete, was diese Kennzeichnung verdiente.

Sie wählten vier Filme aus. „Hey, Evan, was ist das für einer?"

„Einer für die Erwachsenen, hab den seit Jahren nicht gesehen – *Gladiator*."

Mit knallrotem Gesicht musste Matt den Hauptraum verlassen, wobei er so heftig keuchte, dass Evan befürchtete, er könnte eine Lunge verlieren.

Nach einem Notfall-Popcorn-Kauf kehrten sie zum Haus zurück.

„Sie gehen noch nicht, oder, Matt?", fragte Kathleen Matt schüchtern.

Evan begegnete Matts Blick. „Sieht nicht so aus", sagte Matt.

Sie hielten den Blickkontakt, bis Evan sich zwang, wegzusehen.

„HEY, ES schneit." Evan war in die Küche gegangen, um Matts Glas mit Eistee aufzufüllen (wobei er unangenehm berührt festgestellt hatte, dass sie zum ersten Mal nüchtern Zeit miteinander verbrachten) und sah aus dem Fenster.

„Cool!", kreischte Elizabeth und rannte zum Fenster an der Straßenseite, die anderen drei dicht auf den Fersen.

„Vielleicht fällt die Schule aus!" Das löste bei allen ein Jubeln aus.

Matt lächelte zu Evan hoch, als er zur Couch zurückkehrte. „Ich kann mich erinnern, wie ich mit dem Radio unter der Decke saß und zu jedem Heiligen gebetet habe, dass meine Schule genannt würde."

Evan seufzte. „Stellt mich ein bisschen vor ein logistisches Problem. Ich kann nicht wirklich einen Tag freimachen."

„Wenn du einen spontanen Ersatz brauchst, sag Bescheid. Ich habe mehr als genug Urlaubstage übrig."

„Im Ernst? Im Moment zeigen sie sich von ihrer besten Seite, aber ihre wahren Persönlichkeiten könnten hervortreten, wenn sie eingeschneit sind."

„Bitte, ich habe in der Mordkommission gearbeitet. Ich komme mit allem klar, dem ich ausgesetzt werde. Ich werde sie einfach mit Filmen, Spielen, Junkfood und Unmengen an Zucker beschäftigen. Wenn all das scheitert, werde ich jedem einen Scheck schreiben."

Das brachte Evan zum Lachen. „Was immer funktioniert."

Durch das unbarmherzige Wetter änderten sie ihre Abendessenpläne von einem Restaurantbesuch zu was immer sie im Haus finden konnten. Evan durchsuchte die Vorratskammer und versuchte, etwas zu organisieren, während Matt und die Kinder sich im Wohnzimmer ausbreiteten. Sie lachten hysterisch über den Film, von dem Matt geschworen hatte, dass er nicht zu erwachsen war.

„Was hat er gerade gesagt?"

„Dad, beruhig dich", rief Miranda. „Nichts, was die Kinder nicht schon gehört hätten."

„Wen nennst du hier ein Kind?", schrie Kathleen und warf ein Kissen auf ihre Schwester, die sich schnell revanchierte.

„Hey, ich versuche die Schimpfwörter zu hören, ein paar neue zu lernen … wenn's okay ist", rief Matt und löste bei Elizabeth und Danny wildes Gelächter aus.

Evan machte sich daran, Nudeln zu kochen und lächelte, als er daran dachte, wie schön dieser Tag geworden war.

Gegen zehn Uhr türmte sich der Schnee bis zur Fensterbank auf.

„Bei diesem Wetter fährst du nicht nach Hause."

Matt gesellte sich zu Evan, der an der Hintertür stand und den andauernden Blizzard beobachtete. „Ach, komm schon, ich bin mir sicher, ich könnte es in sechs oder sieben Stunden nach Hause schaffen."

„Nie im Leben haben sie morgen Schule – es sieht nicht so aus, als würde es nachlassen."

„Ich habe gesagt, dass es kein Problem ist, den Tag über zu bleiben."

„Ernsthaft?"

„Lieber Gott, bist du langsam!"

„Okay, okay. Wenn sie dich fesseln und deine Kreditkarten klauen, nun, du wurdest gewarnt."

Sie gingen zurück ins Wohnzimmer, um den Rest des Filmes mitzubekommen. Schließlich schliefen Danny und Elizabeth an Matt gelehnt auf dem Boden ein. Evan trug sie nacheinander nach oben und fühlte sich seltsam sentimental. Seine Kinder hatten den Tag über alle so unbeschwert gewirkt, hatten viel gelacht und einander geneckt. Ihre lächelnden Gesichter hatten ihn vergessen lassen, sich verzweifelt und leer zu fühlen. Er liebte die Neckereien. Liebte, wie sie einfach so an Matt gekuschelt eingeschlafen waren.

Er brachte seine Kleinen ins Bett, scheuchte Kathleen ein paar Minuten später ins Bett – sie behauptete, nur ihre Augen auszuruhen, aber Evan wies sie darauf hin, dass es als schlafen angesehen wurde, wenn man eine Stunde lang seine Augen ausruhte.

Miranda wollte aufbleiben und *Gladiator* sehen, also machten die drei „Erwachsenen" es sich gemütlich und starteten den Film.

„Wie stehst du morgen auf?"

Evan wich Matts Blick aus. „Ich werde klarkommen. Ich bleibe normalerweise sowieso so lange wach."

MATT SCHLUCKTE mehrmals und versuchte, seine Emotionen unter Kontrolle zu halten, während er im Dunkeln saß und auf das Flackern des Fernsehers sah. Dieser Tag – dieser lange, laute, verrückte Tag – ließ sein Herz schmerzen. Trotz all ihrer niederschmetternden Schmerzen im vergangenen Jahr waren die Cerellis eine schöne Familie. Sie versprühten Liebe füreinander. Selbst Evan, der, wie Matt wusste, jeden Tag Verzweiflung und Leid fühlte. Er fragte sich, wie es gewesen war, als Sherri noch gelebt hatte. Aufgrund der Trauer ihrer Hinterbliebenen vermutete er, dass sie nicht die geringste Ähnlichkeit mit seiner eigenen Mutter hatte.

Er war mit so viel Wut und Hass und Vernachlässigung aufgewachsen. Er erinnerte sich an die Ohrfeigen, die brutalen Schläge – verbal und physisch. Konnte sich an keinen einzigen Tag wie diesen in seiner Kindheit erinnern.

Der Rest seiner Qualen kam von Evan. Zeit mit einem deprimierten Evan zu verbringen war schlimm genug gewesen und hatte schon alle möglichen Gefühle ausgelöst, aber ein fröhlicher Evan? Jesus Christus. Matt hatte den ganzen Tag verzweifelt damit verbracht, nicht sein Gesicht anzustarren. Er glühte. Er lachte herzlich. Und lächelte. Lächelte wirklich. Seine Augen – diese silber-blauen Augen, die Matt aus einem Schlaf der Toten geweckt hatten – waren ein unvergesslicher Anblick, wenn er glücklich war. In seiner Magengrube geschah etwas, für das Matt keinen Namen hatte, aber es machte ihm eine verdammte Angst.

„Nacht." Miranda gähnte und drückte einen Kuss auf die Wange ihres Vaters. Sie streckte ihre Hand aus und schüttelte Matts. „Schön, dass Sie heute hier waren. Es hat Spaß gemacht."

„Danke, Miranda." Er hätte unmöglich seine Dankbarkeit für diese junge Frau ausdrücken können. „Beim nächsten Mal gibt es Videospiele und Pizza." Er zwinkerte ihr zu. „Ich bin mir ziemlich sicher, ich bin deinem Vater bei *Call of Duty* überlegen."

Als sie Evans perplexen Gesichtsausdruck sahen, lachten Matt und Miranda gemeinsam. Sie winkte und ging die Treppen hinauf.

Ließ Matt und Evan allein.

Matts Magen sank sofort in seine Kniekehlen. „Also …"

„Du musst erschöpft sein. Ich bin es gewöhnt, so lange wach zu bleiben."

Matt zuckte die Schultern und lenkte sich ab, indem er die DVD in ihre Hülle legte. „Du bist derjenige, der arbeiten gehen muss. Ich werde nur hier herumhängen und deine Kinder verwahrlosen lassen."

Evan schüttelte den Kopf und lächelte, während er begann die leeren Schüsseln und Becher einzusammeln. „Du denkst, du bist lustig …" Er beendete den neckenden Satz nicht.

Matt beobachtete ihn, fühlte sich zum ersten Mal seit Jahrzehnten wie ein nervöser Teenager. Sein Blick verfolgte Evan, als er in die Küche ging. Seine

Ohren nahmen jedes Geräusch wahr – die Schritte, das Scheppern von Plastik und der Arbeitsfläche.

„Die Couch sieht bequem aus", sagte Matt beiläufig, während er durch den Raum ging und an dem Tresen stehen blieb, der die beiden Räume voneinander trennte. Er sah zu, wie Evan die Spülmaschine einräumte.

„Ähm, ja."

„Du schläfst hier, oder?"

„Jede verdammte Nacht des letzten Jahres."

Matt seufzte. „Ich kann den Boden nehmen …"

„Nein, nein … Ich schlafe oben."

Matt hasste die Resignation in Evans Stimme. Der Tag war so schön gewesen. Er wollte nicht, dass er so endete.

EVAN SCHALTETE kein Licht an, während er sich auszog. Seine Zähne putzte er nur im Licht der Nachttischlampe. In seiner Unterwäsche – und dem Shirt der US-Marines, von dem er sich vorstellte, dass es noch immer nach Sherri roch – kroch er, qualvoll zitternd, unter die Decke. Er rutschte an den Rand „seiner" Bettseite, vergrub sein Gesicht im Kissen und betete aus tiefstem Herzen, dass er schnell einschlafen würde. Er versuchte sich auf den Tag und auf das Glück der Kinder zu konzentrieren. Matt. Er mochte es, ihn hier zu haben. Ihn lachen und mit den Kindern herumalbern zu hören. Mochte, dass er wusste, dass Evan auf der Couch schlief und sich nicht verhielt, als sei es eine große Sache.

Mochte, dass jemand ihn verstand.

MATT LAG auf der Couch und lauschte den Schneepflügen, die alle zwanzig Minuten vorbeifuhren. Er war hellwach. Die Uhr über dem Spülbecken zeigte drei Uhr. Es war noch immer dunkel draußen; er konnte kaum den Mond erkennen.

Er konnte nicht schlafen, weil sein Körper kribbelte und seine Gedanken Meilen vor seinem Herzen rasten. Er kannte dieses Gefühl. Es war die Kombination aus Lust und dieser schwindelerregenden Aufregung, die man fühlte, wenn man die Telefonnummer eines Mädchens bekam und einfach wusste, dass es wirklich ihre war und nicht die ihrer Reinigungsfirma.

Er rieb sich seufzend mit beiden Händen übers Gesicht. Die Dinge gerieten außer Kontrolle. Jetzt fantasierte er schon über Evan, wenn er wach war. Und nüchtern.

Und dann hörte Matt das Stöhnen. Er rührte sich nicht. Es brauchte nur eine Sekunde, um zu erkennen, dass es eine Männerstimme war; es war Evan und das Geräusch, das er machte …

Matt sprang auf und ging nach oben, folgte dem Geräusch in einen Raum am Ende des Ganges.

Er klopfte leise, bekam jedoch keine Reaktion. Nachdem er den Türknopf gedreht hatte, ging er hinein, seine Augen gewöhnten sich an den stockdunklen Raum.

„Evan?", flüsterte Matt und ging auf das Bett zu. „Evan? Ich bin's, Matt. Bist du okay?"

Mehr Stöhnen. Im Bett Umherwälzen.

Matt erreichte den Rand des Bettes und bevor er sich zurückhalten konnte, streckte er eine Hand aus und berührte Evans Schulter.

Die Instinkte eines Cops funktionierten selbst im Schlaf, Evan schoss sofort hoch und packte Matts Arm.

„Ruhig." Matt nutzte die zehn Kilo, die er dem jüngeren Mann voraushatte, um ihn aufrecht zu halten. „Du hattest nur einen Alptraum. Entspann dich."

Evan atmete schwer und Matt spürte die Klammheit seiner Haut. Wovon er sehr viel spürte. Plötzlich erkannte er, dass er Evans Unterarm umklammert hielt. Und sie waren nur wenige Zentimeter voneinander entfernt.

„Oh Gott." Evan stöhnte wieder. Er löste sich und schlang die Arme um seine Knie. „Oh Gott. Bitte mach, dass es aufhört."

Hilflos setzte Matt sich auf den Bettrand und streckte zögernd erneut seine Hände nach Evans Schultern aus.

Streichelte seinen Arm. Es war wie in seinem Traum.

„Lass mich nicht allein, okay? Ich kann nicht … Ich kann das nicht mehr", stammelte Evan. „Ich kann nicht schlafen. Wenn ich schlafe, erinnere ich mich, wie viel Blut es war. Sie ist da und ich sehe das Blut."

„Ruhig. Ich bleibe hier. Mach dir keine Sorgen."

Matt bewegte seine Hand rhythmisch auf und ab. Auf und ab.

„Ich kann nicht, ich kann nicht, ich kann nicht …" Jetzt weinte Evan.

Matt strich an Evans Arm hinauf bis zu seiner Schulter. Zu seinem Hinterkopf. Gottseidank war es dunkel, denn er wollte nicht sehen, was er tat. Er wollte einfach so tun, als sei es ein Traum. „Schhhh."

Matt berührte Evans Haar, das sich weich unter seinen Fingern anfühlte. Das Schluchzen wurde schwächer und schließlich zu tiefen, feuchten Atemzügen. Er drückte sanft Evans Nacken und streichelte mit seinem Daumen über die Haut. Hörte Evans Seufzen, das heiße Erregung durch Matts Körper schickte.

Das war kein Traum. Matts Hand hielt inne. Oh Gott. Das ging zu weit. Matt zog sich zurück und die Stille verschluckte ihn. Er wartete einen Herzschlag, zwei. Zehn.

„Danke, Matt." Evans Stimme drang durch die Dunkelheit. Sie klang wie ein Todesrasseln. „Ich bin nur so verdammt müde. Ich will schlafen."

„Leg dich hin." Matt streckte eine Hand aus und half Evan zurück unter die Decke. „Ich bleibe hier sitzen, okay? Mach die Augen zu."

Mehr Stille. Dann ein Seufzen. „Geh nicht."

„Werde ich nicht."

Matt setzte sich auf die andere Seite des Bettes. Seine Brust schmerzte höllisch. Seine Finger brannten.

„Ich … ich …"

„Was, Evan?"

„Es macht mir nichts aus, dass du mich so berührt hast. Es tut mir leid."

Matt seufzte. „Warum sollte es dir leidtun müssen?"

„Ich sollte so nicht fühlen."

Willkommen im verdammten Club. „Evan, schlaf. Lass uns nicht jetzt darüber sprechen."

„Wieso hast du mich so berührt?"

Gott. Bitte. Nicht. Jetzt.

„Schlaf, Evan. Bitte. Ich kann das jetzt nicht."

„Sind wir noch Freunde, Matt?"

„Natürlich sind wir das. Jetzt schlaf."

Evan folgte seinem Rat und hörte auf zu sprechen, wofür Matt ihm unendlich dankbar war. Er lag neben ihm und lauschte auf seinen Atem. Hörte die Schneepflüge. Fragte sich, wie zur Hölle sie einander am nächsten Morgen gegenübertreten sollten.

Und alles, was Matt in seinen Gedanken hörte, war Evans Flüstern. „Es macht mir nichts aus, dass du mich so berührt hast." Wieder und wieder und immer wieder.

4

EVAN WACHTE pünktlich um sechs Uhr auf; er hatte seit seiner Zeit bei den Marines keinen Wecker mehr gebraucht. Nachdem er in diesem Bett beinahe ein Jahr lang nicht geschlafen hatte, erwachte er auf einer Matratze ... und jemand lag neben ihm. Matt. Die Erinnerungen an die letzte Nacht kehrten zurück und brachten ein schmerzvolles Ziehen in seiner Brust mit sich.

Tja, Scheiße.

Er rutschte aus dem Bett, warf einen Blick auf den schlafenden Matt, der einen Arm über seine Augen gelegt hatte. Das schwache Licht des Wintermorgens warf eine blasse Linie auf die untere Hälfte seines Gesichts, das ein wenig angespannt war.

Evan nahm mit langsamen, steifen Bewegungen seine Kleidung aus dem Schrank und ging ins Badezimmer. Er wollte Matt nicht aufwecken, wollte ihm nicht gegenübertreten. Die Dinge waren in der vergangenen Nacht vollkommen aus dem Ruder gelaufen und Evan fühlte sich schrecklich.

Sie hatten nie wirklich über Sex gesprochen. Seltsam; da sie Männer waren, hätte er gedacht, dass es das erste wäre, worüber sie gesprochen hätten. Aber das war in Ordnung für Evan, sein Beitrag wäre schön, aber kurz gewesen. Er hatte von Matts Ruf gehört – verdammt, er hatte seine Reaktion auf Frauen wie Helena gesehen – es war ihm nie in den Sinn gekommen, dass Matt auch Männer mochte. *Ihn* mochte.

Plötzlich ergab so vieles Sinn. Die Blicke, die er aus dem Augenwinkel heraus bemerkt hatte. Wie Matt seinen Stuhl während ihrer wöchentlichen Barbesuche näher an seinen geschoben hatte. Vergangene Nacht. Evans Alptraum hatte Matt in sein Schlafzimmer gelockt. Seine Verzweiflung und sein Leid hatten dafür gesorgt, dass Matt die Nähe gesucht hatte.

Evan trat unter die Dusche und ließ zu, dass das heiße Wasser seine Haut verbrühte. Er konnte nicht glauben, wie schief die Dinge gelaufen waren. Seine Freundschaft zu Matt war ihm sehr wichtig; er hatte begonnen, sich darauf zu verlassen. Und jetzt würde sich alles in Unbehaglichkeit auflösen. Unangenehm, weil Matt von ihrer Beziehung möglicherweise erwartete, dass sie ... sich weiterentwickelte. Unangenehm, weil Evan ihm gesagt hatte, dass ihm die Berührungen nichts ausmachten, was die reine Wahrheit war. Es war eine Rettungsleine gewesen, Matts Hände auf seinem Arm, seiner Schulter, seinem Haar zu spüren.

Ein Schaudern überlief Evans Haut. Der Dampf nahm ihm für einen Moment die Sicht und er stützte beide Hände an den Fliesen ab. Er wollte – er wollte mehr.

Er wollte jemanden, der ihn hielt, über sein Haar streichelte und ihm sagte, dass alles in Ordnung war, selbst wenn er wusste, dass es nicht stimmte.

Seine eigene Sexualität hatte er nie in Frage gestellt. Er hatte nie wirklich darüber nachgedacht. Er hatte Sherri am ersten Tag der Junior High getroffen und sich heftig in sie verliebt – mit sechzehn hatten sie gemeinsam ihre Jungfräulichkeit verloren. Und das war es. Er konnte andere Frauen ansehen, ihre Schönheit, ihre erotische Anziehung anerkennen, aber es war ihm nie in den Sinn gekommen, einen Schritt weiter zu gehen. Sherri machte ihn an. Sherri befriedigte sein sexuelles Verlangen. Das machte ihn doch hetero, oder?

Abgesehen davon, dass Matts Berührungen ihn vollkommen aus dem Konzept gebracht hatten. Wie konnte er das dem Mann sagen? *Ja, ich habe letzte Nacht etwas für dich gefühlt. Nein, ich bin mir nicht sicher, was es ist. Ich wünschte, ich könnte versuchen, es herauszufinden, aber das für einen anderen Menschen zu fühlen, ist einfach zu beängstigend und überwältigend.*

MATT HATTE sich umgedreht und sich bäuchlings quer über das ganze Bett ausgestreckt. Abgetrocknet und angezogen hatte Evan das Badezimmer verlassen und sah den Mann in seinem Bett an, als wäre es das erste Mal. Kräftig gebauter Körper, dichtes braunes Haar. Es hatte ihm gefallen, wie Matt ihn am vergangenen Tag immer wieder angelächelt hatte. Mochte, wie Matt sich bewegte; mächtig. Befehlend. Mochte, wie Matt ihn in der letzten Nacht berührt hatte, den Schmerz mit seinem Streicheln weggestrichen hatte.

Komm schon, Evan. Sag es. Wie Sherri es immer getan hat.

Abrupt drehte Evan sich um und verließ das Schlafzimmer. Er ging zu Mirandas Zimmer und klopfte vorsichtig an die Tür.

Sie war wach, ihr Radiowecker lief leise. Die Schulausfälle.

„Hey Daddy", sagte sie schläfrig. „Wir bleiben heute alle daheim. Ich habe gerade gehört, wie sie die Grundschule genannt haben."

„Ja, dachte ich mir. Hör mal, Matt bleibt den Tag über hier, bis ich heimkomme."

„Mensch, du glaubst, wir brauchen einen Babysitter? Ich bin siebzehn!" Miranda wurde lebendig und setzte sich in ihrem Bett aufrecht hin.

„Ich weiß, ich weiß, aber mir zuliebe, okay? Was, wenn es Schwierigkeiten mit dem Ofen oder dem Strom gibt? Was, wenn ihr irgendwo hinmüsst? Du kannst noch nicht allein fahren – und definitiv nicht bei diesem Wetter."

Miranda seufzte unzufrieden, aber Evan konnte sehen, dass sie nicht mit ihm streiten würde. „Außerdem wird er helfen, die Kleinen zu beschäftigen, dann musst du sie nicht den ganzen Tag unterhalten."

„Siehst du? Das ist ein großes Plus – das hättest du zuerst erwähnen sollen."

Evan musste lächeln. Er durchquerte den Raum und gab ihr einen Kuss auf den Kopf. „Könntest du versuchen aufzupassen, dass sie Matt nicht zu sehr schikanieren?", fragte er, während er sich zum Gehen wandte.

„Hey, Daddy – er ist wirklich nett. Ich bin froh, dass du einen Freund wie ihn hast."

Hinter Evans rechtem Auge machte sich ein Schmerz breit. Schuld? Stress? Erschöpfung? *Alles gleichzeitig.* „Ja. Und danke, dass du ihn gestern eingeladen hast. Er hatte Spaß, glaube ich."

Miranda kroch zurück unter ihre Decke. „Er sah einsam aus."

„Ja."

„Tschüss, Daddy."

„Tschüss, Kleine. Wir sehen uns heute Abend."

Er schloss die Tür hinter sich und eilte nach unten. Er musste so bald wie möglich das Haus verlassen. Bevor Matt aufwachte. Er konnte das im Moment einfach nicht tun.

Evan schrieb ihm schnell einen Zettel und hinterließ ihn am Kühlschrank. Er versprach, so früh wie möglich zu Hause zu sein. Schrieb ihm, dass er anrufen sollte, wenn es ein Problem gab. Dankte ihm erneut für seinen riesigen Gefallen.

Und oh, übrigens, wegen letzter Nacht ...

Er packte sich schnell warm ein und holte die Schneeschippe heraus, die er in der Besenkammer aufbewahrte, bevor er zur Hintertür ging – die kürzeste Entfernung zum Auto. Einen schnellen Weg zur Einfahrt freizuschaufeln half ihm, einen Teil seiner Anspannung loszuwerden.

WIE ER es schaffte, vor Helena – von Queens aus - auf dem Revier zu sein, war ihm ein Rätsel. Er saß um neun an seinem Schreibtisch. Moses ebenfalls. Und sonst niemand.

„Nur du und ich, mein lieber Evan. Hey, wusstest du, dass die Regierung das Wetter in den letzten fünfzehn Jahren kontrolliert hat. Sie haben diese Satelliten ... kein Scherz ..."

Er seufzte. Hätte er nicht mit jemandem hier landen können, der weniger gesprächig war?

Eine Stunde später stürmte eine tropfnasse Helena herein. Sie sah aus, als hätte jemand sie in eine Schneewehe gestoßen.

„Es ist noch nicht mal Thanksgiving! Was soll dieser Scheiß?" Wütend trat sie den Schnee von ihren Stiefeln und riss sich ihre obersten Schichten vom Leib. Sie sah zu Evan auf, der sich besonders viel Mühe gab, ruhig, entspannt und gesammelt auszusehen. „Wann zur Hölle bist du gekommen?"

„Ts, ts, da hat jemand aber ein schmutziges Mundwerk."

„Oh, halt die Klappe, Moses."

„Also?"

Er sah beiläufig auf seine Uhr. „Vor einer Stunde."

„Von Queens?"

„Und du machst dich immer lustig über mich, weil ich dort wohne. Fühlst du dich jetzt nicht schlecht?"

„Hmpf."

Evan wusste, dass Helena es hasste, nass zu werden und zu frieren. Üblicherweise hasste sie auch Moses, der bissig und doch fröhlich und jeden Tag aufgeräumt war (zumindest bevor sie zwei Tassen Kaffee gehabt hatte – hinterher liebte sie ihn). Und dass Evan an diesem Morgen vor ihr auf dem Revier gewesen war, war das Tüpfelchen auf dem i.

Sie zog sich bis auf ihre schweren Wollhosen und den Rollkragenpullover aus und ließ sich auf ihren Stuhl fallen. Sie streifte ihre Stiefel ab und warf sie in die Ecke.

„Von meiner Wohnung bis zum Revier hat niemand die Gehwege freigeschaufelt und die Subway fuhr nicht – die Busse konnte man vergessen. Taxi? Bitte. Ich habe fast zwei Stunden gebraucht, um hierher zu stapfen und … grrrr."

Moses lachte von seinem Platz aus leise, drehte ihr jedoch klugerweise den Rücken zu. Evan stellte eine Tasse Kaffee vor ihr ab. „Bist du okay?"

„Ja, nur genervt."

Evan setzte sich wieder an seinen Schreibtisch und seufzte.

Sie musterte ihn misstrauisch. „Was?"

Er öffnete seinen Mund, um „Nichts." zu sagen, änderte seinen Plan jedoch, als er ihren Blick sah. „Lange Geschichte."

„Ich bezweifle, dass das Telefon heute klingelt. Die ganzen Perversen sind eingeschneit."

Evan warf einen Blick zu Moses. Das war definitiv nicht für seine Ohren bestimmt.

Helena schürzte die Lippen. „Ist Captain Wolkowski hier?"

„Nee", rief Moses, der mit Vergnügen zuhörte. „Er wartet immer noch, dass der Schneepflug seine Einfahrt freischaufelt."

„Sein Büro ist frei."

Evan nickte.

Sie gingen hinein und schlossen die Tür.

Er plante, ihr die Wahrheit zu sagen – wirklich, ehrlich – aber als der Moment kam und sie erwartungsvoll auf einem Stuhl saß und wartete, konnte er es einfach nicht tun.

„Helena. Äh, ich habe jemanden kennengelernt. Vor kurzem …"

„Mhm."

„Und wir sind gute Freunde."

„Mhm."

„Ich glaube … ich glaube, sie hat gewisse … sexuelle … Gefühle für mich entwickelt. Und ich bin mir ziemlich sicher, dass ich, äh, anfange … genauso zu fühlen." Evan räusperte sich nervös und starrte auf seine Hände. Er konnte Helena nicht ins Gesicht sehen, während er das tat.

„Okaayy …"

„Es ist nur sehr kompliziert." *Oh mein Gott, das ist die Untertreibung des Jahres.*

„Evan, ich weiß, dass es schwer ist, dich mit jemandem vorzustellen … du weißt schon, nachdem du Sherri verloren hast. Aber du bist jung und es ist okay, dich von jemand anderem angezogen zu fühlen. Es ist natürlich."

Hey, Helena, es gibt mehrere große religiöse und politische Organisationen, die dieser Vorstellung nicht zustimmen. Evan unterdrückte ein hysterisches Lachen.

„Vermutlich. Aber das ist nur ein Teil davon. Ein ziemlich großer Teil. Und der andere Teil ist ebenfalls ziemlich groß. Es wäre sehr, sehr schwierig für uns … daraus eine intime Beziehung zu machen."

Helena sagte nichts. Evan sah aus dem Augenwinkel, wie sie sich auf die Lippe biss.

Er dachte über Matt nach, der in seinem Bett lag.

Sie saßen lange schweigend da, seine Gedanken drifteten von dem gefährlichen Bild von Matt ab. Evan dachte darüber nach, wie lange es her war, dass er Helena genervt erlebt hatte. Und sie hatte ihn noch nicht gefragt, was er gefrühstückt hatte. Es war nett. Normal.

„Kann ich sagen, wie gut es ist, dich schlecht gelaunt zu sehen?", sagte er schließlich.

„Was?"

„Ich meine nur, dass du dich in meiner Gegenwart so sehr anstrengst. Immer motiviert und gut gelaunt. Ich liebe dich über alles dafür, dass du es versuchst, aber ich habe deine genervten Tage wirklich vermisst. Wie heute."

„Also magst du die Bilderbuch-Helena nicht, nehme ich an?"

„Nee. Ich vermisse die Griesgrämige, die mich gelegentlich zurechtweist."

„Heute bekommst du sie in höchstem Maße, Partner."

„Kannst du ab jetzt einfach meine Freundin sein? Keine Samthandschuhe. Kein Bemuttern. Bitte."

„Gott sei Dank. Ich glaube nicht, dass ich heute gut gelaunt sein könnte. Meine Unterwäsche ist feucht. Und nicht auf die gute Art."

Evan lachte. Er lachte mit vors Gesicht geschlagenen Händen, bis er spürte, dass ihm die Tränen kamen. Beinahe hätte er die Beherrschung verloren und Helena die Wahrheit erzählt. Beinahe.

„Helena, ich weiß nicht, ob ich jemandem geben kann, was er in einer Beziehung will."

Sie beugte sich herüber und drückte seine Hand. „Sex?"

„Liebe."

MATT WACHTE gegen Neun vom Geräusch eines Kicherns auf. „Hi Matt", flötete Elizabeth.

Er bewegte sich und sah zum Fußende des Bettes. „Hey Kinder." Danny und Elizabeth, noch in ihren Schlafanzügen, standen dort und strahlten ihn an.

„Heute ist keine Schule und der Schnee geht bis übers Fenster! Es ist so cool! Können wir zum Spielen raus?"

„Äh, sicher, Danny." Matt setzte sich auf und rieb sich über die Augen. „Ist euer Dad schon zur Arbeit los?"

„Vor ein paar Stunden", sagte Miranda. Matt blickte auf und sah sie im Türrahmen lehnen. Sie beobachtete die Szene und er konnte ihre Verwirrung auf ihrem Gesicht lesen. Was genau tat Matt im Bett ihrer Eltern?

„Ja. Hey, lasst uns etwas essen und dann können wir draußen ein bisschen Spaß haben." *Erzwungene Fröhlichkeit. Hervorragender Job, Matt. Du hast die Kleinen abgelenkt, aber Miranda wird dich nicht so einfach davonkommen lassen. Schnell. Lüg.* „Euer Dad war so nett, mir das Bett zu überlassen. Schlechter Rücken." Er streckte sich übertrieben.

Mirandas Gesichtsausdruck änderte sich nicht und sie wandte sich zum Gehen. „Ich fange an, Frühstück zu machen." Und dann war sie weg.

Matt stand auf – sein Publikum blieb – und erkannte, dass seine Klamotten unten waren. Großartig. „Brauchst du was zum Anziehen?", fragte Elizabeth. Sie deutete zur Kommode ihres Vaters. „Daddy hat da Klamotten drin."

Matt glaubte nicht, dass er irgendetwas finden würde, das passte – er war Evan um mindestens zwanzig Pfund und ein paar Zoll voraus – aber er zog die Schublade auf und sah hinein.

Lieber Gott, bitte lass nichts Seltsames passieren, wie dass ich erregt werde, weil ich Evans Unterwäscheschublade durchsuche. Amen.

Er griff nach einem Paar Jogginghosen – XL – Socken und ein ausgeleiertes T-Shirt und ging dann ins Badezimmer. Als er ein paar Minuten später zurückkam, saßen Elizabeth und Danny nebeneinander auf dem Bett und warteten auf ihn.

„Hey, Matt, was machen wir den ganzen Tag?"

DIE KINDER hielten ihn auf Trab. Miranda taute letztendlich auf, aber er konnte sehen, dass sie etwas beschäftigte. Nach dem Frühstück gingen sie nach draußen und Matt beauftragte sie den Rest der Einfahrt und den Weg zur Straße freizuräumen. Sie bauten einen Schneemann.

Als er sich atemlos und von Schneebällen bombardiert auf dem Rücken wiederfand, erkannte er, dass (a) das hier besser war als zu joggen und (b) er diese Kinder vermissen würde, wenn Evan nach Hause kam und ihn fortschickte.

Er ließ es in seinem Kopf immer und immer wieder ablaufen. Die Berührungen, die Seufzer und vor allem Evan, der ihm sagte, dass es ihn nicht störte … Jesus. Er wünschte sich, er könnte wie ein jugendlicher Babysitter den Spirituosenschrank plündern. Aber wann immer er dachte, dass er klein beigeben würde, schickten Elizabeth oder Danny oder sogar Kathleen ein wundervolles Lächeln in seine Richtung und kicherten und er spürte dieses warme Schaudern, das seinen Körper durchlief. Und dann wünschte er sich, dass Evan da wäre und den Moment genoss.

FÜNF UHR kam schnell. Es hatte keine Anrufe gegeben – die Stadt war durch den außergewöhnlichen Sturm mehr oder weniger stillgelegt.

„Ich werde jetzt gehen."

„Okay."

„Willst du mitfahren?", fragte er Helena.

„Natürlich."

Evan lächelte. „Moses?"

„Ich werde noch bleiben. Dem Chef ein bisschen in den Arsch kriechen." Wolkowski saß in seinem Büro, hatte die Füße hochgelegt und machte ein Nickerchen. „Viel Spaß."

Sie gingen. Der Schnee hatte vor Stunden aufgehört, aber die Räumung war noch immer im Gange. Der Verkehr kroch dahin. Ein paar Leute eilten auf den Fußwegen vorbei.

„Ich glaube nicht, dass ich jemals bei so viel Schnee mit dir gefahren bin. Bist du sicher?"

„Ich bin ein hervorragender Fahrer. Halt die Klappe und steig ein."

„Also, wie geht es mit deiner Freundin weiter?"

„Ich nehme an, wir werden irgendwann miteinander sprechen. Ich werde, äh, ihr die Wahrheit sagen."

„Die da wäre?"

„Ich lasse es dich wissen, sobald ich es herausgefunden habe."

Während sie langsam hinter einem Schneepflug her Richtung Norden fuhren, fragte Helena plötzlich: „Kenne ich diese Frau? Du hast vorher nie jemanden erwähnt."

Evan umklammerte das Lenkrad. „Freundin von Matt – er hat uns vorgestellt."

„Matt Haight? Oh ja. Er ist süß. Hey, vielleicht kannst du ihm meine Nummer geben."

Evan konzentrierte sich aufs Fahren, mied Helenas Blick und beschäftigte sich nicht damit, die Abwehrhaltung, die diese Aussage auslöste, zu analysieren.

MATT UND die Kinder machten Hamburger und Mac 'n' Cheese zum Abendessen. Er dachte, dass Kinder zu jeder Mahlzeit Gemüse essen mussten – besonders grünes – also kochte er Spinat. Kochendes Wasser bekam er hin. Als die Uhr auf sieben zuging, hatte Matts Nervosität sich bis kurz vor einer Explosion angestaut. Sein Herz raste. Der Moment der Wahrheit, richtig? Evan würde durch die Tür kommen und Matt betete, dass er sein Gesicht lesen konnte, verstehen würde, was er tun sollte. Bleiben oder verschwinden. Das waren die einzigen Optionen.

EVAN SAß im Auto, das er in der frisch geschippten Einfahrt geparkt hatte. Er sah den Schneemann – war das sein Hut? – und Licht, das durch das Fenster in der Tür fiel. Er musste hineingehen und Matt gegenübertreten. Und etwas sagen. Wie … *Ich will etwas, das ich nicht haben kann, das du mir geben willst. Denke ich. Vielleicht.* Er wollte die Zeit zurückdrehen, bis zu dem Punkt, an dem es nur um geteiltes Leid gegangen war und nicht um geteilte … Zuneigung. Verlangen. Mit Leid kam Evan gut klar. Jemanden gern zu haben, forderte sehr viel mehr Arbeit – und es war gefährlich. Er wünschte sich einfach nur, dass er diese Sache, die zwischen ihnen entstand, verstand und wusste, wie er Matt in die Augen sehen sollte, wenn er ins Haus kam. Er stieg aus und ging langsam auf die Eingangstür zu.

MATT HÖRTE den Hausschlüssel und hielt den Atem an. Jetzt würde er die Suppe auslöffeln müssen.

Die kleinen Kinder rannten hinüber und begrüßten ihren Vater mit einem enthusiastischen Hallo. Matt beobachtete die Umarmungen und Küsse. Sah zu, wie Evan seinen Mantel und die Handschuhe auszog, seine Stiefel auf der Fußmatte zurückließ. Miranda rief eine Begrüßung und einen dieser „Essen ist fast fertig"-Sätze, die man in alten Fernsehsendungen hörte. Wo war jemand, der die Anspannung lockerte, wenn man ihn brauchte?

Schließlich konnte Evan Matts Blick nicht mehr ausweichen und ging in die Küche, wo Matt stand. „Hi."

„Hi."

„Danke, dass du den Tag hier verbracht hast – ich weiß das wirklich zu schätzen."

Matt zuckte die Schultern und behielt einen neutralen Gesichtsausdruck bei. „Ich hatte Spaß. Schlägt die Arbeit um Längen. Sie haben das Büro nicht einmal geöffnet."

„Wünschte, ich könnte dasselbe sagen. Wir saßen den ganzen Tag nur herum."

Hier unangenehme Pause einfügen, dachte Matt. Er wollte den Moment nicht missverstehen, aber Evan schien nicht feindselig zu sein oder ihn davonzuschicken. Vielleicht, nur vielleicht, wollte er die ganze Sache einfach vergessen. Dann könnten sie das hinter sich lassen.

Dann schob Evan sich an ihm vorbei und berührte Matts Unterarm für einen langen, nachklingenden Moment.

Was zur Hölle? Ein Blitz traf Matt an hundert Stellen gleichzeitig. Gehirn, Herz, Schritt. Es gab keine Möglichkeit, das für ein Versehen zu halten.

„Was gibt's zum Abendessen?" Evan ging in die Küche und seine Stimme zitterte, während er mehrere Topfdeckel anhob. „Riecht gut."

Matt blieb wie festgewachsen stehen. Die Kinder waren ins Wohnzimmer gewandert und waren im ganzen Raum verteilt, während sie fernsahen. Die Geräusche von Nickelodeon füllten das Haus.

Mit dem Rücken zum Wohnzimmer starrte Matt Evan an und hoffte, dass er sich umdrehte. Er musste sein Gesicht sehen.

Mit einem schweren Seufzen – Niedergeschlagenheit oder Akzeptanz – drehte Evan sich zu Matt um. Sie standen lange einfach nur da und sahen einander an. Matt zitterte in einer seltsamen Art Panik. Aufregung. Schreckliche Angst. Nichts war so überraschend, wie zu sehen, dass Evans Gesichtsausdruck Matts Gefühle widerspiegelte. Wie es von Anfang an gewesen war, sagte keiner von ihnen ein Wort. Nur dieses Mal wusste Matt genau, was Evan dachte.

Matt würde nicht gehen. Evan wollte, dass er blieb.

SIE ÜBERLIESSEN das Reden während des Abendessens und dem Rest des Abends den Kindern. Die Aktivitäten im Freien hatten ihren Tribut gefordert und die Kleinen protestierten nicht, als die Schlafenszeit um halb neun verkündet wurde. Miranda kündigte an, dass sie nach oben gehen würde, um mit einer Freundin zu telefonieren. Kathleen versuchte so gut sie konnte ihre Augen offen zu halten, aber gegen neun war sie erledigt.

Ja, Leute. Der Moment, auf den wir jetzt seit Stunden ängstlich gewartet haben.

Sie ließen die Stille beinahe dreißig Minuten zwischen ihnen stehen. Sie hörten der Spülmaschine und dem Summen einer Sitcom im Fernsehen zu.

Schließlich konnte Matt es nicht länger ertragen. „Evan."

„Ja?" So leise, so weit entfernt. Er saß auf der Couch, Matt ein paar Schritte entfernt im Sessel.

„Wir müssen über das, was passiert ist, reden."

„Ich weiß."

„Es tut mir leid, dass ich die Grenze überschritten habe. Als ich gehört habe, dass du einen Alptraum hattest, ist alles wie von selbst passiert. Ich habe nicht versucht … etwas … zu tun."

Evan sagte nichts. Matt musterte seinen Freund. Er starrte angestrengt geradeaus, sein Blick war leer und sein Gesicht verschlossen. Er hatte sich ein graues T-Shirt – nette Sicht auf das Tattoo, herzlichen Dank – und schwarze Jogginghosen angezogen, als er nach Hause gekommen war und irgendwie stieß es

43

Matt näher an den Abgrund. Eine überwältigende Welle des Verlangens prallte auf zweiundvierzig Jahre des Machismos und ein einst gefestigtes Verständnis seiner Person.

„Ich will diese Freundschaft nicht zerstören, Evan."

„Es ist okay. Ich habe dir doch gesagt … es hat mich nicht gestört. Ich will dir nur keine Hoffnungen machen. Ich hatte keine Ahnung …"

„Mann, du verstehst es nicht? Es ist in meinem verdammten Kopf und ich verstehe es nicht."

Das sorgte dafür, dass Evan ihn ansah. „Du meinst … ich dachte, du wärst bisexuell."

Verblüfft schüttelte Matt den Kopf. „Nein."

„Was dann?"

Matt fixierte Evan mit einem intensiven Blick. „Mein gesamtes verficktes Leben wurde auf den Kopf gestellt, das ist passiert. Ich habe die letzten achtundzwanzig Jahre mit dem Versuch verbracht Frauen zu ficken und jetzt habe ich einen Ständer wegen einem Mann."

Oh Scheiße. Das war ihm einfach so über die Lippen gekommen und er würde alles tun, um es zurückzunehmen.

Erstauntes Schweigen. Evan sah aus wie das sprichwörtliche Reh im Scheinwerferlicht. „Wieso hast du nichts gesagt?"

„Weil, äh, wir hetero sind? Ich habe so nicht über uns nachgedacht."

„Uns?"

„Du weißt, was ich meine."

„Ich schwöre bei Gott, ich habe keine Ahnung."

„Hör mal, Evan. Ich weiß nicht, was ich dir sagen soll." Matt zog sich aus dem Sessel hoch. Er konnte das nicht. „Ich gehe."

„Wieso?"

„Wieso? Was glaubst du denn? Ich bin verlegen und es macht mir Angst, okay? Ich weiß nicht, wie zur Hölle ich hiermit umgehen soll." Er ging an der Couch vorbei, um seine Schuhe zu holen.

„Nicht."

Matt bewegte sich weiter. Er versuchte nichts zu hören, außer dem pulsierenden Blut in seinen Ohren. Das wurde gefährlich.

„Geh nicht, Matt." Endlich begann sich Emotion in Evans Stimme breitzumachen. „Ich habe dich letzte Nacht gebeten, nicht zu gehen und du bist geblieben."

„Scheiß drauf. Ich kann das nicht", murmelte Matt immer und immer wieder. „Wir können das nicht tun." Er starrte seine Schuhe an, fühlte sich hilflos und verängstigt. Entblößt. Etwas so sehr zu brauchen … es war zu gefährlich.

Er spürte, dass Evan vor ihm stand, aber er konnte nicht aufblicken.

„Nicht." Evan berührte seine Wange. „Ich möchte, dass du bleibst."

Er schauderte, als Evan sein Kinn streichelte. „Und was dann?"

„Ich bin mir nicht ganz sicher … Können wir es langsam angehen lassen? Ich will nicht, dass du mich für leicht zu haben hältst."

Matt musste lachen. Musste einfach. Er streckte eine Hand aus und nahm Evans Hand in seine. Stand auf, sodass sie nur wenige Zentimeter voneinander entfernt standen.

Evan zitterte unter seinen Händen und atmete tief, beinahe verzweifelt, ein.

Matt ließ seine Hände denselben Pfad entlangwandern wie in der vergangenen Nacht. Die Arme hinauf, zu den Schultern, über das Schlüsselbein unter dem weichen T-Shirt. Den starken Nacken. Er spürte die kräftigen Muskeln, die zittrigen Atemzüge. Er musterte Evans Gesicht – angespannte Flächen und blasse Haut. Seine Augen waren geschlossen. Er zitterte.

Matt schauderte. Sein Mund schmerzte vor verweigertem Verlangen. *Tu es einfach, Matty,* flüsterte etwas in ihm. *Er will nicht, dass du aufhörst.*

Also tat er, was er seit Wochen hatte tun wollen: Er presste seinen Mund auf Evans.

Kurzschluss. Es war nur ein einfaches Aufeinanderpressen von Fleisch, aber der Schock erschütterte sie beide bis ins Mark.

Matt wagte sich etwas weiter vor – er ließ seine Zungenspitze über Evans Lippen streichen, drückte gegen das Gewebe und freute sich, als Evan den Druck annahm, den Widerstand bot, der nötig war, um sie beide aufrecht zu halten.

OH GOTT, es fühlte sich so gut an, berührt zu werden. Von Matt so berührt zu werden. Seine Gedanken glitten kurz zu Sherris Gesicht, aber es gelang ihm, es für den Moment fortzuschieben, weil sich das hier so anders anfühlte. Die raue Haut und die schmalen Lippen. Die Härte, die sich gegen seinen Oberschenkel drückte. Ein Stöhnen baute sich in ihm auf und er öffnete die Lippen aus reinem Reflex.

Und Matt drückte noch fester. Er schob seine Zunge tiefer in Evans Mund, den er automatisch öffnete. Er spürte die Stärke von Matts Körper, die verlangenden Bewegungen seiner Hüften, während sie einander mit ihren Mündern erkundeten.

Zärtlich strich Evan mit seinen Händen an Matts starkem, festen Rücken auf und ab. Er schaltete seine innere Kritik und Moralüberwachung aus. Er ließ sich jeden Anstieg der Begierde spüren, jedes Streicheln von Matts Zunge. So fremd, so erotisch. Ein Körper wie sein eigener, aber stärker, größer. Die großen, aber sanften Hände, die sein Gesicht umfassten, sein Haar streichelten. Er rieb sich an dem älteren Mann, verlor schnell die Kontrolle.

Oh Gott. Zu viel. Plötzlich hielt Matt Evans Hüften mit seinen eigenen an und schob ihn ein Stück von sich.

Mit einem Mal erkannte Evan, was er tat – es war so lange her gewesen und er hatte nicht nachgedacht – und sein Gesicht brannte. „Es tut mir leid", murmelte er. „Oh Jesus. Meine Kinder …"

„Ja. Lass uns einen Gang zurückschalten."

Evan entfernte sich von Matt und versuchte, sich zitternd unter Kontrolle zu bekommen. Er setzte sich an den Rand des Sofas, atmete schwer und stützte die Ellbogen auf seine Knie. Die Polster senkten sich – Matt setzte sich neben ihn.

„Ist dir das früher mal passiert?"

„Dass ich mit einem anderen Mann herumgemacht habe – äh, nein. Dir?"

Evan schnaubte. „Ich habe in meinem ganzen Leben nur eine andere Person geküsst, Matt."

„Es ist einfach passiert, Mann. Ich habe nicht darüber nachgedacht, habe es nicht erwartet. Eines Tages bin ich aufgewacht und habe erkannt, dass das hier mehr war ... als nur dein Freund zu sein."

Evan nickte. „Ich wusste, dass ich mich bei dir wohlfühlte. Aber ich habe die ... Möglichkeit ... bis letzte Nacht nicht erkannt."

„Ich bin zweiundvierzig und habe nie auch nur in Erwägung gezogen —" Er brach ab und schüttelte den Kopf. „Niemals gedacht, dass ich einen Mann küssen und mich ... so ... fühlen würde."

„Sag mal. Stehst du immer noch auf Frauen?"

„Ich würde deine Partnerin nicht von der Bettkante schubsen. Macht mich das jetzt bisexuell?"

Sie lachten gemeinsam leise, berührten sich nicht, sahen einander nicht an. „Was zur Hölle tun wir hiermit, Matt?"

„Ich habe nicht die geringste Ahnung."

5

SIE SAßEN nebeneinander auf der Couch, schwiegen schläfrig und hörten zu, wie das Haus sich beruhigte. Matt wusste nicht mehr, was er noch sagen sollte. Zwischendurch gab es eine Bewegung im Obergeschoss – Miranda, die sich fürs Bett fertigmachte – und sie entfernten sich weiter voneinander, sorgten für einen anständigeren Abstand. Ein paar Momente später fielen Evans Augen zu. Matt musterte ihn hungrig, bis er sich zwang, auf die Uhr an der Wand zu sehen. Scheiße. Es war beinahe elf und er war seit dem vergangenen Morgen nicht zu Hause gewesen. Gott sei Dank hatte er keine Haustiere.

Er stand vorsichtig auf, um den anderen Mann nicht zu wecken, sammelte leise seine Sachen ein und zog sich Schuhe und seinen Mantel an. Er ging zu dem Schreibtisch in der Ecke und schrieb Evan eine Nachricht, die er auf dem Couchtisch hinterließ, wo er sie finden würde, wenn er aufwachte. Er nahm eine Decke, die auf dem bequemen Sessel lag und deckte ihn vorsichtig zu. Zumindest bekam Evan endlich ein wenig Schlaf.

Matt musste gehen, musste in seine Realität zurückkehren. Er ging zur Tür, während Sorge ihm in seinem Hinterkopf zu schaffen machte. Nach draußen zu gehen, würde den kleinen Kokon zerbrechen, den sie erschaffen hatten. Hoffentlich würde diese ... Sache ... zwischen ihnen sich bei Tageslicht nicht in Luft auflösen.

Von der Tür warf er einen Blick zurück zu Evan. Mann, er sah gut aus, wie er da unter der Decke lag, an die Rückenlehne der Couch gelehnt, sein Kopf ruhte auf einem angewinkelten Arm. Er sah ... hmmm, warm und einladend aus. Matt dankte Gott, dass die Luft erfrischend war, denn Hitze rauschte durch seinen Körper, während er sich umdrehte und zu seinem Auto ging. Bevor er etwas Unvernünftiges tat, Evan aufweckte und ihn auszog. Nicht dass er genau wusste, was er anschließend tun würde. Er schauderte, als er sich in das Auto setzte und wartete, dass es sich aufwärmte.

Auf keinen Fall kann ich mit dem Gefühl von ihm auf meiner Haut und, ohhh in meinem Mund, in nächster Zeit schlafen. Ich war noch nie so verdammt ängstlich in meinem ganzen Leben. Das ist ein Mann und ich will ihn und möglicherweise, li... Nee, denk nicht mal darüber nach, und oh Scheiße, was zur Hölle soll ich jetzt tun? Er schlug seinen Kopf gegen das Lenkrad. Etwas besser. Er schaltete in den Rückwärtsgang und fuhr aus der Einfahrt der Cerellis.

EVAN ÖFFNETE seine Augen, sobald er wusste, dass Matt gegangen war. Er schämte sich, dass er sich schlafend gestellt hatte, aber es war die einzige Möglichkeit, die ihm eingefallen war, diesen Abend zu beenden, ohne weitere Fragen beantworten zu müssen. Er sah die Nachricht auf dem Couchtisch und setzte sich auf, um sie zu lesen.

> *Evan,*
> *wollte dich nicht wecken. Wir müssen reden.*
> *Wann können wir uns im O'Malley's treffen? Ruf mich*
> *morgen Abend an. Matt.*

Evan schob die Nachricht in die Tasche seiner Jogginghose, stand auf, um die Lichter auszuschalten und kroch dann zurück auf die Couch. Seine Haut brannte und sein Kopf hämmerte von den endlosen innerlichen Konversationen über Liebe, über Sex und Lust, über Sexualität und darüber, welche Pflichten er in Gefahr brachte, wenn er auch nur über diese Beziehung nachdachte. Evan lag untätig da und fragte sich, ob die Kissen wirklich nach Matt dufteten oder ob er sich nur in sein Gehirn eingebrannt hatte.

Er wusste, dass kein Schlaf kommen würde, also fixierte er seinen Blick auf das einzige Bild von Sherri, das er im Wohnzimmer aufbewahrte. Hinter einer Lampe versteckt stand es auf der Ecke des Konsolentisches. Sein liebstes Foto – Sherri in dem grünen Pullover, der ihn verrückt machte, lag auf einer Decke im Central Park, aufgenommen, bevor er zu den Marines gegangen war. Sie hatte gewollt, dass er ein Foto von ihr hatte, um sich an sie zu erinnern, sodass er nicht vergessen würde, wie sehr sie sich liebten. Sie hatten nicht gewusst, dass es nicht für lange sein würde, dass sie bereits mit Miranda schwanger war, dass er zurückkehren würde und sie verheiratet wären, bevor das Jahr vorbei war. All ihre Pläne – seine einer Militärkarriere, ihre eines Collegeabschlusses – verschoben. Er hatte gedacht, das wäre ein Wendepunkt in seinem Leben gewesen. Glamouröse Pläne gegen Rechnungen und Elternschaft und erwachsene Verantwortung einzutauschen. Es war für sie beide nicht besonders schlimm gewesen. Sie hatten mit den Jahren erkannt, dass die Dinge, solange sie einander hatten, letztendlich so geschahen, wie sie es sich wünschten.

Aber dieses Leben war vorbei und dieses neue … nun, es umfasste Dinge, die Evan niemals für möglich gehalten hätte. Er fragte sich, was Matt sagen würde, wenn sie morgen miteinander sprachen. Fragte sich, was er sich wünschte, das er sagte.

Matt machte kein Auge zu. Er fuhr zwei Stunden zu früh zur Arbeit, erschreckte die Reinigungskraft zu Tode und ging wie ein Verrückter seinen Briefkasten und sein Mailpostfach durch. Übersprang das Mittagessen. Alle kommentierten seine Ähnlichkeit mit einem Duracell-Häschen und fragten ihn, was für eine magische Pille er gefunden hatte. *Äh, mal sehen … er ist etwa 1,80m groß, muskulös und hat*

diese silber-blauen Augen, die mich ehrlich gesagt härter machen als jeder Vorbau,
den ich jemals gesehen habe. Stellt euch vor. Ich stehe auf Augen. Und anscheinend
auf Männer.

Gelegentlich starrte er auf sein Handy und fragte sich, wie Evans Tag wohl war. *Großer Gott, Matt, du bist plötzlich in einem Liebesroman gelandet.*

EVAN KAM wenige Minuten nach acht zur Arbeit. Der ausgewöhnlich starke Sturm, der die ganze Stadt vierundzwanzig Stunden lang eingefroren hatte, schmolz jetzt unter einer für diese Jahreszeit ungewöhnlich warmen Sonne und löste überall Überschwemmungen aus. Wundervoll. Helena saß an ihrem Schreibtisch. Sie sah auf und schenkte ihm ein strahlendes Lächeln, bevor sie ihm die Zunge herausstreckte. Die Dinge wurden besser – die spießige Helena war nicht zurückgekehrt.

„Da ist jemand spät dran."

„Fünf Minuten?"

„Für dich ist es spät. Ich gewinne. Halt die Klappe."

Er zog seinen Mantel aus, setzte sich, rollte seine Ärmel hoch und schaltete seinen Computer auf seine typische Evan-ist-krankhaft-ordnungsbedürftig-Art ein. Evan bemerkte nichts, bis Helena sich über ihre Schreibtische lehnte und seinen Namen zischte.

„Also?", flüsterte sie.

Evan beugte sich vor und flüsterte zurück. „Also was?"

Sie kniff ihre Augen zusammen. „Versuch es nicht einmal. Was ist gestern Abend passiert?"

Evan öffnete den Mund, um etwas zu sagen, aber es gelang ihm nicht ganz, den Abend in Worte zu fassen. Er senkte den Blick auf seine Schreibtischunterlage und sah nicht auf. Er konnte spüren, wie ihr Blick sich in seine Stirn brannte. „Nichts", murmelte er. „Wir, äh, werden uns diese Woche treffen, darüber reden."

„Oh. Du hast gestern Abend nicht mit ihr darüber gesprochen?"

„Nein."

„Weil es so wirkte, als wärst du fest entschlossen, es hinter dich zu bringen."

„Ich hatte keine Gelegenheit", sagte Evan leise, dachte, dass es recht unmöglich gewesen war, während er Matts Zunge in seinem Mund gehabt hatte.

„Bist du okay? Es wirkt, als hätte dich etwas richtig runtergezogen."

„Mir geht es gut."

„Ja, sicher!"

„Hör mal, ich will nicht darüber reden, okay? Ich komme klar. Ich lasse dich wissen, wenn ich deine Meinung hören möchte." Es klang genervter, als er gewollt hatte und als er den Kopf hob und Helenas Blick sah, zuckte er zusammen.

„Entschuldige. Du wolltest gestern darüber reden." Sie wühlte kurz auf ihrem Schreibtisch herum und bewegte Dinge, die nicht bewegt werden mussten. „Du willst nicht, dass ich nachfrage? Schön, werde ich nicht. Es tut mir leid, dass ich mir Sorgen um dich mache." Offensichtlich verletzt und genervt drehte sie ihren Stuhl um und begann, einen Stapel Ordner zu attackieren.

Ihre letzte Bemerkung tat am meisten weh, weil sie so wahr war. „Du redest nur Unsinn, wenn du sagst, dass du klarkommst. Und wenn ich diejenige wäre, die so etwas … Großes durchmachen würde, würdest du alles tun, um es in Ordnung zu bringen."

Den Rest des Tages sprachen sie kaum miteinander. Evan brachte es nicht über sich, die Worte zu sagen, die sie hören wollte.

UM SECHS Uhr räumte Matt seinen Schreibtisch auf und verließ das Büro. Er dachte darüber nach, unterwegs für ein Abendessen Halt zu machen, erkannte dann jedoch, dass er nicht hungrig war. Er wollte nur neben seinem Handy sitzen und warten.

In seiner Wohnung zog er sich um und legte sich auf die Matratze. Starrte an die Decke und dachte, *Scheiße, ich brauche wirklich Möbel, oder?* Wartete, wartete, wartete.

Und dann klingelte sein Handy. „Hey, ich bin's."

„Hi."

Matt hörte die Kinder im Hintergrund und sehnte sich danach, dort zu sein.

„Äh, sorry, dass ich gestern eingeschlafen bin. Ich war todmüde."

„Kein Problem. Ich bin nur froh, dass du etwas Ruhe gefunden hast. Ich mache mir Sorgen um dich."

Matt hörte die bedeutungsvolle Pause durch die Leitung und hielt seinen Atem an; in einer solchen Situation der Emotionale zu sein, war nicht seine Stärke. Er machte sich Sorgen, dass er eine Grenze überschritten hatte, als Evan sich räusperte und erneut zu sprechen begann.

„Hör mal, ich denke, du hast recht. Wir sollten uns treffen und miteinander reden."

„Ja."

„Deshalb habe ich mit meiner Schwägerin gesprochen und sie wird am Samstag etwas mit den Kindern unternehmen. Sie meinte, sie würde sie am Freitag nach der Schule abholen. Also, äh, passt Freitag für dich?"

Drei verfickte Tage. Matt dachte, dass er vorher vermutlich verrückt werden würde. „Freitag ist in Ordnung. Treffen wir uns im O'Malley's, acht Uhr?"

„Gut."

„Großartig. Grüß die Kinder. Wir sehen uns am Freitag."

„Ja." Eine weitere lange Pause an Matts Ohr. „Bis dann."

Einen langen Moment atmeten sie einander nur ins Ohr, bevor sie auflegten. Matt drehte sich auf seinen Bauch und versuchte so zu tun, als wäre es ihm egal, wie distanziert Evan gewirkt hatte.

MATT ERKANNTE am Donnerstagabend, dass er seit über einer Woche keinen Alkohol mehr getrunken hatte. Das kam ihm seltsam vor. Er ging jeden Abend laufen, wenn er von der Arbeit nach Hause kam, da es seinen Körper so sehr schmerzen ließ, dass sein Kopf leer war, wenn er schlafen ging. Die Träume von Evan hatten aufgehört – vielleicht, weil er jetzt all seine wachen Stunden damit verbringen konnte, ihn zu schmecken, zu fühlen. Wer in aller Welt brauchte schon Träume?

Der Freitag kroch nur so dahin. Er beobachtete die Uhr, bis sie vor seinen Augen verschwamm. Um sieben stand er auf und ging zur Fähre, bestrebt, es hinter sich zu bringen.

IM O'MALLEY'S saß Evan alleine an „ihrem" Tisch. Er hatte bereits die Hälfte des Bierkruges geleert, der wie durch Magie vor ihm aufgetaucht war, noch bevor er überhaupt seinen Mantel ausziehen konnte. Er war absichtlich eine halbe Stunde früher gekommen, sodass er sich für das wappnen konnte, was als nächstes passieren würde. Das Bier schmeckte bitter und tröstend, während es seine Kehle hinabfloss. Es sammelte sich in seinem Magen und sendete warme Taubheit durch seine Arme und Beine. Gerade genug, um ihn ruhig und rational zu machen.

Er spürte Matt, bevor er ihn sah; seine Präsenz war unverwechselbar. Er vermied es aufzusehen, solange er konnte, aber am Ende konnte er sich nicht zurückhalten.

Der Hunger in Matts Augen ließ seinen Magen Purzelbäume schlagen und ohne es zu bemerken, strich er mit der Zunge über seine Oberlippe und erinnerte sich.

DIESMAL ERRÖTETE Matt.

Er setzte sich auf den anderen Stuhl und wusste nicht, welchen Gesichtsausdruck er aufsetzen sollte. Er streckte seine Beine aus, stieß gegen Evans und sie zuckten beide zusammen.

„Schon lange hier?", sagte Matt schließlich und goss sich selbst mit unruhiger Hand ein Bier ein.

„Nee."

Sie tranken beide etwas und starrten in entgegengesetzte Richtungen der Bar. Die Spannung tat Matts Verlangen keinen Abbruch. Er spürte, wie dieser altvertraute Leichtsinn seinen hässlichen Kopf reckte. Er wollte Evan so dringend berühren, dass seine Hände zitterten. Wollte, dass er sich erinnerte, wie gut es sich anfühlte, wenn sie sich küssten.

Scheiß drauf, dachte er und ließ seine Hände unter den Tisch und auf Evans Oberschenkel wandern.

Evan zuckte nicht zusammen. Er schloss nur seine Augen, schluckte hart. „Matt ...“ Seine Stimme war leise und zittrig.

Und Matts Gedanken an eine vernünftige Unterhaltung lösten sich in Luft auf.

„Was machen wir hiermit, Evan? Was zur Hölle willst du von mir? Diese ganze Sache macht mir eine Scheißangst, aber ich scheine nicht aufhören zu können.“ Er lehnte sich zur Seite, bis er nur wenige Zentimeter von Evans Ohr entfernt war und flüsterte verzweifelt: „Ich kann rational nicht über ... uns ... nachdenken. Ich kann das hier nicht wegerklären.“

Er drückte mit seiner Hand fest zu. Er spürte die Oberschenkelmuskeln unter dem Stoff von Evans Hose. Spürte die Hitze, die von seiner Handfläche aus einen Weg zu seinem Schritt brannte. „Ich will dich.“ Er flüsterte es in Evans Ohr, sagte es nachdrücklich, liebte das Schaudern, das er eine Sekunde später spürte.

IN DIESER absurden Haltung blieben sie eine Weile – Matts Hand bewegte sich in kleinen Kreisen über Evans Oberschenkel, näherte sich immer weiter der Stelle, an der er sie haben wollte – sie saßen so nah beieinander, dass er sich sicher war, Matt könnte ihn mit seiner Zunge berühren. Evan ließ sich von der Benommenheit überwältigen, schloss seine Augen und schluckte den Protest herunter.

Als er seine Augen öffnete, begegnete er Matts beinahe verzweifeltem Blick. Und aus einem unerklärbaren Drang heraus sagte er: „Lass uns irgendwo hingehen, wo es etwas ... privater ist, okay?“

Matt sagte nichts. Er nahm seine Hand weg, griff nach seinem Mantel und zog ihn an, ohne aufzustehen. *Gute Idee*, dachte Evan benommen. Er warf einen Zwanziger auf den Tisch und folgte Matt leise durch die Eingangstür, wobei er den verwirrten Blick des Barkeepers ignorierte.

Matt stand auf dem Gehweg und wartete darauf, dass Evan ihn einholte. Sie atmeten die kalte Luft ein und sahen ein paar Leute vorbeigehen.

„Wo ist dein Auto?“, sagte Matt beiläufig, drehte sich zu ihm, die Hände in den Taschen – was vermutlich eine gute Idee war. Ein paar Minuten lang waren sie vielleicht beide sicher.

„Im Parkhaus.“ Er deutete auf die andere Straßenseite. „Sollten wir, äh, nach Queens fahren?“

„Nein. Zu mir. Okay?“

Evan war erleichtert. Er wusste, dass es die Dinge nur schwieriger machen würde, wenn sie in dem Haus wären. Zu viele Erinnerungen. Sie brauchten neutralen Boden. „Ja.“

Sie überquerten die Straße, warteten schweigend, bis der Angestellte des Parkhauses das Auto brachte. Sprachen nicht mehr, bis sie auf die Brücke zurasten. Matt räusperte sich. „Bist du dir sicher?“

Evan lachte leise und zitternd. „Bei Gott, ich wünschte, ich hätte jetzt eine Antwort für dich. Ich weiß nur, dass … ich dieses Auto nicht wende. Ich komme mit dir nach Hause … und wir werden sehen, was dann passiert."

„Gut." Matt drehte seinen Kopf und Evan sah zu, wie die Stadt nahtlos in Staten Island überging.

EVAN PARKTE auf der Straße. Er nahm seine Tasche vom Rücksitz und folgte Matt die Treppen hinauf in sein Apartment. Das Gebäude war klein – ein Reihenhaus mit vier Stockwerken – alt, aber gut instand gehalten. Sie gingen ganz nach oben, an den Geräuschen der Abendnachrichten und dem Geruch von etwas würzig-intensivem vorbei. Oben angekommen schloss Matt seine Tür auf und trat hinein. Er hielt inne, schaltete das Licht an und wartete dann, dass Evan ihm folgte.

Sein Blick sagte alles – das war's. Kein Zurück.

Diesmal ohne zu zögern, betrat Evan die Wohnung.

„Studio sweet Studio. Besichtigung: Du stehst in der ganzen Wohnung. Diese Tür geht zum Badezimmer. Das ist offensichtlich die Küche. Besichtigung vorbei." Matt warf seine Jacke auf den Tresen, der die Küche und den Hauptraum voneinander trennte. „Willst du was zu trinken?"

Evan stand stumm da, trug noch immer seinen Mantel und hielt die Tasche in der Hand. „Ich denke, ich muss jetzt ein wenig betrunken sein", sagte er ehrlich.

Matt grunzte und ging zum Kühlschrank. „Wirf deine Sachen irgendwohin."

Evan sah sich auf seine Aufforderung hin in dem großen Raum um. Es war frisch gestrichen und der Hartholzboden glänzte. Und es gab nicht ein einziges Möbelstück – nur eine Matratze in der Mitte des Raums, neben der Matts Handyladegerät auf einem Schuhkarton lag.

„Du hast keine –"

„Möbel. Ich habe letzte Woche ein wenig ausgemistet."

„Kein Scheiß." Er zog seinen Mantel aus und legte ihn über Matts. Die Tasche landete auf dem Boden in der Nähe der Badezimmertür

„Die neuen Sachen kommen morgen. Es tut mir leid …"

„Mach dir keinen Kopf." Evan hatte keine Ahnung, was er als nächstes tun sollte. Er nahm ein Bier von Matt entgegen und stand in der Mitte des Raumes, wobei er Matt oder die Matratze mied.

Matt trat seine Schuhe von den Füßen, warf seine Krawatte auf den wachsenden Haufen auf dem Tresen. Er bewegte sich beinahe wütend durch den Raum, während er lange Schlucke von seinem Bier trank. Er mied Evan ebenfalls vollständig und nahm den langen Weg durch den Raum, nur um ins Badezimmer zu kommen.

Evan entschied sich, es ihm nachzumachen. Er zog alles außer seinem Hemd, Hosen und Socken aus und setzte sich auf eine Ecke der Matratze, um sein Bier zu trinken und zuzusehen, wie Matt durch den Raum wanderte.

„Willst du was essen?"

„Nein."

„Duschen?"

„Matt, bitte setz dich einfach."

Matt blieb ein paar Schritte von Evan entfernt stehen, sein Hemd war geöffnet und seine Augen wild. „Nein."

„Wieso nicht?" Evan hatte langsam genug von diesen wiederholten Unterhaltungen. „Du wolltest, dass ich herkomme, oder nicht?"

„Ich will dich … hier. Ich will dich genau, wo du gerade bist, aber … ich weiß nicht, was ich tun soll."

Evan lächelte traurig. „Willkommen im Club. Ich habe vermutlich noch weniger Ahnung."

Matt ballte seine herabhängenden Hände zu Fäusten. „So hart zu sein, dass ich Glas schneiden könnte und nicht zu wissen, was ich dagegen tun soll, ist eine neue und unangenehme Erfahrung."

„Matt, bitte."

MATT WARTETE noch einen Moment, dann zog er sein Hemd ganz aus und trug nur noch sein T-Shirt und die Stoffhose. Er sah zu, wie Evan den Rest seines Biers leerte – liebte es, zu sehen, wie sein Mund, seine Kehle, sich bewegte, schluckte – und wie er sie dann neben das Bett stellte. Sah zu, wie er langsam sein eigenes Hemd aufknöpfte.

„Komm her und setz dich, bevor ich den Mut verliere."

ENDLICH BEWEGTE Matt sich. Er setzte sich wenige Zentimeter von Evan entfernt hin, berührte ihn mit seiner Schulter. Schob seine Hand in Evans Nacken und zog ihn an sich.

„Sag mir, dass ich aufhören soll", flüsterte Matt. „Letzte Gelegenheit."

Zum Glück sagte Evan nichts. Lehnte sich einfach nur vor und drückte seinen Mund auf Matts, und dann machten sie da weiter, wo sie eine Woche zuvor aufgehört hatten. Er war zaghaft, küsste Matt sanft, neckte ihn mit seiner Zunge und zuckte ein wenig zusammen, als Matt einladend seinen Mund öffnete. Matt schauderte, als Evan mutiger wurde und mit seiner Zunge Matts berührte.

Evan schmeckte nach Bier und so verdammt gut, dass ihm schwindelig wurde.

Die Küsse wurden gieriger. Matt saugte Evans Zunge in seinen Mund, verstärkte den Griff in seinem Nacken. Er löste sich keuchend aus dem Kuss. „Ist es okay … Ich will dich berühren."

Evan schloss seine Augen, schluckte hart. „Jaaa… bitte."

Matt wollte Evans Körper unter sich spüren. Er legte seine Hände auf Evans Schultern, drückte sie sanft, griff nach dem Kragen seines Hemdes und half ihm, es auszuziehen. Ließ seine Finger über seine Brust streichen, spürte jede Erhebung seiner Muskeln und fühlte seinen Herzschlag durch das weiße Baumwoll-T-Shirt. Griff nach dem Saum und zog es ihm ohne zu zögern über den Kopf.

Oh ja. Er wollte diese Haut spüren, schmecken wie in seinen Träumen, wenn er wach war und wenn er schlief. Er liebte diese Stelle an einer Frau, diese Beuge zwischen Schulter und Hals. Er lehnte sich vor und ließ seinen Mund über die warme Haut streichen, stöhnte, als seine Lippen Fleisch umschlossen und küssten. Fuck, ja! Er bewegte seinen Mund über Evans Kehle, dachte, dass es anders war, rauer, salziger, erotischer als alles, was er jemals geschmeckt hatte. Wie ein Besessener bewegte er seinen Mund über Evans Haut.

Seine kräftige Kieferpartie, sein schöner Mund – *ja, Matt, verdammt schön und du kannst nicht genug bekommen.* Matt bemerkte, dass Evan die ganze Zeit seine Hände wild an seinem Rücken hoch und runter streichelte und Matts Kopf umklammerte, als dieser sich wieder zu seiner Kehle hinabbewegte.

Ich wünschte, er wäre eine Frau, dachte Matt wild, *wünschte, ich könnte ihm seine Kleider vom Leib reißen und ihn mit meinem Mund, mit meinem Schwanz ficken …* Er presste mehr Küsse auf Evans Brust, drückte ihn auf die Matratze zurück und kniete sich zwischen seine Beine.

Er konnte den massiven schmerzhaften Ständer, der gegen seine Hose drückte, nicht ignorieren. Er musste sich gegen Evan bewegen, wollte sich in ihm bewegen, aber er wusste nicht, wie er an diesen Punkt kommen sollte und der Frust machte ihn verrückt.

Matt legte sich auf Evan, stützte sich auf seinen zitternden Armen ab, sah in sein schweißglänzendes Gesicht und die eindringlichen Augen. „Sag mir, dass ich aufhören soll."

Evan hob seine Hand und strich mit den Fingern über Matts Mund. „Wag es ja nicht."

Erlaubnis erteilt. Matt senkte sich hinab, bis ihre Unterkörper sich berühren. Ihre Schwänze drückten sich aneinander und Evans Beine verschränkten sich mit Matts. Eine Sekunde lang konnte Matt sich nicht bewegen, weil es sich so gut anfühlte, ihn einfach nur zu berühren – Evan hielt einen Moment, der der nur aus schwerem Atmen und Gefühlen bestand, inne und dann konnte Matt das Unvermeidbare nicht länger verhindern.

Ihr Stöhnen ließ sich unmöglich auseinanderhalten. Matts Arme spannten sich an, während er sich an Evan rieb, sich wünschte, er könnte mehr tun, aber Gott, es fühlte sich so gut an.

Er wusste, es würde nicht lange dauern; er konnte seine Hüfte nicht davon abhalten, gegen Evan zu stoßen, ihn in die Matratze zu drücken. Das Verlangen in ihm zu sein, war so drängend, dass er an nichts anderes mehr denken konnte. Geblendet von der verlockenden Erlösung des Orgasmus, bewegte Matt sein Becken wild und fühlte, wie das Ende sich näherte.

„Ohhhh!" Er explodierte, stieß gegen Evans Körper, hörte irgendwo in der Ferne ein gestöhntes Schluchzen. Seine Arme gaben nach und er kippte ein Stück zur Seite, sein Gesicht landete in der Matratze.

Matt lag da und atmete schwer, während er in die Realität zurückkehrte.

Matt zog sich auf seine Ellbogen hoch und drehte den Kopf. Evan lag neben ihm, zitterte und hatte einen Arm über sein Gesicht gelegt. Er gab kleine keuchende, schaudernde Geräusche von sich, die klangen als würden sie seiner Brust entrissen.

Oh Scheiße.

„Hey, hey …" Matt schob sich von Evan herunter, drehte sich auf die Seite. Er wusste nicht, was er tun sollte. Sollte er ihn berühren? Konnte er es noch schlimmer machen?

Evan atmete tief ein und bewegte seinen Arm. Er drehte sich zu Matt.

„Bist du okay?", fragte Matt leise und musterte besorgt sein Gesicht.

„Ja. Es fühlte sich nur …"

Matt hielt den Atem an.

„Seltsam an … jemand … anderen zu berühren." Seine Stimme brach und seine Augen hellten sich auf. „Ich bin aber froh, dass du es warst."

„Danke." Er dachte nicht, dass er mit dem riesigen Kloß im Hals noch mehr hervorbringen konnte.

Evan rückte ein wenig näher, sodass sie sich berührten. Matt lächelte darüber, legte seinen Kopf in die Nähe von Evans und einen Arm über seinen Bauch. Sie blieben lange in dieser Position liegen, schweigend, aber zufrieden.

„War es alles, was du dir erhofft hast und mehr?", fragte Matt schließlich im Versuch, die Stille zu durchbrechen. Evan lachte leise.

Matt stützte sich auf einen Ellbogen.

„Was jetzt?", fragte Evan und begegnete fest Matts Blick.

„Ich würde vorschlagen, wir machen uns sauber. Und essen was. Ich bin am Verhungern."

„Ich meine auf die lange Sicht, aber das klingt alles ziemlich gut."

„Ich dachte, wir sollten klein anfangen."

Evan lächelte Matt an. „Du wirst mich nicht rührselig werden lassen, was?"

„Nö, tut mir leid. Ich bin gerade etwa acht Wochen Anspannung losgeworden. Ich fühle mich großartig." Er beugte sich herunter und sie küssten sich erneut, lang und langsam. „Hmmm … ich mag es, dich zu küssen."

„Diesen Teil scheinen wir ziemlich gut zu können."

„Am Rest werden wir arbeiten, okay? Ich bin mir ziemlich sicher, mit ein bisschen Übung kann ich meine besten Tricks anwenden." Mit diesen Worten stand Matt auf und begann, sein T-Shirt auszuziehen. „Ich werde als erstes duschen gehen. Dann werde ich den Italiener am Ende der Straße anrufen und uns ein bisschen Essen bestellen."

AM REST werden wir arbeiten? Beste Tricks anwenden – tja, Scheiße. Das ist keine einmalige Sache, oder?, dachte Evan. Dann lachte er überrascht. „Bringt dich nichts aus der Fassung?"

Matt zuckte die Schultern. „Ich hätte ungefähr hundert Mal davor fliehen können, Evan. Hätte deine Nummer löschen können, sobald ich gemerkt habe, dass ich mich von dir angezogen fühlte … Verdammt, ja, ich bin beunruhigt. Aber ich würde lügen, wenn ich behaupten würde, dass ich es bereue. Okay?"

„Okay."

Ein paar Momente lang bewegte Evan sich nicht. Matt zog sich bis auf seine Unterwäsche aus und ging dann ins Badezimmer, wobei er Evan über seine Schulter hinweg ein Grinsen zuwarf. Evan hörte das Wasser im Nebenzimmer. Er schloss seine Augen und ließ sich von dem Geräusch davontragen.

„WAS?"

„Huh?"

„Dein Kopf war in den Wolken oder so. Alles okay?" Matt stand vor Evan und trug schwarze Baumwollshorts und ein blaues T-Shirt, sein Haar war nass vom Duschen. Er klang misstrauisch und ein wenig ängstlich.

Evan blinzelte ihn an. Er entschied, dass er ein paar Stunden damit verbringen wollte, Matt einfach nur anzusehen. „Mir geht es gut."

„Ich dachte, wir hatten eine Übereinkunft zu dieser Gefühlsduselei."

„Ja, Sir." Evan setzte sich auf, erhob sich von der Matratze und stolperte gegen Matt.

„Hmmm…" Matt zögerte nicht, Evan in seine Arme zu nehmen und ihn zu küssen. „Geh duschen", flüsterte er an seinem Mund. „Wir werden essen und dann …"

„Üben?" Evan lachte und hielt den anderen Mann fest. Ja, das fühlte sich gut an. Matt massierte seinen Rücken, sein Körper fühlte sich heiß an Evans an.

„Hmpf. Üben klingt gut." Mit einem Grinsen ließ Matt ihn widerwillig los. „Was willst du essen?"

„Irgendwas. Ist mir egal." Evan ging auf das Badezimmer zu und griff auf dem Weg nach seiner Tasche.

„Brauchst du Klamotten?"

„Hab' welche mitgebracht."

Matt stand in der Küche, hielt den Bestellflyer in einer und das Telefon in der anderen Hand und pfiff hinter Evan her. „Es sind immer die stillen Wasser. Du Schlampe – du wusstest, dass du herkommen würdest."

Lachend ging Evan ins Bad und schloss die Tür.

ER STAND unter dem Wasser, wusch die Anspannung, den Schweiß und die Körperflüssigkeiten von sich, wobei er versuchte, nicht zu viel zu denken. Matt hatte recht. Es machte ihm Angst, aber er bereute nichts.

Die Tür des winzigen Raums öffnete sich und Matt spähte hinein. „Äh, hallo? Ich bezahle für mein Wasser."

„Sorry!", rief Evan und ging auf den Scherz ein, während er den Rest des Duschgels von seinem Körper wusch. Die kleine Kabine roch gut, genau wie Matt, und eine winzige Stimme in Evan flehte ihn an, den anderen Mann hereinzubitten. Er drehte das Wasser ab und zog den Vorhang teilweise beiseite.

„Jesus. Ich bin froh, dass ich als erstes gegangen bin. Ist noch heißes Wasser übrig?" Matt lächelte und legte seine Hände an die Wände der Duschkabine. Er blickte Evan intensiv an. „Erinner mich, dass ich eine größere Dusche brauche."

„Und wieso das?", spielte Evan mit.

„Nur Platz für einen."

„Gibst du mir ein Handtuch?"

Matt ging zu einem kleinen Korb neben der Toilette und zog ein übergroßes Marine-Handtuch heraus. Er warf es Evan zu und trat dann näher, um ihn zu beobachten, wie er mit dem Handtuch um die Hüften heraustrat. „Ich sehe, du bist ein wenig zurückhaltend."

„Ich tue so, als sei ich schwer zu haben."

Evan trocknete sich ab und nahm seine Kleidung vom Toilettendeckel. Dann bemerkte er Matts gerunzelte Stirn.

„Was?"

„Wie viel hast du abgenommen?", fragte Matt schroff. Er streckte eine Hand aus, um die Hüftknochen nachzufahren, die über dem tiefhängenden Handtuch hervortraten. „Du solltest wie viel wiegen? Achtundachtzig? Neunzig?"

Evans Tonfall klang etwas gereizt. „Achtundachtzig. Ich habe viel Krafttraining gemacht. Ich versuche, in Form zu kommen."

„In Form? Im Gegensatz wozu? Du bist in großartiger Form und du bist außerdem verdammt untergewichtig. Bestimmt zehn Kilo. Du hast Glück, dass du dir nicht ernsthaft geschadet hast."

„Matt, ich weiß deine Sorge zu schätzen …"

„Aber dir geht es gut? Richtig? Nein. Du beschwerst dich, dass alle deine Essgewohnheiten kommentieren und jetzt verstehe ich, wieso. Das ist nicht gesund."

Evan sah weg. Sein Gesicht brannte. „Es ist nach der ... Beerdigung passiert. Ich schien einfach nichts runterzubekommen. Ich habe das Gewicht verloren – und es nur noch nicht wieder zugenommen. Mir geht es gut, ich schwöre."

Matt sah nicht überzeugt aus. Er bewegte seine Hände unsanft über Evans Arme und Brust, als würde er eine Bestandsaufnahme jeder hervorstehenden Rippe und aller Knochen machen. Seine Berührung wurde sanfter, als er Evans Gesicht erreichte und er strich das Runzeln aus seiner Augenbraue. „Du musst mehr essen. Und ich muss weniger essen. Deal?"

Evan lehnte sich vor, berührte mit seiner Stirn Matts Wange und imitierte Matt, indem er seinen Oberkörper mit sehnsüchtigen Händen streichelte. „Für mich fühlst du dich gut an."

„Oh ja. Deine spindeldürren Arme reichen kaum um mich herum."

Sie blieben einen Moment lang so stehen. Matt hasste es, wie Evan sich selbst behandelte – als wäre er weniger als nebensächlich.

„Du solltest auf dich aufpassen, um Himmels willen. Dein Beruf ist gefährlich – du musst auf der Höhe sein."

„Ja, Sir."

„Ich mache keine Witze."

Evan löste sich von ihm und griff erneut nach seiner Kleidung. „Es wird mir gut gehen."

Matt presste seinen Mund zusammen und ging zur Tür. „Äh, ich werde etwas Musik anschalten. Hast du irgendwelche Vorlieben?"

„Nee." Evan sah nicht auf und zog sich eine Jogginghose und ein langärmliges T-Shirt an. „Was immer du möchtest."

„Hör mal, es tut mir leid, wenn ich es ein bisschen übertrieben habe ..."

„Halt. Das ist es nicht. Ich hatte diese Woche einen dummen Streit mit Helena. Sie hat mir gesagt, wie viel Mist ich rede, wenn ich sage, dass es mir gut geht. Sie hat recht. Ich esse und schlafe nicht genug. Ich habe meine Kinder im Stich gelassen ..."

„Jetzt warte aber mal – du bist der beste Vater, den ich je gesehen habe. Diese Kinder verehren dich."

„Meine Kinder zu lieben, ist nicht genug, Matt. Was du letztes Wochenende gesehen hast, war das erste Mal in einem Jahr, dass wir so Zeit miteinander verbracht haben."

„Hey, Evan – warum zur Hölle machst du dich so fertig? Deine Frau ist gestorben. Du und deine Kinder trauern. Es dauert eine Weile, um über so eine Sache hinwegzukommen."

„Es war besser –"

„Hör auf."

Evan seufzte. „Ich wäre ein großartiger Märtyrer gewesen, was?"

„Jesus hätte dir höchstpersönlich eine Auszeichnung überreicht."

Evan ging an Matt vorbei aus dem Badezimmer und warf seine Tasche wieder neben die Tür. „Wann bekommst du eine Couch?"

„Morgen. Es ist eine zum Ausziehen. Leder – sehr sexy."

„Wieso habe ich das Gefühl, du wirst mir jedes Mal in den Arsch treten, wenn ich mich so aufführe?"

„Du bist ein scharfsinniger, scharfsinniger Mann."

Lächelnd warf Evan sich auf die Matratze und streckte sich. „Und was ist meine Aufgabe in dieser Beziehung?"

Matt kam herüber, ließ sich neben Evan fallen und schob seine Hand unter das schwarze Oberteil. Dieses Mal tastete er nicht nach den Rippen. Dieses Mal ging es um seine eigene Angelegenheit. „Du wirst mich davon abhalten, zu viel zu trinken, indem du dafür sorgst, dass ich etwas Besseres mit meiner Zeit anfangen kann. Und mit meinem Mund."

„Ahhh."

„Deal."

„Ah – Deal."

6

DA KÜSSEN das war, was sie am besten konnten, pinnte Matt Evan in die Matratze – seine Hände waren um Evans Handgelenke geschlossen, die er über seinen Kopf hielt und er lag zwischen seinen Beinen, wobei er ihn mit sanftem Reiben seines Beckens an Evans neckte – und nutzte jeden Trick mit seinem Mund, den er jemals gelernt hatte. Er hatte in seinem Leben eine ganze Menge Frauen geküsst und Evan bekam seine langjährigen Kenntnisse zu spüren. Er saugte Evans Zunge in seinen Mund. Biss in seine Lippen und leckte anschließend das Stechen weg. Stöhnte sein eigenes Verlangen in den Mund des Mannes. Matt spürte, dass er erneut hart wurde und dieselbe Ekstase übernahm sein Gehirn.

Evan unterbrach ihren Kuss und lächelte zu Matt auf. Scheinbar war er nicht allein mit seiner Erregung. „Ich nehme an, das sind die besten Tricks?"

„Die Spitze des Eisbergs", sagte Matt und wartete nicht auf den Witz, von dem er vermutete, dass er folgen würde; er machte sich wieder an die Arbeit, genoss den Geschmack, die Freiheit, Evan zu küssen und nicht zögerlich zu sein. Matt war nicht gut darin, zögerlich zu sein.

Dann klingelte es.

Widerwillig trennte Matt ihre Lippen. „Äh, das Essen ist da."

Evan begann zu lachen. „Schaffst du es in deinem Zustand nach unten?"

„Scheiße."

Ein paar Minuten später ging Matt die Treppen hinunter. Er hatte ein Sweatshirt kunstvoll um seine Hüften gebunden und pfiff vor sich hin. Er bezahlte den Lieferanten – gab ihm ein großzügiges Trinkgeld – und kehrte mit der Tüte voll Essen in die Wohnung zurück. Er ging langsam die Treppen hinauf und dachte plötzlich darüber nach, wie lange es her war, dass er eine Frau zu Besuch gehabt hatte. Wie lange war es her gewesen, dass er mit jemandem Liebe gemacht, die Gesellschaft genossen und eine Mahlzeit geteilt hatte? Monate, vielleicht ein Jahr? Hier und da ein paar Frauen, die er in einer Bar aufgerissen hatte. Ein paar betrunkene Stunden, die sie damit verbracht hatten, bei ihr zu Hause oder in einem Hotel zu vögeln. Kein Austausch von Nachnamen. Keine Zukunft. Seine letzte langfristige Beziehung (bei Matt bedeutete das, was, sechs Monate?) lag sogar noch länger zurück. Er besaß die bemerkenswerte Gabe, sich auf die falschen Frauen einzulassen – verheiratete Frauen, bedürftige Frauen und Frauen, die das Gesamtpaket mit Vorort, Ehemann und Baby wollten, woran Matt kein Interesse hatte. Frauen, die dazu bestimmt waren, daran zu scheitern, Matt länger als ein paar Monate zu unterhalten, zu erfreuen und zu erregen.

Bei der Tür hielt er inne. Evan hatte so viele Eigenschaften, die Matt gefielen. Klug, lustig, ehrlich. Er sagte immer, was er meinte. Er verurteilte nicht. Matt lachte leise. Und er war ein Polizist. Ja, er schien sich einfach nicht von dieser Welt fernhalten zu können. Die Anziehung hatte Matt Angst gemacht. Aber ihr nachzugeben, hatte die Angst kleiner und weniger wichtig werden lassen. Wenn sie zusammen waren, vergaß er, dass er nicht wusste, was er tat.

EVAN LAG still auf der Matratze, sah zur Decke und zählte die Platten. Sein Mund und sein Kiefer brannten von Matts aggressiven Küssen und seiner rauen Haut. Evan war bereit für noch eine Runde. Matt hatte etwas Schlummerndes in ihm geweckt, etwas, das nach dreizehn Monaten der Stille mit Getöse zurückgekehrt war. Evans Libido war nach Sherris Tod verschwunden. Nichts hatte ihn erregt; nichts hatte ihn dazu getrieben, sich nachts unter der Decke zu berühren. Er dachte ständig an sie, sie zu küssen, sie zu lieben. Aber sein Körper hatte nie reagiert.

Es fühlte sich seltsam an, wieder Lust zu empfinden. Das brennende Verlangen, dass ihn jemand berührte und streichelte und küsste. Als Matt ihn in die Matratze gedrückt hatte … Evan stöhnte leise und bedeckte sein Gesicht mit einem Arm. Jeder Kuss schien den letzten fortzuführen. Er wusste, dass sie weitergehen mussten. Den körperlichen Akt steigern, bis … bis was? Evan mochte vielleicht nur eine Partnerin in seinem Leben gehabt haben, aber er war sicherlich nicht naiv. Er wusste, was letztendlich zwischen ihnen passieren würde. Es machte ihm Angst.

Es erregte ihn.

Evan stieß die Luft aus und versuchte die Tatsache, dass er so leidenschaftlich auf Matt reagierte, zu verstehen. Er mochte es, Matt anzusehen und zu beobachten, wie er sich bewegte. Mochte seine Augen, sein Lachen, seinen Humor. Aber die Lust, das Verlangen, überwältigten ihn – das kam, wenn er Matts Sorge und Zärtlichkeit spürte. Wenn er dafür sorgte, dass Evan sich nicht allein fühlte und dass es okay war, müde und ängstlich zu sein.

Matt bedeutete Trost.

So fühlt sich Liebe an, dachte er bei sich. *Ich erinnere mich an dieses Gefühl. Ich will dieses Gefühl wieder.*

Die Tür klackte und Matt kehrte in die Wohnung zurück, in der Hand eine Tüte. Sein nachdenkliches Gesicht machte ihn etwa zehn Jahre jünger.

„Hey, keine Scheiß-Gefühlsduselei, erinnerst du dich?", rief Evan von der Matratze.

Matts Gesicht hellte sich mit einem Lächeln auf. „Richtig. Komm essen. Und denk nicht mal dran, dass du dich drücken kannst. Ich werde dich beobachten."

Evan spürte einen kleinen Tritt der Panik in seinem Solarplexus, aber er grinste und ignorierte ihn. Er stand auf, streckte sich und beobachtete Matt, der in die winzige Küche ging.

„Ich habe Hühnchen, Nudeln, Brot. Im Kühlschrank gibt es Bier", sagte Matt, während er die Tüte auspackte. „Wirf deine Klamotten aufs Bett." Er begann, Dinge auf der Theke abzustellen.

„Ich glaube, viele andere Möglichkeiten habe ich nicht", sagte Evan trocken und sah sich dabei in der leeren Wohnung um. „Wo essen wir?"

„Im verdammten Speisesaal. Gott, wer bist du, die Königin von England?" Matt verdrehte die Augen. Er deutete auf die Theke. „Stell dich hierhin."

Evan ließ ihre Kleider auf die Matratze fallen, nahm ein paar Bierflaschen aus dem Kühlschrank und stellte sich an die Wohnzimmerseite der Theke, während Matt Teller, Gabeln und Servietten aus den Schubladen und Schränken holte.

„Und was für Möbel hast du dir ausgesucht?"

„Abgesehen von dem Sofa – ich habe erwähnt, dass es auch ein Bett ist, richtig? Einen großen, schönen Lehnstuhl. Wollte im Möbelhaus gar nicht mehr aufstehen. Etwas anderen Kram – das Wesentliche."

Evan sah über seine Schulter. „Hast du alles entsorgt? Du hast keinen Fernseher und keine Stereoanlage. Keine Bilder."

Matt zuckte die Schultern, während er Nudeln und Hühnchen auf einen der Teller schaufelte. „Nicht viele Erinnerungsstücke. Habe ein paar Sachen in einer Box – die ist im Schrank. Anlage und Fernseher sind klein – die sind für den Moment auch im Schrank."

„Keine Sammlung mit Porzellantieren oder Clownsfiguren?"

Matt schnaubte. „Dein Haus – es ist wirklich schön. Das wollte ich dir sagen. Richtig gemütlich, weißt du?"

Evan nahm den Teller mit dem Essen entgegen, sein Magen schlug einen Salto nach dem anderen. „Danke. Äh … Sherri … sie hat hart gearbeitet, dass es so wurde."

MATT SAGTE nichts, öffnete eine Bierflasche und trank einen großen Schluck. Evan starrte sein Abendessen an, als wäre ihm das Konzept fremd. Matt wusste, dass sie gerade gefährliches Terrain betreten hatten – und es fühlte sich an, als würde Evans Stimme, die gebrochen war, als er den Namen seiner Frau gesagt hatte, noch immer in der Stille widerhallen.

Matt wollte gerade einen Witz erzählen, als Evan wieder zu sprechen begann. Evan stocherte in seinem Essen herum und legte dann seine Gabel ab, um etwas Bier zu trinken. Er ließ seinen Blick wandern, konzentrierte sich nicht auf einen bestimmten Punkt. „Ich habe nicht wirklich über sie gesprochen, oder?"

„Nein. Ich dachte nicht, dass es mich etwas anginge. Zu persönlich."

Evan ließ seinen Blick zur Matratze in der Mitte der Wohnung wandern und stellte trocken fest: „Ich würde sagen, es gibt eher weniger, das noch zu persönlich ist."

„Guter Punkt."

Evan nahm eine Scheibe Brot und riss sie in ein dutzend Stücke, während Matt ihn unverwandt beobachtete.

„Als Kind war es, äh, ziemlich scheiße daheim", sagte Evan. „Mein Vater ist gestorben, als ich vier war. Erinnere mich nicht wirklich gut an ihn. Er war bei den Marines und in Deutschland stationiert. Meine Mom und ich sind anschließend zurück in die Staaten gezogen, um in Albany zu leben. Sie hat etwa ein Jahr später wieder geheiratet, einen Mann, den sie in der Kirche getroffen hat." Er machte eine Pause und nahm seine Gabel, um einen Moment lang in den Nudeln zu stochern. „Er ist vier Jahre später – äh – gegangen. Dann sind wir nach Long Island gezogen. Noch eine Hochzeit. Ed war aber cool. Ein guter Mann."

„Viele Umzüge."

„Ja. Viele Veränderungen. Stabilität hat nie zu den Stärken meiner Mutter gehört." Er aß ein kleines Stück Brot, kaute lange und spülte es mit fast der Hälfte seines Biers herunter. „Ich habe Sherri in der High School getroffen. Beim ersten Fußballtraining."

„Hmmm … Cheerleader?"

„Ausrüstungsmanagerin." Evan lächelte. „Liebe auf den ersten Blick ist untertrieben. Ich konnte nicht aufhören, sie anzusehen. Als ich endlich den Mut gefunden hatte, zu ihr zu gehen, war es … es war, als hätte sie schon immer auf mich gewartet."

Matt schluckte einen Bissen seines Essens. Auf Evans Gesicht sah er einen Funken des Mannes, der er vor dreizehn Monaten gewesen war. „Keine anderen Freundinnen, hm?"

„Habe niemals auch nur darüber nachgedacht. Sie war es – die Richtige. Ich hatte nie Zweifel daran."

„Niemals? Unglaublich … Ich kann mir nicht mal vorstellen, so zu fühlen …" Matt verstummte. „Wie schmeckt dir das Hühnchen?", fragte er. „Ich bestelle oft bei diesem Laden – es ist gut, nicht?"

Evan seufzte. Erwischt. Wortlos nahm er ein kleines Stück Hühnchen und schob es in den Mund. Kaute. Sah Matt herausfordernd an.

„Was? Sehe ich so dumm aus? Ein Molekül Hühnchen? Iss verdammt noch mal etwas, bitte. Danke."

„Du fluchst viel."

„Fick dich – ich fluche kaum."

Sie setzten ihre Mahlzeit in geselligem Schweigen fort. Matt leerte seinen Teller – Sex machte ihn hungrig. Evan hingegen schob sein Essen herum und aß hier und da einen Bissen. Als er etwa ein Viertel seines Tellers leergegessen hatte, gab Matt auf. Er begann aufzuräumen, packte die Reste ein und warf seinen Teller mit der Gabel ins Spülbecken.

„Bist du fertig?", fragte er Evan, die Missbilligung in seiner Stimme war unüberhörbar.

Evan verdrehte zur Antwort die Augen. „Ja. Mehr Bier?"

„Nee. Ich hatte genug."

Hey, wer hat das gesagt?, dachte Matt. Er begann, das wenige Geschirr im Spülbecken abzuwaschen ... und spürte einen warmen Körper an seiner Seite. „Kann ich dir helfen?"

„Ich helfe nur beim Abwasch. Wie ein guter Gast."

Matt grinste. „Wenn du ein guter Gast sein willst ..."

„Ja?"

Nachdem er das Wasser abgestellt hatte, drehte Matt sich so, dass er Evan ansehen konnte. Sie standen dicht beieinander und Evan lehnte sich für einen Kuss vor, dem Matt kunstvoll auswich, seine Lippen verzogen sich zu einem Lächeln. Dieses Mal war Evan ein wenig aggressiver, drückte seine Handflächen gegen Matts Oberschenkel, strich nach oben – kam dem Zelt in seinen Shorts gefährlich nahe – streichelte Matts Brust in gierigen Kreisen. Er legte seine Hände um Matts Hals, zunächst grob, dann sanfter ... und vergrub sie schließlich in seinem Haar. Verstärkte seinen Griff und zog Matt näher, drückte einen kaum spürbaren Kuss auf seinen Mund. Zog sich zurück. Erwiderte Matts Lächeln.

Matt atmete lang aus. Er schlang seine Arme um Evan, ließ sie zu seinem unteren Rücken wandern und streichelte ihn sanft. Sie küssten sich langsam, spielerisch. Matt spürte Evans Körper unter seinen Händen, ließ sie tiefer gleiten und entlockte Evan ein Stöhnen. Die Hitze zwischen ihnen stieg mit jeder Berührung, jedem Kuss an und brachte beinahe Matts Gehirn zum Explodieren. Er löst sich von Evans Lippen und drückte seine Stirn gegen Evans.

„Lass uns ins Bett gehen", flüsterte er.

Evan nickte, sein Atem war abgehackt. Er trat auf die Matratze zu. Hob die Klamotten auf, die sie dort gelassen hatten und warf sie auf den Boden. Er wandte sich Matt zu, der noch immer in der Küche stand und jede seiner Bewegungen beobachtete.

Matt durchquerte den Raum mit zwei Schritten. Er griff nach Evans Shirt und zog es ihm in einer fließenden Bewegung über den Kopf. Biss fest in die Beuge zwischen Hals und Schulter und zitterte vor Verlangen. Er strich mit der Hand über den Bund von Evans Shorts, ließ seine Finger daruntergleiten. Schob den Stoff beiseite, um das Fleisch zu spüren – heiß, fest. Bewegte seinen Mund über Evans Kiefer zu seinem Hals. Biss zu.

Das Dröhnen in seinen Ohren setzte sich aus den Lauten zusammen, die Evan von sich gab – unverfälschtes, begieriges Stöhnen und Seufzen. „Leg dich hin", sagte Matt mit rauer Stimme. Er benutzte beide Hände, um Evans Shorts herunterzuziehen. Er musste mehr von seiner Haut spüren.

EVAN LIEß sich von Matt ausziehen. Ließ sich von ihm dominieren. Es erregte ihn, überwältigt zu werden, einen kurzen Moment lang ohne Kontrolle zu sein. Aber er wollte die Macht zurück. Er stand auf und als Matt versuchte, ihn auf die Matratze zu drücken, griff Evan nach seinen Handgelenken. „Hmmm... warte. Du bist dran."

Matts Augen waren wild, während er wartete. Mit sanften Händen zog Evan Matts Kleidung aus. Zog das T-Shirt über den Kopf und schob Shorts und Unterwäsche nach unten. Matt trat aus seinen Klamotten und trat sie zur Seite.

Sie standen einander gegenüber, ihre Körper berührten einander, nackt und zitternd. Eine Sekunde lang zögerte Evan, unsicher, wie genau er Matt verwöhnen sollte. Er streckte eine Hand aus und streifte Matts Gesicht mit seinen Fingerspitzen. Streichelte über sein Kinn, seinen Hals hinab, über seine Brust. Seine Hand zitterte, aber er glitt tiefer, um ihn dieses Mal wirklich zu berühren. Hörte das Stöhnen, während er das heiße Fleisch in seiner Hand massierte. Es ließ ihn schaudern.

MATT DRÜCKTE sich gegen Evans Hand – Gott, es fühlte sich so gut an, gewollt zu werden. Die starken Hände hielten ihn, zogen sanft an seinem Schwanz, bis er glaubte, den Verstand zu verlieren. Er ließ zu, dass er einen Moment lang selbstsüchtig war, schloss die Augen und übergab sich den Gefühlen, aber er schaffte es nicht lange, seine Hände bei sich zu behalten.

Matt öffnete die Augen und sah ihn intensiv an. „Gott, das fühlt sich so gut an." Und Jesus, wie Evan daraufhin errötete.

Evan hörte nicht auf, seine Hand zu bewegen. Er lehnte sich vor und presste mit geöffneten Lippen einen Kuss gegen Matts Halsansatz. Saugte so fest an der Haut, dass Matt glaubte, er würde in Ohnmacht fallen.

Matt streichelte über Evans Wange. Verstärkte seinen Griff, als der feuchte Mund etwas tiefer wanderte. Sanfte Bisse in seine Haut. Und er hörte keine Sekunde lang auf, seine Hand zu bewegen.

„Fuck", keuchte Matt. Er zog Evans Mund weg und drückte ihre Lippen zu einem heftigen, leidenschaftlichen Kuss aufeinander, kämpfte um Dominanz. Matt ließ Evans Gesicht los, griff nach seinen Schultern. Drückte fest und stellte sich Blutergüsse vor, die Evans Haut verfärbten.

Dieses Mal löste Evan sich atemlos. „Leg dich hin", flüsterte er leise. Er massierte Matts Schwanz ein letztes Mal fest und nahm seine Hand dann weg.

Matt ließ sich rücklings auf die Matratze fallen, die Knie geöffnet. Sein Blick forderte Evan heraus.

ZITTERND STAND Evan über ihm, starrte Matts Körper an und fühlte ein überwältigendes Verlangen, ihn zu verwöhnen, seine eigene Lust mit diesem Mann auszuleben.

Matt machte den ersten Schritt – er streckte eine Hand nach oben und berührte Evans Bein, streichelte mit seinen Fingern an seinem Oberschenkel hinauf, neckte ihn, bis Evan nachgab. Er legte sich auf Matt, näherte ihre Körper einander mit einer unerträglich zarten Berührung. Unter ihm stöhnte Matt abgehackt. Evan fühlte sich, als würden sie beide brennen und er konnte die Hitze, die sich zwischen ihnen aufbaute, beinahe schmecken.

Evan widerstand dem Drang, sich an Matt zu reiben. Er wollte nicht, dass es endet. Er kniete sich über Matt, umfasste seine Erektion erneut und strich mit seiner Hand daran entlang, bis Matt stöhnte. Das Geräusch ließ Evan vor Lust zittern. Es hallte in seinen Ohren wider, bis er es nicht mehr ertragen konnte, bis er Matts Zunge in seinen Mund saugen musste, um die Qualen zu stoppen. Er fühlte sich, als würde er verrückt werden.

Evan konnte den Moment spüren, in dem Matt sich seinem animalischen Verlangen hingab und seine Hüften ungestüm wieder und wieder nach oben stieß. Er bewegte seine Hände blind, bis er Evans Schwanz umfasste. Evan löste den Kuss und stöhnte dankbar. *So lange her, so lange her*, skandierte sein Geist. Zu lange her, dass er diese unglaubliche Hitze in seinem Körper gespürt hatte. Matt flüsterte ihm etwas zu und die Worte drangen endlich durch den Nebel um Evans Kopf.

„Gott, du fühlst dich so verdammt gut an. Ich will spüren, wie du kommst, ich will hören, wie du deinen verdammten Verstand verlierst", stöhnte Matt und bog seinen Rücken durch. „Du machst mich so hart. Du sorgst dafür, dass ich alles mit dir tun will." Er steigerte seine Handbewegungen, bis Evan ihm seine Hüften verzweifelt entgegenbewegte. „Ich will dich ficken. Ich will dich in meinem Mund spüren."

Die Vorstellung von Matts Mund um seinen Schwanz herum, stieß Evan über die Klippe. Er verlor die Kontrolle, stieß hart in Matts Hand, fiel vorwärts und versuchte verzweifelt, ihre Münder aufeinanderzudrücken. „Matt ... Gott, bitte ..." Evan kam heftig, ergoss sich in Matts Hand und biss in dessen Lippen. Brach auf ihm zusammen, als seine Arme nachgaben.

MATT BRAUCHTE nicht mehr als Evans harten Körper an seinem eigenem, um zu kommen. Er fuhr mit seinen Händen nach unten, um dessen Arsch zu umfassen – *Oh ja*, dachte er. *Oh Gott.* Er bäumte sich auf, der Hitze und Feuchtigkeit entgegen und stieß ihre Körper gegeneinander, bis er nicht mehr denken konnte.

Als er sich wieder bewegen konnte, schlang Matt seine gefühlt gummiartigen Arme fester um Evan, der auf ihm lag. „Hey", flüsterte er. „Bist du okay?"

Er spürte die Antwort an seiner Brust. „Ja."

Sie lagen lange Zeit so da, bis die Feuchtigkeit kalt und klebrig wurde. Matt drehte sich auf die Seite und Evan rutschte neben ihn. Sie küssten sich träge, erschöpft und befriedigt. Dösten eine Weile, während sie mit ihren Händen über die Brust, Arme und den Rücken des anderen streichelten.

EVAN WACHTE auf und blinzelte in das grelle Deckenlicht. Es gab keine Uhr und er konnte sich nicht erinnern, wo er seine Armbanduhr abgelegt hatte. Er schloss seine Augen wieder, Erschöpfung drückte ihn in die Matratze. Er sollte aufstehen, sich waschen … aber er schien sich nicht bewegen zu können.

Er wachte später erneut auf, weil Matt seinen Oberschenkel streichelte. Evan begann zu lachen. Er öffnete ein Auge und sah, dass Matt sich mit einem zweideutigen Grinsen über ihn beugte.

„Herrgott – mehr? Bist du noch nicht müde?"

Matt zuckte die Schultern. „Ich erhole mich schnell."

„Ich bin alt, lass mich."

„Ja? Ich bin älter – sei kein Baby." Er beugte sich hinunter, um mit seiner Zunge über Evans Lippen zu streicheln. „Das ist der beste Teil – der Anfang. Wenn man so geil ist, dass man kaum lange genug aufhören kann zu ficken, um nachzudenken."

Evans Mund wurde trocken. Das tiefe Grollen in Matts Worten schickte einen Schauder über seine verschwitzte Haut. „Bist du dir sicher, dass du das hier noch nie getan hast?"

„Was soll ich sagen – ich lerne schnell." Matt setzte sich auf, schwang ein Bein über Evans Körper und setzte sich auf ihn. „Und ziemlich von Anfang an war da etwas an dir – etwas, das dafür sorgt, dass ich dich will."

Evan spürte, dass das Verlangen zurückkehrte. „Das da wäre?"

Matt grinste verrucht. Er griff nach Evans Unterarm, hob ihn über Evans Kopf. Das Tattoo. Er beugte sich vor und strich mit seiner Zunge über die schwarzen Ränder des Motivs. Als er die Unterseite erreichte, direkt über dem Handgelenk, vergrub er seine Zähne in der Haut und saugte, bis Evan sich unter ihm wand.

Und dort hörte er nicht auf.

MATT STAND auf, um das Deckenlicht auszuschalten und seine Tür abzuschließen. Er schlüpfte zurück unter die Decke und legte sich entspannt neben Evans warmen Körper. Matt lag hinter ihm – eine Position, die er normalerweise hasste, aber er wollte Evan nicht loslassen. Wollte seine Hände über den Mann, der leise neben ihm atmete, streicheln lassen. Er presste seinen Mund gegen dessen Schulter und seufzte.

„Ich vermute, ich sollte dich schlafen lassen", sagte er leise. Er strich mit seiner Handfläche sanft von Evans Schulter zu seinem Knie.

„Wann müssen wir die Möbel einräumen? In fünf Stunden?"

„Hmmm … ja. Mach dir keine Sorgen – wir können einen Mittagsschlaf auf der neuen Matratze machen, wenn die Lieferanten wieder weg sind." Matt gab sich keine Mühe, den anzüglichen Tonfall zu unterdrücken.

„Ich bezweifle sehr, dass wir in diesem Fall Schlaf bekommen." Evan klang schläfrig und als Matt sich erinnerte, was für ein kostbares Gut Schlaf für ihn war, küsste Matt Evans Nacken.

„Schlaf. Ich werde dich die ganzen schweren Sachen tragen lassen", flüsterte Matt. Er zog Evan dicht an sich, legte einen Arm auf das Kissen über Evans Kopf und den anderen über dessen Mitte.

Evan lachte leise und schmiegte sich mit einem Seufzen an ihn, bevor er nach unten in das Kissen und unter die Decke rutschte.

Nach nur wenigen Minuten wurde Evan schwer in seinen Armen. Matt hörte die Veränderung in seinem Atem und stellte fest, dass er eingeschlafen war. *Nun, wenn ich es schon nicht schaffe, ihn zum Essen zu bringen, kann ich wenigstens dafür sorgen, dass er müde genug ist, um zu schlafen,* dachte Matt trocken.

Mit einem Mal waren die Gefühle, die Matts Gehirn bevölkerten, nicht sexuell – eher zärtliche Sorge. Er wollte sich um Evan kümmern, ihm einen Teil seiner Last nehmen. Zur gleichen Zeit bot Evan ihm einen sicheren Ort – wie er sich bei Tony und Phil gefühlt hatte, aber mit dem zusätzlichen Bonus einer süchtigmachenden Welle der Lust, die jegliche Zweifel, ob er sich auf einen Mann einlassen sollte, zerschlug. Er dachte an seine ehemaligen Partner, daran, wie er ihre Gesellschaft vermisste, ihre Freundschaft, ihre Sorge. Die Partner, die er während seiner Zeit bei der Polizei gehabt hatte, hatten ihn auf irgendeine Art verankert. Es war mehr als Arbeit, mehr als Fälle, die gelöst werden mussten. Es war Matts Zuhause, Matts Familie gewesen und verdammt, er vermisste es noch immer.

Aber nicht mehr so sehr wie vor ein paar Monaten, dachte er. Nicht mehr so sehr, seit Evans und seine Freundschaft begonnen hatte. Ihre Beziehung hatte eine vertraute Sicherheit zurückgebracht, die Matt umgab, während er sein Leben lebte. Keine Sorgen, weil er letztendlich in die sichere Stille zurückkehren würde.

Matt legte seinen Kopf auf Evans Kissen, berührte beinahe mit seinem Mund den Hinterkopf des schlafenden Mannes. Er inhalierte den männlichen Duft – Matts Seife auf frischer Haut, der Geruch nach Sex – und schloss seine Augen. Brachte sein hyperaktives Gehirn zum Schweigen und ließ sich selbst zum Geräusch von Evans gleichmäßigem Atem zur Ruhe kommen, bis er einschlief.

DER TRAUM war immer gleich. Er ging den Gang entlang, hinter seinem Stiefvater Buddy her – seinem ersten Stiefvater, der ihm beigebracht hatte, wie es war, zu viel Angst zu haben, um zu atmen – und hörte benommen, wie ihm gesagt wurde, dass Sherri tot war. Evan hatte zu viel Angst, um zu sprechen. Er wollte einfach nur seine Frau finden und sie nach Hause bringen, denn sie sollte nicht hier bei Buddy sein und sie durfte nicht tot sein … nein, nein, nein.

Sie bogen um eine Ecke und Evan würgte – der Geruch des Todes überwältigte ihn. Er griff an seine Kehle, konnte bei dem Gestank nicht atmen. Plötzlich lag sie dort vor ihm auf der Trage, die Wunde an ihrem Kopf war so schrecklich, so brutal … so sauber.

Es machte ihn wütend, weil er wusste, dass es eine Lüge war. Der Tod war nicht so sauber und ordentlich, so höflich und anständig. Er hatte genug gesehen, um das zu wissen. Er wandte sich an Buddy, der sein allgegenwärtiges widerliches Grinsen aufgesetzt hatte.

„Wo hast du ihr Blut hin?", schrie er. „Wo ist es? Wo versteckst du es?"

Und dann war es da, alles, all das Blut, das er sich jemals hätte vorstellen können: auf seinen Händen, seinen Kleidern, seinen Augen und er begann panisch zu schreien, weil er glaubte, er würde darin ertrinken. Er konnte hören, wie Buddy lachte, ihm sagte, er solle ein guter Junge sein, oder …

Er kämpfte sich zurück ins Bewusstsein, stöhnte und schlug verzweifelt um sich. Er musste Buddy entkommen … musste dem Blut entkommen. Musste dem Anblick der Leiche seiner Frau entkommen. Evan schlug die Decke zurück, die sehr viel schwerer war als sonst. Und er hörte, dass jemand seinen Namen rief.

„Hey, hey, ruhig, ich bin hier – beruhig dich." Matt.

Evan keuchte und setzte sich auf. Er zitterte vor Übelkeit und Angst. Er spürte, wie Matts Hände ihn sanft beruhigten, wie in dieser ersten Nacht.

Spürte seinen Mund nah bei sich, hörte, wie er ihm etwas ins Ohr flüsterte. „Es ist okay. Ich bin hier."

Oh, Gott sei Dank, dachte Evan.

„Sorry", brachte er hervor.

Aber Matt unterbrach ihn sofort. „Komm her." Er zog ihn in seine Arme und senkte sie beide zurück auf die Matratze. „Bist du okay?"

Evan schauderte. „Ja." Er vergrub sein Gesicht im Kissen, konnte Matt nicht in die Augen sehen. Immer der gleiche verdammte Traum. Immer die beiden Dinge, die Evan am meisten auf der ganzen Welt hasste – Buddy, der Mann, der ihn in seiner Kindheit belästigt hatte und Sherri, tot und zu früh von ihm genommen.

„Willst du darüber reden?", fragte Matt leise und streichelte Evans Hinterkopf und seinen Hals.

„Nein." Evan schluckte hart. „Erzähl mir was, irgendwas, nur für ein paar Minuten, okay?" Er brauchte eine Weile, um sich wieder zu sammeln.

„OKAY." MATT wollte etwas mit Evan teilen, damit er sich weniger allein fühlte. „Ich hatte dauernd Albträume – nachdem Tony gestorben ist."

„Dein erster Partner?"

„Ja. Ich habe den Schuss in meinem Kopf gehört und er war auf seinen Knien. Schon tot. Nach seiner Beerdigung habe ich die Schüsse immer gehört, wenn ich meine Augen geschlossen habe. Wusste immer und immer wieder, dass ich nichts anderes tun konnte, als Tony sterben zu sehen." Matt seufzte. „Du wirst Polizist und sie bringen dir bei, Leute zu beschützen und sie in Sicherheit zu bringen. Aber sie sagen dir nicht, dass es dir das Herz herausreißt, wenn du erkennst, dass du es nicht tun kannst. Du kannst nicht alle retten."

Evan sagte nichts, rutschte jedoch ein wenig dichter an Matt.

„Ich konnte Tony nicht beschützen. Ich habe es versucht, aber ich konnte es nicht."

„Ich weiß, wie du dich fühlst."

„Es war ein Autounfall, Evan. Du hättest nichts tun können."

Evan begann zu protestieren, also beugte Matt sich vor und küsste ihn fest. „Ich weiß, dass du sie geliebt hast. Ich weiß, dass du alles für sie getan hättest, aber es war das Arschloch in dem Auto – nicht du. Du musst dich nicht schuldig fühlen. Ich habe mir jahrelang jeden Tag die Schuld an Tonys Tod gegeben, aber ich habe erkannt, dass ich nichts falsch gemacht habe. Ich habe seinen Tod nicht verursacht. So wie du Sherris Tod nicht verursacht hast."

„Ich weiß." Evans Stimme war kaum hörbar. „Aber ich … ich wollte sie einfach beschützen. Das, was man tut, wenn man jemanden liebt. Man beschützt ihn."

„Ja. Das versucht man."

EVAN DACHTE an Buddy und zitterte. Er dachte an seine Mutter und wie sehr er sie noch immer hasste. Er hatte außer mit Sherri mit niemandem jemals darüber gesprochen – nur sie kannte die Quelle seiner Albträume, den Grund, aus dem er als Polizist so gewissenhaft arbeitete. Und jetzt wollte er, dass Matt davon erfuhr. „Mein Stiefvater – der erste – ah … er war ein Mistkerl. Er hat meine Mutter allerdings getäuscht – hat sie wie eine Prinzessin behandelt. Aber wenn sie nicht da war, hat er … er hat Dinge zu mir gesagt … widerliche Dinge … hat mich verfolgt, mich dauernd beobachtet. Als ich gedroht habe, es meiner Mutter zu erzählen, hat er gelacht und einen Grund gefunden, mich gegen eine Wand zu stoßen."

MATT HIELT sehr still, während die Worte aus Evans Mund kamen. Er erinnerte sich an seine Kindheit, erinnerte sich an den Priester, von dem Matt gerade so verschont geblieben war. „Hat er jemals …?"

„Nein. Bis heute weiß ich nicht, wieso. Als ich neun war, standen zwei Bundespolizisten vor der Tür. Stellte sich heraus, dass der gute alte Buddy aus einem Staatsgefängnis entkommen war. Er hatte dort wegen Kindesmissbrauch gesessen."

Matt atmete scharf ein. „Himmel. Du hattest Glück, dass er nie … Himmel. Deine Mutter muss am Boden zerstört gewesen sein."

Evan gab ein seltsames Geräusch von sich – etwas zwischen einem Lachen und einem Stöhnen. „Meine Mutter? Meine verdammte Mutter wusste es. Sie wusste, wer er war, wusste, dass er ein verurteilter Vergewaltiger war und sie hat ihn trotzdem in unser Haus gelassen. Hat zugelassen, dass er um mich herum war und mich vier Jahre lang terrorisierte. Sie wusste es und es war ihr egal." Als er endete, atmete Evan schwer und seine Stimme brach.

Matt sagte nichts. Er umarmte Evan nur fest, schob seine Beine zwischen Evans, bis kein Teil ihrer Körper sich nicht berührte. Er wusste nicht, was er sagen sollte.

Vor Wut zitternd vergrub Evan sein Gesicht an Matts Schulter und versuchte, sich wieder unter Kontrolle zu bekommen. Es war beinahe fünfzehn Jahre her, dass er diese Worte laut ausgesprochen hatte und er hatte die Erinnerungen so tief vergraben, wie er konnte. Manchmal entwischten sie ihn in der Nacht, wenn ein Fall sie aufwühlte. Dann wurde Evan wild vor Wut und wollte die Kinder rächen, die niemanden hatten, der für sie einstand. Bis zu dieser Nacht war es Sherri gewesen, die ihn auf diese Weise umarmte, ihn wüten und hassen ließ und ihn dann leise erinnerte, dass er geliebt wurde.

Evan bewegte sich und näherte seinen Mund Matts Ohr. „Es gibt so viel, was ich dir sagen will ... aber es ist einfach zu früh."

Matts Herz zog sich zusammen. „Ich werde da sein, wenn du bereit bist", flüsterte er mit zitternder Stimme.

Evan nickte und sie lagen schweigend nebeneinander, bis seine Erschöpfung ihn erneut einholte. Matt hielt ihn fest, weigerte sich, ihn loszulassen. Er hatte niemals solchen Frieden gekannt ... oder solche Angst. Er wusste, was Evan sagen wollte, konnte es an seinem sanften Tonfall hören. Aber wusste nicht, wie er es erwidern und so meinen sollte. Er wusste nicht, wie er dafür sorgen sollte, dass es andauerte oder schön war. Er wusste nur, wie er feige davonlaufen und sich hinter einem Bierkrug oder einem bedeutungslosen Fick verstecken konnte. Er wusste nicht, ob er es verdiente, diese Worte von jemandem wie Evan zu hören.

7

DAS TELEFON weckte sie ein paar Stunden später um acht Uhr. Die Lieferanten hatten sich verfahren und Matt gab ihnen verschlafen eine bessere Wegbeschreibung. Er legte auf, ließ sich zurück auf die Matratze fallen und drückte sich an Evans Rücken.

„Wir haben etwa fünfundvierzig Minuten, bevor sie ankommen", sagte Matt und biss fest in Evans Schulter.

Evan zog die Decke über seinen Kopf. „Ich schlafe. Behalt deine Hände bei dir."

Matt lächelte und folgte Evan unter die Decke. Ein bisschen Leichtfertigkeit war nach der letzten Nacht gut. Ein paar Küsse wären sogar noch besser.

DIE MÖBELLIEFERANTEN kamen an und nach kurzer Zeit hatten sie beinahe alle Möbelstücke die Treppen hinauf und in die Wohnung getragen. Während die beiden Männer nach unten gingen, um den letzten Karton zu holen, presste Matt Evan gegen die Wand neben der Eingangstür.

„Lass uns die Couch zuerst aufbauen", sagte er und musterte Evans Gesicht.

Evan erwiderte den intensiven Blick und sagte: „Du hast mich noch" – er sah auf seine Armbanduhr – „sieben Stunden für dich. Nutze deine Zeit weise."

Matt grinste und entfernte sich von ihm, als er die Männer, die seine Kommode beim Tragen gegen Wände und das Geländer stießen, die Treppen hinaufkommen hörte. An diesem Morgen spürte er einen Schwung in seinem Schritt, er war betrunken von dieser Anziehung und dem Gefühl der Zuneigung zwischen ihnen. Er vermutete, dass er später erst richtig realisieren würde, dass er, Matthew Haight, Frauenheld der Extraklasse, darauf fixiert war Evan Cerelli, Personifikation der Vorstadt-Normalität, möglichst oft nackt unter sich zu sehen.

Es sollte ihm vermutlich wie früher Angst machen, aber mit Evan allein zu sein, war wie ein natürliches High und er wollte es nicht verderben, indem er zu viel darüber nachdachte.

EIN PAAR Stunden später erlangte Matt gerade sein Gleichgewicht zurück und sah blinzelnd an die Decke. Evan rührte sich neben ihm und die Matratze senkte sich ein wenig, als er aufstand.

„Hey, wo willst du hin?"

Evan streckte sich und lockerte die Verspannungen in seinem Rücken und seinen Armen. „Dusche. Ich muss bald los. Der Verkehr zur Island raus wird heftig sein. Ich muss die Kinder um acht abholen."

„Dusche, hm?"

Lächelnd schüttelte Evan den Kopf. „Gott, du denkst echt nur an das eine. Die Kabine ist zu klein, erinnerst du dich? Ich bin in ein paar Minuten wieder da. Wir müssen über einige Dinge reden."

Matts Magen sank in seine Knie. Es klang aus Evans Mund genauso schlecht wie aus denen der zahlreichen Frauen, die diese Worte über die Jahre zu Matt gesagt hatten. „Bist du okay?"

„Ja." Evan sah Matt nicht an, während er sprach. „Ich meine, das …" Er machte eine Geste zum Bett. „Das ist … gut … aber was ist mit der echten Welt? Bei uns beiden steht viel auf dem Spiel."

Matt fand nicht, dass das stimmte – Evans Risiken waren viel größer. Er blinzelte ein paar Mal, versuchte seine Gedanken zu sortieren. Er spürte die Angst schwer in seiner Brust. Er wusste, er war die unwichtigste Sache in Evans Leben und das erste, was er aufgeben würde, wenn es Schwierigkeiten gab.

„Nun, um ehrlich zu sein, ich dachte, wir würden das hier so gut wie möglich für uns behalten … zumindest für den Moment. Bis wir … äh … herausfinden, was es … ist."

Evan nickte und richtete seinen Blick weiterhin auf den Boden. „Ich weiß nicht, was ich zu dir sagen soll, außer – es ist mir wichtig, aus vielen verschiedenen Gründen. Ich bin nicht bereit, es aufzugeben."

Matt sagte nichts, rang mit sich selbst. Nickte, um irgendetwas zu tun. „Wolltest du jemandem davon erzählen?"

„Ja. Tatsächlich dachte ich, ich könnte mit Helena darüber sprechen. Vielleicht hilft es ihr zu wissen, wieso ich in der letzten Woche so durchgedreht war."

„Ich weiß, dass sie deine Partnerin ist …"

„Und Freundin."

„Und Freundin. Aber glaubst du, sie wird – äh – damit klarkommen?"

„Ich denke schon. Helena ist kein voreingenommener Mensch. Sie wird wollen, dass ich glücklich bin."

Matt schluckte. „Und das hier macht dich glücklich?"

Evan grinste und begegnete endlich Matts Blick. „Ja. Und verrückt und verwirrt und …"

„Müde?"

„Was ist mit dir?", fragte Evan mit einem Lachen.

„Scheiße, ich bin hundemüde. Du hast mich ausgelaugt."

„Danke. Ich gehe duschen."

Evan drehte sich um und ging zum Badezimmer. Matt erwischte sich dabei, wie er etwas tat, das er niemals erwartet hätte – er musterte den Körper eines Mannes. Ihm gefiel, was er sah.

„Hey."

„Was?", rief Evan, ohne sich umzudrehen. Er blieb in der Tür stehen.

„Ja. Macht mich glücklich."

Evan senkte seinen Kopf. Matt wollte glauben, dass er lächelte.

„Gut." Seine Stimme war ein wenig gedämpft, als er ins Badezimmer ging und die Tür schloss.

Matt stand auf, beschäftigte sich damit, die Decken zu falten und die Couch einzuklappen. Er zog seine Shorts an, die in der Nähe des Fensters auf dem Boden gelegen hatten – fragte sich, wie zur Hölle sie dort gelandet waren, erinnerte sich an viel Eile, sich auszuziehen und Evan zu berühren.

Ein paar Möbelstücke waren noch immer in ihrem Versandmaterial verpackt. Nur die Couch und der Lehnsessel waren ausgepackt und an die richtigen Plätze geräumt. Mit einem Seufzen setzte Matt sich in den Sessel und starrte aus dem Fenster auf den Garten gegenüber. Die Hitze des Dampfes drang aus der Heizung und wärmte Matts kühle Haut.

Es fühlte sich so richtig an, hier zu sein, seine Dusche zu hören und zu wissen, dass Evan unter dem Wasser stand. Er wollte wissen, wann sie sich wiedersehen würden. Wollte wissen, wann er Zeit mit der ganzen Familie verbringen konnte. Wollte nicht darüber nachdenken, dass es enden könnte.

IN DER nächsten Woche sprachen sie jeden Tag miteinander. Matt tat nicht einmal so, als würde sein Atem nicht stocken, wann immer Evans Name auf seinem Handy auftauchte.

„Was machst du an Thanksgiving?"

„Das Truthahn-Spezial im Ed's essen."

„Ich muss zu meinen Schwiegereltern."

„Und was? Brauchst du ein Date oder so?"

„Oh Gott. Ich will nicht einmal darüber nachdenken, dass sie von uns erfahren."

Matt umklammerte sein Handy fester, teilweise wegen der Angst vor Entdeckung, teilweise, weil Evan *uns* gesagt hatte. „Was ist mit Thanksgiving?"

„Wir sollten um fünf zurück sein. Ich habe überlegt, ein paar Leute einzuladen."

„Wen?"

„Vic, Helena …"

„Wirst du morgen mit Helena sprechen?"

„Nein, ich wollte bis Donnerstag warten. Ich will es nicht tun, während wir arbeiten."

„Und Vic?"

„Ich denke, vielleicht sollte er es wissen – für den Fall, dass sich etwas herumspricht."

Tief durchatmen, dachte Matt. *Atme tief durch.* Er kannte Vic Wolkowski als aufgeschlossenen und vernünftigen Mann, aber der Gedanke, es ihm zu erzählen – es irgendjemandem zu erzählen … „Äh – könnten wir ein bisschen warten? Lass uns nur mit Helena anfangen, okay?"

„Ja, gut. Wie auch immer. Ich werde ihn trotzdem für Donnerstag einladen."

„Großartig. Ich bringe etwas mit. Nachtisch oder so. Wir sehen uns um fünf?"

„Okay."

Und Stille, dachte Matt. *Was zur Hölle sagt man zu dem Mann, mit dem man das Wochenende – im Bett – verbracht hat?*

Als hätte er seine Gedanken gelesen, sagte Evan: „Ich hatte ein schönes Wochenende, Matt. Danke."

„Danke?" Matt schnaubte. „Glaub mir, ich habe genauso viel zurückbekommen, wie ich gegeben habe."

„Und damit …" Evan lachte, und das klang gut in Matts Ohren.

„Grüß die Kinder."

„Ja. Sie haben gesagt, ich soll dich grüßen. Wollten wissen, wann sie dich wiedersehen würden."

Matt lächelte. „Sag ihnen, sie werden mich am Donnerstag nicht loswerden."

Evan räusperte sich. „Du solltest … äh … ein paar Klamotten mitbringen."

„Sicher. Okay. Bist du sicher?", stammelte Matt. „Deine Kinder …"

„Wovon redest du? Du schläfst wieder auf der Couch."

„Oh, ja, sicher."

„Aber bereite dich auf den ein oder anderen Besuch vor. Bis Donnerstag."

Und Matt hörte ein Klicken. Die Wartezeit bis Donnerstag würde eine Folter werden.

Nachdem er sich durch den sintflutartigen Wolkenbruch gekämpft hatte, kam Evan um acht Uhr dreißig zur Arbeit. Er pfiff vor sich hin, während er sich Kaffee holte, was ihm einen seltsamen Blick von Moses bescherte, der einen Donut-Karton vor sich stehen hatte.

„Morgen."

„Ja. Morgen." Moses sah zu, wie Evan zurück zu seinem Schreibtisch ging. „Du bist schrecklich euphorisch für diesen höllischen Montag. Was ist passiert?"

Mit einem Schulterzucken setzte Evan sich an seinen Schreibtisch. „Nichts weiter. Nur ein gutes Wochenende, das ist alles." Er spürte Moses' neugierigen Blick, hörte, wie er schnupperte, als könnte er die Anzeichen eines Geheimnisses in der Luft riechen. Evan versuchte sich auf seinem Stuhl zu entspannen und sich mit seiner täglichen Routine zu beschäftigen.

Er betete, dass er die Bissspuren an seinem Hals gründlich versteckt hatte, dass niemand bemerkte, dass er seine Hemdärmel an diesem Tag nicht hochkrempeln würde (Matts kleiner Tattoo-Fetisch hatte eine deutliche Spur auf der Innenseite seines Unterarmes hinterlassen). Es war seltsam – und ein wenig aufregend – Beweise mit sich herumzutragen.

Tief in seine Erinnerungen versunken hätte er beinahe Helena, die durch die Eingangstür kam, verpasst. Sie wechselten vorsichtige Blicke über den Raum hinweg; dann beschäftigte sie sich damit, ihre nassen Sachen aufzuhängen.

Evan seufzte. So konnte das nicht länger weitergehen. Er stand auf und traf sie an der Kaffeemaschine. „Hi."

„Morgen. Irgendwelche Anrufe?"

„Äh, nein. Helena?"

„Ich habe die Akten des McCrory-Falles durchgesehen. Ich denke, ich bin bereit, auszusagen."

„Helena, könnten wir einen Moment miteinander reden?"

„Wir reden miteinander", sagte sie kühl.

„Bitte. Komm kurz mit in den Gang."

Mit offensichtlichem Widerwillen folgte sie ihm in den Flur. Sie lehnte sich gegen die Wand, verschränkte die Arme und wartete, dass er etwas sagte.

„Helena, es tut mir leid, was ich letzte Woche gesagt habe – oder besser gesagt, es tut mir leid, was ich nicht gesagt habe. Du hast recht. Ich bin überhaupt nicht gut mit den Dingen klargekommen und ich habe dich angefahren, weil … weil ich ein Idiot bin."

Er erntete ein breites Lächeln von ihr. „Mach weiter. Das gefällt mir."

„Ich bin ein wirklich großer Idiot."

„Evan, du kannst nicht beides haben. Entweder wir sind Freunde und wir reden miteinander oder wir haben uns außerhalb von der Arbeit nichts zu sagen. Ich kann nicht abschalten, dass ich mir Sorgen um dich mache, genauso wenig, wie du es umgekehrt könntest."

„Ich bin Abschaum."

„Hör auf. Ich mache mir Sorgen um dich – ich werde nicht lügen und etwas anderes behaupten. Ich habe versprochen, dich nicht zu bemuttern, aber du wirst aufhören müssen, mich abzuweisen. Es geht mir auf die Nerven."

„Ich habe es gemerkt." Evan atmete tief durch. „Es tut mir leid."

„Wirst du mir sagen, was los ist? Wieso du dich so seltsam verhältst?"

„Ich bin nur verwirrt über diese potentielle Beziehung. Es ist eine schwierige Situation. Mildernde Umstände, könnte man sagen …" Tatsächlich war es vermutlich irreführend, von potentiell zu sprechen, da Evan beinahe sechsunddreißig Stunden ununterbrochen nackt in Matts Bett verbracht hatte, aber wie auch immer … Er musste nur diese Unterhaltung hinter sich bringen. „Hör mal, wieso kommst du nicht an Thanksgiving abends vorbei. Nachdem du deine Großmutter nach Hause gebracht hast. Vic kommt vorbei und ein paar andere Leute vermutlich. Wir können dann miteinander sprechen. Ich – äh – habe viel, worüber ich mit dir sprechen will."

Sie sagte nichts.

„Ich … die Person wird da sein. Die Person, über die ich gesprochen habe. Damit ihr euch treffen könnt." *Noch einmal.* Aber die Umstände waren sehr viel anders. Evan versuchte, nicht zu erröten, aber es war unmöglich. Sein ganzer Körper zog sich beim Gedanken, dass jemand von ihm und Matt wusste, zusammen, aber er konnte Helena nicht für immer im Dunkeln lassen. Es wäre nicht gerecht.

Helena nickte ernst. „Also gut. Ich komme vorbei. Ich verstehe nur nicht, wieso wir nicht vorher reden können."

Evan verlagerte unwohl sein Gewicht. „Nun, hier ist nur nicht der Ort, um … bestimmte Dinge zu sagen." Er sah, wie sie schluckte und nervös von einem Fuß auf den anderen trat. „Okay."

Es gab ein langes, unangenehmes Schweigen, das Evan nicht ganz verstand. Dann schien Helena sich zu fangen und sie lächelte.

Und dann boxte Helena gegen Evans Arm. „Hör auf, so ein Arsch zu sein, okay? Beantworte meine Fragen und niemand wird verletzt werden."

„Also ist das geklärt? Weil, wir haben eine Woche mit einem Streit verbracht, den ich nicht ganz verstanden habe."

„Ja. Ich habe ein kleines bisschen überreagiert, glaube ich. Wenn ich an Thanksgiving komme, lerne ich das mysteriöse Mädchen kennen, das dich so verrückt macht?"

„Ja." Irgendwie. Mehr oder weniger. Der Teil mit dem Verrücktmachen stimmte definitiv.

„Ich bin um sieben da. Kann ich meine Mom mitbringen?"

„Sicher, je mehr desto besser." *Oh Gott*, dachte Evan. Matt würde den Verstand verlieren. Es wurden immer mehr Leute.

„Großartig." Helena schien wieder wie immer zu sein und Evan entspannte sich. Sie streckte ihre Hände aus und drückte seine Unterarme. „Ich werde dir weiterhin persönliche Fragen stellen, aber ohne dich zu bemuttern, und ich erwarte direkte Antworten. Okay?"

Evan nickte lächelnd.

Helena lächelte zurück und machte sich auf den Weg den Gang hinab, an Moses vorbei, der offensichtlich so tat, als würde er intensiv in einer Akte lesen. Sie verdrehte die Augen in Evans Richtung und setzte sich.

Evan sank gegen die Wand. Das hatte ihm viel abverlangt und Scheiße, sie waren noch nicht einmal an dem Punkt angelangt, an dem er die Worte *ich habe eine Beziehung mit Matt Haight* sagte. Er rieb sein Gesicht und ging zurück zu seinem Schreibtisch. Moses hatte sich nicht gerührt.

„Kann ich dir helfen?", fragte er vorsichtig. Da war ein schwaches Leuchten in Moses' Augen, das ihn nervös machte.

„Nee. Lese nur meine Akte." Er warf Evan einen misstrauischen Blick zu und machte auf dem Absatz kehrt, um zurück ins Büro zu gehen.

Evan zählte bis fünfzig und versuchte, so ruhig wie möglich auszusehen, als er sich an seinen Schreibtisch setzte. Er hatte drei Tage, bis sein kleines Geheimnis langsam ans Tageslicht kommen würde.

Drei Tage.

AM MORGEN von Thanksgiving stand Evan in seinem Schlafzimmer, starrte das Bett, die Kommode und die Wände an. Er hatte in den vergangenen dreizehn Monaten nicht viel Zeit in diesem Raum verbracht. Konnte es nicht ertragen, Sherris Sachen zu sehen – ihr Parfum und Make-up auf dem Schminktisch, das Schmuckkästchen auf der Kommode. Nichts war bewegt oder weggeräumt worden. Er konnte es nicht ertragen, diesen letzten Schritt zu gehen, vollständig zu akzeptieren, dass sie nicht zurückkommen würde. Ihr Leben war vorbei, aber seines ging weiter.

Er zog einen schweren schwarzen Pulli über seinen Kopf, wusste, dass seine Schwiegermutter sich über seine Jeans ärgern würde und wusste, dass er es genießen würde. Er konnte die Kinder unten herumpoltern hören, während im Hintergrund Macy's Thanksgiving Day Parade plärrte. Oh gut. Noch eine Blaskapelle, die „Jingle Bells" spielte. Die weihnachtlichen Vorboten bereiteten ihm Magenschmerzen. Im letzten Jahr hatten sie die Feiertage mehr oder weniger an sich vorüberziehen lassen – ein kleiner Baum, ein paar Spielsachen für die Kinder. Sie hatten die meiste Zeit mit gedämpfter Stimmung bei Sherris Eltern verbracht. Evan hatte sich noch immer benebelt gefühlt – Sherris Beerdigung war erst ein paar Monate her gewesen – und hatte nicht mehr tun können, als auf der Couch zu sitzen und in den Kamin zu starren. Er hatte die Fotos an der Wand ignoriert, sodass er Sherri nicht von Geburt an bis ins Erwachsenenalter sehen musste, weil ihr lächelndes Gesicht seine Augen brennen ließ.

In diesem Jahr wollte er, dass es besser wurde. Er wollte, dass die Kinder weiterhin gute Zeiten erlebten, sodass sie sich an die glücklichen Momente ihrer Kindheit erinnern konnten. So schwer es auch sein würde, er würde alles besorgen – den großen Baum, die Dekorationen, die Unmengen an Geschenken. Evan wünschte sich verzweifelt, seine Kinder lachen und glücklich quietschen zu hören, wenn sie am Weihnachtsmorgen ihre Geschenke öffneten.

Und er erkannte, dass er, wenn er sich vor seinem geistigen Auge den glücklichen Moment vorstellte, Matt Haight mit einem Lächeln zwischen ihnen sitzen sah.

Ihm wurde ein wenig schwindelig.

„Hey, Dad!" Kathleens Rufen riss ihn aus seiner kleinen Träumerei. „Dad?"

„Komme", rief er.

Evan nahm seine Uhr und seinen Ehering von der Kommode und ging zur Treppe. Er wollte ein schönes Familienweihnachten. Und er wollte es mit Matt teilen.

SECHS STUNDEN bei den MacGregors stellten jeden Zentimeter von Evans Geduld und sein stoisches Wesen auf die Probe. Phil rauchte mindestens neun Zigarren und beschwerte sich über alles und jeden; vom Bürgermeister, zu den Subways (die er seit siebzehn Jahren nicht genutzt hatte), bis zu den gottverdammten Jets. Jedes Mal, wenn Evan versuchte, sich an der Unterhaltung zu beteiligen, wechselte Phil das Thema und begann eine neue Schimpftirade. Daran war Evan gewöhnt, aber der gleichmäßige Strom des Scotchs, den Phil konsumierte, war neu. Er wusste, dass Sherris Tod Phil am Boden zerstört hatte – sie war seine Lieblingstochter gewesen – aber Evan hatte nicht bemerkt, dass er seinen Schmerz wegtrank. Es sorgte dafür, dass Evan sich anspannte, denn er wusste, dass er dasselbe getan hatte.

Elena verbrachte die meiste Zeit am Telefon in ihrem alten Zimmer. Sie kam gelegentlich heraus, um ihrer Mutter zu helfen, aber auf Evan wirkte sie distanziert und erschöpft. Er wollte sie fragen, was los war, aber sie schien nie lange genug stillzusitzen, um sich mit ihr zu unterhalten.

Josie bemutterte die Kinder ununterbrochen. Sie fütterte sie von dem Moment, in dem sie durch die Tür kamen, bis zum Abendessen durch. Er konnte sehen, dass sie praktisch betrunken vom Essen waren und wusste, dass es eine ruhige Heimfahrt werden würde – sie würden alle besinnungslos sein. Sobald alle Kinder gleichzeitig kauten, wandte sie ihre Aufmerksamkeit Evan zu.

Sie bot ihm jedes menschenmögliche Essen an, zweimal, und als Josie zum dritten Mal mit einem Teller mit Früchten, Käse und Brot zu ihm kam, gab Evan nach und nahm ihn ihr ab. Sie wirkte erleichtert, als ob sie sich nicht vorstellen konnte, was sie mit jemandem tun sollte, der nichts aß.

Er brauchte beinahe eine Stunde, um den ganzen Teller leerzuessen. Er kaute mechanisch und hörte Phils gelallter Litanei aus Beschwerden zu. Er hörte Josies endloses Wirbeln aus der Küche. Ein Fußballspiel lief auf dem großen Fernseher. Sein Magen verkrampfte sich heftig. Er wollte etwas von Phils Scotch.

Die Kinder minderten die Spannung während des Abendessens. Sie wetteiferten alle darum, ihren Großeltern Geschichten über die Schule und über Sport zu erzählen. Sie brachten Ideen für Weihnachtsgeschenke auf, waren dabei charmant und liebenswert und wussten genau, dass sie bekommen würden, was immer sie erwähnten.

Evan hielt sich zurück, würgte seinen Teller mit dem Essen herunter und versuchte herauszufinden, ob das hier die Hölle war, weil Sherri fehlte oder ob er es zuvor nur nie bemerkt hatte. Er hatte gedacht, dass ihre Familie perfekt war, weil es ihm ganz einfach an einem Maßstab fehlte.

Als das Essen sich seinem Ende näherte, wurden die Kinder zappelig und Evan konnte seinen Blick nicht von der Uhr abwenden.

„Äh, Leute, seid ihr fast fertig? Denkt dran, wir müssen nach Hause. Wir bekommen Besuch."

Josie begann den Tisch abzuräumen. „Ich kann nicht glauben, dass ihr so früh gehen müsst!"

Evan warf seinen Kindern den „Vater-Blick" zu und sie standen auf, begannen Teller zu stapeln und die Sachen zum Abspülen in die Küche zu bringen. Er tat dasselbe. „Josie, ich habe ein paar Freunde bei der Arbeit, die keine Familien in der Stadt haben – ich wollte ihnen einen Ort geben, an dem sie heute sein können."

Jodie machte ein schniefendes Geräusch und trug einen Tellerstapel in die Küche. Phil griff nach der Scotch-Flasche, die stets neben ihm stand. Elena murmelte eine Entschuldigung und verschwand wieder. Seufzend warf Evan einen weiteren Blick auf die Uhr. Es war halb vier – wenn er nur um vier hier loskommen konnte … Er wollte nicht, dass Matt allein vor seiner Tür stand.

UM VIER waren sie unterwegs und Evan hatte nur teilweise Recht behalten – Danny und Kathleen dösten ein, während Miranda ununterbrochen die Radiosender wechselte und Elizabeth glücklich über die nächsten Tage, die sie gemeinsam verbringen würden, und Weihnachten plapperte. Evan fühlte so viel überwältigendes Glück, ihre süße, kleine Stimme zu hören, wie sie begeisterte Pläne schmiedete … und er erkannte, dass Sherri nicht ganz weg war. Elizabeth war ihr Echo. Es tröstete ihn.

Sie bogen um viertel nach fünf in die Einfahrt. Als die Scheinwerfer die Vorderseite des Hauses erhellten, sah Evan eine Gestalt auf der Treppe und lächelte. Die große, breitschultrige Figur mit den Taschen war unverwechselbar.

„Hey! Es ist Matt!", quietschte Elizabeth auf dem Rücksitz und weckte Danny und Kathleen auf.

Evan hatte kaum genug Zeit, das Auto zu parken, bevor die Türen sich öffneten und die Kinder heraussprangen. Elizabeth und Danny rannten hinüber, um gegen Matts Beine zu rennen, wobei sie ihn mit der Kraft ihrer Umarmungen beinahe umwarfen. Evan sah zu, wie er seine Taschen fallen ließ und sich bückte, um beide Kinder gleichzeitig hochzuheben und herumzuwirbeln, bis sie kreischten.

Evan wollte einfach stundenlang dasitzen und genießen, sie alle zusammen zu sehen, aber er stellte den Motor ab und stieg aus dem Auto. Während er die Einfahrt hinaufging, begegnete er Matts Blick.

„Hey."

„Hey", sagte Matt atemlos und wirbelte die Zwillinge ein letztes Mal herum, bevor er sie auf der Treppe absetzte.

Es gab nichts zu sagen – nichts, was sie sagen konnten, während die Kinder um sie herumrannten und einander auf die Eingangstür zuschubsten. Evan kämpfte sich durch die Menge und nahm seine Schlüssel heraus. Scheuchte seinen Nachwuchs ins Haus. Matt folgte ihm und nahm sein Gepäck mit sich.

Evan hielt im Flur an und ließ Matt gegen sich prallen. Er hörte das schnelle Einatmen und ließ sich davon wärmen.

81

„Ich habe dich vermisst."

Er sprach die Worte so leise, dass Evan sie kaum hören konnte. Aber er kannte das Gefühl. Er fühlte es auch.

Evan ging weiter, ließ Matt ins Haus und schloss die Tür.

VIC WOLKOWSKI tauchte zwanzig Minuten später auf. Seine Kinder waren mit der Schwester seiner verstorbenen Frau auf einer Reise nach Europa und er hatte den Tag mit einer älteren Tante verbracht. Er kam mit genug Keksen, um ganz Queens zu füttern.

Als er Matt sah, hellte sein Gesicht sich auf. „Hey, Matty! Hatte keine Ahnung, dass du hier sein würdest." Vic warf seinen Mantel über einen Stuhl. „Ich wusste nicht, dass ihr euch so nahesteht."

Evan machte auf dem Absatz kehrt und ging in die Küche. Matt sah, dass er so tat, als würde er nach der Kaffeemaschine sehen. Als wäre sie ein Atomsprengkopf, der seine Aufmerksamkeit brauchte.

Bastard. Angsthase.

„Seit wir … äh … uns bei Abes Verabschiedung getroffen haben, haben wir einfach angefangen … du weißt schon … zusammen abzuhängen." Matt wusste, dass er schwitzte. Und ihm war vollkommen bewusst, dass er klang, als würde er etwas verstecken. Was er tat.

Vic schürzte seine Lippen. Nickte nachdenklich. Wandte sich Evan zu, der weiterhin die Kaffeemaschine anstarrte. „Hey, wie lange braucht der Kaffee noch? Ich will diese Kekse aufmachen."

VIC WAR bei seinem dritten Becher Kaffee und hatte unzählige Kekse gegessen. Er, Evan und Matt saßen am Küchentisch, entspannten sich und unterhielten sich locker. Matt fühlte sich beinahe wohl, vor allem wegen der Gesellschaft. Die Kinder waren im Wohnzimmer und lachten brüllend über etwas im Fernsehen. Gelegentlich wanderten Elizabeth oder Danny herüber, lehnten sich gegen Matts Stuhl, stellten ihm irgendeine alberne Frage und klauten einen Keks von seinem Teller. Kathleen kam für mehr Getränke herein und fragte Matt beiläufig, wie lange er bleiben würde.

Matt gab sein Bestes, seinen Blick auf die Kekse zu fixieren. Nach einer Zeit, die er für angemessen hielt, sah er auf, begegnete Evans Blick – Scheiße – und sagte: „Äh, mal sehen. Was? Wirfst du mich schon raus?"

In diesem Moment klingelte es an der Tür und Matt sprach ein ehrlich dankbares Gebet, während er ging, um die Tür zu öffnen. Helena Abbot und ihre Mutter, Serena, standen vor dem Haus und brachten noch mehr Essen.

„Nun, immerhin muss ich eine Weile nicht einkaufen gehen", scherzte Evan und nahm ihnen die Einkaufstüten ab, die bis zum Rand gefüllt waren.

Eine Vorstellungsrunde begann. Matt warf Helena ein Lächeln zu und ein größeres ihrer Mutter. Er war gut darin, die Moms um den Finger zu wickeln. Serena schüttelte allen die Hand und fragte dann, wo die Küche war, sodass sie „Essen auf den Tisch bringen" konnte, als würden sie alle verhungern. Matt grinste Evan an, als ein mit einem Mal nervöser Vic Wolkoswki anbot, „ihr auszuhelfen".

Sie gingen in die Küche und ließen Matt, Helena und Evan in einem Halbkreis im Flur zurück. Matt war ein wenig übel. Helena lächelte so strahlend, dass es in seinen Augen brannte.

Nach ein bisschen freundlichem Small Talk, wandte sie sich ab und zwinkerte. „Alsoooo ... Evan", sagte Helena und stieß ihrem Partner mit dem Ellbogen in die Seite. „Ist sie schon da?"

Matt verengte seine Augen. Evan sah zur Decke und weigerte sich, Matts Blick zu begegnen. „Äh, nein. Nicht hier." Evan räusperte sich. „Noch. Noch nicht hier."

Mit hochgezogenen Augenbrauen warf Helena Matt einen Blick zu, der versuchte, seine Gesichtsmuskeln zu entspannen. „Okaayy. Kommt sie noch?"

„Ja." Damit drehte Evan sich um und ging in die Küche; Matt nahm an, er würde erneut die Kaffeemaschine überwachen.

Helena wandte sich, offensichtlich misstrauisch, Matt zu. „Was ist los mit ihm?"

Matt zuckte die Schultern und folgte ihm schnell. Er würde diesen Abend niemals überstehen, ohne tot umzufallen.

HELENA SAGTE den Rest des Abends nicht viel. Ihr Polizeiradar piepte wie verrückt. Sie hörte Vic und Matt zu, die lustige Geschichten über vergangene Fälle erzählten und damit ihre Mutter unterhielten, die flirtend eine großäugige Zivilistin spielte. Evan lachte mit und Helena realisierte, dass sie ihn seit Ewigkeiten nicht mehr so entspannt gesehen hatte, wenn sie sein seltsames Verhalten, als sie angekommen war, außen vorließ.

Sie sah auf die Uhr und realisierte, dass es auf zehn Uhr zuging und sie bezweifelte sehr, dass diese mysteriöse Frau auftauchen würde – was ihre unterschwellige Angst verstärkte, dass sie, Helena Abbot, besagte Frau war, dass ihr Partner, ihr liebster Freund, ihr Vorbild des „idealen Mannes" (er war wie ihr verfluchter Bruder, um Himmels willen) romantische Gefühle für sie entwickelte.

Oh Gott, sie wollte nicht einmal darüber nachdenken. Wollte die Unterhaltung nicht führen, von der sie ahnte, dass sie kommen würde. Ja, sie konnte ohne Schwierigkeiten anerkennen, dass Evan Cerelli ein sehr schöner Mann war, von innen und von außen (besonders von außen, denn sie war nicht blind). Ja, in New York City einen heterosexuellen Mann zu finden, der weder vergeben noch Soziopath war, war dasselbe, wie während einem Sale bei Bloomies Schuhe in der richtigen Größe zu finden – ziemlich unmöglich. Aber während die rationale Helena diese Argumente verstand, konnte die emotionale Helena nicht darüber hinwegsehen, dass es Evan war. Der Mann, der sie für ihre Ergebenheit zu Hotdogs von Imbissbuden und ihre Angst vor Spinnen neckte und sie in ihren verrückteren Momenten beruhigte und der ihr beigebracht hatte, eine großartige Polizistin zu sein. Er war … er war ihr Mentor und ihr Bruder, und sie konnte aus ihrer Freundschaft einfach keine Liebesbeziehung machen. Unmöglich.

Sie sah, dass Evan auf die Uhr sah und dachte, dass er irgendeine Entschuldigung erfinden würde, dass die „mysteriöse Frau" nicht gekommen war, aber stattdessen schenkte er Matt ein Lächeln und stand auf, um den Kindern im Nebenraum ihre Schlafenszeit zu verkünden.

„Hey, Danny, Elizabeth, Kathleen – lasst uns gehen. Schlafenszeit."

Auf die Ankündigung folgte Murren, aber die Kinder kamen herein, um sich zu verabschieden und Helena beobachtete interessiert, wie alle drei herüberliefen, um Matt zu umarmen und ihm Küsschen zu geben. Sie hatte keine Ahnung gehabt, dass Matt Zeit mit den Kindern verbracht hatte. Seltsam, dass Evan das nicht erwähnt hatte.

Und dann sagte Danny: „Hey, Matt – wirst du hier sein, wenn wir aufwachen, wie letztes Mal?"

Es waren nicht so sehr die Worte, die ihre Aufmerksamkeit weckten – es waren Matts und Evans Reaktionen. Die verstohlenen Blicke, wie sie sich „schnell" wieder fingen und die fehlende Antwort.

„Nun … es schneit nicht wieder, oder? Wie letztes Mal?", krächzte Matt.

Und dann trieb Evan die Kinder nach oben. Miranda kam kurz danach herein und verabschiedete sich, bevor sie dem Rest ihrer Familie nach oben folgte. Matt machte irgendeinen vagen Kommentar über mehr Kaffee und stand auf.

Helena blinzelte. *Was zur Hölle war das?*

Wolkowski und ihre Mom unterhielten sich noch immer und schienen verpasst zu haben … was immer gerade passiert war. Helena saß da und rieb ihre Hände an ihrer Kaffeetasse. Sie ließ ihre Aufmerksamkeit zur Unterhaltung am anderen Ende des Tisches wandern – ihre Mutter beschrieb eine Reise nach Frankreich, die sie vor kurzem mit Freunden vom College unternommen hatte – und bemerkte nebenbei, dass Matt zum Tisch zurückkehrte.

Sie lächelte ihn an und sah zu, wie er versuchte, es zu erwidern. Er konnte sie kaum ansehen. „Alles okay?"

„Oh, ja. Nur müde. Langer Tag … ja, also, das letzte Mal, als ich hier war, war dieser heftige Sturm – vor zwei Wochen war das, und, äh, wir wurden eingeschneit, musste daher hierbleiben und am nächsten Tag für Evan auf die Kinder aufpassen …", stammelte Matt und gestikulierte mit seinen Händen.

Etwas klickte in Helenas Kopf, aber bevor sie die Information verarbeiten konnte, kehrte Evan in die Küche zurück und setzte sich zwischen Helena und Matt.

Sein Blick wanderte zwischen den beiden hin und her. Dann räusperte er sich. „Also, Serena. Paris – wie war das?", sagte er in einem so offensichtlichen Versuch, die Aufmerksamkeit von sich abzulenken, dass es Helena stutzig machte.

„Oh, es war wundervoll …" Und damit begann Serena eine unterhaltsame Geschichte, wie sie sich in der Stadt verlaufen und mit einer alten Kindergartenfreundin zusammengestoßen war – im wahrsten Sinne des Wortes. Helena hatte diese Geschichte etwa vierzig Mal gehört, also ließ sie ihren Blick durch den Raum wandern. Captain Wolkowski starrte ihre Mutter an, als hätte sie Sauerstoff erfunden und das war ein wenig unangenehm. Matt und Evan hörten zu, nickten, lächelten – perfekte Charmeure, diese beiden Männer. Wussten, wie sie Mütter beeindrucken konnten.

Und dann ging der Rauchmelder los.

Sie zuckten alle zusammen und Evan sprang innerhalb einer Sekunde auf. Er bedeutete allen, sich zu entspannen. „Nein, nein, es ist okay. Ich habe ein paar Probleme mit dem Alarm im Keller. Ich bin gleich zurück." Er hastete die Kellertreppen hinunter.

Der Alarm hörte ein paar Sekunden später auf und Serena erzählte weiter.

„Äh, hey, Matt? Kannst du mir hier unten helfen?", rief Evan aus dem Keller. Matt stand auf und eilte ihm nach. Helena wandte ihre Aufmerksamkeit auf die Geschichte ihrer Mutter.

Minuten vergingen und Serena und Captain Wolkowski lachten fröhlich. Dann sah Serena auf die Uhr an der Wand – es wurde gerade elf Uhr und ihre Augen weiteten sich. „Oh nein – seht, wie spät es geworden ist. Helena, Liebling, ich muss wirklich nach Hause. Es war ein langer Tag." Sie tätschelte Wolkowskis Hand. „Obwohl es eine schreckliche Schande ist, dass ich mich von solch wundervoller Gesellschaft loseisen muss."

Helena sah, wie ihr Captain beim Flirten ihrer Mutter errötete und konnte gar nicht schnell genug aufstehen. Oh großartig. Es war, wie wenn die Mutter mit einem Lehrer ausging.

„Ich gehe nach unten und sage Evan Bescheid. Ich muss ein paar Minuten mit ihm sprechen, okay?"

Serena nickte. „In Ordnung, Liebling."

Helena ging die Kellertreppe hinunter und hörte hinter sich mehr gemeinsames Lachen. Sie würde wirklich mit ihrer Mutter darüber sprechen müssen; es schien nicht die beste Idee zu sein, dass sie mit Helenas Vorgesetztem flirtete. Gedankenverloren erreichte sie die unterste Treppenstufe, folgte dem Licht aus der hintersten Ecke des Raumes und wandte sich nach rechts.

Sie sah zwei Schatten – Matt und Evan – und begann zu verstehen. Zwei Schatten, die einander unglaublich nah waren. Zwei Körper, die dicht beieinanderstanden. Matt und Evan hatten ihre Arme umeinander geschlungen – hielten einander. Evan hatte eine Hand in Matts Nacken gelegt und sie – küssten sich.

Helena erstarrte. Evan und Matt küssten sich. Leidenschaftliche, erotische Küsse. Sie sah Zungen.

Blitzschnell setzten die Puzzleteile sich zusammen. Evan hatte vor seinem großen Geständnis, dass die mysteriöse Frau Gefühle für ihn entwickelte, niemals erwähnt, dass er mit einer Frau ausging. Er hatte nur viel Zeit mit Matt verbracht. Der große Schneesturm. Die Person, für die er Gefühle hatte, die komplizierte Beziehung, wie er nach Hause gegangen war, um mit der Person zu sprechen – Danny hatte gesagt, dass Matt dagewesen war, als sie aufgewacht waren, den Tag bei ihnen verbracht hatte, Thanksgiving – sie würde …

„Oh mein Gott." Helena konnte das Keuchen nicht unterdrücken. „Oh mein Gott."

Sie sah zu, wie die beiden Männer sich voneinander lösten, sich umdrehten und sie sahen. Sie sah ihre Panik und begann zu stammeln. „Nein, nein! Sorry! Oh Gott … ich wusste nicht. Ich wusste nicht…", brachte sie hervor. „Ihr beide?"

Evan kam auf sie zu, sein Gesicht war blass. „Helena …" Er bekam die Worte nicht heraus. Sein Mund bewegte sich, aber nichts kam heraus. „Ich – ich wollte es dir heute sagen."

Helena schaffte es, ihren Mund zu schließen. Sie konnte sehen, dass sie beide panisch wurden – Matt sah aus, als wäre er acht Sekunden vom Herzversagen entfernt – und sie machte eine beruhigende Geste mit ihren Händen. „Oh, hört mal … es ist in Ordnung … es ist in Ordnung … Ich hatte nur keine Ahnung … Ich dachte …" Plötzlich wurde ihr klar, wie albern es gewesen war, zu glauben, dass Evan in sie verliebt war und sie begann zu kichern. „Oh Gott."

Evan blinzelte sie an. „Was?"

Helena lachte so sehr, dass sie ihre Seite halten musste. „Ich dachte … Als du sagtest, dass es kompliziert war und nicht sagen wolltest, wer sie war … Ich dachte – oh Gott – ich dachte, du meinst mich!"

„Du? Gott, Helena – das ist wie Inzest oder so etwas", schaffte Evan zu sagen.

„Ich weiß!" Sie machte eine Geste in Matts Richtung. „Das ist … großartig. Wirklich. Es ist nur eine große Überraschung."

„Willkommen im Club", sagte Matt schließlich trocken.

Evan warf die Hände in die Luft. „So wollte ich nicht, dass es herauskommt. Ich wollte, dass wir uns richtig unterhalten, Helena, um zu erklären, dass das hier" – er machte eine Geste zu Matt und Helena bemerkte den zärtlichen Blick auf seinem Gesicht, der ein seltsames Gefühl in ihrem Magen auslöste – „deshalb war ich so seltsam drauf."

„Mensch, danke."

„Du weißt, was ich meine."

Matt verdrehte seine Augen in Helenas Richtung.

Helena wischte sich über die Augen. „Also ist das – das ist ein Ding? Ein Beziehungsding?"

Matt und Evan wechselten einen schüchternen Blick. „Äh, ja. Im Moment ist das ein Ding, das wir äh … haben."

„Ein Ding, das wir haben? So eloquent, Detective Cerelli. Wirklich. Ich bin hier zu verdammten Tränen gerührt", beschwerte Matt sich.

Evan schüttelte den Kopf und warf Helena dann einen skeptischen Blick zu. „Du dachtest, ich habe dich gemeint? Im Gang?"

Helena nickte.

„Habe ich nicht."

„Ich weiß."

„Ich habe dir keine Signale gesendet, weil ich nicht – so von dir denke. Wir sind befreundet …"

„Ich weiß. Und ich bin nicht enttäuscht oder so etwas. Ich mag meine Männer dumm und gefährlich, Evan. Du bist viel zu geradlinig für mich."

Matt schnaubte.

„Was?", fragte Evan und drehte sich, um ihn anzusehen.

„Nichts", sagte Matt unschuldig.

„Weiß es sonst noch jemand?"

„Nein. Nur du. Sicher, dass du damit klarkommst?"

„Evan, Himmel, ich bin nicht homophob oder so etwas. Es ist ein großer Schock – ziemlich unerwartet – aber ich will nur, dass du glücklich bist. Das ist alles. Dieser Wunsch hat keine Bedingungen." Sie machte eine Pause, zuckte die Schultern. „Nun, eine Bedingung. Du darfst niemals lustvolle Gedanken über mich haben."

Evan lächelte und kam zur ihr hinüber, um sie fest zu umarmen. „Danke, Helena – und Deal. Keine lustvollen Gedanken."

Sie umarmten sich lange und Helenas Augen begannen zu brennen. Evans Gesicht hatte etwa fünfzig verschiedene Ausdrücke gezeigt, seit sie diese Treppe hinuntergekommen war, aber im Gedächtnis waren ihr vor allem die zärtlichen geblieben, die Matt gegolten hatten. Das neckende Lächeln. Der schüchterne Blick, als sie von einer Beziehung gesprochen hatte. Sie war nicht sicher, ob er es bemerkt hatte, aber sie wusste es – er war verliebt. Es stand ihm in fettgedruckten Großbuchstaben ins Gesicht geschrieben. Sie drückte ihn fester.

„Ich freue mich für dich", flüsterte sie. „Wirklich."

Er löste sich ein wenig von ihr und küsste sie auf die Wange. „Danke, Helena. Wir, äh … wir wollen das für den Moment erst mal für uns behalten."

„Oh, natürlich – absolut. Ihr könnt mir vertrauen." Sie schniefte, um die Emotionen zurückzuhalten, die hervorzubrechen drohten. „Das ist großartig. Für euch beide." Sie sah, dass Matt unbeholfen neben ihnen stand und glitt aus Evans Armen, um ihn fest zu umarmen. „Wirklich."

Matt erwiderte die Umarmung. „Danke, Helena. Ich glaube nicht, dass wir sicher sind, wie wir das tun wollen. Es ist eine neue Erfahrung für uns beide."

„Neu, aber … gut", sagte Evan und schüttelte den Kopf. „Eine gute Sache."

Helena bemerkte den Blick, den die beiden wechselten und es war … schön. Das einzige Wort, das ihr einfiel, um es zu beschreiben, war schön. Es war Liebe und Lust und so ein zärtlicher Ausdruck von Gefühlen, dass sie sich fragte, ob sie irgendeine Ahnung hatten, wie schön es war.

„Wir sollten besser nach oben gehen, bevor der Captain meine Mutter nach einem Date fragt", sagte Helena und riss sich zusammen. Es gab tausendundeine Fragen, die sie Evan stellen wollte; *wieso hast du nie erwähnt, dass du Männer magst?* war ganz oben auf der Liste – aber das war nicht der richtige Moment, Ort oder die richtigen Umstände. Soweit sie wusste, hatte Captain Wolkowski bereits die Telefonnummer ihrer Mutter bekommen.

„Oh ja – Vic lässt da oben seine Magie spielen, Helena. Du solltest besser aufpassen – du könntest einen Stiefvater bekommen", warnte Matt.

„Oh Gott. Lasst uns gehen. Schnell." Die Vorstellung war ihr unangenehm und sie rannte praktisch auf die Treppe zu. „Kommt ihr?"

MATT MACHTE die beiden Schritte, die nötig waren, dass er vor Evan stand und streckte eine Hand aus, um sein Gesicht zu berühren.

„Einen Moment", sagte Matt und Helena nickte, lächelte und ging die Treppe hinauf.

„Nicht so schlimm", sagte Evan und schloss seine Augen, während er sich Matts Hand entgegenlehnte.

„Nee", antwortete Matt und zog ihn näher an seinen Körper, bis sie sich so berührten, bevor Helena nach unten gekommen war.

„Sie hat es gut aufgenommen."

„Ja." Matt streichelte einfach Evans Gesicht, dann seinen Oberkörper. Eine sanfte Berührung, nicht fordernd oder offenkundig sexuell. Sie beruhigte ihn. Er spürte das Zittern, das über Evans Haut lief und wusste, dass er schreckliche Angst vor Helenas Reaktion gehabt hatte. Vermutlich war er ebenso nervös gewesen wie Matt.

Aber sie kam damit klar, anscheinend, und ihnen ging es gut, mindestens für einen weiteren Tag.

Es fühlte sich so gut an, so zu stehen und einander zu halten. Die vier Tage, die sie getrennt gewesen waren, waren für Matt die Hölle gewesen – jede Nacht auf der neuen Matratze zu schlafen, während seine Bettlaken nach Evan rochen – und dann all die Leute … Er konnte ihn nicht berühren, ihn nicht küssen. Als Evan ihn nach unten gerufen hatte, war er angenehm überrascht gewesen, Evan an eine Wand gelehnt vorzufinden, ein kleines, sexy Lächeln auf seinen Lippen, während er Matt herübergewinkt hatte. Er hatte ihn nicht zweimal bitten müssen. Und dann die Küsse, das Gefühl von Evans Mund – Matt hatte jeden Fetzen seiner Selbstkontrolle gebraucht, um ihm nicht die Kleider vom Leib zu reißen.

„Wir sollten nach oben gehen", flüsterte Evan an Matts Hals, seine Stimme war leise vor Behagen.

„Hmmm ... ja ... diese Leute aus deinem Haus werfen, damit du mich – äh – auf der Couch besuchen kannst."

Matt fühlte Evans vibrierendes Lachen und hätte beinahe gestöhnt. Wenn Vic Wolkowski nicht oben gerade seinen Mantel anziehen würde, hätte Matt seine Beherrschung vollkommen verloren.

Evan löste sich von ihm, seine blauen Augen leuchteten und waren beinahe fiebrig. Matt konnte das Verlangen auf seinem Gesicht lesen. Oh ja – es würde ein guter Besuch werden.

Sie sagten kein weiteres Wort und Matt folgte Evan die Treppe hinauf zurück in die Küche. Es erstaunte ihn, dass er noch laufen konnte.

Es dauerte weitere fünfundvierzig Minuten, bis alle angezogen und aus der Tür waren. Matt stand die ganze Zeit so weit wie möglich von Evan entfernt, besorgt, dass sein Gesicht verraten könnte, was er fühlte – was er so verzweifelt brauchte, dass er kaum ein Lächeln aufrechterhalten konnte.

Er verabschiedete sich von Serena und Helena, die ihn extra lang umarmte und mehrmals betonte, dass sie gemeinsam zu Mittag essen mussten. Er wünschte Vic Wolkowski eine gute Nacht, verabredete sich vage mit ihm für ein Abendessen in ein paar Wochen. Er sah zu, wie sie alle durch die Eingangstür gingen, während Evan ihnen Verabschiedungen und ein „Fahrt vorsichtig" hinterherrief. Evan schloss die Tür, drehte sich um und lehnte sich lächelnd dagegen.

Das Haus war ruhig. Die Kinder schliefen. Der Besuch war weg.

Evan löste sich von der Tür und kam zu Matt hinüber, der am Fuß der Treppe stand. Matt beobachtete ihn mit hungrigen Augen, befeuchtete seine trockenen Lippen mit der Zunge – und sah die Hitze, die über Evans Gesicht huschte.

Evan blieb einen halben Meter von Matt entfernt stehen, neckte ihn mit einem sexy Lächeln, mit seiner bloßen Anwesenheit.

„Komm her", krächzte Matt und streckte einen Arm aus.

Aber Evan schüttelte den Kopf. „Zieh dich um. Wir treffen uns in zehn Minuten auf der Couch, okay?"

„Hör auf mich zu quälen." Matt war steinhart und langsam genervt. Er war drei Sekunden davon entfernt, Evan zu Boden zu drücken.

Evan machte einen Schritt vor, strich an Matts Körper entlang und brachte ihn zum Schweigen. „Ich muss nach den Kindern sehen, sichergehen, dass wir unsere Privatsphäre haben. Ich muss aus diesen Jeans raus, weil ich mir ehrlich gesagt gerade möglicherweise ernsthaften Schaden zufüge." Er betonte die Aussage, indem er sich gegen Matts Oberschenkel drückte.

„Gott", keuchte Matt. Er konnte einem Kuss nicht widerstehen, presste seinen Mund auf Evans und schob seine Zunge vor, um ihn zu erkunden.

Atemlos und mit einem beinahe schmerzerfüllten Stöhnen zog Evan sich zurück. „Okay, fünf Minuten. Benutz das untere Badezimmer." Und mit diesen Worten rannte er beinahe die Treppen hinauf.

Matt zählte bis fünfzig, um sich weit genug zu beruhigen, dass er sich bewegen und umziehen konnte. Sein Herz hämmerte in seiner Brust. Ein paar Wochen zuvor hätte er sich niemals vorgestellt, in diesem Zustand zu sein; erregt und emotional und so – *Komm schon, Matty*, dachte er wild, *gib es zu* – so verdammt verliebt, dass er kaum funktionieren konnte. Und in seinem ganzen Leben hätte er sich niemals vorstellen können, dass er so für einen Mann fühlen könnte. Er nahm seine Tasche, die unter einem Tisch neben dem Kamin im Wohnzimmer stand.

Und er sah das Bild.

Es stand hinter einer Lampe, beinahe ganz versteckt, aber als er sich bückte, konnte er es glasklar sehen. Er holte es mit einer zitternden Hand hervor und starrte Sherri Cerellis strahlendes Gesicht an. Sie war jung, vielleicht in der High School? College? Sie sah wunderschön und sexy und blond und lebhaft und ... strahlend aus. Leuchtend. Er wusste ziemlich genau, wem dieses Strahlen galt.

Evan hatte geplant, mit ihr sein restliches Leben zu verbringen. Das war die Person, die er liebte und schätzte. Sie hatten gemeinsam eine Familie, ein Zuhause aufgebaut. Und wenn irgendein Arschloch sie nicht getötet hätte, wäre sie jetzt hier und würde vermutlich mit Evan auf der Couch sitzen. Reden, küssen, einander festhalten – so sollte es sein. Mann, Frau, Kinder. Nicht zwei Männer, die im Dunkeln umhertasteten und einander berührten.

Oh Gott. Etwas breitete sich in Matt aus, etwas das zum Teil Schmerz und zum Teil Verlangen war. Er war zu selbstsüchtig, um zu gehen, aber das hier war falsch ... falsch ... falsch. In seinem Kopf brach alles in sich zusammen.

Er bemerkte nicht, wie lange er dort gestanden hatte, bis er ein Geräusch hinter sich hörte. Mit einem Seufzen drehte er sich um und sah Evan, der dort in schwarzen Jogginghosen und einem engen schwarzen T-Shirt stand. Er war kaum sichtbar in der Dunkelheit. Matt konnte seinen Gesichtsausdruck nicht lesen.

Matt stellte das Bild ab, nahm seine Tasche und ging auf das Badezimmer zu. Er sah Evan nicht an. Als er vorbeiging, streckte Evan einen Arm aus und hielt ihn zurück. „Hey. Was ist los?"

Er seufzte. „Nichts."

Evan verstärkte seinen Griff. „Die keine-Gefühlsduselei-Regel gilt genau jetzt, okay? Sag es mir."

Matts Kopf tat weh. Sein Herz tat weh. „Deine Frau war schön."

Es folgte eine lange schmerzerfüllte Stille und Matt hasste jede Sekunde davon. Er war ein verdammter Masochist, dass er sie in diesem Moment erwähnte. Dann seufzte Evan und Matt war gezwungen, in sein Gesicht zu sehen.

Diese unglaublichen Augen waren auf ihn gerichtet, musterten aufmerksam sein Gesicht – und Evan lächelte. Er lockerte seinen Griff um Matts Arm und begann ihn durch sein Hemd hindurch zu streicheln. „Schön, ja. Von innen und außen. Du weißt, wie sehr ich sie geliebt habe." Seine Stimme war leise, ernst.

Matt war müde. „Ja."

„Sie ist weg und ich werde sie jeden Tag für den Rest meines Lebens vermissen."

Matt sagte nichts. Er konnte nur Evans Fingern spüren, die sich nach oben bewegten, um seinen Bizeps, seine Schulter zu massieren.

„Aber ich bin hier, weißt du. Ich bin hier und ich muss lebendig sein ... für meine Kinder. Für mich." Er bewegte seine Hand, um Matts Hals zu streicheln. „Für ... für dich."

Es war so ruhig, dass Matt sich nicht sicher war, ob er atmete. Ob Evan atmete. Er konnte seine Stimme nicht finden. Die Luft um sie herum vibrierte mit Matts Angst und einem geteilten Verlangen, von dem er schwören könnte, dass es jedes Mal, wenn sie einander nah waren, heftiger und intensiver wurde.

Evan näherte sich, bis sie aneinanderlehnten und Matts Kopf auf Evans Schulter lag. Evans Stimme war kaum mehr als ein Flüstern an seiner Wange. „Ich kann meine Gefühle für dich nicht erklären. Ich habe nur eine andere Person in meinem Leben geliebt und gewollt. Ich weiß nicht, was passieren wird. Weiß nicht, was ich dir geben kann. So viele Menschen hängen von mir ab, Matt, ich weiß nicht, was ich riskieren kann. Aber ... Ich wollte, dass du weißt ... wollte dir sagen ... Ich liebe dich."

Erneut zog sich Matts Innerstes vor Behagen und Schmerz zusammen, dieses Mal so intensiv, dass er kaum sehen, atmen und hören konnte. In zweiundvierzig Jahren hatte er sich nie so gefühlt, hatte diese Worte nie mit so viel Emotionen, so viel Wahrheit dahinter gehört. Alles, was er tun konnte war, seine Arme um Evans Körper zu schließen und ihn fest an sich zu ziehen. Er zitterte vor Verlangen. Vor unausgesprochenen Emotionen.

„Ich ... ich verstehe, wenn du nicht so fühlst ..." Evans Stimme war panisch, niedergeschlagen, und brach Matts Herz.

Er schüttelte seinen Kopf an Evans Schulter. „Nein", würgte er hervor. „Nein ... hör auf." Er löste sich gerade genug, um den Kopf zu bewegen, seinen Mund an Evans Ohr zu halten. Er fuhr es mit seiner Zunge nach, saugte an der Haut. „Sag mir, wieso."

„Was?", stöhnte Evan und klammerte sich an Matts Schultern fest.

„Wieso liebst du mich?" Matt wusste, dass er verzweifelt und kindisch klang, aber er konnte nicht anders. Er wollte hören, wieso. Wollte verstehen, wie er, Matt Haight, jemals die Person sein konnte, die von Evan geliebt wurde.

„Wieso? Weil ... weil du mich fühlen lässt, als wäre die Welt nicht so kaputt und du bringst meine Kinder zum Lächeln. Weil du der beste Freund bist, den ich jemals hatte. Weil ich dich auf eine Art will, die ich mir niemals vorgestellt hätte ..."

„Sei ruhig." Matts Gesicht war brennend heiß. „Sei ruhig."

Evan löste sich von ihm, um ihm in die Augen zu sehen.

„Sei ruhig. Ich liebe dich auch", flüsterte er und dann küsste er Evan so intensiv er konnte, wollte ihm zeigen, was diese Worte bedeuteten. Er wollte ihn glücklich machen … Er bewegte sich auf die Couch zu, löste ihre Münder voneinander, nur um sicherzugehen. Evan war dieses Mal nicht passiv – er zerrte an Matts Kleidern, knöpfte sein Hemd zur Hälfte auf und griff dann nach seinem Gürtel.

Matt sah, dass die Couch nah war und drückte Evan darauf. Wurde sogar noch härter, als Evan, der auf dem Rücken gelandet war, überrascht zu ihm aufsah. Er streckte eine Hand nach Matt aus, aber der schüttelte sie ab.

„Nein", murmelte Matt und hörte das Pochen seines Herzschlages. „Nein, das ist für dich. Will, dass du weißt … wie sehr …" Er konnte nicht weitersprechen, ihm fehlten die Worte. Er streichelte Evans starken Kiefer, ließ seine Finger über den schönen Mund streichen. Ließ seine Hand die Vorderseite seines schwarzen Oberteils hinabwandern. Rieb über seinen flachen Bauch, den Bund seiner Jogginghose. Evan beobachtete ihn stumm und seine graublauen Augen brannten sich in Matts Gesicht.

Er wusste, was er tun wollte und es machte ihm Angst, weil er diese Gedanken nie zuvor gehabt hatte, nie das Verlangen gehabt hatte. Zitternd schob Matt die Kissen von der Couch, damit sie mehr Platz hatten. Er setzte sich über Evans Körper, seine Knie auf beiden Seiten seiner Oberschenkel. Sie sahen einander eine lange Zeit an. Dann konnte Matt nicht länger warten und beugte sich hinunter, stützte seine Arme auf dem Sofa ab, während er Evans Arme fixierte.

„Vertrau mir." Und dann küsste Matt ihn, hart und verzweifelt, und biss in seine Lippen.

Evan bäumte sich unter ihm auf, versuchte sich zu befreien und ihn zu berühren.

„Nein." Er bewegte seinen Mund an Evans Kehle hinab, hörte sein unartikuliertes Stöhnen und wollte mehr. Matt erreichte den Kragen des Oberteils und stöhnte frustriert.

„Ich werde meine Hände bewegen", flüsterte er in Evans Ohr, „aber ich will nicht, dass du dich bewegst."

Evan atmete aus. „Wieso überrascht es mich nicht, dass du im Bett Befehle gibst?"

Matt lachte rau. „Wir sind auf der Couch, du Idiot. Und glaub mir, du wirst es genießen, mir jetzt die Kontrolle zu überlassen …"

Er wurde mit einem Biss in die Haut unter seinem Ohr belohnt. „Und du sagst, ich würde dich quälen", sagte Evan.

„Schhh… du redest viel zu viel, Cerelli." Matt küsste ihn erneut und saugte Evans Zunge in seinen Mund. Er setzte sich auf, griff nach dem Bund von Evans Oberteil und zog es ihm aus. „Rutsch nach oben."

Lächelnd rutschte Evan auf der Couch hoch und stützte sich auf seine Ellbogen ab. Matt griff nach dem Bund seiner Hose und zog sie so weit hinunter, wie er konnte. Er sah seinen Liebhaber mit hochgezogener Augenbraue an. „Du bist ein Pfadfinder. Nett, dass du vorbereitet gekommen bist."

„Du bist dran", grinste Evan.

Aber Matt schüttelte den Kopf. „Nö, sorry. Solltest du nicht ruhig sein?" Sein scherzhafter Tonfall kämpfte mit seinem pochenden Herzen. Er konnte das Verlangen nach diesem Mann auf seiner Zungenspitze schmecken. „Ich habe dir gesagt, dass du dich nicht bewegen sollst – und es auch so gemeint."

Evan nickte, legte sich wieder hin, seine Augen waren dunkel vor Lust.

Matt atmete lang und tief ein. Er setzte das Küssen, das Beißen und Inbesitznehmen von Evans Mund, seinem Hals, fort. Er bewegte sich tiefer, über seine Brust, berührte zum ersten Mal mit seiner Zunge die harten, braunen Brustwarzen. Matts Gehirn explodierte beinahe, als er Evans Stöhnen, das beinahe ein Schluchzen war, hörte.

Mehr ... mehr ... mehr, skandierte Matt in seinem Kopf. Er setzte seinen Weg fort und saugte mehr Haut in den Mund. Er glitt weiter nach unten, hob Evans Hüfte an und zog ihm gleichzeitig die Jogginghose aus.

Ihre Blicke trafen sich erneut. Evan schluckte hart und schüttelte den Kopf. „Du musst nicht –"

„Still. Ich will dich. Ich will das tun." Matts Stimme klang fremd in seinen eigenen Ohren.

Evan schwieg. Dann rutschte er nach oben, bis er sich an die Armlehne der Couch lehnte, wobei sein Blick sich keine Sekunde lang von Matts Gesicht löste. Matt beugte sich vor, um eine erste Kostprobe zu nehmen, bewegte seine Lippen an die Seite von Evans Schwanz, liebkoste ihn vorsichtig mit seiner Zunge, küsste ihn und hörte auf die Geräusche, die Evan machte – die leisen, zischenden Atemstöße, die ihm sagten, dass er die richtige Stelle gefunden hatte. Evan sank in die Kissen und zog an Matts Oberteil.

„Bist du okay?", flüsterte Matt.

„Ja", kam die atemlose Antwort. „Du?"

„Ja."

„Du musst nicht", stöhnte Evan leise.

„Will aber", flüsterte Matt, diesmal mit Autorität in der Stimme und dann neigte er seinen Kopf erneut, um Evans Schwanz mit langsamen, feuchten Küssen zu bedecken. Evan keuchte und begann einen halbherzigen unartikulierten Versuch, Matt anzuflehen, aber der hörte nicht. Er ließ sich Zeit, hielt seine Bewegungen sanft und leicht. Ehrlich gesagt hatte er keine Ahnung, was er tat, da er nicht wirklich darauf vorbereitet war, das hier zu tun, aber Stolz und Liebe verlangten, dass er es richtig machte.

Schließlich nahm er die Spitze von Evans Schwanz in den Mund und der Geschmack explodierte auf seiner Zunge. Evan atmete schwer und stöhnte leise, seinen Kopf hatte er gegen die Armlehne der Couch fallen lassen. Das war verdammt beängstigend und großartig, und, oh Gott, er konnte seine Gedanken kaum zusammenhalten, während er Evan über sich stöhnen und keuchen hörte. Das mochte für Evan sein, aber Matt war in seinem ganzen Leben noch nie so erregt gewesen. Matt bewegte seinen Mund, versuchte nicht zu würgen, weil er es nicht verderben wollte und dachte verzweifelt *Das ist nicht genug. Mehr.* Matt schloss seine Augen und liebte Evan mit seinem Mund, hörte auf an irgendetwas anderes zu denken, als diesem Mann etwas Gutes zu tun.

Die Emotion des Ganzen ließ seinen Körper schmerzen und das Wissen, dass er, Matt Haight, Evan dieses Stöhnen des Wohlgefallens entlockte, dass er Matt ebenso liebte wie Matt ihn, spornte ihn an. Er grub seine Finger in die spitzen Knochen von Evans Becken, drückte ihn in die Couch und saugte fester, härter. Evan keuchte überrascht und kam abrupt, füllte Matts Mund mit bitterer Flüssigkeit. Matt schluckte – erstickt, überrascht und überwältigt. Er wartete, bis Evans Körper nicht mehr zitterte und ließ ihn dann los. Verlagerte sein Gewicht. Er lehnte seinen Kopf an Evans muskulösen Oberschenkel und schauderte, als wäre er es gewesen, der so heftig gekommen war. Evan streichelte sanft sein Haar, grub seine starken Finger tiefer hinein und berührte seine Kopfhaut. Er fragte sich, ob das schon immer ein Teil von ihm gewesen war und Evan es nur an die Oberfläche gebracht hatte. Er fragte sich, ob das nur Liebe war, keine Entscheidung für einen Lebensstil, keine Biologie.

„Hey", krächzte Evan und rieb mit einer Hand Matts Nacken. „Komm her. Hier hoch."

Matt drückte seine Lippen gegen Evans Oberschenkel, biss sanft in die Haut und zog sich dann hoch. Sie manövrierten sich so, dass sie nebeneinanderlagen; Evan war noch immer nackt und erhitzt, während Matt vollständig bekleidet war und so schmerzhaft hinter seinem Reißverschluss pulsierte, dass er begann, Sterne zu sehen.

„Wäre es geschmacklos, wenn ich ,Oh scheiße, danke – das war unglaublich' sagen würde?", fragte Evan und küsste Matt, bevor er antworten konnte. „Und übrigens, ich denke, du bist ein Lügner."

„Was?"

„Ein Lügner. Wenn du behaupten willst, dass dies das erste Mal war, dass du das getan hast …"

„Erstes Mal. Pfadfinderehrenwort. Oder wie immer man diesen Scheiß nennt."

„Du hast nicht gelogen, als du gesagt hast, dass du einige Tricks beherrschst."

Matt vergrub sein Gesicht an Evans Hals. Lachte. Evan bewegte seine Hände über seinen Rücken, streichelte ihn sanft.

„Du hast viel zu viel an", flüsterte Evan. „Ich will dich berühren." Matt schauderte so heftig, dass er glaubte, er würde auseinanderbrechen. Er bewegte sich nicht. „Steh auf, Matt."

„Du musst nicht –" Mit einem Mal fand Matt sich überwältigt und seiner Kleidung entledigt wieder. „Hey, Evan", protestierte er. „Komm schon."

Evan zog ihm sein Oberteil über den Kopf und Matt spürte zitternde Hände an seinem Reißverschluss. Er lag ein wenig benommen da, während mehr und mehr seiner Haut der kühlen Luft ausgesetzt wurde.

Als er endlich nackt war und zur Decke sah, legte Evan sich auf ihn und die Luft wurde aus seinen Lungen gepresst. „Weißt du", krächzte er und versuchte etwas Kohärenz zu erhalten. „Ich habe es nicht nur getan, um im Gegenzug etwas zu bekommen."

Evan grinste und rieb seinen Körper langsam an Matts. „Dann bist du ein Idiot. Sei ruhig, Mr. Haight – du redest viel zu viel."

DANNY CERELLIS Wunsch wurde erfüllt, denn als er am nächsten Morgen nach unten trottete – ein Versuch, die Fernbedienung in Beschlag zu nehmen, bevor seine Schwester aufstand – fand er Matt Haight, der sich unter einer Decke auf der Couch ausgestreckt hatte. Er war begeistert, denn Matt war cool und lustig, und wenn er da war, war Dannys Dad glücklich. Er ging in die Küche und holte die Box mit Müsliriegeln hervor, die er unter dem Spülbecken versteckt hatte. Seine alberne Zwillingsschwester Elizabeth mochte die mit Erdnussbutter auch und sie würde sie an sich reißen, wenn er nicht aufpasste. Die Milch war ein bisschen schwieriger, aber Danny schaffte es, sich ein Glas einzuschenken, ohne etwas (viel) zu verschütten und ging zurück ins Wohnzimmer.

Matt hatte sich aufgesetzt, sein Haar stand in alle Richtungen, und rieb sich die Augen. Er trug ein NYPD-Shirt wie das von Dannys Dad.

„Hey, Matt", sagte er begeistert. „Du bist hier!"

Matt lächelte ihn an. „Ja, Kleiner, ich bin hier." Er sah auf die Uhr über dem Kamin. „Warum zur Hölle bist du … um sieben Uhr vierzig wach. Himmel, Junge."

Danny zuckte die Schultern. „Bin nicht mehr müde. Willst du ein bisschen von meinem Müsliriegel? Ist mit Erdnussbutter."

„Nee. Ich warte aufs Frühstück. Du willst fernsehen, nicht?"

Der Achtjährige nickte enthusiastisch.

Matt seufzte. „Also gut. Komm her. Du kannst mit mir auf der Couch sitzen." Er legte seine Beine auf den Kaffeetisch. „Was schauen wir?"

Danny zuckte die Schultern, während er sich neben Matt setzte. „Mir egal. Aber das bedeutet, dass ich aussuchen kann, bevor die doofe Elizabeth aufsteht."

„Elizabeth ist nicht doof. Das ist nicht, äh, nett."

Danny verdrehte die Augen. Er schob ein Stück Müsliriegel in den Mund; er wusste, dass es verrückt war, mit Erwachsenen über seine nervige Schwester zu streiten. Er griff nach der Fernbedienung und schaltete den Fernseher ein, zappte durch die Kanäle, bis er einen alten schwarz-weißen Tarzan-Film fand. Er mochte

95

solche Dinge normalerweise nicht, aber hey! Sie fesselten Leute an Bäume und rissen sie in Stücke. Hervorragend!

Er und Matt saßen beinahe zwei Stunden da und beobachteten, wie die Einheimischen mehr Jäger töteten, bis die restliche Familie nach unten kam.

Es wurde ein großartiger Tag – ein großartiges Wochenende, fand Danny. Matt blieb bis Sonntagabend und zwischendurch aßen sie Pizza, gingen ins Kino und verbrachten ein paar Stunden in einer Spielhalle und aßen mehr Pizza. Und Dannys Dad war großartig gelaunt – er lachte und lächelte und erzählte Witze. Es war beinahe wie früher, als Mommy gelebt hatte, weil alle glücklich und sie alle zusammen waren. Aber Mommy lebte jetzt bei Gott im Himmel und stattdessen war Matt da und Danny fand, das war auch gut.

ES WAR ein weiterer Montagmorgen und auf Evans Gesicht lag ein seltenes Lächeln. Helena wartete auf den Treppen des Polizeireviers auf ihn. Sie hielt ihm ein Stück Papier unter die Nase.

„Morgen!", sagte sie enthusiastisch. „Wir haben eine Adresse von Robin Phelps, im Verdacht für Vergewaltigung, Betrüger und der aalglatteste Bastard der fünf Bezirke."

„Gut, gut. Bedeutet das, ich kann keinen Kaffee trinken?"

Sie holte eine Tüte hinter ihrem Rücken hervor. „Behaupte niemals, dass ich keine netten Dinge für dich mache, okay?" Sie gingen auf ihr Auto zu. „Hattest du ein schönes Wochenende?"

„Es war gut, danke der Nachfrage. Und deins?"

„Gut. Ich habe meine Schränke aussortiert, war shoppen und habe sie wieder aufgefüllt." Sie grinste ihn an und lehnte sich näher. „Alsoooo …?"

Evan hob seine Augenbrauen. „Nein."

„Ach, komm schon, Evan." Sie lachte. „Erzähl schon. Dein Freund ist süß." Sie lachte mehr, als er rot anlief. Sie setzten sich in den Wagen; Evan fuhr.

„Das reicht jetzt, Detective Abbot", krächzte er und bog in den Verkehr der Rush-Hour.

„Ernsthaft, Evan, erzähl's mir – was zur Hölle ist passiert? Ich meine, ist das, also, etwas, das du schon wusstest?"

Er seufzte schwer. „Könnten wir über etwas anderes sprechen?"

„Nein."

„Ich lasse dich von den Klamotten erzählen, die du gekauft hast."

„Nein. Ich denke, du solltest darüber reden, Evan – es ist viel komplizierter, als nur wieder auszugehen! Und wenn ich die Einzige bin, die davon weiß …"

„Helena, bitte. Ich kenne die Hälfte der Antworten auf die Fragen, die du vermutlich stellen wirst, nicht."

„Beantworte mir nur eine Sache – wann wusstest du es?"

„Ich habe Matt im September kennengelernt. Ich habe nicht wirklich realisiert, was passierte, bis …“

„Nein, nein, ich meine, dass du Männer magst.“

„Helena …“

„Evan, du kannst ganz offen mit mir sein.“

„Ich mag keine Männer, Helena.“

„Hi, hallo. Habe gesehen, wie du Matt Haight geküsst hast, der ziemlich sicher ein Mann ist.“

„Ja, aber – es ist nicht so, als wäre das schon vorher passiert …“ Evan brach ab. Er erinnerte sich plötzlich an das Wochenende, erinnerte sich an die Dusche am späten Samstagabend, Matt auf seinen Knien – und richtete seine Aufmerksamkeit hastig wieder auf den Verkehr, bevor er jemanden umbrachte. „Was er und ich haben … ist nichts, was ich vorher schon gefühlt … erlebt habe.“

„Wow.“

„Ja.“

„Und er?“

„Ebenso ein Anfänger wie ich“, sagte er trocken.

„Wow. Ich meine, wow. Du hattest nie irgendein Interesse an Männern – aber du bist verliebt in Matt?“

„Ich habe das Wort Liebe nie gesagt“, würgte er hervor.

„Für was für eine Ermittlerin hältst du mich eigentlich? Es stand euch beiden an Thanksgiving im Keller förmlich ins Gesicht geschrieben.“

Evan schluckte hart. „So offensichtlich?“

„Neon wäre im Vergleich subtil gewesen.“

Sie fuhren schweigend weiter, bis sie bei dem Wohngebäude auf der Upper West Side ankamen, wo ihr Verdächtiger sich angeblich aufhielt. Evan parkte den Wagen in einem etwas weiter entfernten Teil des Blocks und wandte sich an Helena.

„Wirklich offensichtlich?“

„Was?“

„Wir sind noch nicht bereit, es öffentlich zu machen. Es ist immer noch wirklich neu und …“

„Evan, Liebling, bevor ich gesehen habe, wie ihr euch geküsst habt, hatte ich keine Ahnung. Anschließend war es unmöglich zu übersehen. Okay?“

Er seufzte. Oh, das wurde kompliziert. „Okay.“

Sie stiegen aus und gingen in das Gebäude – kein Portier, die Lobby war alt und heruntergekommen. Sie suchten nach Wohnung 5G. Kein Aufzug. Sie wechselten genervte Blicke und machten sich auf den Weg die Treppen hinauf.

Evans Gehirn war nicht einmal ansatzweise in diesem Gebäude. Es dachte nervös darüber nach, was Helena gesagt hatte. Dachte über den Kuss im Keller nach. Und über alle weiteren, die zwischen Donnerstag und Sonntagabend gefolgt waren, als Matt sich endlich zum Gehen gezwungen hatte – Evans Zunge war bis zur letzten Sekunde in seinem Mund gewesen. Sie waren die ganze Zeit wie hormongesteuerte

Teenager – nur die Anwesenheit der Kinder hatte sie gezwungen, aufzuhören. Er hatte das ganze Wochenende über vielleicht acht Minuten geschlafen.

„Okay, 5G", verkündete Helena etwas schwer atmend.

Evan nickte und deutete auf die Tür. „Klopfst du oder soll ich?" Sie ritt dauernd darauf herum, dass er die „Macho-Führungsrolle" übernahm, wie sie es nannte, also hatte er sich angewöhnt, so oft wie möglich ihr die Führung zu überlassen.

Sie zuckte die Schultern. „Männer zuerst heute."

Lächelnd schüttelte Evan den Kopf und klopfte an die Tür. „Robin Phelps?", rief er laut. „Polizei. Wir müssen einen Moment mit Ihnen sprechen. Robin Phelps?" Sie hörten eine Bewegung auf der anderen Seite und beide machten einen kleinen Schritt zurück. Dann nichts.

„Hier ist die Polizei, Mr. –" Evan hob seine Faust, um erneut zu klopfen und begann den Namen des Verdächtigen zu rufen. Dann schleuderte ihn eine Kraft mit einem Mal rückwärts. Der Schlag überraschte ihn für einen Moment. Dann kam der Schmerz so schnell, dass er nicht mehr atmen konnte. Seine Instinkte übernahmen. Er versuchte, sich aufzusetzen, nach seiner Waffe zu greifen, aber er erkannte, dass er sich nicht bewegen konnte, nichts bewegen konnte. Er konnte kalte Fliesen an seiner Wange spüren, aber er konnte nichts sehen, nichts hören. Sein Kopf summte wie ein Schwarm wütender Bienen.

Er erinnerte sich, dass Helena neben ihm gestanden hatte und versuchte verzweifelt, seinen Kopf zu bewegen, zu sehen, wo sie war, aber er konnte nicht. Es war, als hätte er keine Kontrolle über seinen Körper. Der Schmerz in seiner Brust erdrückte ihn und jeder Atemzug wurde etwas schwieriger. Er musste Helena finden, wollte fragen, ob es ihr gut ging, sie fragen, wieso es so kalt und so laut war und ob sie den Mann erwischt hatten.

Und wieso war es so dunkel, dass er nichts sehen konnte?

„CAPTAIN VICTOR Wolkowski. Man sagte mir, dass Sie sich um meine beiden Beamten kümmern."

Der junge Arzt nickte und streckte seine Hand aus. „Dr. Waresa, Chefarzt. Captain, die Beamtin –"

„Abbot."

„Ja. Sie hat eine ausgerenkte Schulter und eine leichte Gehirnerschütterung. Sie wurde ruhiggestellt und wird in Kürze in ein Zimmer verlegt."

„Also kommt sie in Ordnung?"

„Ja. Sie hat große Schmerzen, ihre Verletzungen sind jedoch nicht lebensbedrohlich."

Wolkowski nickte. Das nahm die Hälfte der Last von seinen Schultern. „Und Detective Cerelli?"

Dr. Waresas Blick wurde ernster. „Der Schuss der Schrotflinte hat Teile der Tür – Metall- und Holzsplitter – in seine Brust getrieben. Er ist jetzt im OP."

Vics Kiefer verkrampfte sich. „Und? Womit müssen wir rechnen, Dr. Waresa?"

Der Arzt schüttelte leicht den Kopf. „Keine Operation ist risikofrei, Captain. Er hat Stücke des Materials in seiner Brust – wir sind nicht sicher, ob seine Lunge und sein Herz verletzt wurden … Ein Teil der Operation wird dafür verwendet werden, die Schäden einzuschätzen. Ich schlage vor, dass Sie seine Familie so bald wie möglich kontaktieren."

Eine Pflegerin kam leise neben ihnen zum Stehen und flüsterte Dr. Waresa etwas zu.

„Entschuldigen Sie mich, Captain. Ich muss nach einem anderen Patienten sehen. Sie können entweder hier warten oder nach oben in den Warteraum der Chirurgie gehen."

Damit wandte Dr. Waresa sich ab, ging davon und ließ Wolkowski trostlos im Gang des NewYork-Presbyterian zurück. Er hatte diesen Moment über die Jahre so oft erlebt, dass er die Angst und die Wut davonschob und nach draußen ging, um sein Handy zu benutzen.

IHR VERDÄCHTIGER, Robin Phelps, war über alle Berge. Am Tatort hatten sie eine alte Schrotflinte – unsachgemäß geladen – gefunden und genug Drogen, um eine Apotheke zu eröffnen. Sie nahmen an, dass Mr. Phelps' drogenvernebeltes Hirn zur Fehlfunktion der Waffe geführt hatte und das war der einzige Grund, dass Evan Cerelli noch am Leben war. Moses stand mit grimmiger Miene vor Vic und brachte ihn auf den neusten Stand.

Wolkowski nickte und sah auf seine Uhr. Evan war jetzt seit beinahe zwei Stunden im OP und er hatte die MacGregors noch nicht erreicht. Er wusste, dass Evan abgesehen von seinen Schwiegereltern keine Familie hatte und er wusste nicht, was er als nächstes tun sollte.

„Immer noch nichts Neues von den Schwiegereltern?"

„Nee. Habe einen Kollegen zum Haus geschickt und einen zur Wohnung der Schwägerin. Aber bisher nichts."

„Die Kinder?"

„Jensen steht bereit – du willst, dass sie beim Haus ist, wenn sie nach Hause kommen, richtig?"

Vics Schläfen begannen zu pochen. Herrgott, wie viel mussten die Kinder noch durchmachen? „Scheiße, Moses. Ich weiß nicht, was ich deswegen tun soll. Jensen sollte einen Sozialarbeiter oder jemanden von der Familienberatung mitnehmen. Ich wünschte, ich würde sonst jemanden kennen …" Matt Haights Gesicht blitzte plötzlich in seinen Gedanken auf. Er schien an Thanksgiving ziemlich gut mit den Kindern klargekommen zu sein …

„Gehst du zurück aufs Revier?"

„Ja – Roarke wartet auf mich. Ich muss morgen vors Gericht."

„Gut. Hör mal Moses, tu mir einen Gefallen. Ich brauche eine Nummer aus meinem Adressverzeichnis – Matt Haight."

„MATTHEW HAIGHT."

„Matty? Vic Wolkowski."

„Hey, Vic. Was gibt's?"

„Äh, hör mal … Ich bin im NewYork-Presbyterian, in der William Street. Evan und Helena sind hier – beide … Evan hat –"

Vic hörte, dass Matts Atmung am anderen Ende der Leitung sich veränderte.

„Angeschossen?", fragte er in kühlem Ton und mit einem Mal erinnerte Vic sich an den Klang von Matts Stimme, nachdem Tony ermordet worden war. „Wie geht es ihm?"

„Matty, hör zu. Evan ist okay. Nun, ich meine, er ist im OP, aber er lebt."

„Angeschossen?", fragte Matt erneut. Seine Stimme zitterte.

„Ja, aber die Verletzung kommt von Splittern – ein schlechter Schütze mit einer unbrauchbaren Schrotflinte hat durch eine Tür geschossen."

„Die Kinder …"

„Das ist der Hauptgrund, dass ich anrufe. Ich kann die Großeltern nirgendwo erreichen – keinen von ihnen – und diese Kinder werden jemanden brauchen, den sie kennen."

„Ich fahre zum Haus, damit ich da bin, wenn sie aus der Schule kommen. Ich bin so bald ich kann im Krankenhaus."

Und die Leitung war tot.

VICS ANRUF versetzte Matt in einen fieberhaften Zustand. Er hörte den Worten so ruhig zu, wie er konnte – Evan. Angeschossen. OP – dann legte er auf und raste ins Büro seines Chefs. Er riss sich zusammen und ließ seine Stimme neutral klingen. Brachte eine vollkommen vernünftige Geschichte über einen engen Freund hervor – ein Witwer mit vier Kindern und keiner direkten Familie – der im Krankenhaus war und niemanden hatte, der nach den Kindern sehen konnte. Er musste gehen, hatte keine Ahnung, wann er wiederkommen würde und konnte er die Zeit nicht einfach als Urlaub nehmen (immerhin hatte er nicht freigehabt, seit er in dem Unternehmen angefangen hatte)?

Sobald er ein Ja bekommen hatte, verschwand Matt durch die Tür. Er rannte in seine Wohnung zurück, zog sich um, packte ein paar Klamotten in eine Tasche und nahm seine Autoschlüssel. Die Fahrt nach Queens dauerte qualvoll lang – Mittagsverkehr auf der Brücke – und dort, im Auto, inmitten von so vielen Autos wie auf einem Parkplatz, begann Matt zu zittern, während er dem Nachrichtensender

100

zuhörte, der über Wetter plapperte, das zu warm für die Jahreszeit war. Begann zu schaudern und spürte, wie seine Kehle eng wurde.

Evan ... angeschossen ... OP ... Evan ... angeschossen ... OP. Angeschossen wie Tony.

Er schlug mit seiner Hand auf das Lenkrad, bis er den Schmerz in seinem ganzen Arm spürte. Er wollte die verantwortungsbewusste, erwachsene Scheiße direkt überspringen und in die Klinik fahren, jeden gottverdammten Arzt anschreien, den er finden konnte, bis er sicher war, dass es Evan gut gehen würde. Und dann würde er in seinem Zimmer sitzen und warten, bis er seine Augen öffnete.

VIC WAR allein. Er saß auf einem harten Plastikstuhl, einer der vielen, die in diesem Gang standen, und starrte auf seine Schuhe. Serena Abbot war, verzweifelt und mit roten Augen, kurz bei ihm gewesen. Vic hatte sein Bestes gegeben, sie zu beruhigen und sie dann auf die Station gebracht, in der Helena friedlich in ihrem Privatzimmer schlief. Er bereute es, dass er sie unter diesen Umständen wiedergesehen hatte.

Es war beinahe sechs Stunden her, dass er angekommen war.

Insgesamt waren etwa ein Dutzend Personen in diesem Gang und anderswo aufgetaucht, um mit ihm zu sprechen – die Beamten, die in der Schießerei ermittelten, seine eigenen Mitarbeiter, die nach ihren verletzten Kameraden sehen wollten. Jemand aus dem Bürgermeisterbüro hatte wegen einer Presseerklärung angerufen. Vic war mit allen effizient und ruhig umgegangen. Er hatte geschwiegen, wenn es nötig gewesen war und auf ein paar Schultern geklopft, wenn Polizisten hereinkamen und mit diesem etwas entsetztem Blick, der *Gott sei Dank war es nicht ich* sagte, wieder gingen. Sein Kopf schmerzte und pochte unter dem Druck des Tages. Beide Beamte waren am Leben und machten sich gut – Evan war vor zwei Stunden endlich aus dem Aufwachraum geschoben und für die Nacht auf die Intensivstation gebracht worden. Dr. Waresa versicherte Vic, dass er in Ordnung kommen würde, keine bleibenden Schäden; mit seinem Herzen und seinen Lungen war alles okay – aber er hatte einen beträchtlichen Erholungszeitraum vor sich.

Vic hatte genickt, sich bedankt und war der Wegbeschreibung einer Schwester zur Intensivstation gefolgt, hatte sich erneut auf einen harten, kalten Plastikstuhl gesetzt, um zu warten. Er fand nicht, dass es richtig wäre, Evan allein zu lassen.

Also wartete er.

Um vier Uhr döste er vor sich hin, als er einen Druck an seinem Unterarm spürte und ruckartig wach wurde.

„Captain Wolkowski? Unten ist ein Mr. Haight."

Vic nickte und versuchte die Verschwommenheit in seinen Gedanken abzuschütteln. Er musste nach unten gehen, sehen wie es den Kindern ging ... und dachte, dass er vielleicht herausfinden sollte, wie Matt klarkam, denn er hatte mies geklungen, als sie am Morgen telefoniert hatten.

MATT STAND in der Lobby des NewYork-Presbyterian-Krankenhauses, hielt Dannys und Elizabeths kleine Hände fest und spürte, wie ihre Angst mit seiner im Takt pulsierte. Sah zu, wie Miranda rastlos zwischen den Stühlen und Wägen umherging, beobachtete Kathleen, die mit dem Reisverschluss ihrer Jacke herumspielte, während ihr Blick hin und her schoss.

Er wollte sich übergeben, er wollte betrunken sein, er wollte irgendwo auf der Welt sein, aber nicht in noch einem Krankenhaus, wo er auf noch einen Arzt wartete, der ihm sagte, dass jemand, den er liebte, tot war. Oder einfach nicht zurückkam.

Und er wollte Evan so dringend sehen, dass es wortwörtlich wehtat.

VIC WOLKOWSKI warf einen Blick auf Matt Haights Gesicht und spürte, wie etwas in seiner Brust sich zusammenzog. Eine Sekunde lang wusste er nicht mehr, wo er gerade war, Leichenhalle oder Intensivstation. Und dann sah er die blassen, panischen Gesichter von Evan Cerellis Kindern und seufzte.

„Hey, Matty", sagte er und ging auf die kleine Gruppe in der Lobby zu. „Hi, Kinder." Er beobachtete, wie Matt sich sammelte.

„Vic. Wie … äh. Wie geht es ihm?"

Vic setzte das strahlendste Lächeln auf, das er zustande brachte. „Eurem Vater geht es gut. Er wurde operiert und jetzt ist er auf der Intensivstation. Sobald wir das Okay vom Arzt bekommen, könnt ihr zu ihm gehen." Er hatte seine Hausaufgaben ziemlich gut gemacht und mit allen gesprochen, die er finden konnte, bis er alle Antworten hatte, die er wollte.

Die Panik in den Gesichtern der Kinder verschwand nicht – er vermutete, dass sie nach allem, was sie wegen ihrer Mutter erlebt hatten, nichts und niemandem glauben würden, bis sie ihren Dad mit eigenen Augen sahen. Vic verstand. „Ich werde noch mal mit den Ärzten reden und herausfinden, wann genau ihr euren Dad sehen könnt."

Das älteste Mädchen, Miranda (langsam fielen ihm ihre Namen wieder ein), nickte und trat vor. „Können die Zwillinge nach oben gehen? Sie sind erst acht. Normalerweise lassen sie kleine Kinder nicht rein."

„Ich habe mich darum gekümmert. Sie können zu ihm." Vic erwähnte nicht, dass er einen nachdrücklichen Vortrag darüber gehalten hatte, dass die Kinder beinahe zu Waisen geworden waren und Dr. Waresa so lange verbal an die Wand gepinnt hatte, bis der junge Arzt geschworen hatte, dass alle vier Kinder auf die Intensivstation gelassen werden würden. Er würde nicht in die Gesichter der Kinder sehen und ihnen sagen *Mensch, könnt ihr eine Weile warten, bis ihr euren Vater besucht? Nur ein paar Tage.*

102

Nach Vics Versicherung entspannten sie sich alle ein bisschen. Die Kleinen lockerten ihren Griff um Matts Hände nicht und Vic dachte auch nicht, dass er das wollte. Matt sah schrecklich aus. Vic sah Erinnerungsfetzen an Matt – Tonys Beerdigung, die Verhandlung. Das war schlimm gewesen. Jetzt schien es noch schlimmer zu sein.

„Hey, Matty. Lass uns die Kinder nach oben bringen – es gibt ein Wartezimmer im zweiten Stock. Ich werde mit den Ärzten reden und fragen, wann ihr Dad bereit für einen Besuch ist."

Matt nickte hölzern, führte die kleinen Kinder hinter Vic her und nickte den älteren Mädchen zu, die ihnen folgten. Vic sah immer wieder kurz über seine Schulter und beobachtete die gedämpfte Stimmung der kleinen Familie hinter ihm.

Nun. Die Familie und Matt.

„Vic – ich habe nicht mal gefragt. Wie geht es Helena?", fragte Matt trübsinnig.

„Ihr geht es gut soweit. Ausgerenkte Schulter. Sie schläft – ihre Mutter ist bei ihr."

Matt nickte. Sie betraten einen leeren Aufzug und Vic drückte den Knopf für den zweiten Stock. „Gut – ich bin froh, dass es ihr gut geht."

Vic wusste, dass er mehr wissen wollte, die Details der Schießerei und ob der Bastard verhaftet worden war. Aber er wusste auch, dass Matt es nicht vor den Kindern ansprechen würde.

Der Aufzug kroch dahin und Vic musterte die anderen Passagiere kurz. Die Kinder strahlten noch immer Angst und Elend aus. Das kleinste Mädchen hatte Matts Bein umschlungen und es sah nicht aus, als ob sie so bald loslassen würde.

„Hey, hey, Elizabeth. Es ist okay, Liebling. Wirklich. Daddy geht es gut." Während Matt noch immer die Hand des Jungen hielt, beugte er sich zu Elizabeth hinab und sprach mit ihr. „Du hast Captain Wolkowski gehört, oder? Er ruht sich aus und wir gehen jetzt zu ihm."

Elizabeth sagte nichts, vergrub ihr Gesicht nur in Matts Jeans und schüttelte ihren Kopf.

Vic beobachtete, wie Matt das Haar des Mädchens streichelte, ihr Kinn anhob, um sie anzusehen – und dabei den Jungen keine Sekunde losließ. „Elizabeth, ich verspreche es. Daddy ist okay, und du wirst ihn sehen."

Sie schniefte unter Tränen und schenkte ihm ein winziges Nicken.

Der Aufzug kam im zweiten Stock zum Stehen und die ganze Gruppe schob sich nach draußen. Vic führte sie in das kleine Wartezimmer am Ende der ruhigen Station, winkte auf dem Weg der Schwester, Pam, am Empfang zu. Sie war sehr freundlich zu ihm gewesen und wusste, dass die Kinder mitkommen würden.

Pam folgte ihnen in den Warteraum und wartete schweigend neben Vic an der Tür, während Matt den Zwillingen aus ihren Mänteln half und sie auf die Stühle sitzen ließ. Kathleen und Miranda kümmerten sich um sich selbst, suchten sich jedoch beide Stühle aus, die Matt am nächsten waren.

Matt wandte sich an Vic, sein Mund war zu einer verbissenen Linie verzogen. „Also, Vic, wo ist dieser Arzt? Vielleicht kann ich ein paar Minuten mit ihm reden?"

Vic konnte nichts tun, als zu nicken, denn der Blick auf Matts Gesicht und die unfassbare Müdigkeit in seiner Stimme machten ihn nervös. Das war erneut wie bei Tonys Beerdigung und abgesehen davon, dass auf einen Polizisten geschossen worden war, hatten die beiden Ereignisse sehr wenig gemeinsam.

„Ja. Sicher. Pam, wissen Sie, wo Dr. Waresa ist?"

„Ich werde ihn anpiepen", sagte sie mit beruhigender Stimme. „Hättet ihr Kinder gerne etwas zu trinken? Vielleicht etwas Limonade oder Saft?"

Keines der Kinder bewegte sich. Matt antwortete für sie. „Vielen Dank. Vielleicht etwas Saft und ein paar Flaschen Wasser – das wäre nett."

Pam nickte und verließ den Raum.

Vic lehnte sich in den Türrahmen und löste seinen Blick keine Sekunde lang von Matt.

Matt wich seinem Blick aus.

Oh Scheiße. Das war schlimm. Was entging ihm hier?

Ein paar Minuten der Stille vergingen. Die Kinder zappelten, Matt ging ein wenig auf und ab und Vic … lehnte einfach nur da.

Pam kam zurück zur Tür und balancierte Flaschen mit Saft und Wasser in ihren Armen. Vic drehte sich um, sah ihre brenzlige Haltung und nahm ihr ein paar der Getränke ab, um sie zu erleichtern.

„Dr. Waresa wartet in der Halle auf Sie. Ich habe eine Vertretung für den Empfang, also kann ich hier bei den Kindern sitzen, während Sie weg sind."

Vic stellte die Getränke auf den kleinen Beistelltisch, der in der Nähe der Kinder stand.

Matt schenkte Pam ein kleines Lächeln. „Danke." Er wandte sich an die Kinder. „Wartet hier. Ich werde nur ein paar Dinge herausfinden. Dann komme ich zurück und hoffentlich könnt ihr dann gleich euren Dad sehen."

Miranda nickte. „Okay. Wenn du zuerst gehst, sag ihm, dass wir hier sind. Er wird anfangen, sich Sorgen zu machen."

„Das werde ich tun. Ich verspreche es. Aber macht euch keine Sorgen, ihr könnt es ihm selbst sagen." Matt verließ den Raum, wobei er kaum einen Blick für Vic und Pam übrig hatte – Vic konnte sehen, dass er es eilig hatte, mit dem Arzt zu sprechen.

Vic tätschelte Pams Arm und folgte dann seinem Freund in den Gang. „Hey, Matty – warte auf mich."

MATT STOPPTE seine langen, nervösen Schritte und wartete ungeduldig, bis Vic ihn einholte. Fuck, er wusste, dass er alles vermasselte, indem er vor Vic vollkommen durchdrehte – Vic kannte ihn so gut, dass er den sehr eindeutigen Anblick von Matthew Haight während eines Zusammenbruchs kannte.

Vic erreichte ihn und Matt begann erneut zu laufen, wollte keinen Moment riskieren, in dem er mit seinem Freund allein war. Denn wenn er fragte … nun, Matt würde etwa sechs Sekunden durchhalten, bevor er ihm sein Herz ausschütten würde und er war noch nicht bereit, das zu tun.

„Das ist Dr. Waresa“, sagte Vic, der ein paar Schritte zurückgefallen war. Der junge Arzt stand am Ende des Ganges beim Schwesternzimmer und las eine Patientenakte. Er sah auf und nickte in ihre Richtung.

Evan Cerelli nahm an, dass ein Safe – eines dieser großen aus Stahl, die in alten Filmen Menschen auf den Kopf fielen – auf seiner Brust lag. Er konnte kaum einatmen. Mensch, das tat viel zu sehr weh. Tatsächlich schmerzte jeder Teil seines Körpers viel zu sehr.

Seine Augen öffneten sich flatternd und er sah eine Decke mit weißen Akustikfliesen. Er war nicht zu Hause in seinem Bett. Das war eine fremde Decke.

Er versuchte, sich zu erinnern, was zuletzt passiert war. War er bei der Arbeit gewesen? Zuhause? Es fiel ihm schwer, irgendetwas zusammenzusetzen.

Er hatte Erinnerungsfetzen an seine Kinder … an Matt. Eine Unterhaltung mit Helena … die Treppen … Helena. Etwas war mit ihr passiert. Er wusste nicht, wo sie war.

Er hatte nicht bemerkt, dass er sich wand, bis eine starke Hand ihn auf das Bett drückte. „Mr. Cerelli? Sir, entspannen Sie sich. Ihnen geht es gut, aber Sie haben Nähte auf ihrer Brust und wir wollen nicht, dass Sie sich öffnen.“

Was? Er wollte Fragen stellen, aber seine Stimme funktionierte überhaupt nicht. Er konnte nicht einmal seine Lippen bewegen.

„Sie sind im New York-Presbyterian-Krankenhaus. Ich bin Dr. Waresa. Sie wurden angeschossen – erinnern Sie sich daran?“

Angeschossen? Oh Gott – Helena.

„Mr. Cerelli, sie werden wieder gesund. Wir haben eine Operation durchgeführt und Splitter aus ihrer Brust entfernt.“

„Es sind ein paar Leute da, um sie zu besuchen …“

Das Gesicht des Arztes verschwamm und wurde durch Vic Wolkowskis ersetzt. „Hey, Evan. Wie geht's? Oh Scheiße, richtig, du kannst nicht sprechen …“ Vics Stimme war leise. „Nun, mach dir keine Sorgen. Wir haben deine Kinder hier und es geht ihnen gut. Matt ist hier.“

Als er Matts Namen hörte, schloss Evan seine Augen fest. *Gott sei Dank,* dachte er. *Er kümmert sich um meine Kinder, ich weiß es.*

„Äh … hey, Matt, komm her und sprich mit Evan. Ich werde mit dem Arzt reden und fragen, wann die Kinder herkommen dürfen."

Als Evan seine Augen öffnete, war Matt da.

MATT ZAPPELTE wie ein ungeduldiges Kind, während er vor der Tür zu Evans Zimmer wartete. Er beobachtete, wie der Arzt und Vic mit Evan sprachen und ihm versicherten, dass alles gut werden würde. Er atmete tief ein und ballte seine Hände zu Fäusten, die im Moment vermutlich Beton zerschlagen konnten.

Geht weg, dachte er verzweifelt. *Geht einfach und lasst uns miteinander reden … lasst mich mit ihm reden. Ich muss sichergehen, dass es ihm gut geht.*

Als Vic ihn hereinrief, machte sein Herz einen Satz. Er sammelte so viel Ruhe, wie er konnte und trat neben Vic. Er rang mit sich und hob seinen Kopf, um Vics Blick zu begegnen – mied mit einem Mal den Mann im Bett, dessen Brust mit Verbänden bedeckt war – und sah … etwas. Vic nickte, tätschelte Matts Arm und ging auf die Tür zu. Er sah nicht zurück.

Matt ließ seinen Blick zu Evan wandern, der blass und ausgemergelt aussah und an Überwachungsgeräte und Infusionen angeschlossen war. Matt schauderte. Scheiße. Seine Sicht verschwamm ein wenig.

Als er wieder klarer sah, hatte Evan seine Augen geöffnet und starrte ihn direkt an. Matt zwang seine Worte an dem Kloß in seinem Hals vorbei. „Hey."

Evan blinzelte schwach.

Er flüsterte. „Du bist okay. Helena auch. Sie wurde nicht angeschossen und hat nur eine ausgekugelte Schulter. Sie haben sie mit Medikamenten vollgepumpt und in ein Zimmer gesteckt. Ihre Mom ist bei ihr. Ich dachte mir, dass du wissen willst, wie es ihr geht."

Evans Augen hellten sich ein wenig auf. Matt wusste genau, was ihm durch den Kopf ging. Kannte die Erleichterung, die man spürte, wenn jemand sagte, dass der Partner am Leben und gesund war. Er drückte sanft seine Hand. Der Kloß in seinem Hals wurde größer.

„Die Kinder sind da – Miranda wollte, dass ich dir sage, dass du dir keine Sorgen machen sollst. Sie ist großartig, Mann, einfach großartig. Reißt sich zusammen und hilft mir mit den Kleinen. Kathleen ist still, aber ich denke, sie ist okay. Die Zwillinge halten sich gut. Sie haben Angst … aber ich denke, sobald sie dich sehen, wird alles gut sein." Zitternd spürte Matt, wie die Worte förmlich aus ihm herausfluteten. Seine Sicht verschwamm erneut. „Und übrigens, wenn du so einen Scheiß noch einmal abziehst, werde ich dich aus einem verdammten Fenster werfen. Ich musste mir Urlaub nehmen, Arschloch." Die Hand unter seiner bewegte sich ein wenig, Evans Finger berührten ihn. Er konzentrierte sich darauf, so gut er konnte.

Ein geisterhaftes Lächeln huschte über Evans Gesicht.

„Ja – für dich ist es lustig", würgte er hervor. Er nahm Evans Hand in seine. „Gott."

Sie blieben einen langen Moment so, hielten einander an den Händen und sahen sich an. Evans Lider begannen zu flattern. Matt konnte sehen, dass er nicht viel länger wachbleiben würde.

„Hey, ich werde die Kinder holen, okay? Danach kannst du so viel schlafen, wie du möchtest."

Evan schaffte es, seinen Kopf minimal auf und ab zu bewegen. Matt spürte Druck an seiner Hand.

„Ich werde gleich zurück sein." Matt ließ seine Hand nur widerwillig los, aber er wusste, wie wichtig es war, dass sie einander alle sahen. Er lehnte sich hinunter und legte seinen Mund auf Evans, schmeckte den metallischen Hauch von Blut und Betäubungsmittel. Der Druck gegen seine Lippen war kaum da, aber er wusste …

„Ich bin gleich zurück", flüsterte er erneut. „Ich liebe dich."

Diese kleine zustimmende Kopfbewegung. Die Spur eines Lächelns.

Matt schaffte es, sich loszureißen. Sein Gesicht brannte. Er wusste, dass er sich jetzt sofort zusammenreißen musste, denn durch diese Tür zu gehen bedeutete, wieder die Realität zu betreten, wo er nur ein netter Typ war, ein Freund der Familie und nicht …

Nicht Evan Cerellis Geliebter.

Vic sah nach den Kindern, während Matt bei Evan war. Serena hatte sich zu ihnen gesellt und hatte je einen Arm beschützend um die Zwillinge gelegt, als Vic hereinkam.

„Wie geht es Helena?", fragte Vic leise und setzte sich neben Serena.

„Gut. Sie schläft noch. Sie haben ihre Vitalwerte kontrolliert und ihre Infusionen gewechselt … Ich dachte, ich suche mal nach dir. Sie haben mir gesagt, dass du hier sein würdest." Sie lächelte die Kinder an. „Und dann habe ich meine jungen Freunde gefunden und beschlossen, dass wir einander Gesellschaft leisten sollten."

„Nun, ihrem Dad geht es gut – sehr müde nach der Operation, aber sonst wirklich gut." Vic versuchte, so positiv wie menschenmöglich zu klingen. „Er sah besser aus, als ich erwartet hätte."

Und dann dachte er an den Ausdruck in seinem Gesicht, als er Matts Namen gesagt hatte. Und Matts Blick, nun, Scheiße, seit er hier angekommen war. Mit einem Mal fühlte Vic sich unwohl, wusste nicht wieso und entschied, dass er mit Matt sprechen musste. Allein.

Er tätschelte Serenas Arm und stand wieder auf. „Ich werde sehen, ob Matt fertig ist – dass ihr Kinder euren Dad sehen könnt."

Er machte sich auf die Suche nach Matt.

Und fand ihn vor Evans Zimmer, wo er an einer Wand lehnte und nach Luft schnappte, als wäre es seine letzte Gelegenheit.

Vic näherte sich langsam, aus Angst, seinen Freund zu erschrecken. „Matty?"

Matt sah zu ihm auf, seine Augen waren gerötet und feucht.

„Bist du okay, Mann?"

Er öffnete seinen Mund, schloss ihn jedoch eine halbe Sekunde später wieder. Und schüttelte den Kopf. Sie standen schweigend da.

„Ist es wegen Tony?", fragte Vic schließlich, denn er brannte vor Neugier. „Geht es darum?"

Matt seufzte schwer. „Ich kann das im Moment nicht, okay, Vic? Aber später … reden wir."

Vic sagte nichts.

„Ich werde die Kinder holen. Er schläft fast ein und ich weiß, dass er sie sehen will."

Matt stieß sich von der Wand ab und entfernte sich von Vic, bevor der etwas sagen konnte.

Vic blieb allein im Gang zurück, schob seine Hände in die Taschen und wartete.

Sie betraten den Raum alle gleichzeitig und Matt stellte sich beschützend hinter die Kinder. Evans Augenlider flatterten auf, als hätte er seine Familie gespürt. Matt hob die Zwillinge hoch, sodass sie sich vorbeugen und ihren Vater küssen konnten. Elizabeth begann zu weinen, leise winzige Geräusche der Erleichterung, Angst und Erschöpfung. Matt ließ sie ihre Arme um seinen Nacken schlingen und trug sie zur Tür, flüsterte ihr zu und versicherte, dass alles gut werden würde. Er sah, dass Miranda Dannys Hand hielt. Sie sprachen leise mit ihrem Vater und Matt sah, dass Evan sich entspannte und tiefer in die Matratze sank. Er würde friedlich schlafen können, weil er wusste, dass es den Kindern gut ging.

Matt brachte Elizabeth zurück zum Bett, sodass sie bei den anderen drei stehen konnte.

„Ich glaube, euer Dad braucht ein wenig Schlaf. Verabschiedet euch für den Moment. Wir kommen morgen zurück, okay?"

„Okay", stimmte Miranda zu und beugte sich vor, um ihrem Vater einen Kuss auf die Stirn zu geben. „Wir werden morgen wiederkommen, Daddy. Versprochen." Sie hob ihren jüngeren Bruder hoch, sodass er sich verabschieden konnte.

Die Kinder wirkten nun etwas weniger angespannt, aber Matt konnte ihre Erschöpfung sehen. Er wartete, bis sie sich alle nacheinander verabschiedet und ihrem Vater einen Kuss gegeben hatten. Als Elizabeth an der Reihe war, war Evan eingeschlafen, sein Gesicht war entspannt. Matt brauchte seine ganze Willenskraft, um es den Kindern nicht gleichzutun und seinen Mund auf Evans zu legen.

„Okay, lasst uns gehen", flüsterte er. „Ich nehme an, ich werde euch nach Hause bringen." Sie verließen den Raum und Elizabeth hob ihren Kopf. „Oma!"

Matt blickte auf und entdeckte drei angespannte Personen, die bei Dr. Waresa standen.

„Oh, ihr armen Kleinen!", sagte die ältere Frau in einem Singsang und trat vor, um Elizabeth aus Matts Arme zu ziehen. Sie musterte sein Gesicht mit einem misstrauischen Blick.

Ein älterer Mann mit dem Körperbau einer Bulldogge stand neben einer sehr attraktiven braunhaarigen Frau. Ihr Gesicht ähnelte dem der Frau, die Elizabeth als ihre Großmutter identifiziert hatte. Alle sahen Matt an, als fragten sie sich *Wer zur Hölle bist du?*

FÜNFUNDVIERZIG MINUTEN später stand Vic Wolkowski neben dem Schwesternzimmer und hielt einen Kaffeebecher so fest, dass die schwarze Flüssigkeit über den Rand schwappte. Er wartete darauf, dass Matt sich mit ihm traf, damit sie sich unterhalten konnten.

Nach den ersten zehn quälenden Minuten, die aus Vorstellungen, Erklärungen und Anspannung bestanden, die Vics Augen brennen ließen, übernahmen die MacGregors die Kinder – bewegten sie effektiv von Matt weg, den sie anstarrten, als wäre er ein Kinderschänder. Vic beobachtete, wie Matt zu Stahl wurde, den Kindern sanft eine gute Nacht wünschte und beinahe in Tränen ausbrach, als ihre Großeltern und Tante sie wegführten.

Sie hatten es kaum geschafft, höflich zu Matt zu sein und ihn mehr oder weniger ignoriert, nachdem er sich als Freund von Evan vorgestellt hatte. Sie sprachen direkt mit Vic, fragten nach Evan und erwähnten, dass sie die Kinder zu sich nehmen würden, bis Evan sich erholte. Vic konnte sie nicht herausfordern – es war ihr Recht. Und Matt konnte es ebenfalls nicht tun – obwohl Vic sah, dass er all seine Selbstkontrolle brauchte. Die Kinder wirkten ein wenig erstaunt, aber die Familie war ziemlich überwältigend, wie sie sie mit Umarmungen und tröstender Babysprache erdrückten. Im letzten Moment hatten Elizabeth und Danny einen seltsamen Zwillingsmoment und begannen gleichzeitig hysterisch zu weinen. Kein Trost ihrer Verwandten half und dann wurde die Sache noch seltsamer, denn beide begannen nach Matt zu heulen.

Und das sorgte für noch mehr gehobene Augenbrauen und seltsame Stimmung. Matt kündigte an, dass er mit ihnen zum Auto gehen würde, in diesem Tonfall, der keine Widerrede duldete und der Vic sehr gut bekannt war, was die Zwillinge beruhigte. Die anderen Mädchen wirkten ebenfalls erleichtert.

Die MacGregors sahen hingegen aus, als wäre jemand auf ihre kollektiven Familienfüße getreten.

Also gingen Matt, die Kinder und die MacGregor-Familie gemeinsam nach unten zum Parkplatz, während Vic zurückblieb und dachte *Wenn Matty zurückkommt, werden wir eine verdammte Unterhaltung führen.*

MATT UMARMTE die Kinder nacheinander – sogar Miranda, die bis zur letzten möglichen Sekunde wartete und so tat, als würde sie ins Auto steigen, bevor sie doch noch die Arme um seine Mitte schlang – und versprach, dass sie bald voneinander hören würden.

Vier schöne Gesichter starrten ihn trostlos durch die Scheiben vom riesigen Alte-Leute-Auto der MacGregors an und er wollte die Tür eintreten und sie retten.

„Wir sprechen morgen miteinander, okay?", formte Matt mit seinen Lippen. Es war vermutlich Mist, denn Evans Schwiegereltern schienen nicht bereit zu sein, sich hilfreich zu verhalten. Aber er lächelte ermutigend und sah die Reaktionen der Kinder. Und das war alles, was wichtig war. Das Auto fuhr davon, dicht gefolgt von dem glänzenden Volvo der Schwägerin. Matt sah ihnen einen Moment hinterher und realisierte dann plötzlich, dass es eiskalt war und er seinen Mantel irgendwo oben gelassen hatte.

Er eilte zurück hinein, um sich aufzuwärmen und Evan ein letztes Mal zu sehen, bevor er ging – nur um herauszufinden, dass er gerade in ein Privatzimmer verlegt wurde und er warten musste, um ihn zu sehen.

Und dann war da Vic und Matt wusste genau, dass er darauf wartete, ein paar Antworten zu bekommen.

Tatsächlich wippte er ungeduldig mit dem Fuß.

Matt ging auf Vic zu, der einen Kaffeebecher in der Hand hatte und seinen Mund zu einer geraden Linie zusammengepresst hatte. Er atmete tief ein. *Ruhig, Matty, ruhig.*

„Also, Vic, bereit, diese Unterhaltung zu führen?"

„Äh, ja. Ich denke, es wäre nett, zu wissen, was zur Hölle hier vor sich geht."

IN DER Cafeteria fanden sie einen Tisch in der Ecke und holten sich noch mehr Kaffee. Ein paar Minuten lang sah Vic Matt dabei zu, wie er mit den Zuckerpäckchen, den kleinen Kaffeesahne-Behältern und zwei Rührstäben beschäftigt war. Bei ihm sah es aus, als sei es ein chemisches Experiment.

Vic räusperte sich. „Matty?"

Matt seufzte, legte die Rührstäbe hin und sah endlich zu Vic auf. „Ja?"

„Ich bin jetzt seit fast zehn Stunden hier. Dieser Kaffee frisst ein verdammtes Loch in der Größe von Kanada in meine Eingeweide. Sprich mit mir, bitte."

„Das ist nicht einfach für mich …" Er rieb sein Gesicht mit beiden Händen und seufzte schwer. „Es ist …" Seine Stimme brach ab.

„Wir sind schon lange befreundet. Du kannst mir alles sagen, Matty."

110

Matt nickte. Nach einer langen Pause murmelte er: „Ich denke, du hast gesehen … nun, wie ich auf – diese ganze Sache reagiert habe."

Vic nickte. „Ja, aber ich habe das Gefühl, dass es mehr ist als nur die Erinnerung an Tony. Habe ich recht?"

„Was mit Tony passiert ist, ja, es ist ein Teil davon, aber …" Sie saßen einander einen langen Moment schweigend gegenüber. „Wir sind … Evan und ich – wir stehen uns sehr … nahe."

„Gute Freunde?"

„Freunde, ja. Aber …" Matt begegnete Vics Blick, sein Gesicht war erschöpft und traurig. „Wir sind mehr als das." Sein Tonfall, seine Betonung der Worte. Nach einem ersten Schock – während er *Matt hat mir gerade gesagt, dass er schwul ist* dachte – spürte Vic, wie das Geständnis sich schwer in seinem Magen einnistete. Er hatte keine Ahnung, wie er reagieren sollte.

Vic nahm einen Schluck von seinem Kaffee und nickte Matt zu. „Okay, Matty, ich denke, ich verstehe. Ich bin ein bisschen überrascht, weil du das mir gegenüber nie erwähnt hast und wir schon lange befreundet sind."

Matt lächelte dünn. „Neues, lebensveränderndes Geschehnis. Ich versuche, die ganze Sache selbst noch zu verstehen."

„Wirklich?"

„Ja."

„Kommst du klar?"

Matt hob die Schultern. „Ich denke. Ich bin mir nicht sicher. Nein."

„Weiß irgendjemand …?"

„Du und Helena. Das war's."

„Die Kinder nicht …"

„Gott, nein. Wir lassen es im Moment langsam angehen. Denken nicht zu weit voraus."

Sie saßen schweigend da. Vic fühlte sich unwohl, weil er nicht wusste, was er sagen sollte. Er wollte Matt sagen, dass es nichts an seinen Gefühlen für ihn, an ihrer Freundschaft, änderte. Er wollte ihm sagen, dass sein Geheimnis sicher war und dass er Evan auf der Arbeit helfen würde, wie immer er konnte, aber er war im Moment einfach so verdammt sprachlos.

Also saß er einfach nur da, trank seinen Kaffee und nickte. Sah zu, wie Matt auf seinem Stuhl mehr und mehr ruhelos wurde.

„Ich gehe nach oben, herausfinden, ob ich mich von Evan verabschieden kann." Matt klang müde und ein wenig traurig. Und das sorgte dafür, dass Vic sich noch schlechter fühlte.

Matt stand auf und hob seinen Müll hoch.

„Hey, Matty. Hör mal, es ist okay für mich. Ich will, dass du das weißt."

Matt nickte.

„Wenn du irgendetwas brauchst …"

„Danke. Wir reden morgen."

„Ich rufe dich auf der Arbeit an."

„Nein. Ich werde ganz früh hier sein. Ich habe Urlaub genommen." Seine Stimme klang leer.

„Alles klar. Dann sehen wir uns hier."

„Nacht, Vic." Und damit ging er davon.

Vic fühlte sich, als hätte er gerade einen sehr wichtigen Moment im Leben seines Freundes vermasselt.

MATT VERLIEß sich auf Charme und Schmeicheleien, um an der Schwester auf Evans Station vorbeizukommen. Er zeigte sein überzeugendstes Lächeln, bis die junge Schwester seufzte – mit einem winzigen Grinsen auf dem Gesicht – und ihn ein letztes Mal zu Evan ließ.

Im Zimmer schlief Evan tief, seine Brust hob und senkte sich so langsam, dass er beinahe aufhörte zu atmen, während er zusah. Er stellte sich neben das Bett, streichelte gierig Evans Gesicht und seine Schulter.

Er hatte gedacht, es hätte sich wie ein Messer in seinem Herzen angefühlt, als Tony gestorben war. Deinen Partner leiden zu sehen, war eine Sache. Jemanden zu sehen, den man so sehr liebte, dass es wehtat – Matt hatte eine neue Definition der Hölle.

Er lehnte sich nach unten, um Evan etwas ins Ohr zu flüstern. „Ich bin hier – ich wollte, dass du weißt … Ich liebe dich … und ich werde jeden Tag hier sein. Ich werde mich um dich kümmern."

Matt küsste Evans kalte Wange und drückte sein Gesicht in seine Halskuhle. Er wollte nicht gehen. Er wollte sich in diesem Bett zusammenrollen und sichergehen, dass Evan eine friedliche Nacht hatte. Ihn vor den Albträumen beschützen.

Er hörte, dass die Tür sich quietschend öffnete und betete, dass es Vic war. Er sah auf. Es war die Pflegerin, Pam.

Scheiße.

Aber sie lächelte sanft, ihre Augen waren warm. „Ich habe es vermutet. Brauchen Sie noch ein paar Minuten, Schätzchen?"

Die Luft wurde aus Matts Lungen gepresst. Im ersten Moment dachte er *Oh Gott, jemand weiß es* – und dann erkannte er *Hey, sie weiß es und es ist okay*, und dass eine mitfühlende Person ihm helfen konnte, Evan zu sehen, wann immer er wollte.

Er lächelte sehr schüchtern und spürte, dass sein Gesicht brannte. Er richtete sich auf und sagte: „Er schläft fest. Ich gehe jetzt – Ich werde aber morgen früh zurückkommen."

„Ich bin ab sechs Uhr hier – am besten kommen Sie nach acht. Ich sorge dafür, dass Sie hereinkommen."

Matt nickte und mit einem Mal war seine Kehle eng. „Danke."

Pam ging ohne ein weiteres Wort.

Matt atmete tief ein, küsste Evan erneut (wünschte sich verzweifelt, dass er spüren könnte, wie er ihn zurückküsste, wollte dessen Körper in seinen Armen spüren, wollte dessen Stimme hören) und zwang sich zu gehen.

8

EVAN SCHWEBTE durch die Dunkelheit, durch aufblitzende Geräusche und Licht. Ein Schuss. Schreie. Seine Kinder. Matt.

Als er seine Augen nicht öffnen konnte, begann er einen Wirbel der Angst in seiner Brust zu fühlen. Er dauerte lange frustrierende Minuten, in denen er versuchte, seine Lider zu bewegen, bis er ein schmales Licht sehen konnte. Es schmerzte, wenn er einatmete – seine Brust, seine Kehle, sein Kopf.

Er war im Krankenhaus. Er erinnerte sich an die Decke. Er hatte mit den Kindern und Vic und dem Arzt gesprochen.

Helena ging es gut. Matt hatte ihm das gesagt. *Matt.*

Er nahm einen weiteren schmerzhaften Atemzug. Öffnete seine Augen ein Stückchen weiter. Das Licht war anders. Vielleicht war es Morgen.

Er drehte seinen Kopf und sah sich im Zimmer um. Privatstation. Nicht Intensiv. Weniger Maschinen als beim letzten Mal, als er wach gewesen war.

Das bedeutete vermutlich, dass er weiterleben würde.

Die Tür hinter dem Fußende seines Bettes öffnete sich quietschend und das lächelnde Gesicht einer Frau sah hindurch. „Dachte ich es mir doch! Guten Morgen, Mr. Cerelli. Ich bin Pam, Ihre Krankenschwester." Sie wuselte mit einem kleinen Plastikkorb auf dem Arm in den Raum. „Ich werde Sie nur kurz untersuchen, bevor der Doktor zu Ihnen kommt."

Evan öffnete seinen Mund, um zu antworten, aber alles, was er zustande brachte, war ein raues Seufzen. Scheiße.

Pam schien zu spüren, wie genervt er war. „Machen Sie sich darum noch keine Sorgen, Mr. Cerelli. Sie erholen sich noch immer von der Operation. Sie hatten mehrere Stunden einen Schlauch in Ihrem Hals. Ihre Stimme wird bald genug zurückkommen."

Sie führte ihre Routine mit geübter Leichtigkeit durch, während Evan, der bereits frustriert und erschöpft war, an die Decke starrte. Er wollte Fragen stellen, herausfinden, wo seine Kinder waren, wo Helena war. Er wollte, dass jemand Matt anrief und ihm sagte, dass er verdammt noch mal herkommen sollte, damit er nicht allein war.

Als Pam gerade seine Akte wieder ans Ende seines Bettes hängte, klopfte es kaum hörbar an der Tür. „Herein", rief Pam, während sie Evan wieder zudeckte.

Ein Arzt kam herein, eine Akte in der Hand – Evan suchte träge in seinen Gedanken nach seinem Namen – und blieb neben seinem Bett stehen. „Ich bin Dr. Waresa. Erinnern Sie sich von gestern an mich?"

Evan versuchte erneut zu sprechen und brachte ein schwaches „Ja" hervor.

Der Mann sah sehr zufrieden aus. Er überflog die Akte noch ein paar Momente länger und nickte. „Nun, Mr. Cerelli, Sie hatten viel Glück. Keine Organschäden. Keine Nervenschäden. Im schlimmsten Fall haben Sie in den nächsten Wochen Zeit alle Bücher zu lesen, die Sie sich vorgenommen haben – Bettruhe ist Ihre Zukunft."

Evan verdrehte die Augen. Es kostete etwas Mühe, aber das war es wert. Sowohl Dr. Waresa als auch Pam lachten.

„Was halten Sie hiervon? Ich kann Ihnen Ihre Rückkehr zu Arbeit ziemlich sicher garantieren – wenn Sie meinen Anweisungen folgen."

Evan nickte. „Stimme?", krächzte er.

„Warten Sie noch ein paar Stunden. Sprechen Sie so wenig wie möglich. Sie wird früher zurückkommen, als Sie denken."

Er nickte erneut. „Kinder?", brachte er hervor und hustete. Dr. Waresa sah Pam an, offensichtlich wusste er nichts.

Pam lächelte Evan strahlend an. „Die älteren Herrschaften waren hier und haben Sie Ihrem Freund abgenommen, nachdem sie bei Ihnen waren. Ihre Eltern?"

Evan schluckte schmerzerfüllt. Natürlich. Sherris Eltern waren noch immer sein Notfallkontakt. Sie mussten im Krankenhaus gewesen sein und die Kinder mit zu sich nach Hause genommen haben. Scheiße. Rational gesehen wusste er, dass sie dort am besten aufgehoben waren, aber sein Herz wollte sie nah bei sich haben. Er wollte sie Zuhause haben.

„Schwiegereltern", murmelte er zur Antwort auf Pams Frage. Er sah, dass sie die Augenbrauen hochzog. Vermutlich fragte sie sich, wo seine Frau war.

Sein Herz schmerzte. „Frau ist … letztes Jahr … gestorben."

Das raue Kratzen seiner Stimme ließ die Worte noch schmerzhafter klingen. Dr. Waresa und Pam setzten identische Mienen des Mitgefühls auf. Evan hasste diesen Blick.

„Meine … Partnerin … Helena?", versuchte er ihre Aufmerksamkeit abzulenken.

Dr. Waresa lächelte. „Ihr geht es gut. Ich habe gerade mit ihr gesprochen. Ich bin mir sicher, sie kann heute Nachmittag zu Ihnen kommen."

Evan seufzte. Den Kindern ging es gut. Helena ging es gut. Er würde warten müssen, bis Vic oder ein anderer seiner Kollegen auftauchte, um herauszufinden, was mit dem Verdächtigen passiert war.

Damit blieb nur noch Matt.

Evan zuckte zusammen, als Dr. Waresa die Akte wieder ans Ende des Bettes hängte. „Pam wird dafür sorgen, dass Sie es bequem haben – ich hörte, Sie haben ein paar Besucher. Ich komme heute Nachmittag noch einmal zu Ihnen."

Besucher?

Evan nickte und sah zu, wie der Arzt den Raum verließ. Er wandte seine Aufmerksamkeit wieder Pam zu. Sie musterte ihn noch immer mit einem traurigen, mitleidigen Lächeln.

„Wer?", formte er mit den Lippen und hoffte, dass sie verstand.

„Die Besucher? Ich habe Ihren Captain da draußen gesehen – der gestern hier war. Und ein anderer Mann, den ich nicht erkannt habe."

Evan nickte. Er wusste nicht, ob das bedeutete, dass Matt da draußen war. Seine Brust schmerzte ein wenig, wenn er an Matt dachte. Es war so tröstlich gewesen, als der andere Mann am vergangenen Abend bei ihm gewesen war. Er hatte sich einfach entspannen können, weil er gewusst hatte, dass Matt sich um seine Kinder kümmerte und nach Helena sah. Er schloss seine Augen, als eine schwere Welle der Trauer unerwartet und unerwünscht über ihm hereinbrach. Matt hatte Sherris Aufgabe übernommen. Erneut.

Pam tätschelte seinen Arm. „Ich werde Ihren Captain als erstes hereinschicken. Ist das okay?"

Matt biss die Zähne zusammen. Er wollte nach dem anderen Mann fragen, ob er in seinen Vierzigern war, wie verrückt auf und ab ging und die Ärzte beschimpfte – dann würde er wissen, dass es Matt war. Dann würde er darum bitten, ihn zuerst zu sehen. Aber ein Stich der Scham und Angst ließ ihn nicken. Er schämte sich für sich selbst.

Er hörte, wie die Tür sich öffnete und schloss. Er wartete.

Ein paar Sekunden später schob Vic Wolkowski seinen Kopf durch die sich öffnende Tür. „Hey!", rief er und kam herein. Er sah zerknittert und müde aus – nicht allzu viel anders als jeden Tag bei der Arbeit.

Evan nickte. „Hi."

Vic trat neben Evans Bett. „Tja, Scheiße, Detective Cerelli. Was für eine Art, den Montag nach Thanksgiving zu verbringen."

„Sssorry." Aber Evan lächelte ein wenig.

Vic schnaubte. Er nickte, als ob er über etwas nachgedacht hätte. Öffnete seinen Mund, schloss ihn jedoch schnell wieder. Sein Blick begann mit einem Mal überall hinzusehen – außer zu Evan.

„Alles in Ordnung, Sir?", brachte Evan mühsam hervor. „Der Arzt hat gesagt, Helena …"

„Ihr geht es gut. Ich habe sie vorhin gesehen. Sie werden sie vermutlich gegen Mittag entlassen." Vic sah über Evans Schulter hinweg.

Helena war nicht der Grund für seine gerunzelte Stirn. „Verdächtiger? Haben wir ihn erwischt?"

„Hat ein paar Stunden gedauert, aber ja – wurde am Port Authority gefunden, hat auf einen Bus gewartet. Weißt du, ich muss sagen, ich bin ziemlich überrascht, dass wir diesen Kerl nicht früher gefasst haben. Er ist ein verdammter Idiot."

Evan lächelte. Aber Vic nicht. „Sir?"

Vic seufzte schwer. Er biss sich auf die Lippe und senkte dann seinen Blick, um Evans zu begegnen.

„Habe ich etwas …"

„Nein, nein." Vic stieß einen Atemzug aus. „Ich … äh … Evan, ich habe gestern mit Matt gesprochen."

Oh fuck.

Evans Gesicht brannte, als hätte jemand es mit kochendem Wasser übergossen. Ein kleiner Knoten bildete sich in seiner Brust. *Er weiß es*, dachte Evan panisch. *Er weiß es.*

Vic schien zu warten, dass Evan etwas sagte, aber nichts, das Worten ähnelte, schaffte es über Evans Lippen.

Vic strich mit einer Hand über seine Glatze, verzog den Mund und nickte. „Ich – wollte nur, dass du weißt, dass es mich nicht stört. Wirklich. War ich überrascht? Fuck, ja. Ich kenne Matt seit über zehn Jahren und ich habe nie … Ich hatte einfach keine Ahnung."

Matt wollte darauf hinweisen, dass er es ebenfalls nicht gewusst hatte, aber für den Moment schob er diesen Gedanken beiseite. Er musste dringender wissen, wie sein Captain dazu stand.

„Es ist nur deine Sache, Evan. Und letztendlich ist alles, was dich glücklich macht – so lange es nicht irgendwann Leberschäden oder Krebs verursacht – kein Problem für mich." Er machte eine Pause und gestikulierte unbeholfen. „Ich wollte nur, dass du weißt – es stört mich nicht. Und ich werde es für mich behalten – was immer ihr wollt."

Evan nickte, seine Kehle war eng. Die Scham kehrte für einen Moment zurück – er hatte solche Angst, was die Leute denken würden und bisher hatten sie mit nichts anderem als Freundlichkeit reagiert.

„Und wenn du mich fragst, Matt ist ein großartiger Mann." Der letzte Teil wurde schroff ausgestoßen. Vic hatte seine Hände wieder in die Taschen gesteckt.

Sie schwiegen lange. Evan sah zur Wand über Vics Schulter und schaffte es nicht, Augenkontakt herzustellen.

Mit einem Mal realisierte Evan, dass er die Frage jetzt stellen konnte. „Ist … ist Matt draußen?", flüsterte er. „Die Schwester sagte, noch jemand …"

Vic lächelte mit schmalen Lippen. „Sorry, er ist noch nicht da. Douglasson von der Dienstaufsicht ist hier. Er muss kurz mit dir sprechen."

„Dienstaufsicht?"

„Formsache. Mach dir keine Sorgen. Sie wollen nur genau herausfinden, was passiert ist. Er hat schon mit Helena gesprochen. Ich kann mir nicht vorstellen, dass es lange dauern wird."

Evan nickte.

„Ich glaube, Matt ist zu deinem Haus gefahren, um zu schlafen. Deine Schwiegereltern …"

„Haben die Kinder. Ich weiß." Evan spürte irrationalen Ärger in seiner Brust aufblitzen. Er fragte sich, ob die MacGregors planten, die Kinder heute wieder herzubringen.

„Kann ich dir irgendetwas bringen? Vom Kiosk oder so? Ich kann Matt anrufen und ihn bitten, dir Sachen von zu Hause mitzubringen."

„Ja. Handy-Ladegerät auf meinem Schreibtisch. Ein paar Klamotten." Er hätte beinahe um das Bild von Sherri gebeten, aber der Gedanke, Matt danach zu fragen – es fühlte sich nicht richtig an.

„Kein Problem. Ich werde jetzt Douglasson holen. Dann kannst du es hinter dich bringen."

„In Ordnung."

Erneut legte sich eine unangenehme Stille über den Raum. Vic spielte ein wenig an seiner Krawatte herum und sagte dann leise: „Äh … ich habe wirklich kein Problem mit dir und Matty – weißt du. Wirklich. Ich wünsche euch alles Glück der Welt, weil ich weiß, wenn man die Person verliert, mit der man den Rest seines Lebens verbringen will …" Er brach ab und sah etwas verloren aus.

Einen langen schmerzerfüllten Moment lang drehte sich der Raum um Evan. Er schaffte es, ein schmales Lächeln aufzusetzen, Vic anzusehen und zu nicken. Er biss die Zähne zusammen, um nichts zu sagen.

Vic seufzte und erwiderte Evans Lächeln, ebenso dünn und angestrengt. „Ich schicke Douglasson herein und rufe Matt wegen der Sachen, die du wolltest, an. Und ich komme später vorbei, um zu sehen, wie es dir geht."

Mehr Nicken. Mehr direkter Blickkontakt. Mehr Schmerz in Evans Kiefer.

Und dann war Vic weg und Evan atmete auf – und der Schmerz, den er dabei fühlte, ließ seine Sicht am Rand verschwimmen.

Er wusste, Vic versuchte freundlich zu sein. Und unterstützend. Aber er fühlte sich müde und ängstlich und er wollte Matt – hier und jetzt. Aber das war nicht richtig. Er sollte Sherri wollen, aber Sherri war tot und das wusste er. Er wusste, dass er weitermachte, aber … Scheiße. Er machte wirklich weiter.

Evan schloss fest die Augen, zählte bis dreißig, dann bis vierzig, fünfzig und wartete, dass Herzschlag und seine Atemzüge sich wieder so normalisierten, dass es sich nicht mehr anfühlte, als würde seine Brust implodieren. *Es sind die Medikamente*, dachte er. *Sie sorgen dafür, dass ich ohne Grund durchdrehe.* Aber das war eine Lüge – er schaffte es nicht im Geringsten, sich zu täuschen. Es gab einhundert Gründe durchzudrehen, und seine anfängliche Panik, weil er sich zu einem Mann hingezogen fühlte, kratzte nur an der Oberfläche eines viel größeren Problems. Helena davon zu erzählen, zählte nicht – sie war seine beste Freundin. Sie liebte ihn bedingungslos. Sie würde sich nie von ihm abwenden. Und er wusste, dass Vic Wolkowski ein aufgeschlossener Mensch war. Aber er und Matt hatten nicht viel mehr mitfühlende, liebevolle Freunde, die in jeder Situation zu ihnen stehen würden. Denn wenn das zwischen ihnen eine richtige Beziehung war …

Die Tür öffnete sich, bevor er den Gedanken beenden konnte. Detective Douglasson von der Dienstaufsicht sagte leise seinen Namen und Evan musste seine Gedankenspirale abrupt stoppen und ein Polizist sein.

Er beantwortete die Fragen mit rauer Stimme, wobei er möglichst oft nur nickte oder den Kopf schüttelte, um die dünnen Töne zu sparen, die er zustande brachte. Detective Douglassons Fragen waren effektiv und knapp. Er schien nicht zu denken, dass Evan und Helena etwas falsch gemacht hatten, er musste nur alle Informationen bekommen. Er stellte keine schwierigen Fragen und Evan vermutete, dass er dieselben Antworten gab wie Helena, denn der Detective nickte nur, grunzte und kritzelte etwas in sein kleines Notizbuch mit Ledereinband. Nach ein paar Minuten war es vorbei und Douglasson schüttelte seine Hand. Douglasson ging und Evan nickte ein. Er schwamm in zu vielen Emotionen, zu vielen Gedanken. Er wollte mit seinen Kindern sprechen, aber auf seinem Nachttisch gab es kein Telefon. Er würde die Schwester fragen müssen …

Als die Tür sich quietschend öffnete, erwachte Evan ruckartig.

Er hatte von seinem letzten Urlaub mit Sherri und den Kindern geträumt – fünf Tage in Hilton Head, South Carolina, wo Sherris Cousin ein kleines Golf-Resort führte. Der beste Teil des Urlaubs war die Autofahrt gewesen – Vorfreude, die sich mit jeder Meile, jeder geänderten Reiseroute gesteigert hatte. Am Ende hatten sie drei Tage Regen und zwei Tage Entspannungsversuche gehabt, nachdem sie die besagten drei Tage mit sechs Personen in fünf Räumen verbracht hatten. Auf dem Weg zurück, während die Kinder geschlafen hatten, hatten Sherri und er über die weit entfernten Tage seines Ruhestandes gesprochen – wo sie leben und was sie tun würden. Sie sprachen über irgendeinen warmen Ort, weitab von Menschenmassen, aber am Ende hatte Sherri nur fröhlich gelacht und ihn dazu gebracht zuzugeben, dass (a) er ohne Gehwege seinen Verstand verlieren würde und (b) sie niemals zu weit von den Kindern wegziehen würden. Weil sie Trottel waren und wenn es Enkelkinder gab …

Sie hatten den Rest des Heimweges gelacht.

Davon hatte er geträumt. All das Lachen.

In dem Krankenhauszimmer, jetzt, in diesem Moment, blinzelte er den Schlaf weg und sah zur Tür. Matt stand dort, eine Einkaufstüte in einer Hand und den hässlichsten Farn der Welt in der anderen.

„Hey", sagte Matt. Sein Gesicht hellte sich auf, als er sah, dass Evan wach war. Evan lächelte und war einen Moment lang verwirrt, dass es nicht Sherri war, die dort stand – aber sie hätte gewusst, wo seine Sporttasche war und diese genommen statt der Tüte vom Macy's, die Matt vermutlich im Vorratsschrank gefunden hatte.

„Hi." Seine Stimme klang noch rauer. Er hatte sie am Morgen zu viel benutzt.

Matts Grinsen hätte beinahe sein Gesicht in zwei Hälften geteilt. „Du klingst so schlimm, wie du aussiehst." Er stellte die Tasche auf den Boden und den Farn neben das Bett.

„Schlimm?"

„Scheiße." Matt blieb direkt neben dem Bett stehen. Seine Hände – stark und dunkel, behaart, schwielig und vernarbt – umfassten das Gestell und eine Sekunde lang war Evan von der Erinnerung, was diese Hände mit ihm getan hatten, abgelenkt. „Hey. Alles okay? Soll ich später wiederkommen?"

Zurück im Hier und Jetzt sah Evan auf und schüttelte den Kopf. „Bleib."

Matt nickte zufrieden. Er beugte sich hinunter, nachdem er den Bruchteil einer Sekunde gezögert hatte, und drückte einen Kuss auf Evans Mund. Er schauderte. Seine Lippen waren so trocken, dass sie schmerzten, aber der Kuss war das Ziepen wert.

„Willst du etwas Wasser?", fragte Matt. Seine Hand hatte irgendwie Evans gefunden und er streichelte über sein Handgelenk.

„Huh?" Wasser. Ja. Evan nickte. Er fühlte sich so schwindelig. So verdammt müde, dass er für immer schlafen könnte.

Matt ließ Evans Hand los und goss ihm mit dem Krug auf dem Nachttisch ein Glas Wasser ein. Es gab einen Strohhalm – Gott sei Dank, denn Evan war sich sicher, dass er niemals seinen Kopf hätte heben können.

Aber auch dabei half ihm Matt, er legte eine starke Hand in seinen Nacken und hielt mit der anderen den Strohhalm ruhig an seine Lippen. Evan saugte vorsichtig daran, die Anstrengung zerrte an den Nähten auf seiner Brust, aber das war es wert. Sein Mund fühlte sich so viel besser an.

Sanft ließ Matt ihn zurück auf das Kissen sinken und stellte das Glas weg.

„Danke."

„Kein Problem. Noch etwas?"

„Die Kinder …"

Evan sah, wie ein seltsamer Schatten über Matts Gesicht huschte, nur für den Bruchteil einer Sekunde. Vielleicht hatte er es sich eingebildet. „Deine Schwiegereltern sind gekommen und haben sie mit zu sich genommen. Ich habe heute Morgen angerufen, bevor ich hergekommen bin. Es geht ihnen gut. Ich denke, sie kommen heute Abend her."

„Denkst?"

Matt wirkte unbehaglich. „Konnte keine sichere Antwort bekommen."

Evan mochte überhaupt nicht, wie das klang. Er verstand, dass die Kinder durcheinander waren – sie hatten jeden Grund – aber das bedeutete nur, dass sie so viel Zeit bei ihm verbringen sollten wie möglich. „Ich rufe sie selbst an … später", würgte Evan hervor, seine Stimme war angespannt.

„Starker Mann."

„Danke."

„Kein Problem."

„Wo warst du letzte Nacht?"

„In deinem Haus. Kathleen hat mir ihren Ersatzschlüssel gegeben, als ich die Kinder hergebracht habe."

„Danke noch mal dafür."

„Keine große Sache. Scheiße, ich hab' ja nur gearbeitet, weißt du. Einen Lebensunterhalt verdient."

Evan lachte, was mehr Anspannung in seiner Brust verursachte. „Ich schulde dir was."

„Was? Die Liste ist längst auf der zweiten Seite angekommen …"

„Zweite Seite?"

„Ich musste deinen Müll rausbringen. Fuck. Das kostet dich doppelt."

Und so einfach verzog sich die dunkle Wolke über Evans Kopf. Er fühlte sich einfach … leichter. Noch immer wund, noch immer müde, noch immer besorgt wegen seiner Kinder. Aber leichter. „Bar oder Scheck?"

Matt grinste anzüglich. „Ich lasse es dich abarbeiten."

Evan lachte dünn. Und zischte vor Schmerz.

Sofort zeigte Matts Gesicht Sorge und Angst. Er berührte Evans Wange vorsichtig mit seinen Fingerspitzen. „Bist du okay? Soll ich die Schwester rufen?"

Mit einem Kopfschütteln atmete Evan ruhig ein. „Bring … mich … nicht … zum … Lachen."

Das Grinsen kehrte zurück. Aber Matt hörte nicht auf, ihn zu berühren. „Verdammt. Ich habe Seiten mit gutem Material, das nur auf dich wartet."

„Heb es für … später auf." Die Berührung von Matts Fingern entspannte ihn, wärmte ihn. Evan versuchte Matt einen sexy Blick zuzuwerfen, aber Matts Augenrollen nach zu urteilen, war er nicht sehr überzeugend. „Mache es wieder gut. Versprochen."

„Gut." Matt beugte sich erneut hinunter, um ihn zu küssen und dieses Mal tat es nicht weh. Es fühlte sich an wie die natürlichste Sache auf der Welt.

Matt blieb bis die Krankenschwester zurückkam, um ihn zu untersuchen. Sie küssten sich, hielten einander an den Händen und sprachen über das, was der Arzt gesagt hatte. Evan machte sich Sorgen um seine Kinder und Matt versicherte ihm, dass alles gut wäre. Mit ihm und seinen Schwiegereltern würde sich immer jemand um die Kinder kümmern.

Und dann kündigte Matt an, dass er sich um Evan kümmern würde, bis er wieder auf den Beinen war.

„Nein."

„Halt die Klappe."

„Matt!"

„Evan! Was zur Hölle willst du sonst tun? Du hast die Wahl zwischen mir und deinen Schwiegereltern und da sie besser ausgestattet sind, sich um vier Kinder zu kümmern, hast du Pech gehabt. Ich bin dein verdammtes Kindermädchen."

Evan seufzte frustriert. Er hasste es, sich so hilflos und außer Kontrolle zu fühlen. Er hasste es, dass Matt recht hatte. „Ich sage dir nicht, dass du recht hast."

„Wie auch immer. Ich weiß das auch so. Ich brauche deinen Senf nicht." Matt verschränkte die Arme und starrte auf ihn hinab. „Also sind wir uns einig? Ich komme mit dir nach Hause. Ich bleibe im Haus. Ich kümmere mich um alles, bis du wieder auf den Beinen bist und du und die Kinder allein klarkommst."

„Na schön." Evan verspürte den plötzlichen Drang, Matt die Zunge herauszustrecken.

Das gespielt wütende Starren wurde durch Pams Ankunft unterbrochen. Sie wuselte herein und begann mit ihrer Routine. „Hallo, Mr. Haight. Wie geht es Ihnen?"

Matt schenkte ihr ein bezauberndes Lächeln. „Gut, Pam. Wie geht es Ihnen?"

„Gut, gut. Sorry, dass ich Ihre private Zeit unterbreche, aber ich muss das erledigen. Wie geht es uns, Detective Cerelli?"

Herrje, schön, dass Sie endlich zu mir kommen, dachte Evan säuerlich. „Okay. Halsschmerzen."

„Hat der Arzt Ihnen nicht gesagt, dass Sie nicht so viel reden sollen. Ich wette, das haben Sie komplett ignoriert."

Matt ließ sich in den Kunstledersessel in der Ecke fallen. Evan konnte sein Gesicht sehen, aber Pam nicht. Er grinste übers ganze Gesicht.

Pam machte ihre Arbeit und plauderte die ganze Zeit. Vielleicht war es eine Krankenschwestersache, aber sie verhielt sich, als wäre Evan sieben und bräuchte Hilfe dabei, seine Beine unter der Decke zu sortieren, was wirklich nervig war, da er sie etwa auf sein Alter schätzte. Sie schien viel von ihrem Bruder zu erzählen, der mit seinem „Freund" Maurice in Florida lebte und inzwischen lachte Matt leise in seine Hände. Evan brauchte all seine Kraft, um nicht die Augen zu verdrehen. Als Pam in das kleine Badezimmer ging, um ein neues Bettlaken zu holen, schoss Evan Pfeile in Matts Richtung, der nach Luft schnappte.

„Sie weiß es?", flüsterte Evan.

Matt nickte.

„Wie?"

Matt verdrehte die Augen. Machte einen Kussmund. Zwinkerte.

Evan stöhnte.

Pam kam, noch immer plaudernd, aus dem Badezimmer. Matt entschuldigte sich und verließ den Raum.

Pam sah ihm nach und lächelte Evan süß an. „Ihr Freund ist wirklich ein Lieber, Schätzchen."

SEIN HANDY war kurz nachdem Matt gegangen war vollständig geladen – Evan musste ein paar Anrufe für die Arbeit erledigen. Dank der Medikamente fühlte Evan sich, als hätte er einen langen Tag biertrinkend in der Sonne verbracht, aber er hatte keine Schmerzen mehr.

Er wollte wissen, wie es seinen Kindern ging. Seine Stimme klang noch immer kratzig, aber er hatte sie etwas besser unter Kontrolle.

Es klingelte zweimal und Josie nahm den Hörer ab, ihre zwitschernde Stimme bereitete Evan sofort stechende Kopfschmerzen.

„Josie?"

„Evan! Wie geht es dir? Du telefonierst! Das ist wundervoll."

„Mir geht es gut. Wie geht es den Kindern?"

„Oh Liebling – sie sind ziemlich erschöpft. Ich habe sie heute daheimbehalten – sie brauchen ihre Ruhe. Sie brauchen jemanden, der sich um sie kümmert. Das war ziemlich hart für sie, Evan."

Evan zählte in Fünferschritten auf fünfzig und konzentrierte sich auf die schmale Spur eines Wasserschadens, die auf zwei Fliesen über seinem Bett zu sehen war. „Danke, Josie, dass ihr hergekommen seid, um sie abzuholen und dass ihr euch um sie kümmert. Es wird nicht für lange sein, versprochen."

„Oh, es macht uns nichts aus, Liebling! Ich liebe es einfach, die Kinder hier zu haben. Es erinnert mich daran, wie es war, als meine Mädchen klein waren." Sie schniefte leise.

„Kann ich bitte mit Miranda sprechen?"

„Sie ruht sich aus."

„Schläft sie?"

„Nein ..."

„Dann hol sie ans Telefon, bitte."

Er hörte ein leises, missbilligendes Schnauben und es war ihm egal. Dann rief Josie etwas in den Nebenraum und er hörte „Daddy!"-Rufe zur Antwort. Eine Sekunde später sagte Mirandas atemlose Stimme: „Hi, Dad!"

„Hey, Schatz. Alles okay?"

„Ich? Mir geht es gut – wie geht es dir? Geht es dir gut? Du warst gestern so fertig."

„Mir geht es viel besser, Schatz. Meine Stimme klingt schrecklich, aber das ist so ziemlich alles. Ich sollte in ein paar Tagen entlassen werden."

„Das ist großartig!"

„Ich habe noch ein bisschen Erholungszeit vor mir, aber es wird besser für mich sein, wenn ich Zuhause bin."

„Bleiben wir hier?" Die Anspannung in ihrer Stimme sorgte dafür, dass sein ganzer Körper sich zusammenzog.

„Ja, Schatz – es tut mir leid. Ich weiß, dass ihr lieber Zuhause wärt. Aber ich werde mindestens eine Woche Ruhe brauchen. Ich will, dass ihr bei Leuten seid, die sich um euch kümmern können –"

„Daddy, ich bin kein kleines Kind mehr. Ich kann mich um alles kümmern, bis es dir bessergeht –"

„Miranda, hör zu. Ich weiß, dass du kein Kind mehr bist und du hast mir so viel geholfen seit ... letztem Jahr. Aber bald sind die Halbjahresprüfungen und du hast viel zu tun. Ich will, dass du dich auf die Schule konzentrierst, okay?"

Miranda seufzte schwer. „Nur bis die Prüfungen vorbei sind, okay? Sobald ich die Tests hinter mir habe, kommen wir heim. Damit wir uns auf Weihnachten vorbereiten können."

Oh Scheiße, dachte Evan. Nur noch vier Wochen. Er hustete unbehaglich. „Abgemacht, Kleine."

„Wer kümmert sich um dich?"

„Äh, Matt bleibt eine Weile bei mir, bis ich mich wieder allein fortbewegen kann."

„Oh."

Evan wand sich. „Ja, er hat eine Weile Urlaub."

„Das ist nett von ihm", sagte sie höflich.

„Ja. Er ist ein guter Freund."

„Er hat sich wirklich gut um uns gekümmert, bis Oma und Opa zum Krankenhaus gekommen sind. Sag ihm Danke, okay? Ich glaube, ich habe es bei all der Aufregung vergessen."

„Das werde ich machen, Schatz. Lass mich noch mal mit deiner Oma reden – ich will herausfinden, wann sie euch heute vorbeibringt."

„Sicher. Wir sehen uns später, Daddy."

„Hab' dich lieb."

„Ich dich auch."

Evans Augen brannten. Er hasste es, *hasste* es, sich nicht um seine Kinder kümmern zu können. Hasste es, dass sie so weit weg und – was ihn anging – alleine waren.

„Ja, Evan?"

Evan atmete tief ein und versuchte, sich unter Kontrolle zu bekommen – im Umgang mit seiner Schwiegermutter war eine feste Stimme notwendig. „Josie, ich habe mich gefragt, wann du und Phil geplant habt, heute mit den Kindern vorbeizukommen. Die Besuchszeit –"

Josie unterbrach ihn, ihre Stimme war honigsüß und stählern zugleich. „Phil und ich haben darüber gesprochen, Evan, und wir denken beide, dass es am besten für die Kinder sein wird, wenn sie eine kleine Pause von dieser ganzen … Krankenhaussache haben. Wenn du entlassen und Zuhause bist, werden wir darüber sprechen, sie zu bringen –"

„Josie", spie Evan in gefährlichen Tonfall aus, „sie sind meine Kinder und ehrlich gesagt ist es mir scheißegal, was du und Phil besprochen habt. Ich bin ihr Vater und sie brauchen mich. Ich will, dass sie morgen hier sind. Wenn es ein Problem für euch ist, in die Stadt zu fahren, bin ich sofort bereit, einen Freund zu schicken, um sie abzuholen."

Am anderen Ende der Leitung herrschte Totenstille. Evans ganzer Körper schmerzte höllisch und seine Kehle fühlte sich wund an. Er zitterte vor Wut über Josies – Annahme –, dass sie das Kommando über die Kinder hatte.

Josie räusperte sich. „Ich werde mit Phil sprechen. Ich bin mir nicht sicher, wann wir da sein können", presste sie hervor.

Evan schaffte es kaum, höflich zu bleiben und antwortete: „Die Besuchszeit endet um sieben Uhr. Wenn möglich hätte ich gern mindestens eine Stunde mit den Kindern."

„Okay."

Dann hörte er nichts außer Josies Atmen. Durch ihre Nase – was bedeutete, dass sie raste vor Wut. Leise, aber wütend.

„Danke. Wir sehen uns morgen."

„Gut."

„Gute Nacht."

Josie sagte nichts. Evan hörte, wie das Telefon am anderen Ende der Leitung aufgelegt wurde.

„Fuck!", schrie er die Decke an. Er warf sein Handy ans Bettende. Die Anstrengung des Tages, die Unterhaltung, all das ließ Schmerzen durch seinen Körper rasen. Zitternd schloss er die Augen und versuchte, sich zu beruhigen. Es funktionierte nicht. Evan schwitzte die langen, schmerzhaften Momente aus, indem er seine Bettdecke umklammerte und benommen den Wasserschaden an der Decke anstarrte und sich zu erinnern versuchte, was Matt gesagt hatte, wann er zurückkommen würde. Er hatte sich nicht mehr so außer Kontrolle gefühlt, seit Sherri gestorben war und es machte ihm höllische Angst.

Er versuchte nicht an die Unterhaltung mit seiner Schwiegermutter zu denken. Sie verstärkte nur seinen schlimmsten Alptraum, die Angst, die seit Sherris Tod in seinem Hinterkopf gelauert hatte:

Was, wenn jemand versuchen würde, ihm seine Kinder wegzunehmen?

9

WÄHREND ES draußen langsam dunkel wurde, starrte Evan aus dem Fenster seines Krankenhauszimmers; das Beruhigungsmittel, das sie ihm zwei Stunden zuvor gegeben hatten, benebelte ihn. Nachdem er mit seiner Schwiegermutter telefoniert hatte, hatte Pam ihn angespannt zitternd im Bett gefunden, wo er vor Frust mit den Zähnen geknirscht hatte. Sie hatte ihn ein paar Momente lang mit ihrer sanften Stimme beruhigt und dann den Arzt gerufen. Evan hatte einen strengen Vortrag zu hören bekommen, dass er sich entspannen und seinem Körper die Gelegenheit zur Erholung geben musste, gefolgt von einer Spritze in den Arm. Er hatte den Rest des Abends zwischen Schlafen und Wachen verbracht und war nicht sicher gewesen, was ein Alptraum und was real war.

Dann waren Moses und Kalee mit einem hässlichen Strauß farbenfroher Nelken vorbeigekommen. Leider konnte Evan sich an kein einziges Wort ihrer Unterhaltung erinnern. Serena war aufgetaucht und hatte ihn gefragt, ob er sich gut genug fühlte, um Helena zu sehen, aber in der Mitte ihres Besuches war er eingeschlafen und als er aufgewacht war, hatte Matt in dem Kunstledersessel gesessen und die *Daily News* gelesen.

Dann war er wieder eingeschlafen.

Jetzt war es nachmittags. Er erwartete in den nächsten paar Stunden keine Besucher, da Matt für eine Dusche nach Hause gefahren war und die Kinder vor sechs nicht zu erwarten waren. Das bedeutete, dass er viel zu viel Zeit hatte, sich Sorgen zu machen. Er wiederholte die Unterhaltung mit Josie in seinem Kopf wieder und wieder, bis sein Blut zu kochen begann.

Wie konnte sie es wagen? Wie konnte sie es verdammt noch mal wagen?

Er konnte nicht einmal mehr zusammenhängende Gedanken fassen. Konnte kein Mitgefühl empfinden – und ja, sie hatte ihre Tochter verloren. Aber zur Hölle, er hatte seine Frau verloren. Und er zog seine Kinder allein groß. Das war nicht einfach. Aber er machte es gut und sie sollte sich einfach um ihre eigenen Angelegenheiten kümmern.

Sein Herz pochte. Was, wenn … Nein, er konnte nicht einmal über die Möglichkeit nachdenken.

Ein leises Klopfen lenkte ihn von seinen beängstigenden Gedanken ab.

„Herein", krächzte er, überhaupt nicht sicher, ob die Person auf der anderen Seite ihn hören konnte. Er hörte leise Schläge auf der anderen Seite der Tür; dann öffnete sie sich. Er strengte sich an, um zu sehen, wer es war.

Helena.

Sie saß in einem Rollstuhl, trug einen Krankenhauskittel, der halb wie eine Zwangsjacke und halb wie ein wirklich hässlicher Bademantel aussah.

„Scheiße."

Evan konnte nicht anders, als zu lächeln.

Sie stieß gegen die Tür, als sie sich mit ihrem linken Arm in den Raum manövrierte. „Gottverdammt."

„Brauchst du da drüben Hilfe?"

„Halt die Klappe."

„Sollte nicht eine Krankenschwester —"

„Ich bin unerlaubt hier. Sie haben gesagt, ich sollte im Bett bleiben."

„Ah."

Sie schaffte es durch die Tür und blies sich eine abtrünnige Haarsträhne aus den Augen. Evan konnte sehen, dass sie ein wenig glasig waren und sie saß schief in dem Stuhl, um ihre rechte Seite zu schonen.

Mit einem triumphierenden Seufzen bewegte sie ihren Rollstuhl einhändig an Evans Bett heran und stieß gegen das Gestell.

„Hey Partner", sagte sie mit einem breiten Lächeln. „Wie geht's dir?"

Evan antwortete mit einem noch breiteren Grinsen und streckte seine Hand nach ihrer aus. „Besser. Es ist großartig, dich zu sehen, Helena. Bist du okay? Wie geht es deiner Schulter?"

Er konnte sehen, dass sie mit den Schultern zucken wollte, sich dann jedoch eines Besseren besann. „War ausgerenkt. Im Moment ... äh ... eingerenkt? Du wirst mich entschuldigen müssen, ich bin sehr, sehr high von irgendwelchem flüssigen Zeug, das in meinen Infusionen war."

Ahhh. Das konnte er nachempfinden.

„Also bist du ganz legal high und deine Schulter ist okay. So viel habe ich verstanden."

Sie nickte zufrieden. „Und du? Mom hat gesagt, du bist okay – keine bleibenden Schäden."

„Diese Tür wurde zu ein paar Splittern in meiner Brust. Mir geht es gut."

Helenas Augen füllten sich mit einem Mal mit Tränen und sie legte den Kopf in ihre verschränkten Hände.

Evan ignorierte den plötzlichen Stimmungsumschwung – schrieb ihn den Medikamenten zu – und sprach beruhigend, während er ihre Hand drückte. „Helena, mir geht es gut. Dir auch. Und dieses Arschloch wurde verhaftet. Alles ist okay."

„Ich hatte Angst", murmelte sie und rieb ihre Stirn gegen seine Knöchel. „Ich dachte, er hätte dich getötet. Ich habe nur diese – Explosion gehört. Ich wusste, dass es eine Schrotflinte war ..." Sie schauderte. „Du bist zusammengebrochen und ich habe meine Waffe gezogen."

„Schhhh..."

Sie sah zu ihm auf; ihr Gesicht war feucht und fleckig. „Er hat diese Tür aufgerissen, als wäre er besessen oder so etwas. Ist mit mir zusammengestoßen, während ich geschrien habe, dass er stehen bleiben soll und ist dann direkt die Treppen runter. Ich erinnere mich nicht mehr an alles – ich habe mir ziemlich den Kopf gestoßen, als ich gestürzt bin."

Evan schaffte es, seine Hand auszustrecken und sanft ihr Gesicht zu tätscheln. „Gut, dass du so einen Dickkopf hast."

Helenas Gesicht verzog sich für einen Moment, während sie versuchte, ernst zu bleiben, aber ein Grinsen schaffte es an die Oberfläche. „Arschloch."

Er kniff in ihre Wange. „Wie lange musst du hierbleiben?"

„Ich komme morgen raus. Was ist mit dir?" Sie schniefte laut.

„Ende der Woche? Ich werde vier Wochen beurlaubt sein. Gott. Ich kann mir nicht vorstellen, die ganze Zeit nur rumzuliegen."

„Gehst du nach Hause? Wie wirst du dich um dich selbst kümmern? Ich kann mir nicht vorstellen, dass sie wollen, dass du überall herumläufst."

Evan spürte, wie die altbekannte Röte in seine Wangen stieg. „Äh – Matt nimmt sich eine Weile Urlaub …"

Helena biss sich auf die Lippe, ein anzügliches Blitzen in den Augen. „Hmmm…"

„Hör auf. Er hilft mir nur."

„Oh, da bin ich mir *sicher*." Die Zweideutigkeit in ihrem Tonfall war nicht zu überhören.

Evans Gesicht brannte vor Scham. Helena kicherte. „Du bist wirklich high."

„Und du hast die Farbe einer Tomate, Evan. Beruhig dich, bevor sie mit einem Reanimationswagen hereingerannt kommen."

Evan starrte an die Decke und erkannte, dass er sich albern verhielt. Von allen Menschen in seinem Leben wusste nur Helena von ihm und Matt und sie hatte kein Problem damit. Wieso konnte er sich nicht einfach entspannen?

Evan seufzte. „Er besteht darauf. Und ich bin wirklich dankbar, weil ich nicht weiß, was ich sonst tun soll." Er warf ihr einen strengen Blick zu. „Erzähl ihm nicht, dass ich das gesagt habe."

„Spricht da dein sturköpfiger Machostolz?"

„Ja."

„Hmmm." Sie lächelte ihn an. „Ihr beiden habt davon eine ganze Menge." Helena setzte sich anders hin, sie wirkte auf einmal ein wenig müde. „Mit den Kindern im Haus wird es verrückt sein."

Evan spürte, dass er sich anspannte. „Meine Schwiegereltern haben die Kinder. Sie haben darauf bestanden." Seine Stimme klang leer.

„Oh." Helena drückte Evans Hand. „Kommst du klar?"

„Ja, ja. Meine Schwiegermutter hat mich gestern genervt. Ich hasse es, dass ich mich im Moment nicht um meine Kinder kümmern kann. Sie brauchen so etwas nicht in ihren Leben, nicht wenn es gerade anfing …" Er atmete zitternd aus. „Anfing, sich ansatzweise normal anzufühlen, als hätten wir es unter Kontrolle."

128

„Hey, hey. Das ist nur ein kleiner Rückschlag. Die Kinder werden klarkommen. Sie sind bei ihren Großeltern, sie werden ein bisschen verwöhnt und sie werden in, wann, ein oder zwei Wochen heimkommen? In der Zwischenzeit erholst du dich und machst, was die Ärzte sagen, sodass du ganz auf der Höhe bist, wenn sie nach Hause kommen."

Evan nicke und schenkte ihr ein liebevolles Lächeln. „Danke, Helena. Ich bin so froh, dass es dir gut geht. Ich weiß nicht, was ich gemacht hätte …"

Sie wackelte mit den Augenbrauen. „Kein Problem, Mann. Ich bin dickköpfig, erinnerst du dich? Und du hast eine – sehr starke Brust. Wie Superman."

Aus irgendeinem Grund fanden sie das beide lustig und begannen leise zu lachen. Helena schnaubte und danach war es mehr oder weniger vorbei. *Zu viele Medikamente,* dachte Evan. *Zu viele Medikamente und zu viel Stress und Schmerz und Sorgen und dann passiert so etwas. Zwei vernünftige Erwachsene, denen grundlos Tränen über die Gesichter laufen.*

Helena hielt ihren Arm. „Oh, au!", rief sie und kicherte dann noch mehr. „Au, au, au!"

Evan hatte eine Hand auf seine Brust gelegt. Er fühlte sich genauso – es tat höllisch weh, aber Mann, er brauchte das Lachen.

Genau in diesem Moment öffnete sich die Tür und Matt schob seinen Kopf hindurch. „Was zur Hölle?"

Keiner der beiden brachte ein Wort hervor. Ein weiteres Schauben von Helena und sie brachen erneut in Gelächter aus.

HELENA WURDE von einem freundlichen Pfleger zurück in ihr Zimmer begleitet, nachdem sie und Evan sich wieder einigermaßen beruhigt hatten und bemerkten, wie sehr ihnen alles wehtat. Matt ging mit und half, sie ins Bett zu befördern – sie war eingeschlafen, bevor er den Raum verlassen hatte – und kehrte dann zu Evan zurück.

Matt betrat den Raum und lächelte über die Erinnerungen der beiden Partner, die mit roten Gesichtern und Tränen in den Augen haltlos über etwas kicherten, das er nicht einmal im Geringsten für lustig befunden hatte.

Vic Wolkowski stand neben Evans Bett.

Matt hielt in der Tür inne. Vic und Evan sahen in seine Richtung. Beide wirkten ein wenig argwöhnisch.

Ich auch, dachte Matt.

„Hey, Vic." Er nickte seinem Freund zu und betrat den Raum. Sein Blick glitt durchs Zimmer und legte sich letztendlich auf Evan.

„Hey, Matty. Wie geht's?"

„Gut, danke", antwortete er schnell. Er fühlte sich ein wenig unwohl in Vics Gegenwart.

Vic räusperte sich unbeholfen. „Wollte nur nach euch sehen, bevor ich nach Hause fahre. Du siehst schon besser aus, Evan."

„Danke."

„Gibt es irgendwas, was ihr zwei braucht? Ich könnte im Laden vorbeischauen oder so, bevor ich gehe."

Schweigen. Matt wusste nicht, was er sagen sollte.

Evan schüttelte den Kopf. „Danke, Vic. Mir fällt nichts ein."

„Okay, dann verschwinde ich. Habt eine gute Nacht, Jungs."

„Danke fürs Kommen", sagte Evan.

„Nacht." Matt sprach leise und fühlte sich wie ein Trottel. Vics Schultern waren ein wenig in sich zusammengesunken und er fühlte sich offensichtlich schrecklich. „Kann ich dich nach draußen begleiten?"

„Äh – sicher. Das wäre ... großartig."

Matt hielt kurz inne, um Evans Bein durch die Decke zu drücken. „Ich bin gleich zurück, okay?"

Evan zwinkerte. „Geh nur. Ich warte hier."

Matt lachte und die Anspannung löste sich etwas. „Guter Mann." Er begegnete Vics Blick und drückte die Tür auf.

Vic winkte Evan zu und ging nach draußen. „Ich komme morgen vorbei. Nacht."

„Nacht, Vic. Danke."

Matt wechselte einen letzten Blick mit Evan und ließ die Tür zufallen. Er und Vic standen einen Moment lang nebeneinander und sahen überall hin, nur nicht einander an. Matt räusperte sich. Vic sah auf und dann weg.

„So, äh ... Evan sieht viel besser aus. Sogar im Vergleich zu gestern", sagte Vic unbeholfen.

Matt nickte zustimmend.

„Wann wird er entlassen?"

„Ende der Woche."

„Hmmm." Vic schob die Hände in seine Taschen. „Lass mich wissen, wenn er irgendetwas braucht."

„Danke."

Matts Innerstes schmerzte. Er konnte nicht glauben, dass er und Vic nach einer Freundschaft, die mehr als fünfzehn Jahre dauerte, hier standen und einander nichts Wesentliches zu sagen hatten. Am schlimmsten war, dass sie einander nicht einmal ins Gesicht sehen konnten.

Schließlich seufzte Vic. „Hör mal, Matty, es tut mir leid, wenn ich letztens irgendetwas Falsches getan oder gesagt habe. Falls ich falsch reagiert habe ... ich kann nur sagen, dass ich schockiert war ... ich ..."

Matt hob seine Hand. Gott, das war albern. „Du hast nichts falsch gemacht, Vic. Es ist nur eine seltsame Situation."

Da waren sie sich offensichtlich einig, denn Vic nickte kräftig. „Ich will nicht, dass es so ist", sagte er und machte eine ausladende Handbewegung.

„Das wird es nicht, Vic. Wirklich. Wir müssen uns nur … an die Dinge gewöhnen. Oder? Es ist seltsam, es ist anders, wir sind beide ein wenig nervös – es wird okay sein. Wir werden okay sein." Matt stieß einen lang angehaltenen Atemzug aus.

Vic sah aus, als wäre ihm eine Last von den Schultern genommen worden. „Wir sehen uns morgen, okay? Ich komme vorbei, falls ihr etwas braucht."

Matt nickte, lächelte und versuchte Vic zu zeigen, dass alles in Ordnung war. „Nacht, Vic."

Vic, der jetzt etwas glücklicher aussah, streckte seine Hand aus und drückte Matts herzlich. „Nacht, Matty."

Matt sah zu, wie er den Gang hinabging. Okay. Das war gut. In Ordnung. Er war erwachsen und sprach mit Menschen über seine … Beziehung. Zu einem Mann. Alles war gut.

Vollkommen in Ordnung.

Er spürt das feste Ziehen der Anspannung zwischen seinen Schulterblättern, aber er schüttelte es ab. Dann drehte er sich um und ging zu Evan zurück.

AM MITTWOCH verließ eine mürrische Helena das Krankenhaus und machte sich auf den Weg zum Gästezimmer im Haus ihrer Mutter. Als sie Evan besucht hatte, um sich zu verabschieden, hatte er gewusst, was die Weltuntergangsstimmung im Blick seiner Partnerin bedeutete. So sehr sie ihre Mutter liebte, das würde unglaublich stressig werden.

„Das wird schon", flüsterte Evan, während Matt und Serena sich auf dem Gang unterhielten. „Sie wird dir viel Essen kochen, um dich herumwuseln und sie wird sich gut dabei fühlen."

Helena streckte ihm die Zunge heraus. „Du hast gut reden – du gehst mit deinem süßen Freund nach Hause."

Evan wurde rot. „Helena …"

„Du bekommst Essen vom Lieferservice. Sex. Actionfilme … ich werde Musicals von Rodgers und Hammerstein ansehen und Brokkoli essen müssen."

„Tschüss Helena", sagte Evan laut.

Serena kam mit einem Lächeln zum Bett hinüber. „Bereit, zu gehen, Liebling?"

Evan grinste. „Viel Spaß, Helena."

Sie verabschiedeten sich und Helena schoss Blitze in Evans Richtung, bis die Tür sich schloss. „Was war das?", fragte Matt und setzte sich mit einem warmen Blick auf den Rand von Evans Bett.

Evan lachte leise. „Helena glaubt, ich habe es mit meiner Erholungssituation besser getroffen."

Matt streichelte Evans Arm, was ihn leicht schaudern und sein Lachen verstummen ließ. „Und wieso das?", fragte er sanft.

„Sie ist eifersüchtig, dass ich mit dir nach Hause gehe. Denkt, es wird mehr Spaß machen, Zeit mit dir zu verbringen als mit ihrer Mutter."

„Hmmm…"

„Ich glaube, sie hat recht."

Evan spürte, dass das Achterbahn-Gefühl, das er seit Wochen in Matts Gegenwart hatte, ihn erneut überkam. Er wusste, dass der Kuss kam und es schockierte ihn dennoch, wie sehr er es wollte.

Er wartete nicht lange.

Matt drückte seinen Mund auf Evans, ließ zunächst nur ihre Lippen übereinanderstreichen und beugte sich dann erneut hinunter, um ihn intensiver zu schmecken.

Die Erinnerung an diese Empfindungen fluteten Evans Körper. Jeder Kuss, jede Berührung. Der Rausch aus Emotionen und Lust übernahm die Kontrolle jedes noch so kleinen ängstlichen Teiles von ihm. Evan hob eine Hand, um sie an Matts Hinterkopf zu legen. Er vergrub seine Finger in dem weichen Haar und zog ihn näher.

Matt reagierte sofort und stöhnte zustimmend in Evans Mund. Dann löste er sich von ihm, atmete tief ein und lehnte seine Stirn an Matts. „Wann kommst du endlich hier raus?"

„Freitagmorgen", brachte Evan hervor. Matt stöhnte.

Mit einem leisen Lachen verstärkte Evan seinen Griff an Matts Nacken. Er neigte den Kopf und neckte Matt mit den Lippen. „Ich muss mich rausruhen."

„Jetzt?"

„Nein, du Idiot."

Matt machte ein Geräusch, das eine Mischung aus einem Schnauben und einem Seufzen war und lehnte sich wieder in den Kuss.

EVAN SAH die Kinder zweimal, bevor er entlassen wurde. Sie kamen exakt zu der Zeit an, die er seiner Schwiegermutter gesagt hatte und kletterten tränenreich, aber erleichtert in sein Bett, um ihn zu umarmen. Josie wartete im Gang, was Evan recht war. Er hatte ihr im Moment absolut nichts zu sagen.

Die Kinder waren noch immer unglücklich darüber, dass sie nicht nach Hause kommen konnten; Miranda tat es am deutlichsten kund. Evan versprach, dass sie in nur einer Woche zu Hause wären und dass sie dann beginnen würden, Vorbereitungen für Weihnachten zu treffen.

Vorübergehend beruhigt verließen sie den Raum, als die Besuchszeit endete, nachdem sie ihn versprechen ließen, jeden Abend anzurufen.

Evan drängte die unerwünschten Tränen zurück, während er zusah, wie die Tür sich schloss. Er starrte zur Decke und zählte die Stunden bis zum Morgen, wenn Matt ihn abholen würde. Nach Hause, dann sieben Tage erholen und dann kämen die Kinder endlich heim.

Er würde das schaffen.

MATT FUHR zurück nach Queens, während Evan auf dem Beifahrersitz des Sedans döste. Sich anzuziehen und Papierkram zu unterschreiben, hatte viel mehr Energie gebraucht, als er erwartet hatte. Seine Augenlider waren zugefallen, bevor sie in den Queens-Midtown Tunnel gefahren waren. Er bemerkte undeutlich, dass Matt zur Musik des Rockradios mitsummte, aber es war zu leise, um das Lied zu erkennen. Entspannt driftete Evan in einen leichten Schlaf, dankbar aus dem Krankenhaus heraus und am Leben zu sein.

„Hey." Jemand streichelte sanft seine Schulter und rief nach ihm.

Evans Augen flogen auf. Er blinzelte einen Moment lang und erkannte dann sein Garagentor. Er sah zu Matt.

„Hey, wir sind zu Hause. Bist du okay?"

Mit einem Nicken bewegte Evan sich steif, um sich abzuschnallen. Sein Körper reagierte nicht so schnell wie üblich. Er fühlte sich, als ob er sich selbst bei den einfachsten Aufgaben durch Treibsand bewegte.

„Ich hole die Taschen."

Matt stieg aus und Evan hörte, wie Evans Tasche und, selbstverständlich, den hässlichsten Farn der Welt aus dem Kofferraum holte – Matt hatte darauf bestanden, dass er ihn mit nach Hause nahm. Er hatte den Rest der Blumen nach unten zur Pädiatrie geschickt.

Evan seufzte. Er hatte sich nur abgeschnallt und wünschte sich einen Mittagsschlaf. Er hörte ein Klopfen an der Scheibe neben sich. Matt lächelte ihn mit vollen Händen an.

„Brauchst du Hilfe?"

Evan schüttelte den Kopf, zog am Griff und öffnete die Tür. Matt blieb in seiner Nähe, während er seine Beine herausschwang und sich vorsichtig aus dem Auto schob. Er lehnte sich an die Seite des Wagens, um wieder zu Atem zu kommen.

Matt wechselte die Taschen in eine Hand und umfasste mit der anderen Evans Unterarm. „Lass uns ins Haus gehen, okay? Du kannst dich hinlegen."

„Ja." Langsam gingen die beiden Männer zum Haus. Evan quälte seinen bleischweren Körper zur Tür. Er lehnte sich aus purer Verzweiflung an Matt – seine Beine funktionierten einfach nicht richtig.

Kurzes Herumfummeln und dann bekam Matt die Tür auf. Evan sah ihm stumm zu und dachte *Sollte nicht ich ihn reinlassen? Ich lebe hier, oder?*

Nachdem Matt die Taschen auf den Boden gestellt hatte, umschloss Matt sofort Evans Körper und zog ihn näher an sich.

Evan sackte zusammen. Ja, das fühlte sich gut an.

Die Tür schloss sich hinter ihnen – er dachte, dass Matt ihr vermutlich einen Tritt versetzt hatte und er ließ sich zur Couch führen.

Innerhalb von fünf Sekunden fand Evan sich liegend wieder, seine Schuhe und seine Jacke waren ihm ausgezogen worden und Matt hatte eine warme Decke über ihn gelegt.

„Kissen?", fragte Matt. „Etwas zu trinken?"

Evan nickte.

Mit einem strahlenden Lächeln, das Evan zu Brei werden ließ, eilte Matt davon, um Kindermädchen zu spielen.

Evan sah nicht, wie er zurückkam. Er war bereits eingeschlafen.

MATT HANTIERTE im Haus herum und versuchte leise zu sein, während Evan schlief. Sie waren seit beinahe fünf Stunden zurück. Die Sonne war untergegangen und Dezemberwind rüttelte an den Fenstern. Er brachte in Ordnung, was ein wenig durcheinander war. Dachte über das Abendessen nach (Suppe? Kochte man das nicht für kranke Menschen? Zählte verletzt als krank?), dachte über die letzten anderthalb Wochen nach und begann zu zittern.

Wenn er zuließ, dass er nachdachte, wirklich nachdachte, müsste Matt vermutlich eine volle Bar leertrinken. Die ganze Sache mit Evan, (Beziehung. Liebe. *Diese* Sache.) Vic und Helena, die davon wussten. Die Schießerei.

Matt seufzte. Er musste mit jemandem sprechen. Vic war offensichtlich nicht diese Person. Abe war ebenfalls ein Nein – rief man seinen ehemaligen Partner ohne Vorwarnung an und sagte *Hey, wie geht es dir? Willst du Mittagessen gehen, weil ich möglicherweise schwul bin oder so etwas und eine objektive Meinung brauche, was zur Hölle vor sich geht, weil ich in einen Mann verliebt bin?* Damit blieb noch eine Person auf Matts immer kürzer werdender Freundesliste.

Liz.

Ja, er musste wirklich mit Liz sprechen. Besonnene, offen und ehrliche Liz, die Matt ein bisschen mehr liebte als eine Freundin, aber nicht so sehr wie eine Geliebte. Er würde sie am Morgen anrufen, denn wenn es jemanden gab, der ihm dabei helfen konnte, das zu verstehen, war sie es.

Er hörte ein Rascheln auf der Couch und ging ins Wohnzimmer, um nach Evan zu sehen. „Hi."

EVAN BLINZELTE und versuchte, sich an den dunklen Raum zu gewöhnen. Das einzige Licht kam aus der Küche hinter Matt.

„Hi. Wie spät ist es?"

„Beinahe sechs. Möchtest du etwas essen?"

Evan streckte sich langsam und bewegte seine Gliedmaßen und jeden Muskel, als wären sie aus Glas. Die Wirkung der Schmerzmittel hatte längst nachgelassen; er spürte alles.

„Ja", keuchte er. „Könntest du ... würde es dir etwas ausmachen ..."

„Schmerzmittel?"

„Gott, ja."

Matt kam ein paar Sekunden später mit einer Flasche kaltem Wasser und seinen Tabletten wieder. Evan lächelte dankbar, schluckte zwei riesige Tabletten und betete, dass sie schnell Wirkung zeigen würden. Er trank schnell und leerte die halbe Flasche, bevor er sich in die Kissen fallen ließ.

„Danke."

Matt setzte sich auf den Rand des Kaffeetisches und stützte sich auf seine Knie. „Wie geht es dir?"

Evan zuckte die Schultern. „Okay. Schlafen hilft. Ich bin nur steif."

„Wäre es oben bequemer?"

Mit einem Mal sah Evan in seiner Erinnerung das Bett im oberen Stockwerk und Sherri, die sich in seine Arme kuschelte. Und dann Matt, der ihn in dieser ersten Nacht gehalten hatte, als alles zwischen ihnen begonnen hatte.

Scheiße.

„Nee, ich werde einfach hierbleiben."

Matt nickte und streckte eine Hand aus, um Evans Gesicht zu berühren. „Ich hole dir Suppe. Noch etwas anderes?"

„Nein. Das ist gut. Danke, Matt." Er meinte das. Er wollte es mit seinen Worten zeigen.

Die Nachricht kam an. Matt beugte sich vor und drückte seine Finger fest gegen Evans Kiefer. „Gott, ich habe mir Sorgen um dich gemacht", flüsterte er. „Ich hatte solche Angst ..."

„Schhhh", sagte Evan. „Mir geht es gut."

Den Rest konnte er nicht mehr sagen, weil Matt plötzlich seinen Mund in Beschlag nahm, heiß und ein wenig verzweifelt. Der Raum drehte sich ein wenig, als er die Angst schmeckte. Und die Liebe.

Es war mehr als eine Woche her, dass sie sich wirklich berührt hatten. Im Krankenhaus hatten sie immer erwartet, dass die Tür sich öffnete. Aber hier ... hier waren sie allein.

Matt ließ sich auf seine Knie fallen und beugte sich über Evans Körper auf der Couch. Es gab ihnen beiden den Kontakt, den sie sich wünschten – Evan schlang seine Arme langsam um Matts Hals und Schultern. Matt umfasste sanft sein Gesicht.

Angenehm, so angenehm. Zungen streichelten zärtlich über Lippen. Wurden hungriger. Evan musste zuerst nach Luft schnappen, drehte seinen Kopf zur Seite und keuchte, als Matt sich bewegte, um in seinen Hals zu beißen und an der Haut zu saugen.

Ja. Sehr angenehm.

Eine heiße Welle spülte über Evans Körper hinweg, besänftigte jedes Pochen und jeden Schmerz, an den er sich erinnern konnte. Er war sich nicht sicher, ob er weiter gehen konnte, aber so lange es andauerte …

Matt vertiefte seine fordernden Küsse, bewegte sich erneut und strich mit seiner Zunge unter Evans T-Shirt-Kragen. Evan schauderte, bäumte sich genießend auf und brach dann mit einem stechenden Schmerz zusammen.

MATT SPÜRTE, dass Evan sich in seinen Armen anspannte und erinnerte sich plötzlich wieso Evan auf der Couch lag. Er zog sich zurück, um seinem Liebhaber ins Gesicht zu sehen. „Gott, es tut mir leid."

Evan schüttelte den Kopf. „Es ist okay."

„Nein, ist es nicht! Verdammt, ich habe mich hinreißen lassen – es tut mir leid. Geht es dir gut?"

„Ja." Evan hob eine Hand, um Matts Kiefer zu berühren. Seine Berührung fühlte sich heiß, aber zögerlich an. „Ich wünschte …"

Die leuchtende, schamvolle Röte breitete sich auf seinem Gesicht aus. „Ich vermute, der Geist ist willig, aber der Körper fühlt sich noch immer scheiße an."

Matt lächelte. „Sorry."

„Hör auf." Evan bewegte seine Finger an die Seite von Matts Gesicht und umkreiste seine Lippen. „Gib mir ein bisschen Erholungszeit und wir reden morgen darüber."

„Klingt gut", sagte Matt ein wenig atemlos. „Der Teil mit dem Reden."

Matt war scheinbar besessen von dem Gesicht vor ihm und fuhr die Konturen und Linien mit seinen Fingern nach. Matt lehnte sich vor, fasziniert von den langsamen Bewegungen, die sich federleicht auf seiner Haut anfühlten.

„Ich habe dich vermisst", murmelte Evan.

„Jetzt bin ich hier."

„Ja."

„Ja. Ich gehe nirgendwo hin." Die Worte rutschten ihm heraus, leise und andächtig.

Evan schauderte. Er nickte langsam und seine Finger hielten auf Matts Stirn inne.

Sie verhielten endlos lang so, bis Evan seine Hand sinken ließ und lächelte. „Ich glaube, du hast Suppe versprochen."

Matt blinzelte ein paar Mal und landete wieder auf festem Boden. „Richtig. Ja."

„Das wird meinem Erholungsprozess helfen. Ich bin mir sicher."

Lachend lehnte Matt sich zurück auf seine Fersen. „Erpressung. Schön, sehr schön, Detective."

Sie verbrachten einige weitere Minuten damit zu lächeln, während ihre Hände sich sanft berührten. Schließlich zwang Matt sich, aufzustehen und drückte Evans Hand ein wenig, bevor er sie losließ. „Suppe, Ruhe, Erholung."

„Richtig."

Sie aßen Suppe und sahen ein wenig fern – Sportsendung nach Sportsendung – bis die Elf-Uhr-Nachrichten begannen. Evan lag auf dem Sofa, seine Beine in Matts Schoß, und ihre Hände waren unter der Decke locker ineinander verschlungen. Sie sprachen nicht miteinander. Sie mussten nicht, dachte Matt. Die Stille war tröstlich, einfach. Ihre Freundschaft existierte noch immer.

Trotz der neuen Entwicklungen.

Matt sah, dass Evan erneut wegdriftete und immer wieder aufschreckte. „Hey, Mann", sagte er leise. „Wieso gehst du nicht nach oben, um zu schlafen?"

Evan zuckte zusammen und wachte vollständig auf. „Was?"

„Wieso gehst du nicht nach oben? Es ist spät und du hattest einen langen Tag."

„Ich werde hier unten schlafen."

„Evan …"

„Mir geht es gut." Sein Tonfall war schläfrig, aber bestimmt. „Das ist okay. Ich bleibe lieber hier unten. Du kannst oben schlafen."

Matt öffnete seinen Mund, um zu protestieren, aber er erinnerte sich an die schrecklichen Albträume, die Evan in dieser ersten Nacht geweckt hatten. Er entschied, ihn nicht zu drängen. „Sicher, Mann. Was immer du willst. Ich werde dann nach oben gehen. Wenn du etwas brauchst, ruf einfach. Ich werde dich hören."

Behutsam hob er Evans Beine an und stand auf und richtete dann die Decke wieder her, unter der er gelegen hatte.

Evan sah ihn nicht an; er hatte sich in den Kissen vergraben, sein Gesicht war halb von der Decke versteckt. „Ich werde klarkommen. Diese Tabletten machen mich k.o."

„Richtig." Matt lehnte sich hinunter und küsste Evan auf die Stirn. „Aber ich lasse die Tür offen, okay?"

Evan nickte. Matt stand da und sah auf ihn hinab. Evan sah ihn noch immer nicht an.

„Gute Nacht."

„Nacht." Die Decke erstickte die leise Antwort. Matt ging langsam und allein die Treppen hinauf.

10

MATT STAPFTE die Treppen hinauf, ohne zurückzusehen. Er spürte eine schwere Last, die seine Brust zusammendrückte. Der Flur im oberen Stockwerk war dunkel und leise. Er hatte seit ihrer ersten gemeinsamen Nacht in Evans Schlafzimmer geschlafen und sich gleichzeitig unwohl und von dem großen Bett und den dunklen Möbeln getröstet gefühlt. Während Evan im Krankenhaus gewesen war, hatte Matt gewartet, bis ihm beinahe die Augen zufielen, bevor er sich selbst nach oben geschleppt hatte, um zu schlafen. Er wollte nicht in „ihrem Zimmer", in „ihrem Bett" liegen und über … sie nachdenken.

Schnell zog er sich bis auf seine Boxershorts aus und zog ein T-Shirt aus seiner Tasche. Bevor er Evan im Krankenhaus abgeholt hatte, hatte er die Decken frisch bezogen und das Bett gemacht, alles so ordentlich wie möglich gemacht – offensichtlich hatte er sich getäuscht, als er gedacht hatte, dass sie die Nacht hier oben verbringen würden. *Idiot.* Während er im Dunkeln lag, dachte Matt an Evan, der unten allein war. Er dachte darüber nach, wie geschickt Evan einer gemeinsamen Nacht mit ihm hier oben ausgewichen war. Es war verständlich, vermutete er, sich nicht wohl zu fühlen, mit seinem neuen … was-auch-immer in seinem alten Schlafzimmer zu schlafen.

Und vielleicht war ihm nicht danach, die ganze Nacht Gesellschaft zu haben – vielleicht hatte er Matt deswegen nicht gebeten, bei ihm zu bleiben. Aber alle Logik der Welt funktionierte in diesem Moment nicht. Was am meisten wehtat und diesen schrecklichen Druck in Matts Brust verursachte, war die aufblühende Angst, dass er das hier viel mehr wollte als Evan.

EVAN LAG auf der Couch und starrte in die Dunkelheit des Wohnzimmers. Er hörte, wie Matt sich über ihm bewegte und fühlte sich mies. Irgendwann wurden die Geräusche leiser und schon bald war das Haus vollkommen still. Evan konnte lange nicht einschlafen; er war zu beschäftigt damit, tausende Momente in seinem Kopf zu wiederholen.

Zuerst Sherri, beim Abschlussball und bei Frühstücksvorbereitungen, wie sie eines der Kinder ins Bett brachte, wie sie sich im Bett herumdrehte und ihm ihr Lächeln schenkte, das so schön war, dass er glaubte, sein Herz würde brechen. Und dann war er wieder in der Bar und saß in diesen ersten Tagen Matt gegenüber, weinte und beschwerte sich und verliebte sich, obwohl er es erst nicht bemerkte. Er kniff seine Augen fest zusammen und versuchte das Bild anzuhalten. Wieso war es so schwer, loszulassen und seinen Gefühlen zu folgen? Wieso konnte er nicht nach oben gehen – oder wieso hatte er Matt nicht bitten können zu bleiben?

Keine seiner Visionen konnte ihm eine Antwort darauf geben.

Stunden später schlief er endlich ein, aber seine Fragen waren noch immer da.

MATT SCHLICH um acht Uhr dreißig mit dem verzweifelten Bedürfnis nach Kaffee nach unten. Er hoffte, dass Evan schlief, aber ein schneller Blick auf die Couch sagte ihm etwas anderes. Sie war leer.

„Hey", rief eine Stimme aus der Küche. Evan saß auf einem Küchenhocker und obwohl er blass aussah, lächelte er. Matt ging zu der vollen Kaffeekanne hinüber, die in der Kaffeemaschine wartete.

„Das ist eine wundervolle Begrüßung."

„Ich dachte mir, dass du dankbar sein würdest."

„Wieso bist du wach?"

„Konnte nicht mehr schlafen." Evan sagte nichts weiter. Er spielte träge mit dem Wasserglas vor sich herum.

„Hast du deine Schmerztabletten genommen?"

„Ja, Dad."

Matt lachte und nahm seine Kaffeetasse, um sich neben Evan an den Tresen zu lehnen. „Hey", sagte er sanft.

Evan beugte sich rüber und küsste ihn. Hart.

Matt löste sich von ihm und hob eine Augenbraue. „Fühlst du dich besser?"

„Ja." Es klang ein wenig grimmig. Evan drückte seine Schulter gegen Matts. „Viel besser."

Matt wollte glauben, dass es erneuerte Leidenschaft war, aber es roch ein wenig nach Schuldgefühlen und daran hatte er kein Interesse. Zärtlich küsste er Evan, langsam und sanft, ohne mehr zu initiieren. Als er sich zurückzog, konnte Evan ihn kaum ansehen.

Genau.

„Muss heute irgendetwas erledigt werden? Wäsche oder Anrufe oder irgendetwas anderes? Ich sollte Lebensmittel einkaufen gehen …" Matt ging zum Kühlschrank hinüber und stellte seine Tasse darauf, während er hineinsah. „Und ich wollte meine Freundin Liz anrufen, sie vielleicht besuchen fahren." Er hielt seinen Ton neutral. Es tat weh.

Evan blinzelte ein paar Mal, offensichtlich hatte der schnelle Stimmungswechsel ihn ein wenig aus dem Konzept gebracht. „Ich will die Kinder anrufen."

„Sicher. Gute Idee." Matt stützte sich auf die Tür des Kühlschranks, suchte nach Frühstück und machte eine geistige Liste der Dinge, die sie brauchen würden.

Außerdem dachte er wirklich nicht, dass es eine gute Idee war, jetzt zu Evan hinüberzusehen. Eine Decke der Stille lag über dem Raum. „Bist du hungrig?"

„Nein."

„Du solltest etwas essen. Die Packungsbeilage sagt, dass du die Tabletten zum Essen nehmen sollst. Ich mache Eier." Matt realisierte, dass er zu schnell sprach und sein Tonfall mit jedem Wort schroffer wurde. Er holte eine Eierschachtel und einen Brotlaib heraus und umklammerte sie fest.

„Hey", sagte Evan leise.

Matt seufzte. „Ja?"

„Es tut mir leid – was gestern Abend passiert ist." Evan sprach zögernd. Er streckte vorsichtig eine Hand aus und griff nach dem Ärmel von Matts Oberteil. „Ich fühle mich wie ein Idiot."

Ohne etwas zu sagen schloss Matt die Kühlschranktür, ging um Evan herum und legte die Eier und das Brot auf den Tresen. Er ließ Evan einen Moment den Rücken zugekehrt, um seine Gedanken zu sammeln. Als er sich umdrehte und Evans verletzten Blick sah, wäre er beinahe zusammengezuckt.

„Hör mal, das ist nur … ein einziges Durcheinander. Du erholst dich immer noch und wir waren, bevor das passiert ist, nicht gerade in einer stabilen Situation –"

„Ich habe gesagt, dass es mir –"

„Ich will deine Entschuldigungen nicht hören." *Fuck*, dachte Matt. Das war überhaupt nicht, was er hatte sagen wollen. „Ich gebe dir keine Schuld an irgendetwas. Ich … gebe hier nur mein Bestes, genau wie du." Matt atmete tief ein. „Ich bin verdammt schlecht in Beziehungen, Evan."

„Wenn man bedenkt, dass ich nur eine andere hatte, bin ich mir nicht sicher, ob ich so viel besser bin als du", murmelte Evan.

„Ich wollte dich gestern Abend nicht drängen."

„Das hast du nicht. Ich … Es ist seltsam, hier zusammen zu sein, allein. Intim zu sein …"

„Wir waren in meiner Wohnung und über Thanksgiving zusammen. Wir – da waren wir auch intim."

Evan seufzte schwer und lehnte sich gegen den Tresen, als hätte ihn aller Kampfgeist verlassen. Er schien laut zu denken und Matt war nur zufällig im Raum. „Es schien nur plötzlich so seltsam zu sein, nur wir … in diesem Haus."

„Und die Möglichkeit, mit mir Liebe in dem Bett zu machen, das du mit deiner Frau geteilt hast, hat dir nicht gefallen." Genervt spie Matt die schroffen Worte hervor. „Und das konntest du mir nicht einfach sagen? Als wäre ich irgendein Idiot, der nicht verstehen würde, dass das schmerzlich für dich sein könnte. Ich wäre unten –"

„Wieso hast du es nicht getan?", fragte Evan. Seine Stimme klang plötzlich ebenso wütend.

Matt verließ die Küche mit schnellen Schritten, warf sich auf die Couch und starrte blicklos in den Raum.

Evan folgte ihm schweigend, bis er direkt vor ihm stand.

„Wieso?" Traurig und müde begegnete Matt Evans Blick. „Vielleicht brauche ich es von dir, dass du mich fragst. Vielleicht musst du es mir sagen."

„Du weißt, dass ich dich liebe."

„Verdammt, Evan, ich weiß nicht, was das bedeutet, okay? Ich habe das noch nie erlebt. Nie hat irgendjemand – ich habe nie …" Er warf verzweifelt die Hände in die Luft. „Es klingt gut und ich kann es zurücksagen, aber am Ende … ich weiß es nicht. Ich weiß nicht, wie sehr ich das versauen kann. Ich weiß nicht, was ich tun soll. Ich weiß nicht, was du von mir erwartest." Da, er hatte es ausgesprochen.

„Ich hatte keine Ahnung, dass wir so viel gemeinsam haben."

Matt sah auf und erblickte Evans schmales, trockenes Grinsen. Er konnte nicht anders, als leise zu lachen. „Großer Gott, wir sind vielleicht kaputt."

„Wo du recht hast, hast du recht, Haight."

„Komm her und setz dich hin, bevor du zusammenbrichst."

„Klingt nach einem Plan." Evan machte es sich vorsichtig in Matts Armen bequem. Sie saßen schweigend da, hielten einander fest und streichelten sich geistesabwesend.

Der Streit endete so schnell, wie er begonnen hatte.

„Tut mir leid wegen letzter Nacht", sagte Evan leise. „Ich – war nur ein wenig verloren."

„Sag es mir beim nächsten Mal, okay? Du kannst sagen, was immer du sagen musst, Mann. Vor allem anderen sind wir Freunde."

„Freunde wie in einer Bierwerbung?"

Matt lachte. Er bewegte sich vorsichtig, bis sie beide auf der Seite lagen und einander ansahen. „Genau daran habe ich gedacht. Willst du rausgehen und einen Motor reparieren?"

Sie lachten und bewegten ihre Körper langsam, bis die richtigen Teile einander berührten.

Matt sah zu, wie Evans Augen sich vor Erregung verdunkelten. Das war besser. Das fühlte sich nicht nach Schuldgefühlen an. Nein, das fühlte sich wie – eine Erektion an.

Matt machte ein Geräusch, das Zuneigung, Zustimmung und Absicht ausdrückte. Er schob seine Hände unter Evans T-Shirt, streichelte über die Haut, die nicht von einem weißen Verband bedeckt war. Er war sich nicht sicher, ob die unglaubliche Hitze von ihm oder Evan ausging. Plötzlich überwältigten ihn all die Ängste und der Schrecken der letzten Woche und er stöhnte vor Verlangen und Qual.

Er wollte nur … diese Erleichterung, diese Kommunikation. Er wollte, dass Evan wusste, wie sehr er ihn liebte. Und er musste verzweifelt fühlen, dass Evan ihn zurückliebte.

„SCHHHH, SCHHHHH", murmelte Evan. „Gott, du fühlst dich so gut an. Deine Hände …" Evan vergrub seinen Kopf in der Kuhle zwischen Matts Schulter und seinem Hals. Er atmete den männlichen Duft nach Schlaf und Kaffee und Schweiß ein. Er ignorierte das leichte Stechen in seiner Brust und konzentrierte sich auf den scharfen Schmerz/Genuss, wenn er sich an Matts Bein rieb, das zwischen seine glitt.

Er folgte seinem Beispiel und spürte Matts weichen Rücken, biss sanft in die stoppelige Haut über dem Kragen seines T-Shirts – das Zucken von Matts ganzem Körper, das Geräusch, das er machte, als sie sich gemeinsam bewegten. Evan biss erneut zu und Matt geriet außer sich.

„Gott", murmelte Matt und bewegte sich ein Stück weg, sodass er Evan vollständig auf den Rücken drücken konnte.

Evan erinnerte sich plötzlich an Thanksgiving, als sie hier auf dem Sofa gelegen hatten und Matts Mund … Er stöhnte und spreizte seine Beine in einer offenkundigen Einladung.

Matt brauchte nicht lang, um Evans Nachricht zu verstehen. Er kniete sich hin, zog sein Shirt aus und warf es auf den Boden. Er streckte eine zitternde Hand aus und berührte die schmale Hautstelle zwischen Evans Oberteil und seiner Hose.

Evan bäumte sich auf.

„Alles okay?", fragte Matt verzweifelt, heiser. „Tut es weh?"

Evan lachte dunkel. „Wenn wir von meiner Brust reden – nein. Alles andere allerdings …"

Er streckte seine Hand aus und berührte dieselbe Stelle auf Matts Bauch. „Mir geht es gut. Komm her. Fass mich an", sagte er erregt und eine Sekunde lang erkannte er seine eigene Stimme kaum.

Diese großen, warmen Hände, nach denen Evan sich so sehnte, erwachten plötzlich zum Leben, befreiten ihn schnell von seiner Kleidung und hinterließen ihn keuchend und zitternd, mit gespreizten Beinen und beinahe hätte er um mehr gebettelt. „Bitte." Letztendlich konnte er nicht anders und sagte das Wort, denn Matt schien es nicht eilig zu haben, mehr zu tun, als ihn mit sanften, neckenden Küssen und wohlplatziertem Streicheln in den Wahnsinn zu treiben.

Matt stand auf und trat seine Shorts von den Beinen, bevor er sich wieder auf das Sofa fallen ließ, um über Evans angespannten Körper zu klettern. Er beugte sich vor, um Evans willigem Mund einen weiteren Kuss zu rauben, aber dieses Mal war er rauer, fordernder. Er biss in Evans Lippe, leckte anschließend mit seiner Zunge über die Stelle und fing von vorne an. Ein Biss, ein Lecken. Er neckte ihn.

Gedankenlos zog Evan Matt nach unten, während der ältere Mann wenigstens die Geistesgegenwärtigkeit besaß, seine Arme gestreckt zu lassen, damit Evan nicht sein ganzes Gewicht tragen musste. Die unteren Hälften ihrer Körper berührten einander und mit einem Mal war es wie eine Explosion und sie bewegten sich wie rasend gegeneinander. Jede Neigung und jeder Stoß, jedes gekonnte Reiben ließ sie die Kontrolle verlieren und in der letzten Sekunde der Zurechnungsfähigkeit lehnte Matt sich hinunter und erfasste Evans Mund mit seinem eigenen. Sie kamen nur wenige Sekunden nacheinander, ihr Keuchen und atemlose Geräusche vermischten sich zu Lauten des Genusses.

Einen langen Moment küssten sie einander und atmeten nur und warteten, dass der Raum aufhörte, sich zu drehen. Matt griff nach seinem T-Shirt und machte sie gerade so sauber, dass das Sofa keine Flecken bekommen würde. Mit Knochen aus Gummi – sein ganzer Körper summte zufrieden (und protestierte gegen das heftige Training) – drehte Evan sich auf die Seite und rollte um Matt herum, als sie sich erneut entspannten. Es gab nichts zu sagen, dachte Evan, während seine Lider schwer wurden. Nicht konnte diesen Moment besser machen. Worte brachten die Dinge nur durcheinander – wenn sie einander festhielten, ergab alles so viel mehr Sinn.

Evan schlief ein, während sie dort lagen, seinen Kopf an Matts Schulter. Es erinnerte Matt an die wenigen Nächte, die sie bisher in den Armen des anderen verbracht hatten. Für jemanden wie Matt, der nur selten die Nacht mit seinen ehemaligen Liebhaberinnen verbracht hatte, fühlte es sich seltsam an, das so sehr zu wollen.

Er wünschte, sie wären wieder in seiner Wohnung und wenn nur wegen der Tatsache, dass es dort keine Frage gab, wo sie die Nacht verbringen würden. Kein Bett mit traurigen Erinnerungen oder Geistern. Keine Ehefrau. Matt seufzte. Er genoss den Moment einfach noch eine Weile länger, ohne die Dinge zu verkomplizieren, indem er zu intensiv nachdachte. Evan fühlte sich in seinen Armen gut und warm und beständig an; der Sex, den sie gerade gehabt hatten, war – tja, fuck, er wurde immer besser und Gott helfe seinem zentralen Nervensystem, wenn Evan wieder voll auf der Höhe war. Später würde er mit Liz sprechen und sie würde ihm helfen, das Minenfeld, das sein Gehirn im Moment war, zu navigieren. Er schloss seine Augen und hörte Evan beim Atmen zu, während er so tat, als würden die Dinge so friedlich bleiben, auch wenn sie beide wach und aufmerksam waren.

Sein Telefongespräch mit Liz dauerte kaum zehn Minuten. Er wusste, dass seine Worte beiläufig und freundlich waren, aber er war auch sicher, dass sein Tonfall den wahren Grund seines Anrufes verriet.

„Komm vorbei", sagte sie sanft. „Ich mache dir Mittagessen, wir unterhalten uns."

„Sollte ich mein Scheckbuch mitbringen?"

„Sei nicht albern. Ich nehme Kreditkarten."

Er lachte, sie lachte. Sie verabredeten sich für ein Uhr.

Als er den Anruf beendete, drehte er sich um und sah, dass Evan, der auf dem Sofa lag, wach war und ihn mit neugierigen Augen musterte. Er hatte irgendwann seine Klamotten angezogen und sich in die Decke gewickelt.

„Liz Friedman?"

„Ja."

„Die verlorene Liebe?"

„Hmmm … so etwas in diese Richtung. Irgendwie. Nichts ist je passiert, aber da war diese … Sache zwischen uns."

„Sie ist jetzt verheiratet."

„Ja – drei Kinder."

„Sollte ich eifersüchtig sein?"

„Nur, wenn du ein Trottel bist." Er stellte sich neben Evan, die Hände in den Hüften und versuchte ernst auszusehen. „Ich sollte nach oben gehen und duschen. Willst du mit?"

Evan sah zur Decke, als würde er ernsthaft über das Angebot nachdenken. „So bald? Sollte ich nicht einen Snack oder so etwas bekommen? Etwas Erholungszeit?"

Matt stöhnte. „Gott, das war schrecklich. War es der Sex oder die Schmerztabletten, die dich heute Morgen so albern machen?"

„Du hast mein Gehirn etwas durcheinandergebracht."

„Oh, na schön. Komm mit nach oben, du Idiot – ich werde dir den Rücken waschen."

„Das fängt an, nach einem Porno zu klingen."

„Halt die Klappe."

Matt half Evan von der Couch und führte ihn nach oben.

Evan zögerte ein wenig, als sie das Schlafzimmer durchquerten, aber Matt ließ ihn nicht innehalten, um sich zu quälen. Oder Matt. Er zog ihn ins Badezimmer und schloss die Tür.

„Setz dich, zieh dein Shirt aus", sagte Matt und Evan hätte gedacht, dass es nur eine medizinische Notwendigkeit war, wenn Matt nicht begonnen hätte, sich selbst auszuziehen und nach ein paar Sekunden nackt in dem kleinen Badezimmer stand.

Evan schauderte. Es schien zu hell in dem Raum zu sein und das Deckenlicht beleuchtete die breite und kräftige Gestalt von Matts Körper.

Evans Haut begann zu zucken, als würden tausende Ameisen unter der Oberfläche umherlaufen.

Er zog sein Shirt aus und stellte sich dann hin, um seine Shorts herunterzuziehen, aber Matt war schneller. Er ließ sich auf seine Knie fallen, schmiegte sich einen Moment durch den Stoff hindurch an Evan, ließ ihn seine Zähne spüren und biss dann härter in den wachsenden Beweis, dass nicht nur Matt eine unglaubliche Erholungszeit hatte.

„Gott, Gott … ja", murmelte Evan. Das war nicht richtig. Er konnte nicht jetzt schon so außer Kontrolle sein, aber so war es und es fühlte sich himmlisch an, als Matt die Hände unter den Bund seiner Shorts schob und sie nach unten zog.

Er hörte, dass Matt etwas sagte und schüttelte seinen Kopf, um das Summen zu stoppen, das in seinen Ohren dröhnte. „Was?"

„Was soll ich tun?", flüsterte Matt und Evan begann tatsächlich zu zittern.

„Gott … ah …" Evans Gedankengang löste sich in Luft auf, als Matts Wange sich erneut gegen seinen Schwanz drückte, dieses Mal Haut auf Haut. *Gott.* „Deinen … deinen Mund", brachte er schließlich hervor. „Bitte … oh ja …"

Da war es wieder, das schöne feuchte Gefühl von Matts Mund, die sanften Bewegungen seiner Zunge … seiner Hände. Gott. Matt streichelte seine Oberschenkel, dann nach oben über seinen Arsch und umfasste ihn fest. Evans Schädel drohte jeden Moment zu explodieren. Sanft vergrub er seine Finger in Matts dunkles Haar, streichelte seinen Kopf im Rhythmus, den Matt vorlegte. *Gott, Gott, ja.* Die Worte wiederholten sich in seinen Gedanken wieder und wieder, aber seine Stimme war nur noch eine Reihe von Stöhnen und leisen Schreien der Lust. Matt bewegte seine Hände erneut, streichelte, berührte ihn … Moment, berührte ihn *dort*. Ein neckender Finger … Nein, nein, er wollte das aufhalten – das war zu weit, zu viel – aber Protest war unmöglich, weil er nicht sprechen konnte und Matts forschender Finger neckte ihn sanft und die feuchte Hitze um seinen Schritt wurde enger und enger und bewegte sich schneller und plötzlich verlor Evan einfach die Kontrolle, umklammerte Matts Kopf und das Waschbecken verzweifelt, während er in langen, intensiven Schüben explodierte und unartikuliert aufschrie.

„Schön", murmelte Matt und küsste sanft seine Oberschenkel und seinen Bauch. „So schön … kann nicht genug bekommen."

Evans Herz taumelte. Er atmete tief ein, zog Matt hoch und hielt ihn dicht an sich gedrückt, während er über Matts erhitzte Haut vom Nacken über den Rücken nach unten streichelte. Als seine Hände die Rundung seines Arsches erreichten, zögerte er einen Moment, machte dann jedoch weiter und verstärkte seinen Griff.

Matt machte ein leises Geräusch an Evans Halsbeuge, sein warmer Atem sandte Schauer über seine Arme. Als Evan seinen Arsch drückte, keuchte und stöhnte er und rieb seine Erektion an Evans Körper.

„Geh in die Dusche", flüsterte Evan. „Ich werde dafür sorgen, dass du dich gut fühlst."

„Gott – besser als das? Du fühlst dich unglaublich an." Matts Stimme war rau. „Ich … ich habe dich so sehr vermisst – habe vermisst, dich so zu spüren …"

„Komm." Evan schob Matt rückwärts auf die Dusche zu, er fühlte sich gleichzeitig mutig und ängstlich. Er zog den Duschvorhang beiseite, drängte Matt hinein und hob dann eine Hand, um den Duschkopf so auszurichten, dass er nur die vordere Hälfte der Duschwanne traf. Er kletterte hinter Matt in die Dusche und passte auf seinen Verband auf.

Matt versuchte sich umzudrehen, aber Evan hielt ihn auf. Er streichelte sanft an Matts Rücken hinab, denselben Pfad wie zuvor und zögerte diesmal nicht, als er nach unten glitt, um über seinen Arsch zu streichen. Das Stöhnen, das durch das Badezimmer hallte, versicherte ihm, dass Matt es genoss.

Auf keinen Fall würde sein fünfunddreißigjähriges Selbst in der näheren Zukunft wieder hart werden – Matt hatte Evan recht effektiv seine beste Leistung seit langem entlockt – also genoss er einfach nur das Gefühl von Matts Körper und seine Laute und seinen Geruch.

Evan beugte sich vor und strich mit der Zunge die Wirbelsäule entlang nach unten. Matts ganzer Körper erstarrte, dann stöhnte er und drückte sich nach hinten, bettelte wortlos um mehr. Ermutigt drückte Evan sich an Matts Rücken und biss in die feuchte Haut seiner Halsbeuge.

„Fick mich", flüsterte Matt und aufblitzende Angst verdrängte die Lust aus Evans Innerstem. Nein, er würde … konnte nicht …

„Gott, berühr mich einfach, bitte", machte Matt weiter, ohne die Reaktionen seines Liebhabers zu bemerken. „Ich brauche deine Hand – irgendetwas. Bitte …"

Evan kehrte in den Moment zurück und umfasste Matt blind, ließ seine Hand von der Wurzel zur Spitze gleiten.

Er erinnerte sich an Matts Reaktion, biss fester in die Haut über seiner Wirbelsäule und wurde mit einem Stöhnen belohnt, das einem Schluchzen ähnelte. Er bewegte seine Hand schneller, verstärkte seinen Griff, bis Matt wild nach vorne stieß und Evan spürte den Moment, in dem er über die Klippe fiel, spürte den Orgasmus in seiner Hand.

Sie blieben so stehen, bis das Wasser kalt wurde. Matt seufzte und senkte seine Hand, um die Temperatur anzupassen.

Er drehte sich lächelnd um. „Du hast recht; das wird zu einem Porno."

Evan lachte und lehnte sich an die Wand der Dusche. „Wo bleibt meine Wäsche?"

„Warte." Matt sah sich nach einem Waschlappen um und seifte ihn ein. „Ich werde das klinisch machen, weil, ehrlich gesagt, bin ich für mehr sexuelle Späße nicht zu haben."

„Späße? Wie alt bist du?"

„Halt die Klappe."

„Hi Daddy!"

„Hi, Elizabeth. Wie geht es dir, Liebling?"

„Mir geht es gut. Wir vermissen dich, Daddy. So sehr. Wann können wir nach Hause kommen?"

„Bald, Liebling, versprochen."

„Dad!"

„Hey, Danny. Wie geht es dir, mein Sohn?"

„Gut. Hier ist es langweilig. Können wir bald heimkommen?"

„In ein paar Tagen, versprochen."

„Hey, Daddy! Geht es dir gut? Fühlst du dich besser?"

„Ja, Kathleen. Es geht mir besser. Ich vermisse euch."

„Wir kommen bald heim, oder? Nächste Woche?"

„Definitiv."

„Dad?"

„Miranda? Wie geht es dir, Schatz?"

„Gut", sagte sie schnell. „Wie fühlst du dich? Was hat der Arzt gesagt?"

„Alles sieht gut aus. Ich komme, sobald ich kann, um euch abzuholen. Vielleicht am Wochenende."

„Ist Matt immer noch da?"

„Ja."

„Gut – Ich bin froh, dass du nicht allein bist."

Sie sprachen noch ein paar Minuten, immer dasselbe: *Wir vermissen dich. Wir wollen nach Hause kommen. Wir lieben dich.*

Er legte auf und starrte das Telefon einen langen Moment an. *Ich liebe euch auch, Babys. Und niemand wird euch mir wegnehmen. Niemals.* Er hörte Matt, der im oberen Stockwerk herumhantierte und sich für seinen Besuch bei Liz anzog. Er spürte, dass etwas in seiner Brust sich verengte und verknotete und mehr wehtat als eine explodierende Tür.

MATT ZOG sich im oberen Badezimmer an, seine Hände zitterten ein wenig, während er sein Hemd zuknöpfte. In seiner Magengrube bekämpften sich im Moment ein Haufen Schmetterlinge – ein paar, die von dem hirnschmelzenden Sex übriggeblieben waren, den er gerade auf dem Sofa und in der Dusche gehabt hatte, und ein paar waren vom Gedanken, Liz Friedman die Umstände des besagten hirnschmelzenden Sex zu erklären, angelockt worden.

Gott, er konnte es nicht erwarten, Liz zu sehen. Nie in seinem Leben hatte er so ein verzweifeltes Bedürfnis gehabt, sein Innerstes einem anderen Menschen zu erklären.

Matt joggte die Treppe hinab. Evan saß auf der Couch und starrte aus dem Fenster. Er drehte seinen Kopf langsam zu Matt. Sie lächelten beide nervös.

„Hey. Ich bin dann weg."

„Hab eine schöne Zeit. Grüß Liz von mir."

„Werde ich tun. Wie geht es den Kindern?"

Evan schluckte. „Gelangweilt. Sie haben Heimweh."

„Wann willst du sie heimholen?", fragte Matt, während er seine Jacke anzog. „Ich habe gedacht am Wochenende vielleicht."

Heim. Evan blinzelte, während er hörte, wie Matt dieses Wort so selbstverständlich benutzte. Sprach er von ihrem Zuhause? Seinem und Evans? Waren sie jetzt „ihre" Kinder?

„Klingt nach einer guten Idee", sagte er abwesend.

„Evan?"

„Ja?"

„Bist du okay?"

„Ja – sorry. Ich glaube, du hast mich ausgelaugt. Ich brauche einen Mittagsschlaf." Evan schaffte es, den unangenehmen Moment mit einem zärtlichen Lächeln und einem einfachen Witz zu zerstreuen. Die leichte Röte, die sich auf Matts Gesicht schlich, stellte etwas mit Evans Herzen an. *Oh Gott.*

„Also gut … du ruhst dich aus. Schlaf ein bisschen – ich werde nicht lange weg sein. Wir machen etwas Schönes zum Abendessen." Matt kam zur Couch herüber und beugte sich herunter.

Einen langen Moment hielten beide Männer ihren Atem an. Dann schloss Evan seine Augen und ließ zu, dass Matt ihre Münder aufeinanderdrückte. Der Kuss war keusch im Vergleich zu dem, was früher am Tag zwischen ihnen passiert war, aber das war egal.

Matt löste den Kuss und strich mit seiner Hand in einer liebevollen Bewegung über Evans Kopf. „Bist später."

„Ja."

Matt griff nach seinen Schlüsseln und ging mit einem kleinen Winken über seine Schulter durch die Tür und verschwand aus Evans Blickfeld.

Evan hielt den Atem an, bis die Wunden in seiner Brust zu schmerzen begannen. Ihm war heiß und kalt und er war den Tränen nahe und verdammt wütend. Er zitterte vor lauter Emotionen und tausenden widerstreitenden Gedanken.

Er wollte seine Kinder. Er wollte Matt. Er wollte zurück zur Arbeit. Und er wollte … wollte … nein. Nein.

Plötzlich verschwand der Rausch und Evan blieb keuchend und schwitzend zurück. Er legte sich schwach auf das Sofa und zog die Decke über seinen Kopf. Nein. Nein. Nein.

Ein paar Stunden später wachte Evan auf. Er fror und fühlte sich beinahe schmutzig.

Er hatte sich am Morgen bereits gewaschen, nachdem … er und Matt …

Abrupt stand Evan auf, ohnehin zittrig und benommen, aber die schnellen Bewegungen machten es noch schlimmer. Er würde nach oben gehen und dann versuchen, ein paar Dinge zu erledigen. Vielleicht Helena anrufen, ein paar Pläne für Weihnachten machen. Irgendetwas.

LIZ ERWARTETE Matt in blauen Jeans und einem Denimhemd an der Tür ihres Hauses und sah dabei aus, als käme sie aus einer Werbung für Langstreckenläufe oder Taschentücher oder irgendetwas anderes wirklich Gesundes. Das Haus war umgeben von einem perfekten, rechteckigen Rasen und zu beiden Seiten waren Bäume perfekt platziert. Matt konnte den Stil nicht benennen, aber es sah aus wie ein riesiges Cottage. Ein Cottage auf Steroiden. Er rümpfte die Nase, als er einen SUV in der Einfahrt entdeckte.

„Gott, Liz, ist das verpflichtend oder so?"

Sie schenkte ihm dieses breite, wunderschöne Lächeln, das sein Herz noch immer ein wenig schneller schlagen ließ. „Ich gebe dir Mittagessen und behandle dich kostenlos. Sei nett."

Matt lachte. Er kam die Treppe hinauf, sah auf Liz hinab und musterte sie. „Du siehst immer noch normal aus. Ich sehe keine Perlen."

Liz streckte sich und umarmte ihn. „Hey, Haight – es ist wirklich gut, dich zu sehen."

„Du hast keine Ahnung, wie froh ich bin, dich zu sehen, Dr. Friedman." Matt seufzte leise, als sie ihn fester umarmte.

Es legte keinen Schalter mehr um wie früher, aber es fühlte sich noch immer gut an.

Liz löste die Umarmung, nahm ihre Arme jedoch nicht weg, hob den Kopf und sah mit einem langen, festen Blick in sein Gesicht. „Bist du okay, Haight?"

Matt lächelte schmal. „Wird schon. Lass uns reingehen – du hast keinen Mantel an."

Liz runzelte die Stirn, ihre Sorge war offensichtlich, aber sie protestierte nicht.

Matt zog seinen Mantel aus und hängte ihn an den Ständer neben der Tür. Er sah sich um und bemerkte die warme, belebte Ausstattung. Bücher und Spielzeuge dominierten jede Ecke. Es sah gebildet und gemütlich aus – ein wenig wie Liz. Sie führte ihn ins Wohnzimmer, wo ein helles Feuer im Kamin brannte. Mehr Bücher, mehr Spielzeug.

Und zwei fünfjährige Jungen mit dunklen Haaren, die an einem kleinen Tisch wild malten. „Jeremy, Alex, das ist mein Freund, Matt Haight."

Identische Gesichter wandten sich Matt zu und musterten ihn kurz. Der Zwilling auf der linken Seite warf ihm ein kleines Lächeln zu. Der auf der rechten Seite wirkte völlig gleichgültig und senkte schnell seinen Blick wieder auf das Papier.

„Hi", sagte der linke Zwilling.

„Hi", antwortete Matt. „Was machst du?"

„Malen. Dinosaurier."

Matt nickte. Der linke Zwilling nickte. Das Malen begann von Neuem.

Matt warf Liz einen Blick zu und sie lächelte. „Lass uns in die Küche gehen."

Sie gingen durch einen schmalen Gang in eine riesige Küche, die sogar eine Mücheninsel in der Mitte hatte. An drei Wänden gab es gewaltige Fenster und in einem Ständer auf der Insel befanden sich etwa tausend Töpfe. Etwas roch hervorragend.

„Hey, cool."

„Danke." Sie deutete auf zwei Gedecke auf einem massiven Holztisch, der aussah, als hätten dreißig Personen Platz daran und ging dann zu der Kaffeekanne hinüber, die auf der Theke stand.

„Schön."

„Ich oder der Kaffee?"

Er setzte sich, als sie herüberkam, um ihm eine Tasse einzuschenken und sich danach selbst Kaffee nahm.

Matt zwinkerte ihr zu, während er etwas Zucker in seinen Kaffee kippte. „Beides?" Nachdem er einen großen Schluck genommen hatte, drehte er sich auf seinem Stuhl, um Liz am Herd zuzusehen, die etwas mit Gewürzen und einem Holzlöffel mit einem Eintopf tat.

„Die Jungs sehen gut aus."

„Es geht ihnen so viel besser. Es ist großartig."

Drei Jahre zuvor hatten Liz und ihr Ehemann Ray, ein Anwalt, ihr erstes Kind erwartet und Liz hatte größtenteils in ihrer Privatpraxis gearbeitet und gelegentlich das Polizeidezernat und das Jugendamt beraten.

Als die zweijährigen Zwillinge von ihrer drogensüchtigen Mutter weggeholt worden waren, hatte ein Kollege vom öffentlichen Dienst Liz angerufen. Nachdem der Richter der Mutter das Sorgerecht entzogen hatte, hatten Ray und Liz die Jungs adoptiert und plötzlich eine viel größere Familie gehabt als geplant – ihr Sohn Peter war während der ganzen Geschichte geboren worden.

Matt hatte während dieser Zeit engen Kontakt zu Liz gehalten – er wusste, dass sie zehn Mal so viel tat, wie sie eigentlich Zeit hatte, weil das ihre Art war – und oft angerufen, um darauf zu bestehen, dass sie auf sich selbst achtgab. Er wusste, dass sie es zu schätzen wusste, auch wenn sie es meistens ignorierte.

„Gehen sie zur Schule?"

„Zwei Tage die Woche – eine spezielle Schule für Kinder mit emotionalen Schwierigkeiten. Aber ihre Lehrer denken, dass sie schon in der zweiten Klasse möglicherweise in eine andere Schule integriert werden können." Liz strahlte regelrecht. „Ich habe zum Glück Lehrer und Therapeuten gefunden, die unterstützen, wie wir mit den Schwierigkeiten der Jungs umgehen."

Liz brachte einen zugedeckten Teller an den Tisch – Matt roch warmes Brot – und lächelte auf Matt hinab. „Sie mögen dich."

„Wirklich?"

„Ja." Sie ging erneut zum Herd hinüber. „Also, Haight …"

„Und, wo sind Ray und Peter?", fragte Matt schnell, er war noch nicht bereit, zum Grund seines Besuches vorzudringen.

„Ray hat sich freigenommen, um ein paar Weihnachtseinkäufe für die Jungs zu erledigen. Peter macht oben seinen Mittagsschlaf." Sie deutete auf das Babyphone, das auf der Theke stand. „Die Jungs haben schon gegessen – ich dachte, wir könnten ein bisschen Ruhe und Erwachsenenzeit gebrauchen."

Matt nickte abwesend, während er nach seiner Kaffeetasse griff. Er wusste nicht, wo er anfangen sollte, wie er Liz erklären sollte, was in seinem Leben passierte. Die ersten Worte waren in diesem Fall definitiv die Schwierigsten.

Liz brachte den Topf herüber, stellte ihn ab und schöpfte ihr Essen schnell heraus. Sie setzte sich Matt gegenüber und stützte ihren Kopf in ihre Hände. „Spuck's aus."

„Der Eintopf sieht großartig aus."

„Haight."

„Ich will essen."

„Er ist zu heiß; du wirst dir die Zunge verbrennen. Erzähl's mir."

„Du bist sehr drängend für eine Therapeutin, Liz. Solltest du mich nicht sanft an diese Unterhaltung heranführen?"

„Liz, deine Freundin, will, dass du anfängst, zu reden. Liz, die Therapeutin, wird auftauchen, wenn und falls es nötig wird."

Matt seufzte lang und tief. Er sah sehnsüchtig zum Eintopf und wünschte sich, er könnte kauen statt zu reden. Er atmete tief ein und sagte: „Ich habe mich in jemanden verliebt."

Sie sagte nichts und er wusste, dass sie auf die zweite Hälfte des Geständnisses wartete, das schwer über dem Tisch hing.

„Es ist ein Mann."

Er schaffte es, die Worte zu sagen, aber seine Stimme war auf einmal schwerfällig. Liz, ihr gütiges Herz sei gesegnet, blinzelte oder stammelte nicht oder reagierte auf irgendeine andere Art, außer ihre Hand auszustrecken, Matts zu nehmen und sie zu drücken.

„Glückwunsch, Matt. Er ist ein Glückspilz."

Für eine lange Zeit wurden die Dinge sehr verschwommen.

EVAN SCHAFFTE es, das Bett größtenteils zu ignorieren – es war zerwühlt und die Kissen waren in der Mitte zusammengeschoben (vermutlich rochen sie auch nach Matt) – und nahm sich ein paar Klamotten, bevor er ins Badezimmer ging.

Er mied den Verband um seine Brust und wuscht sich unbeholfen mit einem Schwamm, was nicht einmal ansatzweise so viel Spaß machte wie am Morgen, als Matt es für ihn getan hatte.

Matt.

Er wünschte sich, er könnte seine Gedanken an Matt und was zwischen ihnen passierte beenden, ohne ein wenig verängstigt zu sein. Er wollte es verzweifelt, leidenschaftlich und während es passierte … Gott, es gab nichts, wovon er sich vorstellen konnte, das sich so gut anfühlte, aber andererseits … war da dieser schwere Schleier, der sich über seinen Geist senkte, wenn alles vorbei war. Es machte ihm eine höllische Angst, sich so außer Kontrolle zu fühlen. Mit einem Mann. Einen Mann, nach dem er sich aus ganzem Herzen sehnte und den er wollte, und das war beängstigend. Und vielleicht, tief drin, fürchtete er sich, dass es falsch war. Falsch für einen Mann, der glücklich mit einer Frau verheiratet gewesen war, falsch für einen Vater. Falsch für ihn. Verdammt, er hatte genug davon.

Er zog ein Paar Jogginghosen und seinen Bademantel an und ging langsam nach unten. Er schien nicht warm zu werden. Vielleicht würde etwas Tee helfen …

Es klingelte an der Tür.

„EVAN!"

Susannah Post stand vor Evans Tür und trug eine leuchtend pinke Skijacke und hielt ihm etwas Gugelhupfförmiges entgegen, das in Alufolie gewickelt war.

„Hi, Susannah." Evan zog seinen Bademantel etwas fester an sich. Obwohl er einen Jogginganzug darunter trug, fühlte er sich gegenüber dem selbstbewussten, strahlenden Lächeln der blonden Frau ein wenig entblößt.

„Wie geht es Ihnen? Wir haben von dem schrecklichen … Unfall gehört." Ihre Stimme senkte sich am Ende ein wenig, als wäre sie sich nicht sicher, ob es das richtige Wort war. „Ich bin so froh, Sie auf den Beinen zu sehen!"

„Danke. Und danke für …" Er machte eine Geste zur Folie in ihren Händen.

„Gugelhupf!", trällerte sie. „Schokolade-Frischkäse. Ich hoffe, es schmeckt Ihnen."

„Ich bin mir sicher, das wird es. Würden Sie gern hereinkommen?" Er betete, dass die Antwort Nein sein würde, aber er schien in letzter Zeit kein Glück zu haben.

„Oh, nur einen Moment! Ich muss Tyler und Jordan in ein paar Minuten beim Turnen abholen."

Evan öffnete die Tür und ließ Susannah und einen kalten Windstoß in den Flur. Susannah schauderte theatralisch und Evan nahm den Kuchen statt nach ihrem Mantel zu fragen, weil er Angst hatte, dass „ein paar Minuten" eine Stunde bedeutete.

Susannah folgte ihm in die Küche, wo er den Kuchen auf den Tresen stellte. „Alsooo – wann kommen die Kinder zurück?"

„Vermutlich am Samstag."

„Oh, Sie müssen so erleichtert sein."

„Ja."

Susannah setzte ihr „armer, armer Evan"-Gesicht auf, was sein Blut zum Kochen brachte. „Es war ein höllisches Jahr für euch, hm?"

„Mhm." Er sah auf den Boden und versuchte eher unglücklich als genervt auszusehen.

„Zumindest hatten Sie ein bisschen Hilfe. Sagen Sie, wer ist Ihr Freund?"

Evans Blut gefror in seinen Adern. Er versuchte kein verdächtiges Geräusch zu machen. „Freund?", brachte er hervor, in perfektem Ton und Lautstärke.

„Ähm – dieser gutaussehende Mann mit den dunklen Haaren, der die letzte Woche hier war." Ihre perfekten blonden Augenbrauen verschwanden unter ihrem voluminösen Pony. „Ist er ein Verwandter?"

Die Lüge kam ihm so einfach über die Lippen, dass es ihn gleichzeitig erschreckte und ihm ein Gefühl der Sicherheit gab. „Wir waren zusammen auf der High School. Wir sind seit Jahren befreundet."

„Hmmm … wirklich? Ich erinnere mich nicht, ihn schon mal hier gesehen zu haben."

„Er ist gerade erst wieder in die Gegend gezogen."

„Ah."

Stille umhüllte sie für mehrere lange Momente. Susannah hörte nicht auf zu Lächeln. Dann sah sie plötzlich auf die Küchenuhr und schrie auf. Evan zuckte zusammen.

„Muss die Kinder holen!" Sie machte eine winkende Bewegung mit der Hand und eilte zur Tür. „Lassen Sie sich den Kuchen schmecken! Es sollte genug für Sie und Ihren Freund sein!"

Und damit verschwand Susannah und hinterließ eine Wolke fruchtiges Parfüm.

Evan zitterte. Seine Beine gaben nach und er ließ sich unsanft auf einen Küchenstuhl fallen. „Scheiße."

11

MATT UND LIZ saßen ein paar lange Minuten schweigend da. Ein Topf kochte auf dem Herd, die Uhr tickte und vom Babyphone kam ein gleichmäßiges, langsames Summen.

Matt atmete tief ein und spürte, dass ein Teil der Anspannung von ihm abfiel. Die Worte waren noch immer beängstigend, aber ihre Macht hatte nachgelassen. Jedes Mal, wenn er seine Liebe für Evan bestätigte und gestand, wurde die Richtigkeit verstärkt. Es fühlte sich nicht mehr fremd an, diesen Mann zu lieben und sich vorzustellen, eine Beziehung mit einem Mann zu führen.

Als er seiner Stimme wieder trauen konnte, sprach Matt weiter. Er erwischte sich dabei, dass er die vertrauten Sätze aussprach: Ein Polizist, sein erstes Mal mit einem Mann – für sie *beide* – die Angst und die Verwirrung.

„Er ist Witwer. Mit Kindern. Deswegen sind die Dinge so schwierig. Kompliziert."

Auf Liz' Stirn bildete sich ein winziges Runzeln. „Aber er erwidert deine Gefühle."

„Ja. Er … sagt, er liebt mich auch. Und manchmal sind die Dinge einfach großartig. Wir sind gute Freunde – wir können reden und lachen. Und der Rest …" Er errötete verlegen. „Das funktioniert auch ziemlich gut. Aber Liz, er hat eine Karriere. Und einfach immer noch viel im Kopf …"

„Ist er schon lange verwitwet, Matt?"

„Etwas mehr als ein Jahr." Matt drückte Liz' Hand etwas fester.

Er dachte nicht gern an Sherris Tod, und er *hasste* es, an Evans Trauer zu denken.

Die Furche in ihrer Stirn wurde etwas tiefer. „Matt, du musst meine Frage nicht beantworten, aber ist es möglich, dass ich diese Person kenne?"

Matt seufzte. „Ja, Liz. Du kennst ihn. Evan Cerelli von der Sitte."

„Wow." Sie brauchte einen Moment und er konnte beinahe sehen, wie die Rädchen sich in ihrem Kopf drehten. „Gibt es etwas Bestimmtes in dieser Beziehung, das dir Schwierigkeiten bereitet?"

„Du meinst, abgesehen von der Tatsache, dass es eine Beziehung zu einem Mann ist?", fragte er sarkastisch. „Brauche ich noch einen Grund, um durchzudrehen?"

„Komm schon, Matt. Das erste, was du zu mir gesagt hast war, dass du verliebt bist. Dann hast du erwähnt, dass er ein Mann ist. Also, was macht dir am meisten Angst?"

Matt fragte sich, wieso er sich überhaupt die Mühe machte, gegenüber Liz schwer von Begriff zu tun. Er konnte dieser Frau nichts vorspielen, hatte er noch nie gekonnt. „Zuerst war es die Tatsache, dass er ein Mann ist, aber das ist irgendwie, ich weiß auch nicht, in den Hintergrund getreten. Weißt du, jetzt erinnere ich mich manchmal daran, aber meistens … will ich einfach nur mit ihm zusammen sein. Ich will, dass das funktioniert."

Matt dachte einen Moment darüber nach. So sehr es ihm zu Beginn Angst gemacht hatte, so sehr fühlte es sich jetzt, wenn er ehrlich war, nur noch wie etwas an, über das er um Evans Willen nachdachte.

Er teilte diesen Gedanken mit Liz und sie nickte. Eine Sekunde lang beobachtete er, wie sie mit etwas kämpfte und dann fragte sie: „Matt, können wir über dich sprechen? Wie kommst du damit klar?"

„Ich dachte, das tun wir."

„Nein, wir haben vor allem darüber gesprochen, wie Evan sich fühlt und wie es ihn und seine berufliche Laufbahn beeinflussen könnte. Aber was ist mit dir? Was wünschst du dir?"

Matt öffnete den Mund und schloss ihn dann schnell. Sein Gehirn versuchte, eine schnelle Antwort zu geben, aber nichts kam dabei heraus.

Was wollte er? Er wollte Liebe. Eine Beziehung. Mit Evan. Er wollte bei den Kindern sein, gemeinsam Dinge unternehmen – als Familie? Er spürte, dass er sehr ruhig wurde und plötzlich konnte er nirgendwo anders hinsehen als zur glänzenden Oberfläche von Liz' Holztisch.

NACHDEM SUSANNAH gegangen war, saß Evan einfach nur am Küchentresen und beobachtete Staubkörner in einem schwachen Sonnenstrahl. Er fühlte sich taub. Die Lüge, die er über Matt erzählt hatte, schwebte in der Luft. Er konnte sie beinahe sehen, den Betrug fühlen.

Ich habe nur meine Kinder beschützt, dachte er verzweifelt. *Ich bin in erster Linie ein Vater. Das darf ich nicht vergessen.*

Was, wenn es herauskam?

Was, wenn die Nachbarn herausfanden, dass er mit Matt schlief? Was, wenn die Kinder es herausfanden? Er versuchte sich vorzustellen, wie er die Kinder zusammenrief und mit ihnen über diese Beziehung sprach. Zitternd hob Evan seine Hände an den Kopf, wie um das Zittern zu stoppen. Er konnte sich ihre Reaktionen nicht einmal vorstellen. Konnte nicht ahnen, was sie sagen würden, was sie fühlen würden. Sie könnten verspottet werden, geächtet.

Es machte ihm Angst.

Eine Welle der Panik rollte über ihn hinweg. Lichter explodierten vor seinen Augen. Was, wenn sie ihn zurückwiesen?

Kälte ließ seine Knochen schmerzen. Einen Moment lang gefror ihm der Atem in den Lungen; er schüttelte die Panik ab und zwang sich auszuatmen. Seine Kinder … was, wenn es sie von ihm wegtrieb?

Das Telefon klingelte.

Er zuckte zusammen und wäre beinahe von Stuhl gefallen.

Mit zitternder Hand griff er nach dem Handy auf dem Tresen. „Hallo?"

„Hi, Dad!" Es war Miranda.

Unsicher versuchte Evan seine Fassung wiederzugewinnen. „Hi, Baby. Wie geht es euch?"

„Gut. Uns geht es gut. Bist du okay? Deine Stimme klingt seltsam."

Evan atmete tief ein und konzentrierte sich darauf, sich zusammenzureißen. „Ich bin gerade aus einem Mittagsschlaf aufgewacht, Liebling – es ist nichts."

„Oh, okay. Ich wollte nur wissen, ob du dich besser fühlst und ob wir am Wochenende heimkommen können." Er hörte das Zittern in ihrer Stimme, als die Worte hervorbrachen und er wusste, dass sie versuchte, erwachsen zu klingen. Aber er kannte sein ältestes Mädchen – er wusste, wie viel Heimweh sie hatte.

„Ich fühle mich tatsächlich viel besser, Liebling. Ich denke, dieses Wochenende wäre perfekt für euch Kinder, um heimzukommen. Wir können losgehen und einen Baum kaufen."

„Ja! Die Kleinen werden sehr glücklich sein. Sie können es kaum erwarten, heimzukommen."

Evan musste lächeln. „Nun, das kann ich verstehen. Du weißt, wie kleine Kinder sind."

Miranda kicherte nervös.

„Ich werde am Freitag kommen und euch abholen. Ich werde früh da sein – wir werden zum Abendessen ausgehen."

„Cool."

„Gib mir deine Großmutter, okay?" Evan hasste es, diese Worte zu sagen, aber er musste sich mit seinen Schwiegereltern gutstellen.

„Sie ist nicht hier. Sie ist in der Kirche."

Evan schwieg. „Wer ist bei euch?"

„Opa."

„Lass mich mit ihm sprechen, Schatz."

„Okay, Daddy. Bis Freitag."

Evan spürte, wie sein Herz sich plötzlich ausdehnte und dann zusammenzog. Er liebte seine Kinder so sehr. Er konnte es nicht ertragen, sie zu verletzen und er weigerte sich, noch mehr Zeit vergehen zu lassen, in der sie nicht alle zusammen waren.

„Ja?", bellte eine ruppige und gereizte Stimme in sein Ohr.

„Phil? Hier ist Evan."

„Was willst du?"

Evan runzelte die Stirn. Das leichte Lallen in Phils Stimme war ihm als Polizist sehr vertraut – er hatte getrunken und vermutlich schon seit einiger Zeit. „Ich wollte dich und Josie nur wissen lassen, dass ich die Kinder morgen abhole." Er sprach ruhig und vernünftig.

„Tschuldigung? Ich dachte, sie würd'n bis Weihnachten hierbleiben."

„Das habe ich nie gesagt."

„Das ist es, was Josie gesagt hat." Phils Stimme wurde lauter.

Evan zügelte seine wachsende Wut. „Josie hat sich geirrt. Mir geht es viel besser und die Kinder wollen zu Hause sein."

„Es geht ihnen gut hier, verdammt gut. Das ist ein gutes Zuhause –"

„Phil!"

„Gut genug für meine Mädchen –"

„Phil!" Evan hätte beinahe die Kontrolle verloren und sich seiner Wut hingegeben. Der Gedanke, dass dieser Mann, der mitten am Tag betrunken war, auf seine Kinder aufpasste, löste all seine Selbstkontrolle auf. „Beruhige dich!"

„Beruhigen? Hör mal, du Arschloch, meine Mädchen sind hier aufgewachsen … meine guten Mädchen … meine Sherri ist hier aufgewachsen und es war ein vollkommen –"

„Phil, ich hole meine Kinder morgen ab."

„Fick dich."

„Was ist dein verdammtes Problem, Phil?"

„Mein Problem? Mein verdammtes Problem ist, dass du mein Mädchen aus ihrem vollkommen gutem Zuhause geholt hast und du hast sie sterben lassen!"

Totenstille an beiden Enden der Leitung. Evans Atem gefror in seiner Kehle; Phils Worte vibrierten in seinen Ohren.

Phil seufzte lange. „Fick dich", sagte er leise. „Fick dich."

„Ich werde morgen da sein", würgte Evan hervor, „nach der Schule. Ich will, dass die Kinder gepackt haben und abfahrtbereit sind."

„Ja, nimm sie uns auch weg. Wirst auf sie aufpassen? Wirst dafür sorgen, dass ihnen nichts passiert?"

„Sorgt dafür, dass sie fertig sind, wenn ich da bin." Evan schaltete das Telefon mit zitternden Fingern aus; er konnte sein Handy kaum noch festhalten. Einen Moment starrte er es in seiner Hand an, unfähig die Unterhaltung, die er gerade mit Phil geführt hatte, zu verarbeiten. Es war beinahe, als würde er auf sich selbst hinabsehen; er sah zu, wie seine Hand sich beugte, wie das Handy quer durch den Raum flog und die Wand traf. Scheißkerl.

Sie dachten, dass er ein Mörder war. Sie hassten ihn.

Mit einem Mal löste der Schock sich auf und die rasende Wut kehrte zurück. Die Wunden auf seiner Brust fühlten sich an, als wären sie neu aufgerissen und er sah nach, um sicherzugehen, dass er nicht verblutete, so sehr schmerzte es. Abwesend hörte er, dass ein Auto in seine Einfahrt bog und er spannte sich an. Matt war … zu Hause.

Matt. Oh Gott. Wenn sie wüssten … wenn sie wüssten … Sie hassten ihn schon, gaben ihm die Schuld an Sherris Tod. Er wollte nicht, dass Matt jetzt hier war. Er wollte nicht in Matts liebende, sorgenvolle Augen sehen und sich getröstet fühlen. Er wollte nicht unter diesem starken Körper liegen und alles von der Lust auslöschen lassen, bis die wohlverdiente Schuld verschwand.

Evan konnte einfach nicht damit umgehen, daran erinnert zu werden, wie sehr er Matt liebte. Brauchte er wirklich noch einen Moment, um anzuerkennen, dass seine Frau tot war, dass er sie hatte sterben lassen und er jetzt die Nacht in den Armen eines … Mannes verbrachte? Er konnte sich nicht vorstellen, wie das jemals funktionieren sollte.

Irgendwann könnte – würde – der Tag kommen, an dem jemand eine Entscheidung verlangte.

Matt oder seine Kinder und seine Erinnerungen.

Zitternd und müde ging Evan zur Tür und blieb stehen, blickte stumm darauf. Er war sich nicht sicher, was er sagen würde.

MATT BOG um sieben Uhr in die Einfahrt vor Evans Haus. Der Verkehr war schrecklich gewesen, obwohl nichts mit seinem Zwischenstopp bei Toys "R" Us zu vergleichen war. So hatte er sich das Armageddon immer vorgestellt. Zumindest hatte er es geschafft, den Massen von wütenden Pendlern zu entkommen, deren Geduldfaden stundenlang auf die Probe gestellt worden war.

Im Kofferraum und auf dem Rücksitz befanden sich Tüten über Tüten mit Geschenken für die Cerelli-Kinder. Er hatte einen gequälten Verkäufer mit fünfzig Dollar bestochen, ihn herumzuführen und altersangemessene Geschenke vorzuschlagen. Miranda war am schwierigsten gewesen – er konnte nicht viel finden, das einer klugen siebzehn-beinahe-dreißigjährigen gefallen würde – aber glücklicherweise erwähnte der Angestellte ein Klamottengeschäft im Einkaufszentrum, das bei jungen Leuten beliebt war … und dass er unmöglich einen Fehler machen konnte, indem er einem Teenager sagte: „Hier ist ein Gutschein – kostenloses Geld. Geh shoppen."

Matt hatte eine Menge Elektronik gekauft – er dachte, dass er mit Dingen, die Batterien brauchten, nichts falsch machen konnte. Tragbare Konsolen, ferngesteuerte Autos und der Höhepunkt seiner Mühen, eine PS4, füllten seinen Einkaufswagen. Der Angestellte zeigte ihm ein unterstützendes Daumenhoch. Er versicherte, dass die Kinder verrückt werden würden. Dazu noch ein Haufen Spiele, Software für den Computer und er war weitergegangen. Die Puppen waren als nächstes an der Reihe gewesen – er erinnerte sich, dass er in Elizabeths Zimmer viele Sammlerpuppen gesehen hatte, also verbrachte er auch in dieser Abteilung einige Zeit. Er fand sogar ein vollausgestattetes Dressurpferd, ohne das anscheinend keine gutgekleidete Puppe auskommen konnte. Matt war überrascht, wie teuer dieses Zeug war – er hätte dem Kind ebenso gut ein echtes Pferd kaufen können.

Er eilte durch die Brettspielabteilung – immerhin wusste er, dass die Cerelli-Kinder damit etwas anfangen konnten – und warf ein paar in den Wagen.

Süßigkeiten waren als letztes dran. Unmengen an Süßigkeiten. *Scheiß auf den Zahnarzt*, dachte Matt fröhlich. Dann hielt er sich selbst einen kleinen Vortrag darüber, dass er den Kindern ein gutes Vorbild sein sollte – Süßigkeiten, bis ihnen schlecht war; anschließend mussten sie ihre Zähne putzen. *Matthew Haight, Vorbild*, dachte er grinsend.

Nachdem er aus dem Wagen gestiegen war, holte Matt so viele Tüten heraus, wie er auf einmal tragen konnte. Er pfiff vor sich hin, während er darüber nachdachte, wie sehr die Kinder die Geschenke lieben würden und wie sehr er die Nacht mit Evan im Arm verbringen wollte.

Er hatte nie viel Verwendung für die Feiertage gehabt; seiner Mutter dabei zuzusehen, wie sie fünf Stunden lang Scotch trank, nachdem sein Vater gestorben war, war nicht seine Vorstellung von fröhlichen Feiertagen. Nachdem er ausgezogen war, war er nur selten nach Hause zurückgekehrt, außer um einen Scheck und einen trockenen Kuss auf die Wange seiner Mutter abzuliefern. Er hatte die Feiertage mit Familien von Freunden oder der Frau, mit der er gerade gegen Ende Dezember gut auskam, verbracht.

An der Tür balancierte er seine Last, um zu klopfen. Er fürchtete, dass er Evan aufwecken würde, aber er sah Lichter im Wohnzimmer und hoffte auf das Gegenteil. Er hatte keine Gelegenheit – die Tür schwang auf und Evan stand dahinter.

„Hey", sagte Matt fröhlich und streckte seine Tüten vor. „Ich habe ein wenig eingekauft."

Evan musterte die zahlreichen Tüten in Matts Händen. „Was du nicht sagst."

Matt grinste breit und starrte in Evans Gesicht, während er die Taschen musterte. Er leckte ein wenig über seine Lippen.

„Lässt du mich rein oder bekommen die Nachbarn gleich eine kostenlose Show?", scherzte Matt und hob vielsagend seine Augenbrauen. Sein Lächeln verblasste, als Evans Gesicht sich anspannte. „Was?"

„Nichts. Komm rein", sagte Evan schnell und trat beiseite, damit Matt hineingehen konnte.

Er ließ seine Tüten auf die Couch fallen und zog seine Jacke aus, wobei er den Kopf von Evan abgewandt ließ. Matt fühlte sich mit einem Mal angespannt; etwas an der Stimmung im Haus war seltsam.

„War alles in Ordnung heute?"

„Ja", sagte Evan abwesend und ging in die Küche. „Willst du etwas zu trinken?"

„Sicher." Matt wartete einen Moment und sah zu, wie Evan mechanisch zwei Gläser aus dem Schrank holte. „Was hast du gemacht?"

Evan hielt einen Moment inne, bevor er weitermachte. „Geschlafen, mit den Kindern telefoniert. Ich hole sie morgen ab."

„Großartig!", sagte Matt, ehrlich begeistert. „Wann willst du dort sein?"

„Ich kann –"

„Nein, kannst du nicht. Du darfst erst in zwei Wochen wieder fahren."

Evans Mund wurde schmal. Er ging zum Kühlschrank und holte einen Krug heraus. Matt konnte nicht anders, als Evans angespannte Haltung zu bemerken.

„Hey – geht's dir gut? Hast du deine Tabletten genommen?"

„Mir geht es gut", sagte er knapp.

Matt, ein wenig von seinem Tonfall aus der Fassung gebracht, nickte nur. Er sah zu, wie Evan ihnen je ein Glas Eistee einschenkte und eines zu Matts Sitzplatz hinüberschob.

„Danke."

Während er den Krug zurück zum Kühlschrank brachte, gab Evan ein Geräusch von sich, das ein „Gern geschehen" gewesen sein konnte – aber Matt war sich nicht sicher. Er nippte schweigend an seinem Tee … wartete … beobachtete. Evans Blick wanderte durch die ganze Küche, überallhin, nur nicht zu Matt. Er wischte seine Hände wiederholt an seiner Hose ab und Matt musterte seinen Liebhaber genau, erkannte, dass er zerzaust und blass wirkte, als wäre er einen Marathon gelaufen.

Er seufzte innerlich. Irgendetwas war definitiv los. „Liz grüßt dich übrigens."

Evans Kopf schoss hoch. „Was?"

„Liz … sie wünscht dir alles Gute. Es tut ihr leid, dass du angeschossen wurdest."

„Sie weiß von mir?"

„Wovon redest du?"

„Du hast ihr meinen Namen gesagt."

Matt sah sofort, in welche Richtung diese Unterhaltung ging und seine Sorge schlug innerhalb von fünf Sekunden in Ärger um. „Wieso ist das ein Problem?"

Evan sah Matt an; er war offensichtlich überrascht, dass er fragen musste. „Weil sie Leute kennt, mit denen ich zusammenarbeite."

„Helena und Vic wissen beide –"

„Ja, aber alle anderen nicht! Auf meiner Wache und in der Staatsanwaltschaft gibt es eine Menge Leute. Was, wenn sie etwas sagt …" Evans Stimme wurde mit jeder neuen Sorge lauter.

„Hoppla, warte mal einen Moment. Beruhige dich. Das ist Liz Friedman, über die wir hier reden. Abgesehen davon, dass sie Therapeutin ist, ist sie eine meiner besten Freundinnen. Sie würde niemals ein Wort darüber verlauten lassen – sie würde mein Vertrauen nicht so betrügen." Matt stand auf, ging auf Evan zu und machte beruhigende Handbewegungen, obwohl seine Wut wuchs. „Was stimmt hier nicht? Vor ein paar Tagen haben wir es Helena gesagt und es war in Ordnung. Vor ein paar verdammten Stunden haben wir uns geliebt. Jetzt verhältst du dich, als wäre das irgendein schmutziges Geheimnis!", schrie er.

Der Raum wurde still.

Evans Hände hörten auf sich zu bewegen, ballten sich zu Fäusten, die er in die Taschen seines Bademantels steckte. Er hob langsam den Kopf, um Matts Blick zu begegnen.

Matt blinzelte. „Was zur Hölle ist passiert? Als ich gegangen bin …"

„Ich habe heute viel nachgedacht, Matt – ich musste ein wenig Zeit allein verbringen." Evans Stimme war ruhig, beinahe monoton. „Ich habe an meine Kinder gedacht, ich habe an meine Karriere gedacht. Das kann nicht …"

„Das? Was ist das hier?"

Evan stockte einen Moment lang. Matt sah ihn schlucken und wie sein Blick durch den Raum schoss. „Das ist etwas, auf das keiner von uns vorbereitet war. Es ist zu schnell passiert, Matt. Viel zu schnell."

Er hörte die Worte und verstand, was jedes einzelne bedeutete, aber er konnte die Unterhaltung um alles in der Welt nicht nachvollziehen. Am Morgen hatte er einen Liebhaber zurückgelassen, der schüchtern, aber hingebungsvoll war und jetzt hielt dieser kühle Fremde mit den wilden Augen ihm einen Vortrag, der das Ende von allem verkündete.

„Was zur Hölle?" Seine Stimme war leise, er konnte sich selbst kaum hören. „Mit wem hast du gesprochen? Was ist passiert?"

Und er wusste es, sah es daran, wie Evans Gesicht sich für eine Nanosekunde panisch verzog; jemand hatte seinen Geliebten zu Tode erschreckt und dafür gesorgt, dass er sich ängstlich in sich selbst zurückzog.

„Meine … meine Kinder brauchen mich, Matt. Sie sind über Sherris Tod noch nicht hinweg und ehrlich gesagt bin ich nicht sicher, ob es mir anders geht. Du warst da, als ich dich gebraucht habe und dafür bin ich dir dankbar. Ich schwöre, ich bin dir dankbar, aber …" Er schüttelte traurig den Kopf, zum ersten Mal wurde diese ganze Unterhaltung „real" in Matts Augen.

„Aber ich glaube nicht, dass ich das hier kann."

Matts Herz sank in seine Hose.

„Du brauchst Zeit?" Matt hasste, *hasste,* wie seine Stimme klang. Leidend. Verzweifelt.

Evans Blick klebte am Boden. „Ich … ich denke einfach nicht, dass ich jemals darüber hinwegkomme, Matt."

Surreal. So verdammt surreal, dass er beinahe erwartete, auf der Couch aufzuwachen und festzustellen, dass der ganze Tag ein Traum gewesen war.

„Das ist lächerlich. Verdammter Wahnsinn."

„Matt –"

„Nein. Kein Wort. Du stehst hier und sagst mir, dass es vorbei ist, weil du heute Nachmittag, während ich weg war, über alles nachgedacht hast. Wie lange, sechs Stunden? Sechs Stunden, um über alles nachzudenken? Sechs Stunden, um zu entscheiden, dass alles, was zwischen uns war, nicht echt ist?"

Evan weigerte sich, ihn anzusehen.

161

„Ich werde dich noch einmal fragen, Evan. Ein verdammtes Mal. Was zur Hölle ist heute passiert?"

Das lange Schweigen, das den Raum einhüllte, wurde nur von Matts zitterndem Atem und den alltäglichen Geräuschen der Nachbarschaft unterbrochen.

„Ich habe über alles nachgedacht", flüsterte Evan. „Ich habe darüber nachgedacht, wohin das führen würde und konnte keine Zukunft sehen, Matt. Es tut mir leid."

Und das war's. Matt kannte diesen Ort so gut, diesen traurigen, schmerzlichen Ort, dass er automatisch nickte. „Ich hole meine Sachen. Ich fahre noch heute Abend –"

Evan schüttelte kaum merklich den Kopf. „Bleib heute Nacht." Seine Stimme brach. „Du kannst auf der Couch schlafen."

Matt zuckte zusammen. „Wie wirst du die Kinder abholen?"

„Ich kann fa–"

„Nein, kannst du nicht", sagte Matt, schroffer als geplant. „Ich werde Vic anrufen."

„Okay. Okay."

Die Stille wuchs und wuchs. Matt konnte nichts hören außer seinem schlagenden Herz. Was war passiert? Was war *passiert?* Er fühlte sich wie ein Idiot. Nach seiner Unterhaltung mit Liz war alles so klar gewesen. Jetzt war es noch klarer. Perfekt. Er war am selben Ende gelandet wie immer. Nichts hatte sich verändert. Haight'sches Glück.

Er hörte ein Geräusch und realisierte, dass Evan etwas gesagt hatte. „Was?"

„Ich sagte, ich gehe nach oben ins Bett."

Matt nickte abwesend. Er wollte Evan ans Abendessen, an seine Tabletten, an seine Verbände erinnern, aber er schluckte angestrengt alle Worte der Sorge herunter. Er fühlte sich kindisch und verlegen und wütend. Es war ihm egal, wenn er keine gute Miene aufsetzte.

„Nacht." Er hätte das Flüstern beinahe überhört, als Evan an ihm vorbeiging. Er lauschte den Geräuschen seiner Schritte, bis er sie nicht mehr hörte.

Evan ging im oberen Stockwerk umher, betrat jedes Kinderzimmer, um sanft ihre Habseligkeiten und ihre Kleidung zu berühren. Jeder Nerv war betäubt; er konnte kaum spüren, dass er sich bewegte.

Alles, was unten seinen Mund verlassen hatte, war automatisch gekommen, als hätte irgendein kleiner Teil seines Gehirns ihm einfach einen Ausweg geboten. Einen brutalen Ausweg. Er hatte Matt nicht ins Gesicht sehen können, aber er hatte die Zerstörung gehört, gespürt, wie sie Matts Herz zerfraß.

Evan verließ das Zimmer der Mädchen und betrat sein eigenes, zog seinen Bademantel und seine Jogginghose aus. Er fühlte sich schmutzig von der Schuld, die an seiner Haut haftete. Das Badezimmer war eine weitere Erinnerung an das, was er erreicht hatte. Stunden zuvor waren Matt und er zusammen in diesem Raum gewesen, auf eine Art, die er sich nie vorgestellt hätte und jetzt … jetzt war er ein Monster, das versuchte, sauber zu werden und das Blut abzuschrubben.

„Ich bin nicht gut darin", flüsterte er dem Duschkopf zu. „Ich bin nicht gut darin, mich um die Menschen zu kümmern, die ich liebe. Aber ich werde meine Kinder nicht im Stich lassen. Ich schwöre es."

Ein paar Minuten später hatte er sich abgetrocknet, trug eine frische Pyjamahose und kletterte in sein Bett; er hatte nicht einmal das Licht angeschaltet. Der eisige Schrecken, der ihn aus diesem Raum ferngehalten hatte, war zurückgekehrt und lauerte im Schatten auf ihn. Er wusste, dass nicht einmal das Licht ihn vertreiben würde. Er lebte in ihm und würde niemals verschwinden.

MATT ERWACHTE abrupt. Irgendwann musste er vor dem Kamin eingenickt sein. Außer ein wenig Asche und einem kleinen orangefarbenen Glühen in der Mitte war nichts mehr vom Feuer übrig. Der kalte Boden hatte seine Glieder steif werden lassen; er zog sich hoch und streckte sich. Verdammt. Er war definitiv zu alt hierfür. Im Stehen drehte und wand er sich, bis die Verspannungen sich lösten. In dem verdunkelten Raum erkannte er, dass seine Sachen alle im oberen Stockwerk waren. Und Evan ebenfalls, der anscheinend nicht daran interessiert war, Matt in näherer Zukunft zu sehen.

Tja, verdammt, dachte Matt verdrießlich. *Das ist so ziemlich der Punkt, an dem ich immer lande. Ausgeschlossen.* Für den Bruchteil einer Sekunde dachte er darüber nach, seine Jacke zu nehmen und zurück nach Staten Island zu fahren, aber der Moment war so kurz, dass er bereits sein Hemd aufknöpfte, als er „Nein, ich gehe nicht." laut aussprach. Seufzend zog er seine Jeans aus. Ein T-Shirt und seine Boxershorts würden ausreichen müssen. Auf der Rückenlehne der Couch lag eine Decke.

Matt ging in die Küche, goss sich ein Glas Wasser aus dem Krug auf dem Kühlschrank ein. Die Uhr an der Wand zeigte zwei Uhr nachts. Über ihm knarrte eine Bodendiele. Er erstarrte. Er lauschte auf ein weiteres Geräusch, aber er hörte nichts mehr.

Mit einem schweren Ausatmen ging Matt zur Couch zurück und machte es sich bequem, indem er die Decke über seinen Körper zog. Der unerwünschte Gedanke kam sofort: Evan hatte hier in der vergangenen Nacht geschlafen, unter dieser Decke zusammengerollt.

Matt dachte trostlos, dass es das war. Das Ende des Weges.

Das Knarren kehrte zurück. Dieses Mal hörte es nicht auf und mit einem Mal hörte Matt, wie Evan die Treppen hinabkam. Er drehte sich nicht um. Mit dem trainierten Ohr eines Polizisten hörte er zu, wie Evan leise auf die Couch zuging. Er drehte sich noch immer nicht um. Er konnte nicht. Er war es leid, alle Schritte zu machen, alle Annäherungsversuche, und zur Antwort einen Tritt in den Magen zu bekommen.

Matt lauschte auf das Ticken der Uhr; er hörte auf, die Sekunden zu zählen, als er bei hundert ankam.

EVAN STAND neben Matt, wusste, dass er wach war und verstand nicht, wieso zur Hölle er dort stand. Irgendwann war er eingeschlafen, aber in blinder Panik wieder aufgewacht und hatte verzweifelt die Bettlaken abgetastet, wie er es schon früher getan hatte. Aber dieses Mal – dieses Mal hatte er nicht nach Sherri gesucht.

Seine Schwäche machte ihn wütend. Und müde.

Er streckte eine zitternde Hand aus, um Matts Schulter zu berühren. Eis. Anspannung. Enttäuschung. Er fühlte das alles. *Ich bin ein schrecklicher Mensch*, dachte er. *Ich kann nicht glauben, dass ich ihm das angetan habe.* Er ließ seine Berührung zu einem Streicheln werden, unfähig und nicht bereit aufzuhören. Er wusste, dass er am Morgen dasselbe sagen würde, aber in diesem Moment … in diesem Moment wollte er nur sagen, dass es ihm leidtat und sich dafür entschuldigen, dass er ein Mörder und ein Bastard war. Er wollte, dass die Dinge anders waren, aber es gab nichts, was er tun konnte.

„Wenn das ein Mitleidsfick ist, kannst du aufhören." Die Stimme war leise und wütend und sie ließ Evans Erkundungen innehalten.

„Ist es nicht."

Matt setzte sich plötzlich auf und sah Evan über die Lehne des Sofas hinweg an. „Was zur Hölle ist es dann?"

„Ich … ich wollte nur …" Evan seufzte tief. Sein Kopf dröhnte. Er wollte sich nur hinlegen. Mit Matt.

„Ich weiß, dass du wütend auf mich bist, Matt. Und du hast jedes Recht dazu. Es tut mir leid, dass ich dich verletzt habe, aber … Ich weiß einfach nicht, wie ich das tun soll. Es wird nicht funktionieren."

„Wir können das schaffen", brachte Matt hervor. „Wir können einen Weg finden."

Evan schüttelte den Kopf. „Ich denke nicht –"

„Vertrau mir."

Evan hörte die Verzweiflung. Sie brachte ihn beinahe um. „Matt …"

„Bitte."

Er öffnete seinen Mund, um zu protestieren, aber nichts kam über seine Lippen. Ohne über die Konsequenzen nachzudenken, ging er um die Couch herum und drückte Matt in einer fließenden Bewegung nach unten.

„Evan."

Es war eine Warnung und eine Frage und Evan ignorierte es. Er tat so, als sei die Unterhaltung in der Küche nie passiert, dass Phil ihn nicht erinnert hatte, dass er ein Mörder war, dass Susannah ihn nicht zu einem Lügner gemacht hatte. Er tat so, als sei das noch immer etwas Neues und Schönes.

Sein Körper drückte sich gegen Matts, sog die Hitze und das traurige Stöhnen in sich auf – denn Matt war nicht dumm. Er wusste es. Er kannte Evan zu gut, um so zu tun als ob.

Sie kannten einander zu gut.

Matt zog sein Gesicht zu seinem herab. Diese Küsse waren wie ihr erster auf dieser Couch. Unbeholfen und ängstlich und ein winziges bisschen verzweifelt. Evan ignorierte den Schmerz in seiner Brust. Es könnten die Nähte sein. Es könnte sein Herz sein, das in noch ein paar mehr Teile zerbrach. Der Schmerz half ihm, sich zu sammeln; er sorgte dafür, dass er sich an alles erinnerte, was zu diesem Moment geführt hatte.

Das musste ein Abschied sein.

12

VIC WOLKOWSKI umklammerte das lederbezogene Lenkrad fester und lenkte den Minivan auf die E-ZPass-Spur der Tribourough Bridge. Aus dem Augenwinkel konnte er Evan sehen, der sich auf dem Beifahrersitz zusammenkauerte und blicklos durch die Windschutzscheibe starrte. Seine Haut war ungesund blass; seine Augen waren leer. Er hatte keine zehn Wörter gesagt, seit Vic aus der Einfahrt des Cerellihauses gefahren war.

Der Anruf war gestern gekommen – nur ein paar wenige gemurmelte Worte. Evan brauchte jemanden, der ihn zum Haus seiner Schwiegereltern fuhr, um die Kinder abzuholen. Er durfte noch nicht fahren; es würde nur ein paar Stunden dauern. Hatte Vic Zeit?

Natürlich hatte Vic Ja gesagt. Er verbrachte die meisten Wochenenden damit, in seinem Haus herumzuwerkeln, um nicht an einem Ort zu versacken und melancholisch zu werden. Was immer ihm einfiel, um sich beschäftigt zu halten, aber er konnte nicht immer den Rasen mähen oder einen Schrank aussortieren. Rauszukommen, schien eine gute Idee zu sein.

Außer.

Außer dass er Evan nur fragen wollte *Wo ist Matt?* Wieso holte er nicht mit Evan die Kinder ab? Ein Blick auf das Gesicht seines Detectives hatte ihm alles gesagt, was er nicht fragen konnte. Matt musste fort sein.

Er brannte darauf zu fragen, was passiert war, aber die Worte „Habt du und Matt euch getrennt?" schienen einfach nicht über seine Lippen zu kommen. Es war nicht, dass Vic auch nur ansatzweise homofeindlich wäre. Es war ihm egal, was die Leute zuhause im Privaten taten. Verdammt, er war lange genug ein Polizist, um zu wissen, wie tatsächliche Perversion aussah und zwei Männer – oder Frauen – die zum Abendessen ausgingen und Händchen hielten, gehörten definitiv nicht dazu. Er musste zugeben, dass er altmodisch genug war, dass er in der Öffentlichkeit nicht sehen wollte, wie jemand einer anderen Person die Zunge in den Hals schob, aber das galt auch für heterosexuelle Menschen. Die Matt/Evan-Situation, nun, das war etwas anderes. Es war einfach ein Schock. Er musste sich erst daran gewöhnen. Sah nicht so aus, als müsste er sich die Mühe überhaupt machen.

Tja, Scheiße, dachte Vic, während er Evans Minivan durch den Verkehr lenkte und auf die Insel zufuhr. Er hatte eine grobe Wegbeschreibung zum Haus von Sherris Eltern erhalten, hoffte jedoch, dass Evan munter genug werden würde, um ihn durch die Nachbarschaft zu leiten. Wenn er gewusst hätte, was zur Hölle vor sich ging, hätte er Matty angerufen. Wenn er Evan so ansah, befürchtete er, dass es Matt noch schlechter ging.

Evan rührte sich auf dem Sitz neben ihm. Vic nutzte die Gelegenheit – zur Hölle, jetzt oder nie. „Also, wo muss ich hin, wenn ich Ausfahrt Fünfzehn genommen habe?"

Verwirrt drehte Evan sich zu Vic und starrte ihn an. „Was?"

„Das Haus deiner Schwiegereltern?"

Eine lange Pause. Evan blinzelte ein paar Mal. Vic wartete geduldig.

„Fahr bis zum Ende der Grayson Road. Sie wohnen in einer Nebenstraße. An der Ampel Links."

„Großartig." Vic räusperte sich, unsicher, was er jetzt tun sollte. Er dachte, dass die Kinder ein sicheres Thema waren. „Ich wette, deine Kinder können es kaum erwarten nach Hause zu kommen." Der große Mann neben ihm nickte schwach.

„Irgendwelche Pläne für Weihnachten?"

Evan spannte sich an. „Ruhig. Zuhause. Sie brauchen nicht noch mehr Aufregung."

Richtig, dachte Vic, *und du auch nicht.* Evans monotone Stimme erinnerte Vic an zahlreiche traumatisierte Opfer, die ihm über die Jahre gegenübergesessen hatten. Sein Frust wuchs. Es schien, als wäre die Zeit zu den Tagen und Wochen direkt nach Sherris Tod zurückgedreht worden.

„Klingt gut."

Evan grunzte leise.

Vic konzentrierte sich wieder aufs Fahren. Er beschloss Matty anzurufen, sobald er zu Hause war. Irgendjemand würde ihm sagen, was zur Hölle vor sich ging.

DIE RESTLICHE Fahrt dauerte nur dreißig Minuten. Evan brachte ein paar Anweisungen hervor, als sie sich dem Haus näherten, aber das war alles. Er fühlte sich an, als wären sein Kopf und sein Mund in Watte gepackt; er hatte nicht geschlafen seit … er hatte nicht geschlafen und seine Brust schmerzte. Er nahm seine Medikamente, weil die Kinder endlich nach Hause kamen und ihn brauchten. Es musste ihm bessergehen, damit er sich um sie kümmern konnte. Dieses Mantra hielt ihn davon ab, in tausend Stücke zu zerspringen.

Der Minivan hielt an; Vic räusperte sich. Evan hasste es, dass sein Captain ihn so sah und er wusste, dass er nicht viel mehr Zeit hatte. Er konnte seinen Zustand nur noch ein wenig länger auf Schmerz und Trauma durch die Schießerei schieben. Vielleicht würde ihm noch eine Woche des Mitgefühls gewährt werden. Er musste sich zusammenreißen.

„Äh, wir sind da", sagte Vic. Evan konnte die Nervosität in seiner Stimme hören. Die Fragen, die sein Chef an ihn hatte, blieben unausgesprochen.

Evan sagte nichts und stieg unbeholfen aus. Er hatte eine Tablette genommen, bevor er das Haus verlassen hatte und die Decke aus Taubheit, die ihn einwickelte, hatte den Schmerz im Zaum gehalten. Dafür war er dankbar.

167

Er sammelte die Energie, die er brauchte, um zu lächeln, als die Kinder aus dem Haus rannten. Evan fühlte sich überwältigt von ihren Stimmen und ihren Armen, die sich um seinen Hals schlangen. Ein schmaler Riss durchzog sein Herz; einen Moment lang fühlte er sich beinahe lebendig, aber dann wurde das Geplapper leiser und er hörte glasklar: „Wo ist Matt?"

Natürlich war es Elizabeth, unschuldig und lächelnd, die sich an seine Hüfte drückte.

Evan öffnete seinen Mund, aber nichts kam heraus. Wie konnte er erklären, was er getan hatte? Irgendetwas?

Von hinten hörte er Vic Wolkowskis dröhnende Stimme. „Was ist mit mir? Werde ich ignoriert? Matt musste etwas für die Arbeit erledigen. Heute bin ich der Chauffeur."

Als er aufsah, begegnete Evan Mirandas Blick, deren fragender Gesichtsausdruck mehr war, als er ertragen konnte. Er drehte seinen Kopf, um Danny und Kathleen und Elizabeth anzusehen, die ihn erwartungsvoll musterten.

„Lasst uns gehen", würgte er hervor. „Holen wir eure Sachen und verabschieden uns von euren Großeltern." Sie gingen ins Haus und Evan wappnete sich für das, was als nächstes geschehen würde.

WAS IMMER Evan erwartet hatte, er wurde nicht enttäuscht.

Seine missmutigen Schwiegereltern standen in der Eingangshalle und starrten ihn an, als wäre er vom Jugendamt und würde die Kinder ihrem einzigen Zuhause entreißen, das sie je gekannt hatten. Was natürlich Unsinn war, aber Evan war sich nicht ganz sicher, dass Phil und Josie das wussten. Sie sprachen nur sehr wenig.

Während die Kinder im anderen Raum waren und ihre Taschen holten, bemühte Vic sich; er sagte *Hallo* und *Wie geht es ihnen?* zu den MacGregors, aber ihre Antworten fielen knapp aus. Als die Kinder mit ihren Sachen in Sichtweite kamen, brach Josie in untröstliches Schluchzen aus, was wiederum die Kinder mitnahm, was wiederum dafür sorgte, dass Evan spürte, wie kochend heiße Wut in seinen Augen aufblitzte. Er war kurzangebunden und scheuchte alle so schnell wie möglich aus der Tür.

„Küsst eure Großeltern", sagte er leise und versuchte, seine Kinder die Wut nicht spüren zu lassen. „Ihr seht sie in zwei Wochen zu Weihnachten."

Josie gab leise schluchzende Laute von sich, während sie sich die Nase putzte. Es zerrte an Evans zum Zerreißen gespannten Geduldsfaden. Irgendein wütender, gemeiner, boshafter Teil von ihm wollte den Weihnachtsbesuch absagen, aber er würde seine Kinder nicht so verletzen.

Während alle sich verabschiedeten, lag eine allgemeine Verwirrung in der Luft. Evan schlüpfte mit einer Tasche in jeder Hand aus der Tür; der Schmerz in seiner Brust war eine großartige Ablenkung. Vic folgte ihm mit dem Rest der

Sachen. Er sagte irgendetwas davon, dass Evan zu viel machte, aber die Worte kamen nicht wirklich bei ihm an. Der Nebel senkte sich erneut über ihn.

Es dauerte weitere zehn Minuten, bis alle angeschnallt im Van saßen und sie auf dem Weg waren. Die ganze Sache – von ihrer Ankunft bis zur Abfahrt – dauerte nur eine halbe Stunde.

Evan konnte seine Augen keine Sekunde länger offen halten und lehnte seinen Kopf an die Scheibe. Er hörte, dass Vic und Miranda versuchten, die jüngeren Kinder in ein Gespräch über Weihnachten zu verwickeln. Die Dinge wurden lebhaft und Evan fühlte ein wenig Frieden. Okay, vielleicht würde alles gut werden. Vielleicht konnte er sich zusammenreißen, den Kindern schöne Feiertage ermöglichen und weitermachen.

Danny meldete sich lautstark zu Wort und sagte, dass er wirklich, wirklich gern eine PS4 wollte und Peng! Evans verbesserte Stimmung verschwand, gefolgt von seiner Fähigkeit, richtig zu atmen. Seine Gedanken kehrten zum Haus zurück, zum vergangenen Tag. Im Kellerschrank warteten die Tüten über Tüten mit Spielzeugen und Geschenken, die Matt gekaufte hatte. Er hatte sich geweigert, sie mitzunehmen, als er gegangen war; er hatte Evan gesagt, dass er sie verwenden sollte, weil er nicht einkaufen gehen können würde.

Evan hatte nichts weiter gesagt als ein leises Danke, während er zusah, wie Matt seine Sachen packte. Keine sehnsüchtigen Blicke, kein sanfter Abschied. Sie bewegten sich nur umeinander herum wie die Planeten um die Sonne. Matt machte sich fertig, um zu gehen und Evan beobachtete ihn. Verfolgte ihn. Er spürte, dass die Energie aus ihm herausfloss und sich um ihn herum auf dem Boden sammelte. Es gab nichts zu sagen, nichts konnte das Unvermeidliche abwenden. *Das ist für die Kinder. Das ist für die Kinder.* Das sorgte dafür, dass er nichts sagte. Also sah er einfach nur zu, wie sein Liebhaber sich ein letztes Mal umsah, ihm einen schnellen, ausdruckslosen Blick zuwarf und durch die Tür ging.

Und das war's.

Jetzt waren sie auf dem Weg nach Hause in die Leere und zu dem Geschenkestapel, der von Matts Geist zurückgelassen worden war und sich mit Sherris omnipräsenten Geist vermischte, die immer da sein würde.

Und vergiss nicht die Schuld, dachte Evan bei sich. *Das darfst du nicht vergessen.*

„FROHE WEIHNACHTEN", sagte Matt und salutierte seiner dunklen Wohnung. Er war nach Hause gekommen, nachdem er sein Büro ausgeräumt hatte – nach einem kurzen Stopp im Spirituosengeschäft für ein wenig Feiertagsfreude. Er hatte alle Lichter ausgeschaltet gelassen und sich in den bequemen Sessel am Fenster gesetzt. Er konnte nichts wirklich Spannendes sehen, aber gegen zweiundzwanzig Uhr begann es zu schneien. Natürlich war er bis dahin mehr als angetrunken, vielleicht war es also eingebildeter Schnee. Er hatte seinen Job gekündigt; der Chef schien es zu verstehen. Matt war seit langer Zeit nicht wirklich glücklich gewesen. Es war Zeit für eine neue Herausforderung. Die Sicherheitsfirma war ein Ort gewesen, an dem Matt sich verstecken und seine Wunden lecken konnte. Jetzt war es Zeit, sein Leben auf die Reihe zu kriegen und weiterzumachen.

Was für eine erwachsene Entscheidung! Das rief nach einem weiteren Drink! Matt schenkte sich noch ein halbes Glas Bourbon an. Er hatte diesen Abend ziemlich genau geplant und war sich sicher, dass es genug Alkohol gab, um bis zu „bewusstlos" zu reichen, was der Punkt war, an dem er sein wollte. Verzweifelt.

Die zwei Wochen, seit er Evans Haus verlassen hatte, waren taub und kalt und ermüdend gewesen. Wenn er geglaubt hatte, dass es schlimm gewesen war, in der Dienststelle angeklagt zu werden und als Streifenpolizist zu enden, würde er diese Meinung gern revidieren, denn das hier war um einiges schlimmer.

Die ganze Beziehung war scheiße. Alles war ein riesiger Haufen Scheiße.

Er hatte Vic Wolkowskis Nachrichten auf seiner Mailbox ignoriert – er war nicht an sein Telefon gegangen, weil er auf nichts reagieren wollte, das auch nur im Entferntesten mit Evan zu tun hatte und das schien die einzige Sache zu sein, über die die Leute diskutieren wollten.

Vic – er kannte den Mann lange genug, um den sanften Tonfall richtig zu interpretieren.

Liz hatte angerufen, um ihn und Evan einzuladen und mehrfach zurückgerufen, um ihre Einladung zu bestätigen. Und schließlich hatte sie in ihrem letzten Anruf an diesem Morgen die offene Drohung verkündet, dass sie nach den Feiertagen nach Staten Island fahren und ihm in den Arsch treten würde. Er hatte gewartet, bis er sicher war, dass sie im Flugzeug zu ihren Schwiegereltern saß und ihr eine Nachricht hinterlassen, in der er ihr frohe Weihnachten gewünscht und sich für seine fehlende Reaktion entschuldigt hatte. Er hatte versprochen, in ein paar Tagen mit ihr zu sprechen.

Er leerte sein Glas mit einem großen Schluck und wartete, dass das unangenehme Brennen auf sein Gehirn und seine Lungen übergriff. Der Schmerz des Alkohols sollte den Schmerz der Verletzung auslöschen, aber das funktionierte nicht allzu gut. Alles, was er von der beinahe leeren Flasche Bourbon bekommen hatte, war ein körperlicher Schmerz, der sich zu dem gesellte, der seine Gedanken quälte.

Wieso? Wieso?

Wieso war er so dumm gewesen? Wieso hatte er geglaubt, dass sie es schaffen konnten? Er wusste doch, dass es nie funktionierte! Hatte das von Anfang an gewusst, aber dennoch hatte er weitergemacht, obwohl ihm klar gewesen war, wie es enden würde. Hatte weiterhin geglaubt, dass er morgen im Haus der Cerellis auf dem Boden sitzen würde, während er zusah, wie die Kinder ihre Geschenke aufrissen und Evan seine Kinder mit strahlenden Augen und einem friedlichen Lächeln beobachtete.

Scheiße. Alles war scheiße.

AM WEIHNACHTSMORGEN beobachtete Evan mit müden Augen und schwerem Herzen, wie seine Kinder ihre Geschenke aufrissen. Die Woche war schwer gewesen, die Stimmung aller jenseits von Gut und Böse. In der einen Sekunde lachten alle und entspannten sich; im nächsten Moment verwandelten die Zwillinge sich in kreischende, schubsende Kämpfer. Oder Miranda verschwand türenknallend in ihrem Zimmer, weil Evan ihre eine Frage zu ihren unbeendeten Hausaufgaben stellte. Evan konnte sich kaum auf seine Tätigkeit konzentrieren, was immer es gerade war: Rechnungen bezahlen, Essen kochen, Wäsche waschen.

Schlaf war ein Witz. Er döste im Lehnstuhl, der im Schlafzimmer stand. Das Bett verspottete ihn mit Erinnerungen; die Couch im Wohnzimmer tat dasselbe. Er wusch sich im Badezimmer im Erdgeschoss. Es war zu viel.

Den vergangenen Tag hatten die Kinder bei ihren Großeltern verbracht. Evan war nicht eingeladen gewesen – und er wäre nicht gegangen, wenn Phil oder Josie gewagt hätten, ihn zu fragen. Sie sprachen sowieso kaum noch miteinander; einander stundenlang gegenüber zu sitzen, wäre der letzte Tropfen gewesen, der das Fass zum Überlaufen brachte.

Stattdessen hatte er den Tag damit verbracht, benommen durchs Haus zu wandern, Erinnerungen von vergangenen Weihnachtsfesten zu hören, sich zu fragen, wo Matt hingegangen war und sich dann zu erinnern. Als die Kinder nach Hause kamen, konnte Evan kaum genug Energie aufbringen, ihre Geschenke anzusehen und das traditionelle „Kochen für den Weihnachtsmann"-Ritual der Cerelli-Familie durchzuführen. Glücklicherweise übernahm Miranda die Führung (was Evan erneut einen schamvollen Stich versetzte – wann würde er endlich Manns genug sein, um sich nicht mehr auf eine Jugendliche verlassen zu müssen?) und beschwichtigte die Zwillinge so weit, dass sie nach oben und ins Bett gingen.

Als es Mitternacht wurde, waren alle Kinder eingeschlafen und Evan hatte die letzten Reste seiner Energie genutzt, um Matts Geschenke aus dem Keller nach oben zu schleppen. Er hatte alle Lichter ausgeschaltet, sich auf die Couch gesetzt und in die Dunkelheit gestarrt, während er versuchte, sich in Luft aufzulösen.

Hatte auf den Morgen gewartet.

Und hier waren sie. Die glückliche Cerelli-Familie öffnete Geschenke unter einem bunt geschmückten Baum, während es hinter dem Panoramafenster leise schneite.

Evan machte ein paar enthusiastische Geräusche, während ein Geschenk nach dem anderen geöffnet wurde. Matt hatte zielsicher für jedes Kind etwas Passendes ausgesucht – selbst Miranda hatte ein ehrliches Lächeln gezeigt, als sie die Gutscheine bekommen hatte. Als die PS4 zum Vorschein kam, war das Jubeln ohrenbetäubend.

Norman Rockwell hätte es nicht besser machen können.

Aber näheres Hinsehen zeigte die Haarrisse, die sich in Evans Gehirn bildeten. Die angespannten Gesichter von Miranda und Kathleen, als sie versuchten, sich zu freuen. Die Stimmen der Zwillinge, die lauter waren als üblicherweise, wenn sie um Aufmerksamkeit kämpften.

Das große unsichtbare Loch, wo Sherri gewesen war. Das große unsichtbare Loch, wo Matt sein sollte.

MATT ERWACHTE am Weihnachtsmorgen mit einem Mund voller Reue in Baumwollform und einem unsichtbaren Speer, der in seinem Kopf steckte.

Fröhliche Feiertage, Matthew Haight.

Nachdem er eine lange Zeit damit verbracht hatte, mit seinem Magen zu verhandeln - *Ich will nicht putzen müssen, ich will nicht putzen müssen* – rollte er sich von seinem Schlafsofa und taumelte ins Badezimmer. Er mied den Spiegel – *Ich will nicht wissen, wie schlecht ich aussehe, ich will nicht wissen, wie schlecht ich aussehe* – und stieg in die Dusche in der Hoffnung, entweder zu sterben oder aufzuwachen.

Er wachte auf.

Bis das Wasser, das auf seinen Kopf herabprasselte, kalt wurde, war Matt bei Bewusstsein und hatte die Kontrolle über seinen Magen wieder vollständig zurückerlangt. Er trocknete sich ab, rasierte sich (wobei er den Spiegel noch immer mied – es gab keinen Grund, es herauszufordern) und ging mit einem Handtuch um die Hüften zurück in seine Wohnung.

Er sah sich in seinem Königreich um. Es war mies. Ein Zimmer – okay, die Möbel waren schön, aber dennoch … Er näherte sich schnell der Dreiundvierzig und lebte in *einem* Zimmer. Er war im Moment arbeitslos. In wenigen Monaten hatte er einen Mann kennengelernt und sich in ihn verliebt, eine Beziehung begonnen und eine Beziehung beendet. Zwei berufliche Laufbahnen und nichts vorzuweisen. Viele Menschen in seinem Bett und jetzt war er allein.

Zeit für eine Veränderung. Zeit für eine Veränderung oder Zeit, sich hinzulegen und zu sterben und offen gestanden war das keine Option.

Also … Matthew Haight. Das ist dein Leben. Es ist scheiße. Was wirst du dagegen tun?

Er warf sein Handtuch über den Tresen und ging zum Schrank, um Klamotten zu holen. Er hatte keinen Plan für den Tag; keine Einladungen standen bevor und niemand erwartete, dass er für Abendessen und Nachtisch auftauchte. Er zog sich ein Paar alte Jeans an und sein geliebtes NYPD-Shirt – er hing daran wie an einem Talisman, genoss die Erinnerungen an sein Leben, als es neu und frisch und voller Erwartungen gewesen war.

Und hey, vielleicht war das der Ort, an dem er anfangen musste.

Nach der Akademie hatte Matt Haight gedacht, er könnte fliegen, Jungfrauen in Nöten retten und die Dankbarkeit und Liebe der Stadt ernten – alles bevor es Mittag wurde. Sein Kopf war voller Vorschriften und Gesetze und Verfahren gewesen und er hatte es einfach nicht erwarten können, sie anzuwenden. Er wollte dieses Gefühl zurück.

Zurück in seinem Lehnsessel – dieses Mal mit Orangensaft im Gegensatz zu Bourbon – beobachtete er die Hausdächer, die mit einer dünnen Schneeschicht bedeckt waren. Er dachte an die Academy, dachte ans College davor.

College. Konnte er zurück zur Schule gehen? Noch einen Abschluss machen. In seinen Mittvierzigern neu anfangen?

Nun, dachte er trocken, während er seinen Saft trank, er hatte in der Abteilung der menschlichen Sexualität neu angefangen. Wie schwer konnte es sein, ein paar Kurse zu belegen?

HELENA WARTETE vor der Tür, versuchte ihre Ungeduld unter Kontrolle zu halten und nicht noch einmal auf die Klingel zu drücken. Es war beinahe sechs Wochen her, dass sie Evan gesehen hatte – als sie aus dem Krankenhaus entlassen worden war – und sie wollte ihn dringend wiedersehen.

Besonders nach ihrem letzten Telefongespräch.

An Weihnachten hatte sie angerufen, um ihm und Matt frohe Weihnachten zu wünschen und war von der matten und brüchigen Stimme ihres Partners überrascht worden. Beinahe monoton hatte er ihr gesagt, dass Matt nicht da war, die Kinder nach Hause gekommen waren und er hoffte, dass es ihr besserging. Sie hatte weniger als fünf Minuten nach dem Wählen aufgelegt und ihr Kinn vom Boden aufsammeln müssen.

Am nächsten Tag bekam sie einen Besuch von Vic Wolkowski – nun, er war nur teilweise gekommen, um Helena zu sehen und teilweise, um in der Küche Kaffee zu trinken und Nach-Feiertagskekse mit ihrer Mutter zu essen. Sie sprachen über Evans Zustand und Helena hörte nervös von der merklichen Veränderung seines Erscheinungsbilds. Sie hatte beschlossen, ihn so bald wie möglich zu besuchen. Leider war das herausgezögert worden, weil Evan ihre Anrufe ignorierte, Helena sich nur langsam erholt und die Grippe bekommen hatte.

Aber jetzt war sie hier. Und sie war entschlossen herauszufinden, was es mit Evans Talfahrt auf sich hatte.

Die Tür öffnete sich endlich.

„Jesus Christus!", rief Helena, bevor sie sich zurückhalten konnte.

Ihr Partner konnte nur als Schatten seines früheren Selbst beschrieben werden. Er hatte noch mehr Gewicht verloren und die dunklen Ringe unter seinen Augen hatten sein ganzes Gesicht übernommen.

Etwas flackerte in seinem Blick auf – Wut? Scham? „Helena, ich bin nicht in der Stimmung –"

Er konnte seinen Satz nicht beenden.

Helena ging durch die Tür und streifte ihn im Vorbeigehen. Sie blieb in der Mitte des Wohnzimmers stehen und beobachtete das Durcheinander. Papierstapel und Zeitschriften bedeckten jede Oberfläche und Spielzeuge, Klamotten und Bücher kämpften im Rest des Raumes um Vorherrschaft.

Sie beobachtete Evan kritisch. Neben der schrecklichen Angst und Sorge, die sie um ihren Freund hatte, war sie wütend. „Du siehst aus wie ein Sack Knochen in Jogginghosen."

Evan schnaubte. „Ich erhole mich von –"

„Ja", unterbrach sie. „Ja, das tust du. Du erholst dich von einer ernsten Wunde und du siehst schlimmer aus als im Krankenhaus!"

„Bist du deswegen hergekommen? Um mir zu sagen, wie ich aussehe?"

„Nein, ich bin hergekommen, weil ich mir schreckliche Sorgen mache. Evan …" Sie machte eine hilflose Geste in seine Richtung. „Was ist los? Bitte sprich mit mir."

Er öffnete seinen Mund, sah weg und errötete. Er setzte sich schwerfällig in einen Stuhl und bedeutete ihr vage, dasselbe zu tun.

Das wird eine Weile dauern, dachte Helena, während sie ihre Jacke auf die Couchlehne fallen ließ und sich schräg gegenüber von Evan hinsetzte.

Helena lehnte sich vor, um sich auf ihre Knie zu stützen und ignorierte das leichte Ziehen in ihrer Schulter. Sie war beinahe hundertprozentig erholt, aber die Grippewelle, die im Moment die Stadt lahmlegte, hatte sie zehn Tage lang im Bett gehalten und ihre Schulter hatte sich ein wenig versteift. Zurück bei der Arbeit – wenn auch noch immer im Schreibtischdienst – wartete sie angespannt darauf, dass ihr Partner zurückkehrte. Aber jetzt, wo sie ihn sah, konnte sie sich nicht vorstellen, dass er eine ärztliche Untersuchung überstehen würde, geschweige denn, dass er an Wolkowski vorbeikommen würde.

„Evan …"

Er seufzte und weigerte sich, sie anzusehen.

„Was ist los? Was ist passiert …" Sie beendete den Satz nicht. Das unausgesprochene „mit Matt" hing einen quälenden Moment in der Luft.

Evans Blick klebte weiterhin am Teppich zwischen ihm und Helen. „Es hätte nicht funktioniert, Helena", flüsterte er. „Es war nur … etwas, das zwischen zwei einsamen Personen passiert ist."

Helena blinzelte wiederholt und versuchte den Mann, der mit ihr sprach, mit dem, den sie an Thanksgiving praktisch vor Liebe hatte leuchten sehen, zusammenzubringen. „Das war nicht, was du mir vor einem Monat gesagt hast."

„Ich habe mir etwas vorgemacht."

„Evan, verschone mich. Verschone dich selbst. Sprich mit mir."

„Tu ich!" Evans plötzliche Wut ließ Helena zusammenzucken. Sie war schockiert, sein Gesicht zu sehen, als er aufstand. Der ausdruckslose Blick glühte jetzt vor Wut. „Ich spreche mit dir! Ich sage dir, dass es ein Fehler war! Ich sage dir, dass ich es nicht diskutieren will! Wenn Matt Haight der einzige Grund war, dass du heute hergekommen bist, dann kannst du verdammt noch mal wieder gehen!"

Damit drehte er sich schnell um und stürmte in die Küche.

Helena blieb perplex auf dem Sofa zurück. Sie hörte zu, wie Evan in der Küche herumwütete; Gläser klirrten und der Wasserhahn lief für mehrere Momente. Was zur Hölle sollte sie jetzt sagen? Evan war praktisch ausgerastet, weil er über Matt gesprochen hatte. Der wilde Blick in seinen Augen machte ihr Angst.

Ein paar Minuten später kehrte Evan mit zwei Gläsern gekühltem Wasser zurück. Er gab Helena eines und wich ihrem Blick aus.

„Danke", sagte sie leise.

Er grunzte kaum hörbar zur Antwort und setzte sich wieder in den Sessel. Sie schwiegen.

Sie ließ ihn damit davonkommen, bis sie ihr Glas zur Hälfte geleert hatte. Während sie schluckte, warf sie ihm aus dem Augenwinkel einen Blick zu. Der verlorene Ausdruck in seinem Gesicht, während er in die dunklen Schatten des Raumes starrte, brach ihr das Herz. Sie hatte diesen Blick seit Sherris Beerdigung nicht mehr gesehen. „Evan", sagte Helena leise. „Bitte vergiss nicht, dass ich deine Freundin – deine Partnerin – bin und mir nicht egal ist, was mit dir passiert."

Er nickte, sah sie jedoch immer noch nicht an.

„Liebling, komm schon", lockte sie. „Sprich mit mir."

„Es … es hätte einfach nicht funktioniert", brachte er schließlich hervor. „Ich konnte das nur nicht tun … das …" Seine Stimme brach ab.

„Das? Du meinst … sexuell?", fragte Helena unbeholfen und dachte, dass das kein Problem gewesen zu sein schien, als sie ihn an Thanksgiving bei einem leidenschaftlichen Kuss überrascht hatte.

Evans Gesicht lief feuerrot an, selbst in dem schwachen Licht des Zimmers war es nicht zu übersehen. „Nein … Ich meine … Wie hätte ich es meinen Kindern erzählen sollen, Helena? Wie hätte ich es den Leuten auf dem Revier sagen sollen? Meinen – meinen Nachbarn? Hätte ich Matt einfach als meinen … was? Freund … Liebhaber … vorstellen sollen? Das ist nicht mein Lebensstil –"

„Moment, Moment – wer redet hier von Lebensstil? Ich glaube, dass deine Sorgen berechtigt sind, aber habt du und Matt über alles gesprochen? Wie ihr mit den Dingen umgehen würdet?"

Evan senkte den Blick auf seinen Schoß, während er mit den Wassertröpfchen an seinem Glas spielte.

Helenas Augen weiteten sich. „Hast du überhaupt mit ihm darüber gesprochen?"

Ein schnelles Kopfschütteln war der einzige Hinweis, dass Evan ihr überhaupt zuhörte.

„Herrgott, Evan. Du hast es einfach beendet, ohne ihm zu sagen, wieso?"

„Ich habe ihm gesagt, dass es nicht funktionieren würde", wiederholte Evan vorsichtig und sah noch immer nicht von seinem Glas auf. „Er … er wollte es versuchen … aber ich wusste schon …" Er brach ab, als hätte er den Gesprächsfaden verloren.

Hilflos sah Helena zu, wie ihr Partner von ihr wegglitt, aus dem Raum verschwand. Sie bemerkte die Wellen der Verzweiflung, die von ihm ausgingen; sie waren beinahe sichtbar. Ihr fiel nichts anderes ein, also stellte sie ihr Glas ab und ging zum Sessel hinüber.

„Hey", murmelte sie. „Es ist okay." Sie kniete sich langsam hin und legte ihre Hände auf sein Knie und seine Schulter. „Es ist okay, Evan. Ich weiß, dass es gerade sehr wehtut, aber ich bin für dich da."

Ein leises Geräusch, etwas, das nach einem unterdrückten und abgewürgten Schluchzen klang, entrang sich Evans Brust. Sanft nahm Helena ihm das Glas aus den Händen und stellte es auf den Boden. Als Evan begann, mit jedem zitternden Geräusch der Trauer mehr in sich zusammenzusinken, ignorierte Helena ihre Schulter und ihre eigene Müdigkeit und fing ihn auf. Wenn er weinen wollte, war das Mindeste, was sie tun konnte, ihn zu unterstützen.

„Es ist okay, Evan. Es ist okay." Sie sagte es wieder und wieder, in der Hoffnung, dass er es glauben würde.

MATT HAIGHT, herausgeputzt und auf der Jagd. Er unterdrückte ein spöttisches Lachen über seine Gedanken.

Es war ein typischer Freitagabend im Januar – eiskalte totenstille Straßen und Matt war zu Tode gelangweilt. Alle klugen Leute saßen zu zweit (wenn sie Glück hatten) auf ihren Sofas und alle Betrunkenen hatten bereits ihre Plätze auf Barhockern eingenommen. Matt konnte keine fünf Minuten mehr in seiner Wohnung verbringen; er wollte rauskommen, er wollte sich gehenlassen.

Er wollte für eine Weile einfach vergessen.

Das Verlangen hatte eine Weile gebraucht, um zurückzukehren. Wochenlang hatte er nur im Bett liegen können und seinen Körper jede sinnliche Sekunde, die er mit Evan verbracht hatte, noch einmal durchleben lassen. Aber bald reichte ihm seine Hand nicht mehr aus, er hatte genug davon, allein zu sein und zu frieren.

Aber mit einem Mal, als er im Eingang zu der Bar stand, traf ihn die Enormität des Moments. Er hatte das vor Evan eine Weile lang nicht getan und jetzt hier zu sein, fühlte sich … albern an. Und alt. Und erbärmlich. Er dachte, tja was, dass er jemanden zum Vögeln finden würde? War das der Teil des mittleren Alters, in dem er sich einen Sportwagen kaufte? Er hatte gerade die letzten sechs Wochen damit verbracht, einem anderen Mann hinterherzulaufen, nur um sitzengelassen zu werden – nach einer Trockenperiode mit Frauen, einer Folge von Misserfolgen, die zweieinhalb Jahrzehnte angedauert hatte, um Himmels willen. Welches der heiratsfähigen Mädels an der Bar würde die Gelegenheit ergreifen, bei ihm zu landen? Wenn er raten musste: Keine.

Mit einem ernüchterten Seufzen betrat Matt die rauchige Bar in Manhattan. Er würde mindestens mehrere Dutzend Bier trinken. Mit gesenktem Blick – Gott behüte, dass er Augenkontakt mit jemandem herstellen würde und mit dem Stechen der Zurückweisung umgehen musste – machte er sich auf den Weg zur Bar und setzte sich auf den Hocker, der am weitesten von der Tür entfernt war. Er saß zwischen der Bar und einer schmalen Seitenwand; die Jukebox war angenehmerweise um die Ecke. Die Bar war kaum besucht – nun, er nahm das an. Er war seit Jahren nicht in dieser Bar gewesen. Sie lag ein paar Blocks von seinem ehemaligen Revier und hatte zu den vielen Orten gehört, zwischen denen er seine Zeit damals aufgeteilt hatte. Er streifte seine Lederjacke ab und legte sie auf den Hocker neben sich.

Mehrere Fernsehgeräte hingen in einer Reihe über der Bar, jedes zeigte eine andere Sportveranstaltung. Er hob seinen Blick, um die laufende MMA-Runde zu verfolgen. Eine schmale junge Frau mit Haar, das zu schwarz war, um natürlich zu sein, schob ihm eine Serviette hin, während er es sich bequem machte.

„Hey", sagte sie. „Was darf es sein?"

Matt erwiderte ihr freundliches – und höchstwahrscheinlich routinemäßiges – Lächeln. „Corona Light."

„Sicher." Sie wandte sich ab und durchsuchte den Kühlschrank. Matt nutzte die Gelegenheit, um ihren gepflegten Körper zu mustern, der in einer Lederhose und einem schwarzen schulterfreien Glitzertop steckte. Die cremefarbene Hautfläche an ihrem Rücken hielt seinen Blick fest. Er setzte sich so unauffällig wie möglich auf seinem Stuhl anders hin.

Die Kellnerin kehrte mit der Flasche zurück und schüttelte ein paar Wassertropfen ab, die an ihr hingen. „Wollen Sie einen Deckel anfangen?"

Matt nickte und warf einen Fünfer in ihre Richtung. „Wollen Sie eine Kreditkarte?"

„Nee, ich vertraue Polizisten", antwortete sie mit einem Grinsen. Sie steckte den Fünfer ein und ging zurück zur anderen Seite der Bar.

Was zur Hölle!, dachte Matt. *Wie machen sie das?*

Er trank einen großen Schluck Bier und warf einen weiteren Blick nach oben, um den Hockey-Punktestand zu sehen. Ein junges Paar, bereits high von billigem Bier und Zigarettenrauch, wanderte zur Jukebox und kicherte während sie die Programme durchgingen. Matt versuchte, sie zu ignorieren. Er wollte heute Abend an nichts anderes als Sex denken. Und da er nicht mehr tun würde, als zu denken, wollte er nicht erinnert werden, dass andere Menschen Sex mit Leuten hatten, die sie mochten.

Evan. Beinahe hätte er die Augen verdreht, als der Name in seinen Gedanken auftauchte. Gott, was war das – eine ganze Stunde, in der er sich nicht nach dem Mann sehnte?

Sprich mir nach, Matt, sagte er sich selbst, leerte sein Bier in drei Schlucken und signalisierte der Kellnerin im schulterfreien Top, dass er ein weiteres wollte. *Es war ein Fehler. Ein Experiment. Es ist vorbei.*

Fuck.

Matt begann sein zweites Bier. Er hatte seit ein paar Bissen zum Mittag nichts mehr gegessen und der Alkohol begann angenehm schnell zu wirken. *Oh ja. Daran erinnere ich mich*, dachte er. Er erinnerte sich daran, allein in einem Raum voller Menschen zu sitzen und zu spüren, wie der Alkohol sein Blut wärmte und sein Hirn benebelte.

Als er sein drittes Bier erreichte, brummte der Laden. Große Gruppen von Mittdreißigern, die beweisen wollten, dass sie noch cool genug waren, die Nacht durchzufeiern, waren um zehn Uhr aufgetaucht und die Dinge begannen zu eskalieren. Er nahm seine Jacke, um Platz für die Neuankömmlinge zu machen, und legte sie an seine Füße. Am anderen Ende der Bar tanzte möglicherweise irgendwann jemand, aber Matt war bei seinem fünften Bier und hatte sich in einem Loch vergraben und es ging an ihm vorbei.

Der Mann, der sich neben ihn setzte, als er das sechste begann, nicht. Etwa genauso groß und mit einem ähnlichen Körperbau wie Matt, aber dünner, trainierter. Wie er den Raum musterte und sich an den Ort setzte, der die zweitbeste Aussicht bot, schrie laut und deutlich Polizist oder Ex-Soldat. Es war genau, was Matt tun würde … und getan hatte. Der Neuankömmling trug schwarze Jeans und einen langärmligen schwarzen Pullover; seine Lederjacke landete auf seinem Schoß, nachdem er sie ausgezogen hatte. Ein schneller Blick in Matts Richtung und dann winkte er der Kellnerin im schulterfreien Top.

„Hey", sagte sie auf ihre freundliche Art. „Ist heute irgendwo hier ein Polizisten-Treffen?"

Aha, dachte Matt. *Ich hatte recht. Ich könnte ein Barkeeper werden.*

Der Mann lachte, es klang tief und kratzig. Anscheinend lag etwas im Lächeln des Mannes, denn die Kellnerin schmolz beinahe zu einer Pfütze. Matt versuchte nicht zu starren.

„Gutes Auge. Ich nehme ein Corona."

„Sicher", schnurrte sie, ihr Verhalten schaltete schnell um. „Ich fange einen Deckel an. Bist du neu hier? Ich hab' dich hier noch nie gesehen."

Hey, dachte Matt. *Bin ich unsichtbar? Ich habe keinen Fragebogen bekommen, als ich mich gesetzt habe.*

„Nur zu Besuch", antwortete der Mann. „Ich bin von der Westküste."

„LA?" Sie gab ihm das Corona und räkelte sich vor ihm, wobei sie ihre nackte Haut, so gut sie konnte, zeigte.

„Washington State."

„Ooooohhh, großartige Musik, Mann! Gehst du oft in Clubs?"

Matt hätte beinahe die Augen verdreht. Er leerte seine Bierflasche und stellte sie auf die Bar.

„Tschuldigung, Schätzchen, aber ich hätte gern noch eins." Er schwenkte die Flasche.

Sie warf ihm einen „Siehst du nicht, dass ich beschäftigt bin, Loser"-Blick zu, aber es war ihm egal. Er wollte ein Bier. Als sie davonging und wütend schnaubte, drehte der Mann neben ihm sich zu Matt.

„Danke. Ich hatte Angst, ich würde eine Unterhaltung über Musik aus Seattle oder die Brillanz von Kurt Cobain führen müssen."

„Wer?"

„Genau."

Matt lachte leise. Er drehte sich ein Stück auf seinem Stuhl herum, um ihn besser ansehen zu können. Der Mann war in seinem Alter, vielleicht ein wenig jünger, und einem Fitnessstudio nicht fremd. Matt vermutete, dass er noch bei der Polizei war, vermutlich ein Detective. „Matt."

„Jim. Schön, dich kennenzulernen." Er streckte eine Hand aus und Matt nahm sie. „Was dagegen, wenn ich eine Weile bleibe? Ich habe keine Lust, mich in meinem Hotelzimmer zu verkriechen und es ist zu kalt, um herumzulaufen."

Matt zuckte die Schultern. „Kein Problem. Ich könnte die Gesellschaft gebrauchen. Die ganze jugendliche Ausgelassenheit in diesem Laden fängt an, mir auf die Nerven zu gehen."

„Seit wann sind Leute in den Dreißigern jugendlich? Besser gesagt, wann wurde ich so verdammt alt?"

Die Kellnerin schob Matt das Corona hin und machte sich nicht erneut die Mühe zu versuchen, Jim in ein Gespräch zu verwickeln. Sie warf ihnen einen seltsamen Blick zu, lächelte und ging davon.

Nun, was zur Hölle war das?, dachte Matt. „Alt? Ich bin praktisch tot. Ich bin im selben Alter wie mein Vater, als ich bemerkt habe, dass er nicht unzerstörbar ist. Das ist ein schlechter Punkt."

Jim lachte. „Ich weiß, was du meinst, Bruder."

Matt nippte an seinem Bier. Okay, das war gut. Das war cool. Netter Typ, Gesellschaft, Bier. Nicht zu schäbig. Wenn er wüsste, dass er heute Nacht flachgelegt werden würde, wäre es ein perfekter Abend.

SIE UNTERHIELTEN sich, bis die Mittdreißiger den Geist aufgaben und in ihre überteuerten und untermöblierten Wohnungen heimkehrten. Sie unterhielten sich, bis die nächste Gruppe Kneipenhänger hereinkam, eine kleinere Gruppe, die etwas leiser war, weil alle bereits betrunken waren. Ein paar Leute aus der Nachbarschaft tauchten ebenfalls auf, spielten Darts und lachten laut am anderen Ende der Bar. Sie hielten die Kellnerin gut beschäftigt, in dem sie einen Krug nach dem anderen bestellten.

Sie unterhielten sich, bis Matt realisierte, dass er kein siebtes Bier getrunken hatte, aber eines brauchte, weil seine Kehle trocken war.

„Also Matt, was zur Hölle tust du bei mir in dieser Bar, statt auf einem Date zu sein?"

Die Frage schien an der Oberfläche ziemlich unverfänglich zu sein, aber Matt Haight, ehemaliger Detective, hörte die unterschwellige Spitze deutlich heraus.

Und er war nicht sicher, wie er darauf reagieren sollte.

„Gibt gerade niemanden, den ich auf dem Schirm habe und anrufen könnte. Die Wahrheit ist, dass ich hergekommen bin in der Hoffnung jemanden kennenzulernen", sagte er vorsichtig und versuchte unauffällig die Aufmerksamkeit der Kellnerin auf sich zu ziehen.

„Jemanden zum Vögeln?"

Matt lachte. „Nein, eine bedeutungsvolle Beziehung, die daraus entsteht, dass man sich ein paar Bier in einer Bar teilt."

„Ah, definitiv jemanden zum Vögeln." Jim nahm einen Schluck seines Biers und drehte sich ein wenig, um Matt anzusehen. „Es ist nicht immer mein Ding, aber es hat auch seine Daseinsberechtigung."

Er klang nachdenklich.

„Ja. Wenn beide wissen, was Sache ist." *Wo zur Hölle kam das her?*, dachte Matt. Keine Wiederholungen von *Sex and the City* an Sonntagabenden – es begann seine Gedanken zu beeinflussen. „Also, wartet in Washington jemand auf dich?"

Daraufhin schwieg Jim so lange, dass Matt seinen Kopf drehte, um ihn anzusehen. Er sah aus, als hätte Matt seinen Hund erschossen. „Hey, Mann, es tut mir leid …"

„Nein, nein", sagte Jim und fing sich wieder. „Niemand …" Er stammelte ein bisschen und die plötzliche Veränderung überraschte Matt.

Jim seufzte. „Die verdammte Wahrheit ist, dass ich verrückt nach … jemandem bin, aber die Person interessiert sich nicht auf diese Art für mich. Tatsächlich darf ich morgen nach Hause fliegen und anfangen, einen Junggesellenabschied zu planen." Sobald er „Junggesellenabschied" gesagt hatte, erstarrte Jim. Er rutschte kaum merklich von Matt weg und sah erneut zur anderen Seite der Bar.

Matt fühlte mit ihm. „Es ist okay."

„Es tut mir leid. Ich … das war dumm. Ich habe keine Ahnung, ob du … Ich dachte nur, du wärst vielleicht interessiert." Seine Stimme war leise, als hätte er Angst, dass jemand ihn hören könnte. „Ich bin hergekommen, weil ich einsam und müde bin und nicht weiß, wie ich dafür sorge, dass es aufhört."

Tja, Scheiße, dachte Matt. *Danke, dass du in Worte gefasst hast, wie ich mich fühle.*

„Weiß er es?", fragte Matt leise.

Jim schüttelte den Kopf. „Nein. Er ist hetero. Bis vor einem Jahr dachte er, ich sei es auch. Ich hatte Angst … ich hatte Angst ihm von den Männern in meiner Vergangenheit zu erzählen. Es war immer einfacher, die Frauen zu erwähnen."

Matt nickte. Würde das sein Plan für die Zukunft werden?

„Was ist mit dir?"

„Mir?", fragte Matt. „Ich, äh … du wurdest von einem Blitz des „So etwas passiert nur in New York" getroffen und hast dich auf einen Barhocker neben einen ehemaligen Polizisten gesetzt, der den gleichen Scheiß durchmacht wie du."

„Kein Scheiß. Ein Hetero hat dein Herz gebrochen?"

Matt lachte laut. „So etwas in der Art. Ich habe mich in jemanden verliebt, der nicht damit klarkam. Nicht, dass ich es tat – ich meine, er war der Erste … weißt du. Ich wusste nicht einmal, dass ich mich so fühlen kann."

Jim pfiff. „Du hast das erst vor kurzem rausgefunden?"

„Schon mal von einem Müllauto angefahren worden?"

„Äh … beinahe."

„So fühle ich mich. Ich treffe diesen Mann, fange an Zeug zu fühlen, von dem ich nicht mal wusste, dass mein verdammtes Herz dazu fähig ist, wir fangen an, du weißt schon, zu versuchen, irgendwas zu tun und dann Bumm! Ich fange an, mich wohlzufühlen und er flüchtet." Matt schrie beinahe vor Erleichterung, als die Kellnerin sie mit ihrer Anwesenheit beehrte und zwei weitere Bierflaschen brachte. Er seufzte schwer.

„Das ist eine ziemlich ernste Sache, mit der du da klarkommen musst, Matthew. Ich beneide dich nicht. Aber wenn es hilft, ich verstehe dich."

Matt hörte den ganzen Schmerz in Jims letzter Aussage. Er seufzte erneut. „Ja. Es hilft."

Sie saßen lange schweigend da, tranken ihr Bier und starrten geradeaus. Dann spürte Matt, wie Jims Schulter seine berührte.

Gefolgt von seinem Oberschenkel.

Und plötzlich raste Hitze von seinem Kopf bis zu seinen verdammten Schuhen durch seinen Körper. Gott, wann war es hier drin so warm geworden?

Aber Matt wich nicht zurück. Ohne bewusst darüber nachzudenken, lehnte er sich in die Berührung.

Keiner der beiden Männer sagte etwas.

Schließlich fühlte Matt sich genötigt, zu sprechen. „Ich glaube, du machst mich an."

„Einen Punkt für die Instinkte eines Polizisten", sagte Jim trocken.

Matt schnaubte. „Es hat nichts damit zu tun, dass ich ein Polizist bin und alles mit dem, was da gegen mein Bein stupst."

Er trank schnell sein Bier, sein Gesicht brannte vor Verlegenheit. Oder irgendetwas. Jim sah in seinen Schoß, dann wieder zu Matt. „Danke für das Kompliment, aber das ist nur mein Knie."

Ein kaum verborgenes Kichern explodierte in einem herzlichen Lachen, als Matt den „unschuldigen" Blick auf Jims Gesicht sah.

Eine Sekunde später lachte Jim mit und ein paar Minuten lang konnte keiner der beiden sprechen oder auch nur einen ordentlichen Atemzug nehmen. In der geselligen Stille anschließend – nur durchbrochen von besiegtem Stöhnen vom anderen Ende des Raumes, in der Nähe der Dartsscheibe – stellte keiner der beiden Augenkontakt her.

Die Kellnerin kam erneut zu ihrem Ende der Bar, sammelte Trinkgeld ein und wischte verschüttete Getränke auf. Sie grinste in Matts Richtung und er spürte, dass seine Ohren vor Verlegenheit brannten. Jim schien es zu bemerken, denn als sie davonging, beugte er sich zu Matt hinüber und sprach leise.

„Lass uns von hier verschwinden."

Ein Rausch der Emotionen und ein Durcheinander aus Gedanken wirbelten einen kurzen Moment lang in Matt umher. Evan war kein kleiner Teil davon.

Ohne eine Ahnung zu haben, was er sagen würde, öffnete Matt seinen Mund und hörte, wie jemand sagte: „Gute Idee. In welchem Hotel ist dein Zimmer?"

Jim lächelte und behielt seinen Körper in der Nähe von Matts. „Lafayette Street. Eine kurze Taxifahrt."

Er winkte der Barkeeperin wegen der Rechnung.

Matt nickte, denn seine Stimme war hinter einer Meile trockener Kehle stecken geblieben. Er konnte Jims Rasierwasser und einen Hauch Schweiß riechen, der in sein schwarzes Shirt gesickert war. Und die Hitze, die ihre Nähe schaffte, war unverwechselbar. Es gab einen Moment der puren Panik, als er die Realität des Ganzen erkannte – sie gingen zu Jims Hotelzimmer, um Sex zu haben, daran bestand kein Zweifel. Und auch kein jungfräuliches Fummeln – Jim hatte Erfahrung und Können, und er sah Matt an, als wüsste er schon die ersten zehn Dinge, die passieren würden, sobald sie das Zimmer erreichten.

Es war beängstigend. Und erregend.

Jim schien Matts Gedanken zu lesen, denn mit einer geübten Hand berührte er die Innenseite von Matts Oberschenkel sanft. Einladend. Tröstend. „Lass uns gehen", murmelte er erneut. „Kein Druck. Wir werden nur reden, außer du willst etwas – anderes." Seine Stimme war tief, rau. Matt spürte, wie sie in seine Knochen kroch.

Er starrte auf Jims Mund. Ja. Fuck, ja. Er wollte mehr. Er wollte wissen, wie es war – alles, jetzt da er eine Kostprobe bekommen hatte. Und vielleicht konnte es nicht verglichen werden. Das war keine Liebe, aber es war Trost und das war es, was er wollte.

Matt gab der Barkeeperin seine Kreditkarte, ohne die Rechnung anzusehen.

„Wir reden im Taxi", antwortete Matt plötzlich, als er seine Stimme und einen vollen Vorrat Mut fand. „Lass uns von hier verschwinden."

Während sie ihre Jacken nahmen, sagten sie nichts mehr. Die Barkeeperin schob Matt den Kassenzettel hin, damit er ihn unterschrieb, also kritzelte er etwas darauf, von dem er hoffte, dass es einer Prüfung standhalten würde und hinterließ ihr ein großzügiges Trinkgeld. In weniger als drei Minuten standen sie auf dem Gehweg und spürten die beißende Kälte, die vom Asphalt aufstieg. Matt spürte ein Déjà-vu, das so stark war, dass er es schmeckte, aber bevor er es verarbeiten konnte, rief Jim nach ihm und dann saß er in einem Taxi.

Und sie waren auf dem Weg.

13

PLÁCIDO DOMINGOS Stimme mit starkem Akzent hieß Matt und Jim in dem Taxi willkommen und erinnerte sie daran, sich zur ihrer eigenen Sicherheit anzuschnallen. Matt machte sich die Mühe nicht, da zwischen Jim und der Trennwand aus Plexiglas so wenig Platz war, dass die Wahrscheinlichkeit, dass er sich unfreiwillig irgendwohin bewegte, praktisch nicht vorhanden war. Jim schien gewachsen zu sein, seit sie in den Wagen gestiegen waren; seine Beine waren mit Matts verschlungen, sein Arm lag auf dem Sitz hinter Matts Kopf.

Jim gab die Adresse des Holiday Inns in der Canal Street an den Fahrer durch und lehnte sich noch dichter zu Matt.

Gott, war es warm hier drin oder bildete er sich das ein?

„Alles okay?", flüsterte Jim in sein Ohr.

Matt nickte bestimmt. „Ja. Es ist nur eng hier drin."

Jim schnaubte höflich.

Ah ja, dachte Matt, noch eine Zweideutigkeit. Es war hart genug ... Scheiße! Er lachte leise über seinen eigenen Witz.

„Was?"

„Nichts." Matt drehte den Kopf.

„Wie geht es dir?"

Matt lag eine knappe Antwort auf seiner Zunge, aber als er die Sorge auf Jims Gesicht sah, löste sie sich schnell in Luft auf. Das war kein gesichtsloser One-Night-Stand, den er in einer Bar aufgerissen hatte – das war ein netter Mann. Ein netter, einsamer Mann. Jemand, mit dem Matt sich ohne Schwierigkeiten anfreunden könnte, wenn sie zusammenarbeiten würden. Ein Mann, dessen Herz ebenso geschädigt war wie seines.

Das war nicht, was er gesucht hatte. Das war es, was er versucht hatte zu vergessen.

„Okay. Ein wenig überrascht, aber okay", sagte er schließlich und versuchte ehrlich zu sein. „Ich habe nicht erwartet, dich heute kennenzulernen."

Für einen Moment schien dieser Kommentar Jim sprachlos zu machen. Er wandte sich ab, um aus dem Fenster zu starren, während sie sich der Downtown näherten.

„Vielleicht war das keine gute Idee", murmelte er, noch immer abgewandt. „Ich wollte nicht, dass es kompliziert ist."

Matt lachte kurz. „Im Gegensatz zu unkompliziert? Sorry, dieses Wort hat keinen Platz in meinem Leben. Bei mir ist alles ein einziges Chaos – mach dir keine

Sorgen." Ein wenig mutig geworden, streckte er seine Hand aus und strich an der Außenseite von Jims Oberschenkel entlang.

Das zog Jims Aufmerksamkeit ziemlich schnell auf sich.

„Ich wäre nicht mit dir gekommen, wenn ich kein Interesse hätte." Er sprach jetzt leise, nur für Jims Ohren bestimmt.

„Ich weiß, dass du interessiert bist." Jim seufzte. „Ich will nur sichergehen, dass das die Sache nicht … schlimmer für dich macht."

„Danke." Matt lächelte ihn sanft an. „Du musst dir keine Sorgen machen. Wirklich. Das ist … gut."

„Ja."

„Ja." Er vertiefte seine Berührung ermutigend. Es war angenehm. Es war sexy. Er fühlte sich ein wenig betrunken von den Hormonen und viel zu wohl mit diesem großen, starken Mann, der genau zu verstehen schien, was er sagte. Er hatte keine Angst – keine Angst, dass hieraus mehr entstehen könnte und keine Angst, dass sein Innerstes zerquetscht werden würde. Jim war keine Bedrohung.

Er war Trost.

Der Gedanke kam ihm im selben Moment, in dem sanfte Finger über seinen Nacken streichelten und sich in seinem Haar vergruben. Er hatte keine Zeit, sich auf den Kuss, die warmen, trockenen Lippen und die kaum spürbare Zunge vorzubereiten. Sie küssten sich eine Weile lang, nahmen sich Zeit, einander kennenzulernen. Wie Matt vermutet hatte, übernahm Jim bestimmt die Kontrolle, bewegte seine Hände sanft an Matts Hinterkopf, vertiefte ihren Kuss und löste sich dann von ihm, um die Dinge zivilisiert zu halten.

Kein Grund, in diesem Taxi zu rammeln wie die Tiere.

Als sie sich voneinander lösten, um zu atmen, ließ Matt seine Augen geschlossen. Er brauchte einen Moment, um sich daran zu gewöhnen, dass er, Matt Haight, gerade noch einen anderen Mann geküsst hatte. Vielleicht wurde das einfacher.

Er sah zur Seite, sah Jim, der ihn mit seltsam blassen, blauen Augen, die mit Sorge und Lust und Nervosität gefüllt waren, ansah. Dann leckte Jim seine Lippen – strich mit seiner Zunge darüber – und Matts Gehirn blieb kaum in seinem Schädel. Vielleicht wurde es überbewertet, sich in einem Taxi davon abzuhalten, zu rammeln wie die Tiere.

DIE SCHATTEN hatten den Raum komplett verschluckt, als Helena das Gefühl hatte, sie könnte sich aus Evans angespannter Umarmung lösen. Er hatte lange leise geweint; nach einem tiefen Seufzen hatte er nur noch gezittert. Sie wollte, dass er all die aufgestaute Trauer loswerden konnte – um Sherri, um die Kinder, um seine Verletzung und anscheinend um Matt – ohne Unterbrechung. Die Art, wie er sich hatte gehenlassen, zeigte deutlich, dass es nötig gewesen war.

Sie löste sich sanft und hielt Evan an den Schultern, um sein müdes und feuchtes Gesicht zu betrachten. Er trug diesen abwesenden Blick, der von zu viel Sorge und nicht genug Schlaf sprach, also drängte sie ihn aufzustehen und murmelte Versicherungen und ermutigende Worte.

„Lass uns nach oben gehen, Evan, ein bisschen schlafen", flüsterte Helena. Sie spürte, dass er protestieren wollte. „Die Kinder ... Abendessen."

„Ich kümmere mich darum. Du ruhst dich aus, ich werde etwas zu essen machen und warten, bis die Kinder mit Elena zurückkommen."

Evan versuchte gar nicht erst sich gegen sie zu wehren und ließ sich nach oben führen. Helena hatte das Gefühl, dass das kein gutes Zeichen war.

Bis Helena es geschafft hatte, ihn in das ungemachte Bett zu stecken und zusah, wie er seine Augen schloss, war es sehr spät geworden. Die Kinder sollten um sechs Uhr von ihrer Tante zurückkommen und sie nahm an, dass sie ein Abendessen erwarteten.

Abendessen gehörte nicht gerade zu Helenas Stärken.

Sie griff nach dem Telefon und wählte die Nummer ihrer Mutter, während sie durchs Haus ging, Lichter anschaltete und ein paar der Zeitungen und Spielzeuge einsammelte, die im Wohnzimmer verteilt waren. Das Haus musste geputzt werden. Nein – das Haus musste mit dem Blut eines Hahnes und Gesang gereinigt werden. Ihre Mutter ging ans Telefon.

„Mom? Ich brauche Hilfe! Was machst du gerade?"

Helena fragte sich, ob ihre Mutter gerade in der Fleischabteilung von Food Emporium gewesen war, als sie angerufen hatte, denn als Serena eine knappe Stunde später ankam, hatte sie zehn Tüten voller Einkäufe bei sich.

„Mom, ich sagte Abendessen für die Familie, nicht Thanksgiving für eine ganze Armee."

„Ruhe. Ich bin mir sicher, in diesem Haus gibt es nicht eine vernünftige Sache. Arme Babys."

Serena schaltete auf umfassende Betriebsamkeit um und Helena flüchtete aus der Küche. Sie putzte so viel des Hauses, wie sie konnte; eine Ladung Wäsche war in der Maschine und eine zweite im Trockner. Es machte sie nervös, zu sehen, wie unorganisiert das Haus war. Evan würde es nie, niemals so außer Kontrolle geraten lassen, außer er funktionierte nicht normal. War so etwas nicht Anzeichen einer Depression? Nervös steckte Helena den Staubsauger aus. Sie hatte das Gefühl, dass sie mehr tun sollte, war sich aber nicht sicher, was der nächste Schritt war. Abgesehen von einer Haushälterin brauchte Evan jemanden, mit dem er sprechen konnte und nicht nur einen Freund. Jemand Professionellen. Zu viel war ihm im vergangenen Jahr passiert und offensichtlich hatte er das Ende seiner Energie erreicht.

Helena griff erneut nach dem Telefon – sie wusste, dass ihre Mutter besser dafür geeignet war zu kochen und sich um kleine Kinder zu kümmern, aber sie brauchte ein wenig Hilfe. Sie hoffte darauf, dass Captain Wolkowski noch immer an seinem Schreibtisch saß.

VIC TRUG seine Jacke – nun, einen Ärmel zumindest – und stellte sich vor, wie Essen von Ming's Place schmecken würde, als seine private Leitung klingelte. Einen Moment lang dachte er darüber nach, nicht ranzugehen, aber die Realität war, dass Sesamhühnchen und Wontonsuppe keine besonders gute Aussicht war.

„Vic Wolkowski", sagte er, ließ die Jacke fallen und setzte sich wieder.

„Sir? Hier ist Helena. Ich bin bei Evan …" Sie brach ab und Vic war sofort wachsam. „Ich habe mich gefragt – könnten Sie vorbeikommen?"

„Ist alles in Ordnung?"

Helena seufzte schwer. „Nein. Ich meine, es ist nicht zu dramatisch, aber Evan ist einfach – komplett neben der Spur. Er ist wie ein Zombie. Ich bin nicht ganz sicher, was ich tun soll."

Vic erinnerte sich an die Fahrt, um die Kinder abzuholen und fühlte sich sofort schuldig, dass er hinterher nicht mehr mit Evan gesprochen hatte. Es war offensichtlich gewesen, dass die Dinge am seidenen Faden hingen. „Sind die Kinder zu Hause?"

„Ich erwarte sie bald. Sie sind bei Sherris Schwester. Meine Mom ist hier – sie macht Abendessen."

Großartig, dachte Vic und seine Stimmung hellte sich ein wenig auf. „Ich werde so schnell wie möglich da sein."

„Danke, Sir." Seine Beamtin klang erleichtert. „Vielleicht können Sie ihn ein wenig zur Vernunft bringen."

„Sicher, wir werden sehen, was ich tun kann."

Er legte auf und rieb sich das Gesicht. Die Situation mit Evan war außer Kontrolle geraten. Hühnersuppen und gutgemeinte Worte würden das Problem nicht lösen. Er brauchte jemanden mit professioneller Erfahrung.

Vic zog sein persönliches Telefonbuch aus der obersten Schublade. Er konnte sich nicht erinnern, ob er noch immer da war – ja, ja das war er: Der Name des Therapeuten, mit dem er gesprochen hatte, nachdem seine Frau getötet worden war. Er spürte ein schmerzhaftes Ziehen in seinem Herzen, das nie ganz verschwinden würde, aber Dr. Reuben war ihm eine unglaubliche Hilfe gewesen. Er notierte die Nummer auf einem Stück Papier und schob es in seine Hosentasche. Er hoffte, dass Evan seine Geste annehmen würde. Er wollte seine Position als Evans Vorgesetzter nicht nutzen müssen, um ihn dazu zu bringen, mit einem Therapeuten zu sprechen – aber es wurde immer deutlicher, dass er vielleicht genau das würde tun müssen.

ALS HELENA einen Schlüssel in der Eingangstür hörte, stand Schmorfleisch im Ofen, mehrere Töpfe mit Gemüse kochten auf dem Herd und ihre Mutter war zur Hälfte im Kühlschrank verschwunden, um verdorbene Lebensmittel auszuräumen.

Helena wappnete sich und ging ins Wohnzimmer, um Elena und die Kinder zu begrüßen. Miranda war die erste und sie reagierte sichtbar darauf, die Partnerin ihres Vaters zu sehen. Das „Ist alles …?" starb auf ihren Lippen, als Helena ein Lächeln aufsetzte und nickte.

Irgendwie schaffte sie es „Etwas ist los, aber mach den anderen keine Angst" zu vermitteln, denn die Teenagerin änderte ihre Frage zu einem „Hey, Helena!"

„Hey Leute!", sagte sie fröhlich und sah zu, wie Kathleen, Elizabeth und Danny hereinkamen, gefolgt von Sherris dunkelhaariger Schwester.

Elena verbarg ihre Überraschung nicht, als sie Helena dort sah. „Was ist los? Wo ist Evan?"

Die Kinder, die gerade ihre Mäntel und Stiefel auszogen, erstarrten. Miranda warf Helena einen nervösen Blick zu.

„Nichts ist los", sagte Helena in fröhlichem Tonfall. „Evan war müde und ist nach oben gegangen, um sich hinzulegen."

Sie machte eine ausholende Geste mit den Armen, um auf das saubere Wohnzimmer hinzuweisen. „Ihr wisst, wie er ist, er hat es mit der Hausarbeit vollkommen übertrieben." Sie lächelte. „Er hat meine Mutter und mich zum Abendessen eingeladen, tada!"

Serena betrat in diesem Moment den Raum, als wäre es abgesprochen gewesen. „Hallo Kinder."

Alle lächelten und riefen höfliche „Hallo, Ms. Abbot"-Begrüßungen.

„Etwas riecht großartig", sagte Danny grinsend.

„Nun, wir haben viel, was großartig schmeckt. Ich hoffe, ihr seid alle hungrig."

Serena klatschte in die Hände und bedeutete ihnen dann, ihr zu folgen. „Würdet ihr gern mit etwas Käse und Brot anfangen? Ich glaube, wir haben auch etwas Obst …" Sie führte die Kinder aus dem Raum und in die Küche.

Miranda folgte als letztes und Helena zwinkerte ihr beruhigend zu, als sie an ihr vorbeiging. Die junge Frau entspannte sich ein wenig und ging weiter. Helena wandte sich Elena zu, die die Stirn runzelte.

„Huh. Er hat das nicht erwähnt, als ich mit den Kindern gegangen bin."

„Es war eine spontane Sache. Wir waren in der Gegend."

„Oh."

Einen Moment lang standen die beiden Frauen einander in unbeholfenem Schweigen gegenüber.

Elena fummelte an ihrem Mantel herum. „Nun, ich werde dann wohl mal gehen."

Helena nickte enthusiastisch. *Ja, bitte*, dachte sie.

Einen Moment lang zupfte Elena an ihrem Wollschal herum und warf einen Blick zur Treppe.

„Soll ich Evan etwas von Ihnen ausrichten?", fragte Helena und schob die andere Frau in Gedanken zur Tür.

„Äh … ja. Er soll mich morgen im Büro anrufen. Die Nummer ist in Sherris Telefonbuch." Sie konnte den traurigen Ausdruck auf ihrem Gesicht nicht verbergen, als sie den Namen ihrer Schwester sagte.

Helena hatte Mitgefühl mit Elena. Sie war ein Einzelkind, aber sie konnte sich den unglaublichen Schmerz, Geschwister zu verlieren, vorstellen. „Ich werde es ihm sagen. Das ist kein Problem", sagte sie sanft.

„Danke."

Elena verabschiedete sich von den Kindern, die zu ihr herüberrannten, um sie zu küssen. Sie ging und versprach, sie am nächsten Tag anzurufen.

Helena atmete erleichtert auf, als Elenas Wagen die Einfahrt verließ. Okay, jetzt musste sie nur die Kinder ruhig halten und ihnen etwas zum Abendessen geben, während sie gleichzeitig vermied, dass ihre Mutter sie überfütterte.

Und dann – dann musste sie herausfinden, was sie mit Evan tun würde.

ALS DAS Taxi sie in der Canal Street vor dem neuen – und seltsam fehl am Platz wirkenden – Holiday Inn absetzte, schwitzte Matt, sein Hemd war zur Hälfte aus seiner Hose gezogen und sein Gesicht brannte. Nicht zu vergessen, dass er gezwungen gewesen war, seine Jacke kunstvoll über seinen Schoß zu legen, um zu verbergen, was unbestreitbar bewies, dass Matthew Haight sich zum eigenen Geschlecht hingezogen fühlte.

Jim sah aus wie ein GQ-Model. Es gab höchstens ein schwaches Glimmen in seinen Augen, eine kleine Spur von Feuchtigkeit auf seiner Stirn und seinen Wangen. Sonst war nichts durcheinandergebracht. Matt fühlte sich wie das Aushängeschild aller notgeilen Perverslinge.

Sie betraten die winzige Lobby im Erdgeschoss (eine großzügige Übertreibung – der Vorraum in Matts Wohnhaus war größer) – die großen Pflanzen, einen gelangweilten Türsteher und eine Treppe enthielt. Der Türsteher nickte Jim höflich zu und warf dann einen seltsamen Blick in Matts Richtung. Oh ja. Sie konnten nicht verbergen, was hier passierte.

Matt begann sich ein wenig billig zu fühlen.

Sie nahmen die Treppe und landeten in noch einer Lobby, die um einiges größer war als die erste. Der asiatische Stil war typisch für ein Hotel – exotische Pflanzen in riesigen Töpfen, die mit detaillierten Blumenmustern bemalt waren, ein orientalischer Teppich, überall Vergoldungen. Die Frau mittleren Alters hinter der Rezeption sah kaum auf, als sie zu den kleinen Aufzügen gingen, die sich in der hinteren Ecke unter der Treppe befanden.

„Ich bin im zehnten Stock", murmelte Jim. Matt reagierte auf den tapferen Versuch einer Unterhaltung mit einem stummen Nicken.

Sie sagten kein weiteres Wort, bis sie Jims Zimmer erreichten. An der Tür angelte Jim seine Schlüsselkarte aus seiner Brieftasche. Er schob sie in den Schlitz, wartete auf das grüne Licht und stieß dann die Tür auf.

Matt wollte gerade seinen Mund öffnen, um etwas zu sagen – irgendetwas, aber höchstwahrscheinlich „vielleicht war das ein Fehler" – aber bevor ein Ton über seine Lippen kommen konnte, drückte Jim seine Zunge mit zielstrebiger Entschlossenheit gegen Matts.

Und damit verschwanden jegliche unausgesprochenen Proteste aus Matts Gehirn. Blut sammelte sich direkt hinter seinem Reißverschluss – als wäre es dort unten nicht bereits schlimm genug, aber dank Jim, der an seinen Lippen saugte, bedeutete es das Ende seiner Fähigkeit, nachzudenken, vernünftig zu urteilen und sich im Allgemeinen anspruchsvollere Gedanken zu machen.

Er schlang seine Arme um Jims Hals, zog ihn mit einer Hand näher (falls das möglich war), während er mit der anderen an seinem Rücken hinabstrich und sie an der Taille zur Ruhe kommen ließ. Jim hielt den Kuss aufrecht, schaffte es jedoch gleichzeitig, die Tür ganz aufzuschieben und Matt hindurchzudrängen.

Der Sauerstoffmangel und der Kampf zwischen seinem Reißverschluss und seinem Schwanz machten Matt orientierungslos. Er realisierte nicht, was geschah, bis seine Knie gegen die Kante des Bettes stießen.

Er schaffte es, seinen Mund loszureißen und nach Luft zu schnappen. „Verdammt kleiner Raum."

„Wie viel Platz brauchen wir? Das Bett ist King-Size", murmelte Jim und bewegte seine Hände über Matts ganzen Körper.

„Richtig", brachte Matt hervor, aber es war mehr ein Stöhnen als tatsächliche Sprache. Kaum zehn Sekunden später stand er so dicht bei Jim, dass er das Gefühl hatte, sie würden sich DNA teilen.

Mit geübten Händen berührte Jim Matts Hosenbund und zögerte für einen Moment. „Bist du sicher?", flüsterte er.

Matt hielt inne und dachte nach. Sein Körper hatte kein Problem damit, ein lautstarkes Ja zu brüllen, aber sein Gehirn und sein Herz ließen sich Zeit. Ein schneller Blick in Jims Gesicht und er sah ein Spiegelbild seiner eigenen Verwirrung. In diesem Moment gab es keine Täuschung. Keiner der beiden Männer suchte mehr als Trost und Befriedigung. Dieses Wissen entspannte Matt, schwächte seine plötzliche Trauer, dass es nicht Evan war und vermutlich nie mehr Evan sein würde, ab.

Bevor dieser Gedanke ihn überwältigen konnte, beugte Jim sich vor und küsste sanft Matts Lippen. Es war nicht mehr als eine Bestätigung und Jim trat zurück, als wollte er den Verlauf des Abends aufhalten.

„Nein", sagte Matt sanft. „Komm wieder her."

Jim zögerte, aber Matt streckte eine Hand aus.

189

„Komm her", sagte er erneut und ein wenig bestimmter.

Jim runzelte die Stirn. Seine himmelblauen Augen funkelten und Matt sah, wie sie innerhalb einer einzigen Sekunde weich wurden.

Nach einer langen Pause flüsterte Jim. „Was willst du?"

„Was?" Das überraschte Matt. Etwas an dem tiefen Grollen in Jims Stimme sagte ihm, dass das eine sehr einfache – und bedeutungsvolle – Frage war.

„Was … willst du?"

Mat lächelte, ein kleines (und wie von früheren Liebhaberinnen bestätigtes) sexy Lächeln. Dieses Spiel kannte er. „Für den Anfang, dich hier drüben."

Mit einem kaum merkbaren Stolzieren – Matt musste einfach grinsen, während er sich fragte, ob Jim das vor einem Spiegel ein paar hundert Mal geübt hatte – kam Jim näher und blieb erst stehen, als seine Brust Matts nackten Arm streifte. Bingo.

Ihre Blicke trafen sich, als sie nur wenige Zentimeter voneinander entfernt waren und teilten die Hitze des Momentes. Als Jim sich vorbeugte, um ihn zu küssen, zögerte Matt nicht.

Sie küssten einander mit geöffneten Mündern, verschlungenen Zungen und Händen, die sich rastlos bewegten und halbherzig versuchten, einander auszuziehen. Schließlich schien Jims Verzweiflung ihn zu überwältigen und er löste sich aus Matts Griff. „Warte, warte."

„Was?", murmelte Matt.

„Zieh dich aus."

Kein Einspruch von seiner Seite. Matt trat einen Schritt zurück und zog sich mit gesenktem Blick aus. Nacktheit hörte sich für das rasende, hormongesteuerte Biest großartig an, das von Jims schönem Mund und noch viel schönerem Körper geschaffen worden war. Aber ein kleiner Teil seines Gehirns hatte panische „mittelalt und nackt vor einem großartig aussehenden Fremden"-Gedanken. Oh ja, Matt Haight war von „Hey Baby, ich werde dich, meinen Namen stöhnend, zum Mond schicken" tief gefallen.

Jetzt machte er sich Gedanken um sein Alter, seine sexuelle Leistung und die emotionale Richtigkeit, mit jemandem zu schlafen, den er nicht kannte. Scheiße. Das war einfach traurig.

Als er aufsah, die Gedanken an Millionen Orten gleichzeitig, sein Körper schauderte und zuckte, starrte Jim ihn neugierig an, ein halbes Lächeln – ein verdammt heißes Lächeln – auf dem Gesicht. Er war ebenfalls splitternackt.

Oh ja. „Zeit, wieder anzufangen, Sit-ups zu machen", seufzte Matt.

Jim ließ seinen Blick über Matts Körper wandern und lachte leise. „Ich beschwere mich nicht."

„Netter Typ."

„Können wir bitte aufhören zu reden?"

„Gott, ja."

Matt überbrückte die Entfernung zwischen ihnen – und tauchte so schnell wie möglich seine Zunge tief in Jims Mund. Der Anstieg von Lust und Hormonen löschte alles andere aus: jeden Gedanken, jede Angst. Jede Berührung von Jims Lippen, jede Bewegung seiner starken, selbstsicheren Hände, die mit rauer Präzision über seinen Körper strichen, ließen Matts Gehirn beinahe explodieren. Sie drängten sich aneinander, bewegten sich langsam, ein gleichmäßiges Reiben. Jim löste sich nicht von Matts Mund und schaffte es dennoch, sie auf das Bett zu senken. Es war nicht elegant, brachte sie aber an den Ort, an dem sie sein wollten. Endlich. Das fremde Gefühl, den Körper eines anderen Mannes (nicht Evans, aber darüber würde er nicht nachdenken) intim an seinem eigenen zu spüren, ließ Matt einen Moment erschrocken innehalten, aber als Jims Hüften sich an seinen rieben, vergaß er es schnell. Matts Gehirn verschwand in ein benebeltes Paradies, während sein Körper in Flammen stand.

Perfekt.

Sie nahmen sich ein paar Minuten … Stunden … Unendlichkeiten, um sich faul aneinander zu reiben, jede Bewegung ihrer Hüften intensivierte den Moment. Die Erregung, als sich ihre Blicke begegneten. Matt schaffte es für etwa ein … zwei … drei Bewegungen von Jims Becken die Augen geöffnet zu halten, bevor er dem Drang, die Hotelzimmerdecke auszublenden, nachgab.

Jim nutzte die Gelegenheit, um seinen Mund von Matts Kiefer – ein sanftes Knabbern – zu seiner Schulter – ein stärkerer Biss – zu bewegen. Matt stöhnte angetan. Hervorragende Wahl.

Mit einer weiteren – umwerfenden – Hüftbewegung begann Jim seinen Mund begieriger zu bewegen. Brustbein. Schlüsselbein. Nippel – ja, so gut – Bauch.

Ungebeten, unwillkommen tauchte Evan erneut vor Matts innerem Auge auf; mit jeder Bewegung, die Jim an Matts Körper hinab machte, spürte Matt ein Echo des anderen Mannes. Er versuchte das Bild zu verbannen, aber es war unmöglich. Er wurde mehr und mehr abgelenkt. Er spürte, dass Jim aufhörte, sich zu bewegen und sich Matts Gesicht näherte.

„Mach ruhig … tu so, als wäre ich er. Es ist okay."

Als er die unerwarteten Worte hörte, flogen seine Augen auf und er begegnete Jims Blick. Er suchte nach … etwas. Er wollte wissen, was Jim fühlte. Matt zögerte, überwältigt von dieser selbstlosen Geste. Seine Gedanken rasten verzweifelt. Es war Jim gegenüber nicht fair; er würde es nicht tun – aber ungebeten tauchte der Gedanke an Evan auf.

Ihn zu spüren, sein Geschmack – er vermisste Evan so sehr, und die sehr reale Möglichkeit, dass er nie wieder auf diese Art mit ihm zusammen sein würde, überwältigte ihn.

„Lass mich", murmelte er an Jims Wange. „Lass mich …" Er brach ab und hoffte, dass Jim verstand, was er meinte, ohne dass er sich zwingen musste, die Worte auszusprechen.

Jim nickte – Gott sei Dank – ohne dass er noch etwas sagen musste. Er drückte einen sanften, keuschen Kuss auf Matts Kinn und die einfache Berührung ließ Matt schaudern. Jim bewegte sich vorsichtig, erhob sich von Matt und ließ zu, dass er sich auf die Seite drehte.

Es fühlte sich seltsam an, sich ohne Worte einem gemeinsamen Ziel entgegenzubewegen. Es sorgte dafür, dass Matts Magen sich beruhigte und er hob seinen Blick von dem hellen Bettlaken, ließ ihn über Jims schönen Körper wandern und sah schließlich sein Gesicht an. Und sein Lächeln.

„Es ist okay."

„Ich weiß."

„Das kann für uns beide gut sein."

„Ich weiß." Matt lachte schwach.

„Komm her", sagte Jim sanft.

Matt rutschte nach unten, streckte seine Arme aus und zog Jims Körper enger an seinen. Dessen Unterleib dichter an sich. Er wandte seinen Blick nicht ab, wurde nicht schüchtern. Er leckte sich über die Lippen, spürte den winzigen Schauder, der Jims Körper durchlief – er muss zusehen, dachte Matt, und das fühlte sich heiß an –, drückte seinen Mund an die Spitze von Jims Schwanz und schauderte ebenfalls. Gott. So gut.

Die Erinnerung an ein Gefühl brannte hinter seinen Augen, irgendwo zwischen Geschmack und Geruch; in Matts Körper wirbelte das Verlangen. Evan. Er erinnerte sich an Evan. Es gab ihm zu denken. Eine enge Faust schloss sich um sein Herz. Die streichelnde Hand in seinem Haar war eine Überraschung, aber andererseits hatte Jim sich bereits zuvor als wahrhaftiger Heiliger erwiesen. Vielleicht konnte er dafür sorgen, dass sie sich beide gut fühlten. Eine Erinnerung erneut durchleben, ein wenig geteiltes Vergnügen …

Nach einem Moment des Zögerns schloss er die Augen, zog Jims Körper näher und setzte die sanften Bewegungen seines Mundes fort. Er spürte, dass Jim sich anspannte, also streichelte er mit seiner freien Hand an seinem Oberschenkel auf und ab und beruhigte ihn, bis er sich entspannte.

Sobald der Rhythmus wiederkehrte, ließ Matt seine Gedanken zurück in sein Apartment wandern, zurück zu diesem ersten Mal. So hungrig, so unbeholfen. Matt stöhnte kehlig, was bei Jim eine Kettenreaktion auslöste. Einen Moment lang kämpfte er schwach um seine Beherrschung und bewegte sich dann schnell, um sich mit dem Rücken zu Matt neben ihn zu legen. Rohe Lust ließ Matts Magen drei Stockwerke tiefer rutschen.

Einfacher, sich etwas anderes vorzustellen, dachte er wild. *Einfacher, an Evan zu denken. Gott.*

Er ließ sich gehen, warf sich in diesen Abgrund, in dem er alles vergaß, außer wie es sich anfühlte, jemanden mit seinem Herzen und seinem Mund und seiner Seele zu lieben. Die engen Wände des Holiday Inn verschwanden und er lag wieder mit Evan auf der Couch, streichelte ihn sanft und lauschte seinen unterdrückten

Lauten. Er berührte Evan, neckte ihn mit seinem Mund, bewegte sich instinktiv und mit einem ehrgeizigen Drang, ihm zu gefallen. Oh, aber es war schwer in dieser Erinnerung zu bleiben, denn Matts Körper wurde von Jims geschickter Zunge verwöhnt, während Hände rastlos über die Haut seiner Oberschenkel strichen.

Irgendwo zwischen dem Abgrund der Erinnerung (Evan, der sich in den Kissen wand, Evan in der Dusche, Evan im Keller, der nach nervöser Energie und Liebe schmeckte) und dem Hier und Jetzt, krümmte sich Matts ganzer Körper, zog sich zusammen, stieg in ungeahnte Höhen und zersprang in tausend Teile. Eine Sekunde später spürte er einen sanften Biss an seinem Oberschenkel und Jim zog sich aus seinem Mund, ergoss sich ebenfalls heftig zuckend auf Matts Brust. Jim rief einen Namen zwischen seinem Stöhnen und Matt streichelte seinen Rücken, während er kam.

Er verstand.

Während der Rest seines Verstandes langsam in seinen Schädel zurückkehrte, zog Matt an Jims Arm, der schlaff über Matts Hüfte lag. „Komm her."

„Herrisch", kam eine gemurmelte Antwort.

Matt lachte. Jim drehte sich um und ließ sich neben ihn fallen. Schweigend kamen sie beide tief in Gedanken versunken wieder zu Atem, während ihre Schultern sich berührten. Das Telefon klingelte, unterbrach schrillend ihre Träumerei. Jim zuckte zusammen; er erwartete offensichtlich keinen Anruf.

„Geh nur", sagte Matt. „Vielleicht ist es wichtig."

Jim nickte. Offensichtlich war er ein Polizist, der niemals außer Dienst war, etwas das Matt verstand und respektierte. Er drehte sich um und griff nach dem Hörer. „Hallo?"

Matt schob seine Hände unter seinen Kopf und sah zu, wie Jims Gesichtsausdruck sich in etwa zehn Sekunden von Sorge zu absolutem Glück zu purem Schmerz wandelte. Es brauchte keinen Hirnchirurgen, um zu wissen, wer am anderen Ende der Leitung war.

„Hey, Mann", brachte Jim schließlich hervor. „Alles okay? Steht das Haus noch?"

Er hörte dem Mann am anderen Ende der Leitung zu und wandte den Blick von Matts Seite des Bettes ab. „Ja? Okay, kein Problem. Ich werde am Sonntagmorgen zurück sein. Mein Flug von New York geht um halb zehn."

Jim schwieg lange. Matt konnte nicht verstehen, was am anderen Ende gesprochen wurde. Jim hatte noch immer nicht aufgesehen, also rutschte Matt hinüber, bis er direkt in seinem Blickfeld lag.

„Alles okay?", formte er mit den Lippen.

Jim nickte, aber der Blick, den er Matt zuwarf, war nicht im Geringsten überzeugend. Nach einer Sekunde legte Matt seinen Kopf in Jims Schoß. Das entlockte ihm ein schwaches Lächeln.

„Äh, ja. Ja. Das ist okay."

193

Jim streichelte Matts Schulter mit seiner freien Hand. Das schien ihn zu beruhigen, also bewegte Matt sich nicht.

Nach ein paar Momenten des Streichelns und Worten am anderen Ende der Leitung, sagte Jim: „Ja. Bis dann. Okay. Du auch."

Matt setzte sich auf, griff nach dem Hörer und legte ihn zurück auf die Gabel und drehte sich dann zurück, um sich Hüfte-an-Hüfte neben Jim zu setzen, dessen Augen sich auf das hässliche Blumenmuster des Bettüberwurfs konzentrierten. Matt realisierte, dass sie nicht einmal geschafft hatten, ihn herunterzuziehen.

„Alles in Ordnung?"

„Ja", murmelte Jim.

„Nun, meine Güte, ich bin vielleicht kein Detective mehr, aber ich würde sagen, das ist Bullshit."

Jim funkelte ihn an, aber das hielt nicht lange. Er brach in Lachen aus und schüttelte den Kopf. „Du ... du erinnerst mich an ..."

„Deinen Mitbewohner?"

Jim lachte. „Bei dir klingt es nach einer Sitcom. Oder College."

„Hast du im College deine Mitbewohner begehrt?"

„Etwa acht Minuten lang." Er zwinkerte.

„Hört, hört!" Matt lachte. „Großer Mann auf dem Campus."

„Quarterback", schnaubte Jim.

Matt ließ sich auf das Bett zurückfallen. „Also habe ich es heute Nacht ziemlich gut getroffen – wenn ich achtzehn wäre."

Jim ließ sich neben ihn fallen und drehte sich auf die Seite, um Matt anzusehen. „Hey, ich denke, du hast es ziemlich gut getroffen – für einen alten Mann."

„Fick dich. Und glaub ja nicht, dass ich es nicht gemerkt habe, dass du das Thema gewechselt hast."

Jims Worte strotzten vor gespielter Ehrfurcht. „Gott, du bist gut."

„Arschloch."

„Ein weniger guter Mann würde diese Gelegenheit ausnutzen."

Matt lachte. „Ich gebe immer noch nicht auf. Ich habe heute Morgen meine Vitamintabletten genommen und ich erinnere mich genau, dass ich dir eine Frage gestellt habe."

Jim seufzte schwer, geschlagen. „Okay, okay. Es war mein Mitbewohner. Ich bin nach New York gekommen, um seine Hochzeitsvorbereitungen zu vermeiden. Jetzt hat er mich angerufen, um zu sagen, dass sie ein kleines Ritual vor der Hochzeit haben werden – irgendein Unsinn – in der Wohnung, am Abend meiner Rückkehr. Er wollte sichergehen, dass ich rechtzeitig zu Hause bin." Müde rieb Jim sich mit den Handrücken über die Augen. „Und jetzt darf ich dreitausend Meilen nach Hause fliegen, um zu einer Party zu gehen und würde mir lieber den Arm abhacken."

Matt lag schweigend da und versuchte, sich etwas Kluges und Unterstützendes einfallen zu lassen. Am Ende entschied er sich für: „Das ist verdammt scheiße."

„Ach, wirklich."

„Aber du wirst zurückgehen. Und lächeln. Und kein Wort darüber verlieren, wie du dich wirklich fühlst."

„Ja."

„Das ist noch viel schlimmer, mein Freund."

„Ja."

14

EVAN KEHRTE langsam aus den Tiefen seines ruhelosen Schlafes ins Bewusstsein zurück. Er hörte das Schnattern junger Stimmen – die Kinder waren zurück – und eine paar erwachsene Stimmen, die sich in das dumpfe Summen mischten, das seine Kinder während ihrer wachen Stunden immer umgab. Helena war zweifellos noch immer da. Es roch gut, was hieß, dass seine Partnerin jemanden eingeladen hatte, der kochen konnte. Einen Moment lang blieb Evan unter der schweren Decke liegen und genoss es. Familie, Freunde, ein seltener Moment der guten Stimmung, die Vorfreude darauf, sich mit all den Menschen hinzusetzen und eine gute Mahlzeit zu teilen.

Die Türklingel unterbrach seine Tagträumerei und eine männliche Stimme rief eine Begrüßung. Sein Herz stockte und einen Moment lang dachte Evan, *Matt ist hier. Er ist zurück.* Aber wie sie es immer zu tun pflegte, kehrte die Realität zu schnell zurück, als dass er die Möglichkeit auskosten konnte. Matt war nicht zurück. Wieso sollte er? Evan hatte ihn schließlich weggeschickt und sein Herz gebrochen.

Ein kalter Schauder breitete sich in seinem Körper aus wie eine Schockwelle. Er vergrub sich unter den Decken. Es war so lange her, dass er sich nach oben und in ihr Bett gewagt hatte. Auf dem Sofa zu schlafen – oder besser gesagt, sich ruhelos hin und her zu drehen, während er so tat, als würde er schlafen – hatte eine Weile funktioniert, aber jetzt wurde selbst dieser Ort heimgesucht. Sherri lauerte hier oben in den Schatten. Matt wartete im Wohnzimmer auf ihn. Und in der Dusche.

Wenn die Erfahrung, mit Matt in der Dusche zu sein, Form und Umfang seines Gehirns verändert hatte, dann drohten die Erinnerungen dafür zu sorgen, dass ein Blutgefäß platzte. Das Geräusch von laufendem Wasser ließ ihn steinhart werden, was seine morgendlichen Duschen definitiv interessanter gestaltete. Aber es war nicht nur der Sex (und er dachte ständig daran), er vermisste die Intimität, die Berührungen und den Anblick von Matts warmem und einladenden Gesicht. An manchen Morgen krümmte er sich, weil es so schmerzte und versteckte sich im Badezimmer.

Verlegen und plötzlich erregt ballte Evan seine Fäuste um die Bettdecke. In den Tagen, seit er Matt weggeschickt hatte, hatte Evan sich zunächst erschreckend taub gefühlt und war dann in den Tiefen eines Schmerzes versunken, den er nicht gefühlt hatte, seit ... seit ...

Seit Sherris Tod.

Jetzt wartete die Erinnerung an Matt (seine Freundlichkeit, sein Lächeln, seine Hände, sein Mund) neben Sherris Geist (ihre Augen, ihre Liebe, ihr Glauben), und beide verurteilten Evan in jeder Sekunde des Tages. Hatte er Sherri nicht wegen seiner Arbeit allein sterben lassen? Er hatte zugelassen, dass die Panik und Scham Matt wegstießen.

Er war allein.

Die Kinder und die Arbeit waren alles, was ihm noch geblieben war. So sehr die Kinder seine Seele nährten und ihm einen Grund gaben, morgens aufzustehen, er wusste, dass es nicht reichte. Manchmal war es einfach, die Leere und den Mann, der mehr brauchte, zu ignorieren. Er brauchte Trost, Gesellschaft. Leidenschaft. Liebe. Bilder blitzten in seinen Gedanken auf; jedes aus dem innerlichen Film von Matt und ihrer gemeinsamen Zeit. Egal, was er tat, egal welche Gedanken er heraufbeschwor, um es zu bekämpfen, Evan schaffte es nicht, Matt aus seiner Erinnerung zu verbannen.

Sein Körper brannte.

Er umklammerte die Decke fester und versuchte die Lust, die durch seine Adern rauschte, zu bezwingen. Es war so lange, so schrecklich lange her, dass er ihr nachgegeben hatte. Seit er den Drang mit seiner Hand und einer Fantasie vor dem inneren Auge gelindert und sich dem Schmerz hingegeben hatte. Aber dieses Mal fühlte seine Kontrolle sich ein wenig zu schwach an und das Verlangen war zu heftig.

Mit zugekniffenen Augen schob er eine Hand unter die Decke und versuchte, sich mit jeder noch so winzigen Bewegung von sich selbst zu lösen. Zu bald streifte seine Hand die gespannte Beule zwischen seinen Beinen. Evan entließ die Luft, die er viel zu lange angehalten hatte, aus seiner Lunge. Kleine Lichtpunkte glühten wie Nadelstiche hinter seinen Augenlidern. Bevor er es sich anders überlegen konnte, drückte er seinen Schwanz und bog seinen Rücken durch … hob sein Becken ein Stück vom Bett.

Er biss sich auf die Lippe, um das verlangende Geräusch zu unterdrücken, das versuchte, seiner Kehle zu entkommen. Er schloss seine Finger langsam enger um sich und ließ sich von dem Rausch der Lust davonspülen. Es war einfach seine Hand weiterzubewegen, nachdem er einmal angefangen hatte, nachdem er sich die Erlaubnis gegeben hatte, nur einmal zu fühlen.

Die Fantasie war immer gleich – nein, keine Fantasie. Es war eine minutiöse Erinnerung jedes Streichelns, jedes Kusses und jedes Aneinanderpressen ihrer Hüften, das Matt ihm geschenkt hatte. Die erste unbeholfene Nacht in Matts Wohnung, in der er sich gefühlt hatte, als würde er in tausend Teile zerspringen, weil es so schön war, berührt und gehalten zu werden. Küsse auf der Couch, Körper, die sich gegeneinanderdrückten … dann die Dusche.

Er bewegte seine Hand schneller, fester, seine Beine fielen auseinander und in der unteren Hälfte seines Rückens begann es heiß zu kribbeln. Er konnte Matts gekeuchtes „Fick mich" hören und jetzt bewegte seine Hand sich in einem schmerzhaften Tempo und dann schauderte er – die Erfüllung war qualvoll und perfekt, das Nachbeben ließ ihn zittern, bis er langsam auf dem Bett zur Ruhe kam.

Seine Hand war feucht von seinem Sperma, sein Gesicht tränennass. Es endete immer so – kurze Erleichterung und dann drückte das Gewicht seiner Schuld auf ihn hinunter, bis Evan laut keuchte. Die Schuldgefühle galten nicht seiner Erleichterung. Die Schuldgefühle galten der Tatsache, dass er mit der Erinnerung an Matt betrügen musste.

ER DUSCHTE schnell – in kühler Dunkelheit – und zog sich anschließend Jeans und einen Pullover an, um menschlich zu wirken und sich ein wenig aufzuwärmen. Sein Geist fühlte sich etwas weniger benebelt an und auf eine Art war das keine vollkommen gute Sache, denn die Selbsterkenntnis schmerzte.

Die Liste seiner Opfer – eine Liste, die seinen eigenen Namen enthielt – war lang. Wie konnte er sich in Nebel und Schmerz verstecken, sich in Vermeidung vergraben?

Er wusste, dass er sich vor Sherris Tod versteckte, vor seinen Gefühlen für Matt, davor, der Vater zu sein, den seine Kinder verdienten. Sein Job – er konnte gar nicht erst davon anfangen. Alles, worauf er je stolz gewesen war, war zu einem großen Haufen Asche verkommen.

Auf zitternden Beinen ging Evan die Treppe hinunter. Das Gericht wartete.

Miranda entdeckte ihn zuerst und rief ein lautes, aber verhaltenes „Dad!", das schnell von Kathleen, Elizabeth und Danny wiederholt wurde. Helena kam um die Ecke und musterte ihn vorsichtig. Das würde spaßig werden.

Er entdeckte Vic Wolkowski, der auf dem Sofa saß. Ihn aufmerksam ansah. Scheiße. „Evan."

Er nickte grüßend und sah Serena Abbot, die sich die Hände an einem Geschirrtuch abtrocknete und ihn spekulativ beobachtete.

„Hey", krächzte er und verfluchte seine schwache Stimme. „Etwas riecht gut."

Ein paar der Anwesenden nickten, der Rest zeigte ausdruckslose Gesichter. Gott, war er wirklich so zerbrechlich in letzter Zeit? Selbst seine Jüngsten musterten ihn, als würden die Nähte, die seine geistige Gesundheit zusammenhielten, reißen und alles würde sich auf dem Boden verteilen.

Was nicht allzu weit von der Wahrheit entfernt war.

Er sammelte seine Stärke und setzte etwas auf, das einem Lächeln ähnelte. Mit ausgebreiteten Armen ging er zur Couch hinüber und umarmte jedes seiner Kinder fest. Dass sie sich einen Moment lang versteiften, brach sein Herz.

Evan schluckte seine Bitterkeit und lächelte weiterhin so beschwichtigend, wie er konnte und stellte sich anschließend in Vics Nähe, der ihn tadelnd und misstrauisch ansah. Evan machte sich nicht die Mühe, Helenas Blick zu begegnen, da sie bereits gesehen hatte, wie er zusammengebrochen war und ihm nicht glauben würde.

Serena warf ihm einen Blick zu, der sehr viel Ähnlichkeit mit Vics hatte. Sie gaben ein reizendes Paar ab. Unangenehme Stille.

Schließlich erbarmte Helena sich scheinbar, denn sie klatschte in die Hände und sagte: „Okay! Lasst uns den Tisch decken. Wir haben einen Haufen Essen, den wir heute schaffen müssen!"

Serena verdrehte die Augen, was die kleinen Kinder zum Kichern brachte, während sie in die Küche gingen. Helena begegnete Evans Blick und lächelte sanft. Sie schien zu verstehen, dass er sich langsam auf den Abend einlassen musste.

Alle rissen sich in der Küche lautstark darum, Serena zu helfen, aber Evan blieb zurück. Er konnte sehen, dass Vic ihn anstarrte und er wusste, was ihm drohte.

Sobald im Wohnzimmer keine unmittelbar beteiligten Personen mehr anwesend waren, straffte Evan die Schultern und wandte sich seinem Vorgesetzten zu.

Vic seufzte. „Evan, ich weiß, wie schwer alles für dich war. Und das meine ich ernst, das weißt du", sagte er sanft, aber bestimmt. „Du brauchst Hilfe. Und zwar jetzt. Du kannst dich nicht mehr länger verstecken."

Ein riesiger Kloß bildete sich in Evans Kehle. Er nickte.

„Ich habe den Namen von jemandem, der mir geholfen hat, nachdem meine Frau … gestorben war. Ich werde dir heute Abend seine Nummer geben. Und ich will, dass du morgen früh anrufst und einen Termin ausmachst."

Während er nach seiner Brieftasche griff, schenkte Vic Evan einen strengen Blick.

„Nachdem du den Termin ausgemacht hast, kommst du zu mir und sagst mir Datum und Uhrzeit. Nach diesem ersten Termin wirst du mir mitteilen, wie viele weitere Gespräche du ausgemacht hast. Wir werden deinen Arbeitsplan anpassen, damit du nicht zu viel Zeit verpasst, in Ordnung?"

„Ja, Vic … danke", sagte Evan leise. Er nahm die Karte und starrte sie an.

„Evan, das ist eine Chance, die ich dir hier biete. Ehrlich gesagt bekommst du sie nur, weil ich deine Situation kenne. Entweder du arbeitest mit diesem Arzt zusammen und bekommst dein Leben auf die Reihe oder ich beurlaube dich."

Evan riss seinen Kopf hoch. „Was?"

„Das ist deine letzte Chance, Evan. Ich habe dir viel durchgehen lassen, aber das ist jetzt vorbei. Ich kann dir in diesem Zustand nicht vertrauen."

Das ließ Evan wütend schnauben. „Ich bin ein guter Polizist."

„Du bist ein hervorragender Polizist. Einer der besten, mit denen ich je zusammengearbeitet habe. Aber du bist depressiv und teilnahmslos und trauerst auf so vielen Ebenen, dass ich nicht darauf vertrauen kann, dass deine Instinkte hundertprozentig funktionieren."

Vic hob seine Stimme ein wenig und Evan konnte die Emotionen hinter seinen Worten hören.

„Du hast Glück, Evan. Du hast vier wundervolle Kinder, die dich unglaublich lieben. Du hast Freunde, die wollen, dass es dir bessergeht. Und du hast eine Chance, eine ziemlich großartige Person zu lieben –"

Evan spannte sich an, seine Miene gefror. *Gott.*

„Ich weiß, dass etwas schiefgegangen ist, aber Evan, ich muss sagen, dass ich hoffe, dass es etwas ist, das du in Ordnung bringen kannst. Ich kenne Matt seit sehr langer Zeit und er ist ein besonderer Mensch. Er verliebt sich nicht einfach so."

Er versuchte seine Lippen zu bewegen, etwas zu sagen, aber seine Kehle war wie versiegelt. Alles, was er zustande brachte, war ein Nicken und er senkte seinen Blick.

Als er seine Stimme wiederfand, flüsterte Evan: „Ich rufe den Arzt morgen früh an. Ich sollte am Montag zurück sein – gilt das noch?"

Vic zuckte die Schultern. „Sag du es mir."

„Schreibtischarbeit für die ersten paar Wochen. Ich kann Anrufe erledigen, solche Dinge."

„Das klingt machbar."

„Okay."

Sie standen ein paar Minuten schweigend da, während aus der Küche Gelächter und Wortfetzen herüberdrangen.

„Hey, seid ihr hier fertig? Essen steht auf dem Tisch." Serena kam ein wenig zögerlich in den Raum.

Vic schenkte ihr ein Lächeln. „Wir kommen. Es riecht unglaublich."

Serena strahlte dankend und drehte sich um, um zurück in die Küche zu gehen.

„Lass uns das Essen und die Gesellschaft genießen, okay?", sagte Vic freundlich. „Morgen fängst du an, alles zu ordnen. Heute Abend erinnern wir dich, wieso es die Mühe wert ist."

Evan nickte. „Ich weiß das zu schätzen."

Vic hob seine Hand und boxte leicht gegen Evans Arm.

Evan konnte ein Grinsen nicht unterdrücken. „Ja. Danke, *Trainer*."

Vic verdrehte die Augen. Sie teilten einen stillen Moment und gesellten sich dann zum Rest der Familie in die Küche.

Als Evan in die lächelnden Gesichter sah und sich von den Geräuschen, Gerüchen und der Wärme dieser Menschen erfüllen ließ, erkannte er, dass jemand fehlte.

Matt fehlte. Und er konnte das nicht länger leugnen.

Matt und Jim wachten früh auf und entschieden sich gemeinsam zu frühstücken, bevor sie getrennte Wege gingen. Jim musste in ein Flugzeug steigen und ein großartiger bester Freund (mit gebrochenem Herzen) sein. Matt musste … Matt sein und herausfinden, was zur Hölle er mit seinem erbärmlichen Leben tun sollte. Sie duschten getrennt, weil Matt das einfach nicht konnte. Sie fanden ein winziges Diner in einer Nebenstraße und bestellten sich ein großes Frühstück – $5.99 für so viel Cholesterin, dass Alarmglocken klingeln mussten. Es war hervorragend.

Aus irgendeinem Grund blieb das unangenehme Schweigen aus, obwohl sie sich erst seit etwa fünfzehn Stunden kannten und bereits ihre tiefsten Gefühle miteinander geteilt hatten. Und Sex gehabt hatten. Sie sprachen über Polizeiarbeit, Baseball, Basketball und den Verkehr in New York im Gegensatz zu den Straßen in Washington State. Es war erleuchtend. Matt spürte nur wenige Stiche des „Ich wünschte, ich wäre mit Evan hier".

Und die meisten davon waren „Ich wünschte, ich wäre mit Evan und Jim hier, weil ich glaube, dass sie sich verstehen würden". Und natürlich „Ich wünschte, ich wäre mit Evan und Jim hier, aber dass ich Sex mit Evan gehabt hätte". Er ließ allerdings nicht zu, dass diese Gedanken der angenehmen Unterhaltung, die er mit Jim führte, in die Quere kamen.

Sie verabschiedeten sich am Straßenrand voneinander. Ein Abschied am Flughafen schien ein wenig zu gewagt zu sein. Sie tauschten Visitenkarten und Handynummern aus und versprachen einander, in Kontakt zu bleiben.

„Ruf Evan an", sagte Jim plötzlich wie aus dem Nichts (sie sprachen über den besten Weg nach Queens). Matt zuckte zusammen. „Ich mein's ernst", sagte er, ein wenig leidenschaftlicher. „Lass nicht zu viel Zeit vergehen, okay? Vermassle es nicht."

Matt wusste genau, wieso Jim das sagte, also nickte er nur und schluckte das seltsame Kratzen im Hals hinunter. „Du solltest deinen eigenen Rat befolgen", sagte er leise.

Jim schüttelte den Kopf. „Ich habe meine Chance verpasst. Aber du – die Tür ist noch offen."

„Ich bin mir da nicht so sicher."

„Tritt sie ein." Jim zwinkerte.

Matt lachte. „Okay, okay. Ich verspreche es."

„Gut."

„Ich werde darüber nachdenken, ihn anzurufen."

„Arsch."

Sie grinsten einander einen Moment lang an. „Pass auf dich auf."

„Du auch."

Und dann, mit einem festen Händedruck und einem umwerfenden Lächeln, verschwand Jim in einem hastig herangewunkenen Taxi in Richtung LaGuardia und war weg. Es war ganz einfach der seltsamste One-Night-Stand, den Matt je gehabt hatte – abgesehen von der Tatsache, dass Jim ein Mann war.

Matt blieb noch lange stehen, nachdem das Fahrzeug aus seinem Blickfeld verschwunden war und machte dann auf dem Absatz kehrt, um sich ebenfalls ein Taxi heranzuwinken.

Und stieß mit Miranda Cerelli zusammen.

Matt blinzelte überrascht und hatte Schwierigkeiten, seine Stimme wiederzufinden. Er hatte keine Ahnung, wie Evan sein plötzliches Verschwinden aus ihren Leben erklärt hatte.

„Matt!", rief Miranda mit echter Freude in der Stimme. Eine Sekunde später schien sie sich zurückzuziehen, als bereute sie ihren Überschwang.

„Hi, Miranda", sagte er und entschied, dass aufrichtige Wärme seine beste Wahl war. „Wie geht es dir?"

„Ähm ... gut." Ihr Blick schien überall hinzuwandern, außer zu Matts Gesicht. Er versuchte nicht zu bemerken, wie sehr die nervöse Angewohnheit ihn an Evan erinnerte.

„Keine Schule heute?"

„Wir haben frei – Lehrerkonferenzen. Ich treffe ein paar Freunde zum Mittagessen. Dann gucken wir uns die NYU an."

„Hey, stimmt ja – du bist fast mit der Schule fertig."

Das Thema ließ sie auftauen. „Ich weiß! Ich kann es nicht glauben."

„NYU ist eine gute Universität, habe ich gehört."

„Mhm. Unglaublich fantastisch und es gibt alles, was ich will. Weil, ich werde mich für Kommunikationswissenschaft bewerben, weißt du. Um beim Fernsehen zu arbeiten. Ich hoffe, dass ich reinkomme."

Matt lächelte warm. „Ich bin mir sicher, du wirst keine Schwierigkeiten haben."

„Danke."

Matt ließ sich von der Situation hinreißen und dachte nicht lange über seine nächsten Worte nach. „Ich wette, dein Dad ist verdammt stolz auf dich, Miranda."

Sie erstarrten beide und Matt verfluchte sich, dass er sich auf dieses schmerzvolle Terrain begeben hatte. Mirandas Blick senkte sich wieder auf den Boden und ihre Schultern spannten sich an.

Scheiße.

Er realisierte außerdem, ziemlich plötzlich und ziemlich schmerzhaft, dass er die Tochter seines Ex-Liebhabers sah – und sie sah nur einen Freund ihres Dads. Er biss sich heftig auf die Zunge.

„Matt, kann ich dich etwas fragen?"

„Was? Oh, sicher."

„Wieso seid du und Dad keine Freunde mehr?"

Na bitte. Matt atmete tief ein und schluckte an dem Kloß in seinem Hals.

Meine Güte, Miranda, ich weiß es nicht. Wir haben vor ein paar Monaten aufgehört Freunde zu sein, als wir Geliebte wurden.

„Dein Dad ist mir immer noch wichtig, Miranda. Und ich wünsche ihm das Beste. Er brauchte nur ... Abstand. Um mit, du weißt schon, allem, was so los ist, klarzukommen."

Das klang selbst in seinen Ohren nach einer verdammt schlechten Ausrede. Und dann war da dieses verwirrte Stirnrunzeln in Mirandas Gesicht, als sie ihren Blick hob. „Wieso braucht er Abstand von seinem Freund? Er hat kaum jemanden außer Helena und Mr. Wolkowski. Und sie sind vor allem Leute von der Arbeit, weißt du. Du warst der erste richtige Freund, den er seit Ewigkeiten hatte. Er war glücklich. Es war so schön." Jetzt begann Miranda zu weinen und das fühlte sich an, als ob ein glühend heißes Schüreisen in sein Herz gestoßen wurde. „Jetzt ist er so traurig, sogar noch mehr als vorher."

Sie schniefte und Matt starb innerlich.

„Oh, Liebling, bitte weine nicht. Es tut mir so leid, wirklich. Aber dein Dad weiß, was er tut. Er muss seine Gründe gehabt haben. Und ich will, dass du weißt, dass ich für euch da bin. Für dich und deine Schwestern und deinen Bruder und euren Dad. Ihr müsst nur fragen."

Sie schniefte noch ein wenig mehr.

„Okay." Matt fischte seine Brieftasche aus der Hosentasche und griff nach einer Visitenkarte (die zweite des Morgens, die Umstände ließen ihn einen Moment schwindelig werden), dann nach einem Stift und schrieb jede mögliche Nummer auf, die ihm einfiel und unter der Miranda ihn erreichen konnte. Er hielt sie ihr hin.

„Hier, Liebling. Trag das bei dir. Jederzeit, wenn ihr etwas braucht, lass es mich wissen. Jederzeit."

Ihre glänzenden blauen Augen durchbohrten ihn.

Etwas in der Luft bewegte sich und kam zur Ruhe, wie Wissen, das durch Moleküle und nicht durch Worte weitergegeben wurde. „Danke."

„Es tut mir leid, Miranda. Du wirst nie wissen wie sehr."

„Danke, Matt. Mir tut es auch leid. Ich hoffe, dass mein Dad irgendwann wieder mit dir befreundet sein will. Ich denke, er muss … Ich denke, er muss mit dir befreundet sein."

Es war ihr Gesicht. Evan konnte darin lesen – diese Mischung aus mädchenhafter Unschuld und „Zu viel gesehen"-Weisheit. Eine kleine Stimme, die ihr vielleicht gesagt hatte, dass es mehr als Freundschaft war, aber sie schien nicht weltgewandt genug zu sein, um die Teile zusammenzusetzen. Dafür war Matt dankbar. Wenn er Evans Reaktion während ihres letzten Streits bedachte, war das Wissen über ihre Beziehung nichts, was die Kinder an einer Straßenecke in Chinatown erlangen sollten.

Also sagte Matt schließlich nur: „Ich auch, Miranda", und gab sein Bestes, dem Drang, sie zu umarmen, zu widerstehen.

Sie verfügte nicht über dieselbe Impulskontrolle, denn eine Sekunde später warf sie ihre Arme um seinen Hals und drückte ihn hastig. „Okay, ich muss gehen."

Matt traute seiner Stimme nicht, also nickte er nur.

„Äh … tschüss."

Tief atmen, Matt, tief atmen. „Mach's gut, Miranda. Grüß … deine Familie."

„Ja. Tschüss." Und dann rannte sie davon. Wortwörtlich.

Zitternd hob Matt einen Arm, um ein Taxi zu rufen.

MATT SAH auf die Karte in seinen Händen und versuchte herauszufinden, welche der kleinen Kästchen das Zulassungsbüro der NYU darstellte. Matthew Haight hatte die mutige, erstaunlicherweise nicht durch Alkohol angeregte Entscheidung getroffen, sich wieder an einer Universität einzuschreiben.

Großartig. Nichts war vergleichbar damit, sich einen zweiten (oder war es ein dritter?) Anfang im Leben zu gestatten.

Der NYU-Katalog lag Am Morgen Danach (er begann von vielen Teilen seines Lebens in Großbuchstaben zu denken) in seinem Briefkasten. Die Taxifahrt von Staten Island nach Hause war für Matt aufschlussreich gewesen.

Nach der Sache mit Jim und seinem Zusammenstoß mit Miranda war er einfach erschöpft gewesen und brauchte einen Blitzschlag, der entweder den Tod oder eine Erleuchtung brachte. Im Moment kümmerte ihn nicht sonderlich viel. Er erkannte, dass sein Leben stillstand, seit Jahren schon. Er brauchte etwas zu tun, brauchte etwas, das ihn aufweckte und ihn in Bewegung brachte. Irgendwohin. Nur an einen besseren Ort als „hier".

„Hier" war ein Ort, an dem er wartete, darauf, dass sein alter Job zurückkam, auf Evan (der Magic 8 Ball sagt „Die Zukunft ist unklar"), auf seine Jugend. Er musste aufhören zu warten.

Kein Druck.

Der NYU-Katalog, der unschuldig auf ihn wartete, war sein Blitzschlag. Die Unterhaltung mit Miranda? Der Katalog, der dort lag? Der Katalog, den er nicht bestellt hatte? Matt glaubte nicht an viele Dinge, aber er erkannte an, wenn das Universum ihm eine Nachricht um die Ohren schlug.

In den nächsten zehn Tagen schrieb er sich für die Frühjahrskurse am Institut für berufliche Weiterbildung ein (Psychologie, Einführung in BWL, Amerikanische Literatur I und Spanisch II – weil ihm danach war, anzugeben) und traf sich mit einem Immobilienmakler. Nach einigen Besichtigungen fand Matt eine winzige Ein-Zimmer-Wohnung im Village, kaum eine Größenverbesserung im Vergleich zu seiner Wohnung auf Staten Island, aber immerhin war es eine Veränderung. Am Ende der Woche unterschrieb er den Mietvertrag, bekam die Schlüssel und kehrte – um einen großen Teil seines Bankkontos erleichtert – in seine bald-ehemalige Wohnung zurück.

Matt hatte auf der Fährüberfahrt nach Hause eine Million Dinge, um seine Gedanken zu beschäftigen. Er musste einen Computer kaufen. Und etwas, um den Computer draufzustellen. Bücher. Und etwas, um die Bücher zu verstauen. WLAN. Die Liste wurde immer länger. Er hatte beinahe alles gepackt. Es war keine große Aufgabe, da es in seiner Wohnung nicht viel gab, abgesehen von Kleidung und Möbeln. Zu schade, dass er die Verpackung der Couch entsorgt hatte.

In der einen Sekunde dachte Matt über seinen Umzug nach und in der nächsten an seine Wochenenden mit Evan.

Autsch.

Scheiße.

Als er in den Flur des Wohnkomplexes trottete, bemerkte er einen gelben Klebezettel auf seinem Briefkasten. Nachdem er seine Post herausgeholt hatte

(Rechnung, Rechnung, Werbung, Rechnung), las er die Nachricht. USPS hatte ihn freundlich informiert, dass seine Nachbarin in 1A sein Paket angenommen hatte.

Mrs. Crimene war etwa zweihundert Jahre alt und hatte die Größe eines Gartenzwerges. Matt hatte Angst, dass sie zerbrechen würde, wenn sie im Flur zu dicht aneinander vorbeigingen. Sie blinzelte ihn mehrere Minuten lang kurzsichtig an und trippelte dann davon, um sein Paket zu holen. Sie brauchte mehrere Momente, um zurückzukehren. Die Box war nicht groß, aber sie wog anscheinend mehr, als ihre dünnen Arme tragen konnten. Matt streckte seine Arme in die Wohnung, ohne über die Türschwelle zu treten, weil Mrs. Crimene recht hartnäckig darauf bestanden hatte, dass er auf seiner Seite blieb.

„Danke, Mrs. Crimene", schrie er beinahe.

Sie nickte, blinzelte und schlug die Tür ohne ein weiteres Wort zu. Meine Güte, dachte Matt, sie würde ihn wirklich vermissen, was?

Oben ließ er die Box auf den Tresen fallen und warf seine Jacke ebenfalls dazu. Sein Handy zeigte keine Nachrichten, was zu der langweiligen Post in seinem Briefkasten passte. Oh ja, Mr. Spannendes Leben. Immerhin hatte er ein Paket bekommen. Er erinnerte sich nicht, etwas bestellt zu haben. Er warf einen Blick auf die Absenderadresse und begann zu lächeln.

Washington.

Er hatte keine Ahnung, was Jim ihm geschickt haben könnte, aber die Erinnerung an seinen Freund (Liebhaber? Nee, zu seltsam) hellte seine Stimmung auf, während er das Papier aufriss.

Innen fand Matt eine ordentlich versiegelte Schachtel. Ein paar schnelle Bewegungen mit seiner Schere und sie war offen. Oben lag ein kleines quadratisches Stück Papier.

Er las den Text in Jims Handschrift:

> *Matt*
> *Hier ist ein bisschen Recherchematerial. Hast du schon*
> *angerufen? Sei kein Idiot.*
> *J.*

Matt lachte leise. Er stellte sich den strengen „Tonfall" von Jims Stimme vor, als er die Worte geschrieben hatte. Er holte drei Bücher mit Hardcover-Einband heraus und brach in Gelächter aus. „Recherchematerial" war es in der Tat – *Das schwule Kamasutra?*

Kichernd schlug er das Buch auf und sah Jims ordentliche Handschrift in der Ecke.

Mehrmals unterstrichen waren die Worte *Ruf ihn an* und darunter stand in kleineren Buchstaben – *Ich empfehle die Seiten Siebzehn, Dreißig und Einundvierzig. Vorher dehnen.*

Matt lachte, bis sein Bauch schmerzte. Verdammt, er bedauerte es, dass Jim dreitausend Meilen entfernt lebte! Die Bücher waren großartig, um zu lachen, aber sie drückten auch die Freundlichkeit und Unterstützung aus, die Jim ihm offensichtlich zukommen lassen wollte.

Ruf Evan an. Ruf ihn an, du Idiot.

Matt seufzte. Ja, er wollte Evan anrufen. Das wollte er wirklich. Aber nicht jetzt. Jetzt würde er Jim anrufen und ihm die Hölle heißmachen, weil er Pornographie via USPS verschickt hatte.

Matt holte seine Brieftasche aus der Jacke, die er über einen Stapel Kisten geworfen hatte und durchwühlte sie, bis er fand, was er suchte. Jims Visitenkarte. Er sah auf die Uhr an der Wand und rechnete kurz. Acht Uhr dreißig an der Westküste. Jim würde vermutlich zu Hause sein.

Beim dritten Klingeln wurde das Telefon abgenommen. „Hallo?"

Ah. Der berüchtigte Mitbewohner. „Hi. Ist Jim da?"

„Jim?" Die Stimme klang überrascht.

„Ja." Matt lächelte ein wenig. Der Mitbewohner wirkte ein bisschen aus dem Gleichgewicht gebracht. „Ist er da?"

„Nein, er ist … unterwegs. Joggen. Er nimmt nie sein Handy mit. Soll ich etwas ausrichten?"

„Gern." Matt fühlte einen plötzlichen Ausbruch der Inspiration und entschied sich, ein wenig Spaß zu haben. „Sie können ihm sagen, dass Matt angerufen hat. Er wird wissen, wer ich bin. Ich wollte ihm nur … für alles danken."

„Äh … hm. Noch etwas – eine Nummer?"

Lachend senkte Matt seinen Tonfall ein kleines bisschen. „Oh, er hat meine Nummer."

Er konnte das Kopfkino beinahe hören.

„Riiichtig."

„Danke."

„Kein Problem."

Damit legte Matt auf. Er wollte, dass Jims Mitbewohner vor lauter Fragen – und eventuell ein wenig vor Eifersucht – überkochte, wenn Jim von seinem Lauf nach Hause kam.

NACH SEINEM geschäftigen Tag entspannte Matt sich unter der Dusche; er musste vor dem Wochenende noch ein wenig mehr packen. Er hatte sich gerade eine Jogginghose angezogen, als das Telefon klingelte. Grinsend nahm er das Telefon ab, in der Erwartung, Jims volle Stimme am anderen Ende zu hören. „Hallo!", dröhnte er.

Am anderen Ende herrschte Stille. Okay – nicht Jim.

„Okay?", fragte Matt erneut, leiser. Er konnte leises Atmen hören.

„Ähm … Matt? Hi. Hier ist … hier ist Miranda. Miranda Cerelli."

Etwas zerbrach in Matts Brust. „Hi Miranda. Ist alles okay?"

Sie gab ein zittriges Geräusch von sich und eine Faust umschloss Matts Herz. „Ich … Ich bin im Gefängnis, Matt", platzte sie heraus und das Schluchzen überwältigte sie. „Bitte … bitte, kannst du mir helfen?"

Matt zog sich an, schnappte sich Schlüssel und Brieftasche und verließ seine Wohnung in atemloser Panik. Er war bereits auf der Brücke nach Manhattan, als er erkannte, dass er, verdammt noch mal, durchdrehte, und atmete tief durch.

Der Verkehr war gemäßigt und er fuhr nach Downtown Manhattan, wo er in der Nähe der Polizeistation parkte. Matt hielt inne, fuhr sich mit den Händen durch die Haare und stieß eine Reihe derber Flüche aus, die selbst einen Seemann erröten lassen würden. Das war ein verdammtes Minenfeld – dass er Evans Tochter zur Hilfe eilte, ohne Evan anzurufen. Ein Teil davon – verdammt, ein ziemlich großer Teil – fühlte sich wie Betrug an und er wollte nicht, dass es nach hinten losging, dass Evan glaubte, er würde Mirandas Situation ausnutzen, um zu versuchen …

Irgendetwas zu tun.

Mit gespielter Gelassenheit betrat Matt das Revier, wich den Männern in blau und ihren Verdächtigen/Opfern/Zeugen aus, um einen diensthabenden Polizisten zu finden. Er erkannte ihn nicht, aber der Mann war definitiv ein Veteran und hatte genug Sorgenfalten um die Augen, um Matt denken zu lassen, dass er einen Haufen Kinder irgendwo auf der anderen Seite der Queensboro Bridge hatte.

„Hey, Matt Haight", sagte er, lächelte und streckte eine Hand aus. „NYPD im Ruhestand", fügte er beiläufig hinzu. „Ich habe einen Anruf von der Tochter eines Familienfreundes bekommen – sie wird hier festgehalten."

Der Polizist – sein Namensschild identifizierte ihn als Sgt. Pollock – nickte zurückhaltend und schüttelte Matts Hand. „Name?"

„Miranda Cerelli", sagte Matt und schob die Hände in seine Taschen. „Wurde mit ein paar Jugendlichen aufgesammelt – Vandalismus oder so." Er versuchte locker zu wirken. „Ihr Dad ist gerade wegen eines Falls unterwegs, also hat sie mich angerufen."

Sgt. Pollock sah auf und blickte dann wieder auf sein Klemmbrett hinab. „Haben Sie einen Ausweis?"

„Natürlich." Er öffnete seine Brieftasche und lehnte sich an den großen Schreibtisch. „Wenn Sie mehr Sicherheit brauchen, können Sie Captain Wolkowski bei der Sitte anrufen." Matt schob seine Brieftasche zurück in die Hosentasche.

Ein weiteres Nicken und Sgt. Pollock warf Matt einen langen, festen Blick zu, der jegliche Lügen sofort durchschaute. Es entstand eine schmerzhafte Pause, die andauerte, bis ein Schweißtropfen zwischen Matts Schulterblättern hinablief.

Dann hob der Polizist das Telefon und wählte eine Nummer.

Auf dem Weg zu dem Raum, in den sie Miranda gebracht hatten, sprach Matt ein paar dankbare Gebete. Vor der Tür stieß er mit einem Detective, Joe Banyon, zusammen, den er sehr flüchtig kannte. Er spürte ein nervöses Zittern, aber Detective Banyon erinnerte sich offensichtlich nicht an Schnee von gestern wie Matt Haight und er kaufte ihm seine Erklärung mit einem müden Nicken ab.

„Sie war mit ein paar Leuten zusammen. Die Jungs hatten gegenüber einem Ladenbesitzer eine große Klappe, es gab Geschrei und sie haben eine Mülltonne gegen das Ladenfenster geworfen. Wir haben die Mädchen aufgegriffen, als sie wegrannten." Der Mann zuckte die Schultern und deutete mit einer Kopfbewegung auf den Raum. „Sie ist sauber, richtig? Sie kennen die Familie?"

„Ihre Mom ist letztes Jahr gestorben", sagte Matt leise und beugte sich ein Stück vor. „Sie ist aber ein großartiges Mädchen, macht keine Probleme. Ihr Dad ist Detective bei der Sitte – es ist nur eine Gruppenzwang-Sache, da bin ich mir sicher."

Banyon nickte. „Ja, dachte ich mir. Die Mädchen wirkten vor allem verängstigt. Bringen Sie sie heim? Der Mann zeigt sie und die andere nicht an. Sie müssen aber vielleicht aussagen."

Matt machte eine Pause und griff in seiner Tasche nach seinen Schlüsseln. „Ich werde sie nach Hause fahren. Muss ich irgendwas unterschreiben …?"

„Ja, ich hole die Akte von meinem Schreibtisch." Banyon schüttelte seine Hand und lief davon, blieb jedoch am Kaffeeautomat stehen, bevor er weiterging.

Der Unsinn, den er hier erzählte, machte seine Knie weich. Matt betrat den Raum.

MIRANDA HATTE den Kopf auf den Tisch gelegt. Sie schniefte und zitterte. Sie musste so dringend pinkeln und sie wollte duschen, Gott, es war so ekelhaft in diesem Raum. Sie hatte ihre Freunde nicht mehr gesehen, seit die Polizisten sie in den Streifenwagen gedrängt hatten und ihr Vater würde sie umbringen. Was, wenn er sie jetzt nicht aufs College gehen lassen würde?

Als die Tür sich öffnete, flammte die Panik in ihrer Brust auf und als sie sich aufsetzte und umdrehte, sah sie Matt.

Und dann rannte sie auf ihn zu und weinte, während sie ihre Arme um seine Mitte schlang, weil er ein Erwachsener war, alles besser machen würde und nicht ihr Vater war.

„Hey, es ist okay", sagte Matt mit leiser Stimme, während er ihren Rücken streichelte. „Ich hole dich jetzt hier raus, okay? Ich bringe dich nach Hause."

„Nein, nein – kann ich mit dir zu d-dir kommen? Mein V-vater wird mich umbringen!" Sie schluchzte und sah flehend zu ihm auf.

„Miranda, komm. Dein Vater ist ein vernünftiger Mensch. Du sagst ihm einfach die Wahrheit." Matts Versuch, streng zu klingen, scheiterte kläglich. „Du wirst Hausarrest bekommen, das wissen wir beide. Aber dein Dad liebt dich mehr als alles andere auf der Welt."

„Ich schwöre, ich habe nichts gemacht. Wir standen nur daneben! Das habe ich der Polizei gesagt!"

MATT SAH sich um und entdeckte eine kleine Box mit Taschentüchern in der Ecke. „Und sie glauben dir, weshalb du jetzt mit mir gehen kannst. Hier – wisch dein Gesicht ab, okay? Wir halten irgendwo an, wo du dich waschen kannst und … brauchst du etwas zu trinken?" Matt löste sich aus Mirandas fester Umklammerung und griff nach der Box. „Ich muss nur ein paar Dokumente unterschreiben. Dann fahre ich dich nach Hause." Wo er Evan erklären müssen würde, wieso er seine Tochter aus dem Gefängnis abgeholt hatte.

Während Miranda ihr Gesicht abwischte, passte ihr ängstlicher Blick hervorragend zu dem Gefühl in Matts Magengrube.

Die Fahrt nach Queens war ruhig, nur durchbrochen von gelegentlichem Schniefen und Schlürfen aus Mirandas Big Gulp vom Beifahrersitz. Sie hatte ihre Tasche zurückbekommen, ihr Gesicht gewaschen und die Haare gekämmt und das Koffein schien sie ein wenig aufzumuntern. Matt klopfte mit den Fingern gegen das Lenkrad, während er darüber nachdachte, was er Evan sagen sollte, wie er Evan ansehen würde und ob all das vor dem Haus erledigt werden konnte, weil er sich verdammt noch mal übergeben würde, wenn er dieses Haus betrat.

Glücklicherweise war ein Truck vor der Mautstelle liegengeblieben und Matt lehnte sich in seinem Sitz zurück, während er zu Miranda hinübersah. Sie war in Gedanken versunken, drehte jedoch schließlich ihren Kopf in seine Richtung.

„Danke, Matt. Wirklich. Nur – ich habe so einen dummen Fehler gemacht und ich wusste nicht, wen ich anrufen sollte und ich konnte einfach nicht meinen Dad anrufen, weißt du? Und du warst immer so nett …" Sie brach ab und seufzte mit feuchten Augen. „Ich verstehe nicht, wieso du nicht mehr vorbeikommst."

Mit einem Mal war der Verkehr eher ein Alptraum als eine Gnadenfrist und Matt drehte sich weg, um erneut durch die Windschutzscheibe nach draußen zu sehen. „Miranda", begann er und seine Innereien verknoteten sich. „Ich kann darüber nicht wirklich sprechen. Das ist … etwas zwischen deinem Dad und mir. Aber nur, dass du es weißt – ich habe wirklich gern Zeit mit euch Kindern verbracht." Seine Kehle brannte und er ließ das Fenster herunter, um ein wenig kalte, schmutzige Luft einzuatmen.

Miranda schniefte erneut und wandte sich wieder ab, um aus dem Beifahrerfenster zu sehen. Der Verkehr setzte sich abrupt fort und Matt folgte den Fahrzeugen. Jeder positive und rationale Gedanke, den er zu allem, was passiert war, gehabt hatte, schmolz zu derselben verwirrten Wut zusammen, die er an dem Tag gespürt hatte, an dem Evan plötzlich beschlossen hatte, dass es vorbei war.

EVAN STECKTE ebenfalls im Verkehr fest, hörte einen Radiosender, der nur Oldies spielte und summte hier und da gedankenverloren mit. Er hatte früh Feierabend gemacht, da Wolkowski ihn immer noch an der kurzen Leine hielt und ihm nur wenig zu tun gab. Einige einzelne Fälle wurden in seine Richtung geschickt und im vergangenen Monat hatte er sich jeden Freitag mit Wolkowski hinsetzen müssen, um über seine laufende Therapie zu sprechen. Manchmal brannte es. Manchmal schlug er gegen eine Wand oder trat frustriert gegen einen Mülleimer, denn, Gott, es gab in seinem Leben neben seinen Kindern und seinem Beruf nicht mehr viel.

Nicht, dass daran irgendjemand außer er selbst Schuld hatte.

Das war das Highlight – und das war Sarkasmus – der Therapie. Evan Cerellis Schuldkomplex. Schuldgefühle wegen Sherris Leben und ihrem Tod. Schuldgefühle wegen Matt. Schuldgefühle, weil er die Sache mit Matt beendet hatte. Schuldgefühle, weil er glücklich war. Dazwischen sogar Schuldgefühle für den verdammten Zweiten Weltkrieg – die Liste ging immer weiter. Und als der Therapeut ihn gefragt hatte, wieso er dachte, dass alles seine Schuld war, hatte er keine Antwort gewusst, nicht einmal eine schnippische.

Das störte ihn.

Denn rational – und gelegentlich war er noch immer zu Vernunft fähig – wusste er, dass er nicht für alles verantwortlich war. Gott. Wie oft hatte er einem trauernden Elternteil oder Zeugen erklärt, dass sie die schreckliche Sache, die einer geliebten Person zugestoßen war, nicht hätten verhindern können? Er hielt sich in Gedanken den selben Vortrag und fragte sich, ob die Leute, die ihn über die Jahre zu hören bekommen hatten, ihm auch mit einem Brecheisen ins Gesicht schlagen wollten.

SIE HIELTEN vor dem Haus. Miranda und Matt gaben beide denselben erleichterten Laut von sich. Evan war noch nicht zu Hause.

„Die Kinder sind beim Babysitter", murmelte Miranda und umklammerte den Haltegriff an der Tür. „Willst du … sollen wir reingehen und warten?"

Nein.

„Okay." Matt räusperte sich, schaltete den Motor ab und öffnete die Tür, während Erinnerungen auf ihn einstürmten.

Miranda folgte ihm langsam, während sie ihren Schlüssel aus der Tasche holte. Als sie ihn gerade in das Schloss steckte, die kleinen Zylinder klickten, sorgte das Geräusch eines heranfahrenden Autos dafür, dass beide sich umdrehten.

EVAN BOG in die Einfahrt.

Vor seinem Haus parkte ein Auto und sein Blick wanderte zur Eingangstür. Evan trat auf die Bremse und verfehlte das Garagentor nur um wenige Zentimeter, sein Gehirn raste in jede mögliche Richtung und fand keine Erklärung.

Matt. Hier. Mit Miranda.

MATTS HERZ machte einen Satz und pochte hart und in Gedanken begann er heftig zu fluchen, während er versuchte, etwas anderes zu tun, als seine Hände in die Taschen zu stopfen und unbehaglich auszusehen. Es funktionierte nicht. Miranda vibrierte neben ihm beinahe hysterisch.

„Es ist okay, Miranda. Rede einfach mit deinem Dad", murmelte er und legte eine Hand auf ihre, um die Tür zu öffnen.

Sie schaffte es nur zu nicken, bevor sie quälend langsam auf ihren Dad zuging.

EVAN BEGEGNETE ihr auf halbem Weg, sein schwacher Ausraster wegen Matts Auftauchen wurde durch Angst ersetzt, als er den Blick im Gesicht seiner Tochter sah.

„Was?", fragte er, rannte den Rest des Weges und legte seine Hände um ihre Arme. „Was ist los?" Eines der anderen Kinder …?

Und Miranda brach in eine Tränenflut aus; heftiges ersticktes Schluchzen, während sie ihren Kopf senkte. Es war alles so surreal – und dann kam Matt herüber, näherte sich ihnen vorsichtig.

Evan sah auf, seine Augen waren verwirrt geweitet, aber als er Matts ruhigen Blick sah, begann er zu denken. *Wenn er nicht durchdreht, ist es vielleicht nicht so schlimm.*

„Sie, äh … ist in ein paar Schwierigkeiten geraten. Ich habe sie abgeholt und nach Hause gebracht – sie ist okay, nur durcheinander", sagte Matt und deutete auf das Haus. „Willst du, äh …"

„Ja", stimmte Evan schnell zu. Er schlang seine Arme um sein noch immer weinendes Kind und brachte sie ins Haus. Seine rationale Seite wollte Antworten und seine irrationale Seite war sich vollkommen und unangenehm bewusst, dass Matt ihnen ins Haus folgte.

MATT SCHLOSS die Tür und schaltete automatisch das Licht an, während er zusah, wie Evan Miranda zur Couch führte. Es gab viel Gemurmel und eine leise

Unterhaltung. Er stand dort wie ein überflüssiges Möbelstück und fühlte sich aufdringlich. Er ging in die Küche.

Dort begannen die Erinnerungen aufzutauchen, wie Zielscheiben an einem Schießstand. Hier küssten sie sich. *Peng!* Hier stritten sie. *Peng!* Hier verteilte Evan Matts Innereien auf dem Boden. *Peng!* Er ging zum Kühlschrank und starrte hinein bis *Peng!* die Kälte ihn zur Bewegung zwang. Matt griff nach einem Krug mit Eistee, verhielt sich weiter, als wäre er zu Hause – ha – goss drei Gläser voll und stellte sie auf die Theke. Und wartete auf die nächste Erinnerung.

Peng.

DIE GESCHICHTE tröpfelte wortwörtlich aus ihr heraus. Evan verbrauchte eine ganze Packung Taschentücher, während Miranda sich in eine schwache Hysterie hineingesteigert hatte. Er schaffte es, ein wenig Strenge und Enttäuschung zustande zu bringen, aber vor allem hatte er eine Scheißangst, weil sie so aufgewühlt war. Als ob sie dachte, dass er einen Wutanfall bekommen würde, statt sie zu umarmen und ihr zu sagen, dass alle Menschen Fehler machten.

Ja.

MATT TRANK seinen Tee. Dann trank er Mirandas. Dann musste er pinkeln und nur über seine Leiche würde er nach oben in dieses Badezimmer gehen. *Keller*, dachte er und dann *fuck* – das sprach er laut aus. Er ging nach unten, mitten hinein in die Erinnerungen und grummelte den ganzen Weg vor sich hin.

Er benutzte die Toilette in dem kleinen Gästebad, spülte und mied die Ecke in der Nähe der Treppe, wo Helena sie beim Küssen erwischt hatte. Matt stapfte die Treppe hinauf, sein Fluchtinstinkt setzte ein. Was zur Hölle tat er hier? Er hatte Miranda geholfen, er hatte sie zu ihrem Vater nach Hause gebracht und jetzt war er hier fertig. Richtig? Evan hatte die Sache beendet. Er wollte ihn nicht in der Nähe haben. Das hier war verdammt masochistisch.

Und dieser Gedanke trug ihn die Treppe hinauf und direkt in die Küche, wo er Evan überraschte, der sich über das Spülbecken gebeugt hatte und ein Glas mit Wasser füllte.

„Hey", sagte Evan unbeholfen, er sah müde aus und trug noch immer seine Anzugjacke. „Äh …"

„Musste mal", antwortete Matt in hartem Tonfall und schaltete das Licht an. Er sah sich um und konnte Miranda nirgendwo sehen.

„Ich habe sie nach oben geschickt, damit sie sich ihr Gesicht waschen und sich hinlegen kann. Hör mal … danke. Sie hat mir gesagt, dass du dich beeilt hast, um sie abzuholen und das weiß ich zu schätzen", murmelte Evan, lehnte sich gegen das Spülbecken und starrte in die Nähe von Matts Schulter.

Matt zuckte die Schultern, ließ sich hinreißen, sich wie ein Arschloch zu verhalten. „Egal, was zwischen uns passiert ist, ich habe deinen Kindern gegenüber kein böses Blut."

Evan zuckte zusammen.

„Ja ... nun, danke. Ich werde ihr das nach oben bringen und sehen, ob ich sie zum Schlafen überreden kann." Er ging an Matt vorbei.

„Okay." Und dann hatte Matt freien Weg zu Tür. Scheiß drauf. Was auch immer. „Richte Miranda gute Besserung aus."

„WERDE ICH." Auf der Treppe wurde Evan so heftig von einer Welle nostalgischer Erinnerungen überwältigt, dass er beinahe das Glas fallen ließ. Er begann sich erneut zu bedanken, aber als Matt die Tür erreichte, die Hand auf dem Türknauf, kam stattdessen ein „Kannst du ein paar Minuten warten? Ich muss mein Auto umparken." über seine Lippen. Und er verschwand nach oben.

MATT DREHTE sich um, um etwas Scharfes zu entgegnen und ihm zu sagen, dass er sich verdammt noch mal beeilen sollte, aber Evan war verschwunden.

Er trat gegen die Tür und setzte sich anschließend auf die Couch. Er hatte gerade entschieden, dass es eine schlechte Idee war, als die Tür sich öffnete und schnatternde Cerellis hereinkamen.

„Matt!"

Die drei jüngeren Cerellis hatten keinen schlechten Tag gehabt, der mit einer Verhaftung endete, und sie durchlebten keine, guten und schlechten, Erinnerungen an das, was in diesem Haus passiert war – sie waren nur glücklich, einen alten Freund zu sehen.

Matt bekam Umarmungen und Fragen und sogar einen Kuss von Elizabeth und, Gott, wann waren diese Kinder so gewachsen? War er wirklich über einen Monat weggewesen?

„Was zur Hölle esst ihr drei? Ihr wachst wie Unkraut!" Er schaffte es unwirsch und nicht emotional zu klingen, aber seine Augen verrieten ihn offensichtlich, denn Kathleen grinste ihn über die Köpfe ihrer jüngeren Geschwister hinweg an.

„Das passiert mit Kindern, wenn sie aufwachsen, Matt", sagte sie frech und er konnte sehen, dass sie in etwa sechs Wochen anstrengend werden würde. „Wo zur Hölle warst du? Wir haben dich total vermisst."

„Total", wiederholte Danny und warf seine Tasche in Richtung des Schirmständers. „Bleibst du zum Abendessen?"

Matt war überfordert. Vollkommen überfordert, denn alles, was er sagen konnte, wäre nur ein Schuss ins Blaue. „Ich muss mein Auto umparken" war nicht direkt ein „Habe dich vermisst, bleib zum Abendessen"-Angebot.

213

Natürlich zeigte ein schneller Blick aus dem Fenster Matt, dass sein Auto nicht zugeparkt war und er jederzeit verschwinden konnte. Aber er wollte nicht wirklich. War es zu viel, zu hoffen, dass Evan ebenfalls nicht wirklich wollte, dass er ging?

„Ähhh, nicht sicher." Er wuschelte durch Dannys Haar und lächelte.

„Du bist dir nicht sicher, wo du warst?" Elizabeth sah ein wenig verwirrt aus.

„Vielleicht wurde er von Aliens entführt." Das war wieder Kathleen, die mit ihrem Bruder auf den Fersen in die Küche verschwand.

Elizabeth lachte und in diesem Moment entschied Matt, dass Evan ihn einfach hinauswerfen könnte, wenn er nicht wollte, dass er hier war. Er würde zum Abendessen bleiben.

EVAN LIEß sich Zeit, bevor er nach unten ging. Er saß bei Miranda, bis sie einnickte und sah zu, wie sie schlief. Der Ansturm seiner Kinder und ihre Stimmen, die sich mit Matts vermischten, waren nicht zu überhören.

Es schmerzte. Mehr als er jemals für möglich gehalten hätte.

Die ganze einsame Zeit, all die Reue – und jetzt war Matt hier, der sofort wieder seinen Platz fand. Eine Lücke in ihren Leben ausfüllte – für sie alle. Und Gott, das war schwer zu übersehen, obwohl Matt nicht die geringste Ähnlichkeit mit Sherri hatte. Es war ihm nie in den Sinn gekommen, dass ein Mann diese Rolle in seinem Leben einnehmen könnte. Evan trieb durch seine Gedanken und versuchte sich an alle vollkommen validen Gründe zu erinnern, aus denen er Matt weggestoßen hatte. Wirklich, es ergab Sinn. Für seine Kinder (unten, lachend und plaudernd, hatte gerade jemand Peperoni gerufen?) und seinen Job (Helena und Vic, große Unterstützer der Sache zwischen ihm und Matt), und seinem Ruf in der Nachbarschaft.

Mutter Gottes, tat er das wegen seines Rufes? Hatte er Angst zuzugeben, dass Matt ihn glücklich machte, ihn erregte und eine Lücke in seinem Leben füllte? Die Konsequenzen, eine Entscheidung wie diese zu treffen … wann hatte er entschieden, dass es in Ordnung war, unglücklich zu sein und damit seine Kinder unglücklich zu machen?

Miranda regte sich im Schlaf. Die Tatsache, dass sie Matt und nicht ihn angerufen hatte – er konnte nicht aufhören darüber nachzudenken. Sie hatte Angst vor ihm. Angst vor Evans Reaktion. Die erste Person, an die sie in dieser Angst gedacht hatte … war Matt, selbst nach all dieser Zeit. Es verblüffte ihn und warf seine sorgfältige Entscheidung über den Haufen.

Darüber dachte er nach, während er regungslos dasaß und die Schatten beobachtete, die den Raum verdunkelten. Ein leises Klopfen an der Tür zog schließlich seine Aufmerksamkeit auf sich und Evan drehte sich zur Tür, um Elizabeth zu sehen, die unsicher herumlungerte.

„Matt hat Pizza bestellt!", flüsterte sie laut, aufgeregt, wie er sie lange nicht mehr gesehen hatte. Und es war nicht wegen der Peperoni.

Evan nickte und lächelte sie an. „Eine Minute, Liebling", flüsterte er zurück. Sie flitzte wieder nach unten ins Zentrum der Aktivitäten. Er zog die Decke etwas enger um Miranda, atmete tief durch und ging zur Treppe.

„WIR HABEN Pizza mit und ohne Fleisch, wir haben Gebäckstangen, wir haben einen Salat ohne Oliven, wir haben ... was haben wir noch?", fragte Matt und sah in die heißhungrigen Gesichter, die sich um die Schachteln mit dem Essen drängten.

„Einen Bedarf für etwas gegen Sodbrennen?" Evans Stimme schnitt durch das Geplapper und die Kinder schafften es, ihre Aufmerksamkeit von den dampfenden Alu-Behältern abzuwenden, um ihn zu begrüßen.

„Ja, gute Idee." Schimpfend senkte Matt seinen Kopf und begann alles zu öffnen. Kathleen verteilte Pappteller und Danny war für das Plastikbesteck zuständig.

„Servietten", sagte Elizabeth. „Und wer möchte Milch?"

„Milch und Pizza?" Matt sah auf, um sich zu schütteln.

„Bier und Pizza?" Evan ging um die Kücheninsel herum, wobei er nur gerade so einen Zusammenstoß mit Matt vermied, weil Danny an ihm vorbeihuschte, um das letzte Exemplar von irgendetwas aus dem Kühlschrank zu bekommen.

„Viel besser." Und Matt konnte nicht anders – er sah auf, begegnete Evans Blick und wartete. Forderte ihn heraus. Das hier wäre viel einfacher, wenn seine Brust sich nicht so verdammt heftig zusammenziehen würde.

„Danke, dass du dich ums Abendessen gekümmert hast." Evan erwiderte seinen Blick, bis er die Kühlschranktür aus Dannys Griff übernahm und zwei Bierflaschen herausholte. „Die Kinder sind begeistert, dich zu sehen."

„Ach nee, das weiß er", sagte Kathleen und füllte ihren Teller über die Hände ihrer Geschwister hinweg. „Wusstest du, dass er von Aliens entführt wurde?"

Evan reichte Matt das Bier und, wie im Film, berührten sich ihre Finger, und, wie im Film, hatte Matt eine Gedankenblase über dem Kopf, die voll von Reue und Verlangen war.

„Das ist der einzige Grund, der ihnen eingefallen ist, dass ich nicht hier war."

Die Herausforderung stand. Matt wandte sich zuerst ab, öffnete sein Bier und griff nach einem Stück Pizza.

DAS ABENDESSEN war ein voller Erfolg und anschließend gab niemand Matt die Gelegenheit sich zu verabschieden. Danny schob bereits den ersten Teil von *Iron Man* in den DVD-Player. Evan räumte ewig in der Küche herum; er füllte

215

einen Teller für Miranda und räumte die Reste weg. Wischte die Arbeitsfläche ab. Schaltete die Spülmaschine ein. Und schaltete dann endlich das Licht aus.

Irgendwann würde der Film enden, die Kinder würden ins Bett gehen und Evan wusste so sicher wie er seinen Namen kannte, dass Matt noch da sein würde.

Der Blick, den der Mann ihm zuwarf, als er sich setzte, war alle Bestätigung, die er brauchte. Sie würden miteinander sprechen.

IRON MAN war möglicherweise der längste Film aller Zeiten oder vielleicht wirkte es nur so, weil Matt sich wünschte, dass das verdammte Ding endete. Damit er – oder *sie* – reden oder streiten oder irgendetwas anderes tun konnten. Irgendetwas, das nichts damit zu tun hatte, mit einem Raum voller herumliegender Kinder und einem Sofa, das auf einmal viel zu klein war, verschwommene, häusliche Entspannung zu verbringen.

Oder vielleicht lag es an den Erinnerungen.

Als der Abspann begann, wünschte er sich, dass er noch rauchte, damit er nach draußen verschwinden und ein wenig Nikotin einatmen konnte, aber die Kinder lenkten ihn ab. Es gab Gute-Nacht-Umarmungen und Elizabeth warf ihm diesen Blick zu, als würde sie in sein Gehirn starren. Ihr „Bis bald" war keine Frage und die Luft war auf einmal sehr schwer.

„Nacht!", rief Danny und raste die Treppen hinauf, bevor er verkündete, dass er als erstes im Badezimmer sein würde, was Kathleen einen Laut der wütenden Frustration entlockte, als Elizabeth ihm folgte, und eine Erinnerung an Dads Badezimmer, und du meine Güte, was für Deppen.

Matt griff nach der Fernbedienung und pausierte die DVD, während Evan sich von der Couch erhob und sich seufzend streckte.

„Musst du nach oben gehen oder so?", fragte Matt und seine Stimme klang laut in der stillen Abwesenheit der Familie.

„Nee, außer ich höre Blutvergießen wegen der Badezimmerzeit", antwortete Evan und ein trockenes Lächeln umspielte seine Mundwinkel, als er sich umdrehte und Matt ansah. „Ich, äh … willst du noch ein Bier oder so?"

„Bier, Bier ist gut." *Ein Polizist würde keinen Alkohol anbieten, wenn er mich in fünf Minuten rauswerfen würde.*

Evan ging in die Küche und Matt glaubte, die Worte „brauche Stärke" in der Luft schweben zu hören.

MIT ZWEI Bierflaschen in der Hand kehrte Evan langsam ins Wohnzimmer zurück. Ihm ging so viel durch den Kopf – zu viel, um es in Worte zu fassen. Und es gab keine Möglichkeit, sich in Sex oder einem Streit mit den Kindern im oberen Stockwerk zu verstecken. Gott, er musste kommunizieren. In ihm kribbelte alles vor Nervosität.

„Hier", sagte er und reichte Matt eine der schwitzenden Flaschen. Matt, der groß und seltsam unbehaglich auf dem Sofa wirkte. Der wie ein Mann aussah, der sich an dieses Sofa erinnerte und was darauf passiert war – das Gute, das Schlechte und das verdammt Hässliche.

„Danke." Matt öffnete die Flasche und trank einen Schluck. „Setzt du dich oder bleibst du bereit, zu flüchten?", fragte er, nachdem er geschluckt hatte und warf Evan einen Blick zu, den er nur als herausfordernd beschreiben konnte.

„Tatsächlich hatte ich vor, auf und ab zu gehen." Evan öffnete seine Flasche und ging ein Stück zur anderen Seite des Raumes und zurück. „Ich wollte mich bei dir entschuldigen."

Matt hob die Schultern. „Hey, was auch immer. Du hast deine Meinung geändert. Verständlich. Ist nicht so, als hätten wir uns irgendetwas versprochen."

Evan war sich ziemlich sicher, dass er diese Rede schon mal gehalten hatte und zuckte innerlich heftig zusammen. „Aber das haben wir. Oder zumindest … ich habe es getan, mir selbst gegenüber. Ich habe mir sehr viele Versprechen gegeben, und dann habe ich mich irgendwie ablenken lassen – von diesen beschissenen Gedanken." Evans Stimme war leise, während er auf den Teppich sah. Popcorn entdeckte. Dem Drang, staubzusaugen widerstand. „Und ich habe … diese Sache zwischen uns … gewaltig vermasselt."

„Bei dir klingt es so reizvoll." Matt lachte, tief und hohl.

„Das war es."

„Ja, das war es."

Stille schwebte durch die Luft, nur durchbrochen von Türschlagen und Schritten über ihnen. Evan atmete tief durch, ließ sich von dem Geräusch ein wenig beruhigen. „Ich habe Panik bekommen und es tut mir leid. Das hast du nicht verdient – du hast nicht verdient, dass ich dich einfach so rausgeworfen habe."

„Nichts für ungut, aber daran bin ich mehr gewohnt als an … das hier." Matt machte eine Handbewegung, die den Raum umfasste. Das obere Stockwerk. Evans Leben.

„Aber du vermisst es. Du vermisst die Kinder." Einen Moment lang war Evan mutig, trat in Matts persönlichen Bereich, zumindest metaphorisch.

Matt runzelte die Stirn. „Sie sind gute Kinder. Natürlich vermiss' ich sie."

„Sie vermissen dich."

„Ich bin ein verdammt großartiger Typ – wer würde mich nicht vermissen?"

Die Luft vibrierte. Die Geräusche im oberen Stockwerk ebbten ein wenig ab, während das Haus zur Ruhe kam. „Wer würde das nicht – guter Punkt." Evan räusperte sich und setzte sich auf die Couch – in die Mitte der Couch. Noch sah er Matt nicht an, aber er konnte spüren. wie der Blick des anderen Mannes sich heiß in seine Schläfe brannte.

„Spiel nicht mit mir", sagte Matt schließlich und seine Stimme sorgte dafür, dass Evan seinen Kopf drehte. Wenn er sich vorher nicht wie ein schuldiges Stück Scheiße gefühlt hatte, kümmerte der Ausdruck in Matts Augen sich darum.

„Das tue ich nicht. Ich hatte mich mehr oder weniger davon überzeugt, die richtige Entscheidung getroffen zu haben, aber es muss einen Grund geben ... es muss einfach einen Grund geben, dass du gerade hier bist."

„Deine Kinder haben mich gebeten zu bleiben."

„Ja – ja, das haben sie. Und wenn ich jemals mehr Segen gebraucht habe, als das ..." Evans Stimme brach ab und wurde sanfter. „Ich muss mit ihnen sprechen, ich muss ihnen alles sagen, aber davor habe ich nicht mehr so viel Angst."

MATT HUSTETE, als hätte er Bier in den falschen Hals bekommen, obwohl er sich wohl eher an seiner eigenen Spucke verschluckte.

„Den Kindern sagen – was vorher zwischen uns passiert ist?", brachte er schließlich hervor und wischte sich mit dem Handrücken die Stirn ab.

„Den Kindern sagen, was möglicherweise in Zukunft zwischen uns passieren könnte", bot Evan beiläufig an, sein kühler Blick huschte über Matt hinweg. „Ich meine – wenn du nicht überzeugt bist, dass ich vollkommen irre bin und genug Ballast habe, um ein Flugzeug zum Absturz zu bringen."

„Mein Ballast passt zu deinem." Matt lachte und sein Herz versuchte aus seiner Brust zu springen. *Was? Warte? Hä?* Die Fragen rollten in seinem Kopf umher wie Würfel auf einem Craps-Tisch. „Also, äh – du redest mit den Kindern und dann?"

„Ich weiß es nicht."

„Diese Antwort sollte mir mehr Angst machen."

„Sie lieben dich."

„Sie lieben mich als Dads Freund. Nicht zwingend als Dads, äh ... besonderen Freund."

Matt beobachtete das Zittern, das Evans Körper durchlief und streckte instinktiv eine Hand aus, legte sie in seinen Nacken. Und wirklich, er dachte darüber nach, sich einfach zurückzuziehen, denn egal wie viel Wut und Probleme er in sich trug, der Gedanke, diese schöne Familie zu zerstören sorgte dafür, dass er sich von der Brooklyn Bridge stürzen wollte. Die Worte wären beinahe über seine Lippen gekommen – ernsthaft – aber die Muskelstränge in Evans Hals unter seiner feuchten Handfläche unterbrachen sein denkendes Gehirn und sie starrten einander einfach nur an ...

Wenn er später darüber nachdachte, war der beste Teil von allem, dass Evan derjenige war, der sich zu ihm hinüberlehnte, nach seinem Shirt griff, um ihn näher zu ziehen und dann – dann trafen ihre Münder aufeinander.

IN DEN nächsten vierundzwanzig Stunden fiel es Evan schwer, sich zu konzentrieren. Er funktionierte durch Adrenalin und Emotionen – kein neuer Daseinszustand für ihn, aber zum ersten Mal seit langer Zeit manifestierte er sich durch seine Arbeit. Er blühte durch Matt auf, durch das Wissen ihn zu sehen und zu küssen und zu denken, dass es vielleicht (nur vielleicht) funktionieren könnte.

An diesem Punkt in seinem Leben fühlte es sich seltsam an, einen Umhang aus Hoffnung zu tragen.

Am nächsten Morgen stand er auf und duschte, tat so als hätte er geschlafen und beantwortete die Fragen der Kinder ob Matt bald zurückkommen würde mit bestätigenden Worten. Miranda wartete am Rand des Tumultes und beobachtete ihren Vater vorsichtig, als wartete sie auf die Explosion.

Stattdessen verpasste Evan ihr Hausarrest.

Er brachte sie zur Schule, holte auf dem Weg zur Arbeit einen Kaffee für Helena und fühlte sich übermäßig dankbar für den Verkehr, der sich nur langsam nach Manhattan bewegte. Denn so konnte er in seinen Gedanken, der Realität der letzten Nacht und der Realität seiner eigenen Dummheit, versinken. Verweigerung und Angst würden ihn nie sein Glück finden lassen und kein Glück zu finden, würde allem widersprechen, worauf er sein Leben aufgebaut hatte. Allem, was er und Sherri ihren Kindern beigebracht hatten.

Die Realität seiner eigenen Dummheit – das war definitiv etwas, mit dem Sherri übereinstimmen würde.

AUF DEM Revier bewegte sich Evan im Autopilot durch die morgendlichen Begrüßungen und den Schichtwechsel, bevor er sich an seinen Schreibtisch setzte und durch Papierstapel blätterte, ohne irgendetwas zu sehen.

Was natürlich das erste war, was Helena bemerkte, als sie sich ihm gegenüber hinsetzte.

„Wo zur Hölle bist du?", fragte sie, nachdem sie die Hälfte des lauwarmen Kaffees geleert hatte, den er auf ihrer Schreibtischunterlage abgestellt hatte.

„Hm? Oh … habe nur viel im Kopf", antwortete er abwesend, aber anscheinend weckte etwas in seinem Tonfall ihr Interesse, denn plötzlich fühlte er sich wie ein Käfer unter einem Mikroskop.

„Erzähl mir mehr."

Es war nicht direkt eine Bitte. Evan hob seinen Blick von der Akte vor ihm und er warf einen schnellen Blick zur Seite, um zu sehen, wer auf sie achtete und murmelte: „Wir reden beim Mittagessen."

Helena grinste. „Ohhhh, wir machen heute früh Pause", murmelte sie. Und so stürzten sie sich in den Tag.

IHR MITTAGESSEN wurde ein Hot Dog und ein Soda im Auto – nicht, dass sie sich darüber beschwert hätten. Helena ließ Evan fünf Bissen herunterschlucken, bevor sie sich auf ihrem Sitz drehte und ihrem Partner einen bösen Blick zuwarf.

„Was ist los?"

„Ich kaue", betonte Evan und bewegte langsam seinen Kiefer.

„Komm schon. Ich war den ganzen Tag brav. Spuck's aus, bevor ich anfange zu raten."

Evan schluckte, wischte seinen Mund ab und versuchte nicht zu lächeln – es gelang ihm jedoch nicht ganz. „Eigentlich sollte ich wirklich durchdrehen. Miranda ist mit ihren Freunden in der Stadt in Schwierigkeiten geraten …" Er seufzte und rieb sich mit der Handfläche über die Stirn. „Zum Glück wird es keine rechtlichen Folgen haben. Matt hat sich darum gekümmert."

„Matt?" Helenas Grinsen verbrauchte allen verbliebenen Sauerstoff im Auto. „Ernsthaft? Matt Haight?"

„Nein, Matt Jones. Der andere Typ, mit dem ich mich, äh … getroffen habe." Er knüllte seine Serviette zusammen und warf sie in die Papiertüte.

„Also was – Miranda hat Matt angerufen?"

„Ja. Und er ist in die Stadt gefahren, um sie abzuholen und dann haben wir … nun, er ist fürs Abendessen geblieben, weil die Kinder ihn vermisst haben."

„Riiiichtig, die Kinder haben ihn vermisst."

„Mach so weiter und ich werde aufhören zu reden und ich bin noch nicht mal beim guten Teil angekommen."

Helena biss erneut in ihren Hot Dog, kaute und grinste, ihre Augen waren geweitet.

„Also haben wir ein wenig miteinander geredet und … du weißt schon." Evan machte eine Handbewegung, von der er hoffte, dass sie alles erklärte. „Vielleicht war es ein Fehler von mir, die Dinge so zu beenden."

„Ach nee!"

„Wirklich nicht das richtige Vokabular für eine Frau deines beruflichen Niveaus."

„Wie auch immer, Junge. Ist da noch mehr? Nach dem Reden?" Sie benutzte sogar ihre Finger, um Anführungszeichen um das „Reden" zu malen und Evan wurde rot.

„Nein", log er. „Ich werde nichts übereilen. Ich muss mit den Kindern reden, ich muss das verstehen."

„Du musst aufhören, so viel zu denken und einfach flachgelegt werden." Helena leerte ihre Sodadose mit einem widerlichen Schlürfen. „Matt ist ein großartiger Mann, und eine zweite Chance von einem großartigen Mann bekommt man nicht allzu oft. Glaub' mir."

„Ich werde es versuchen, okay?"

„Es gibt kein Versuchen."

„Oh Gott, du zitierst Yoda?"

„Er ist ein weiser kleiner Alien und du brauchst alle Hilfe, die du kriegen kannst."

STATT ZU Yoda ging Evan zu Vic Wolkowski. Es bestand eine vage physische Ähnlichkeit, aber das erwähnte er nicht.

„Hey, hast du ein paar Minuten?"

„Arbeit oder privat?" Vic schob ein paar Ordner zur Seite und stützte seine Ellbogen auf den Tisch.

„Privat."

„Mach die Tür zu und hol dir einen Stuhl."

Evan setzte sich Wolkowski gegenüber und zappelte einen Moment herum, bevor er sich räusperte und zu sprechen begann. „Ich muss wissen, ob es meine Arbeit beeinflussen wird, wenn ich ... wenn ich mit jemandem zusammen bin ... der ein Mann ist."

Die Worte reihten sich aneinander wie Spanndraht, aber Evan schaffte es, sie alle herauszubekommen und ein wenig Luft schien in Teile seiner Lunge zu gelangen, die er seit einer Weile nicht mehr benutzt hatte.

Vics Gesichtsausdruck änderte sich nicht. Er war wie eine Statue. „Kommt darauf an. Kenne ich diesen jemand?"

Evan lächelte. Ein halbes Lächeln. Vielleicht ein Zucken seiner Lippen. „Ja, tust du."

Jetzt fiel Vics Fassade. Ein wenig. Vielleicht ein Viertel eines Lächelns. „So lange du die gleiche Arbeit leistest wie immer, sehe ich nicht, wieso deine privaten Beziehungen eine Rolle spielen sollten." Er zuckte die Schultern, völlig beiläufig, aber das Grinsen zupfte an seinen Augen. „Könnte die Weihnachtsfeier definitiv spannend machen."

„Ja, diesen Weg beschreiten wir – später. Vielleicht." Evan schüttelte den Kopf. Er wollte nicht sehen, wie Matt Moses in einer Schüssel mit Dip versenkte.

„Ich bin nur froh, dass die Dinge einen anderen Weg nehmen werden, Evan. Das meine ich ernst."

„Ehrlich? Nichts ist sicher, nicht wirklich. Ich weiß nicht, ob er mir eine zweite Chance geben wird. Und ich will nicht alles riskieren, bevor ich nicht ... mit ein paar Leuten gesprochen habe."

„Wie die Kinder?" Vics Augenbrauen hoben und senkten sich ein wenig.

„Ja, wie die Kinder. Wie meine Schwiegereltern." Letztere waren im Moment vergleichbar damit, in die Brust geschossen zu werden. Er zuckte zusammen.

„Die Kinder sind verrückt nach Matt und die Zustimmung deiner Schwiegereltern ist nicht erforderlich, Evan."

„Nein, ist es nicht. Aber sie könnten um das Sorgerecht kämpfen."

„Und wenn sie es tun, werden sie verlieren. Es gibt nichts an deiner Art zu leben, das dich zu einem schlechten Vater macht."

„Kann ich auf dich als Leumundszeugen zählen?"

Vic verdrehte die Augen. „Komm schon, du wirst so viele Zeugen haben, sie werden nicht nur eine Sorgerechtsklage abweisen, sie werden dir den Schlüssel zur Stadt überreichen."

„Man muss ja nicht gleich übertreiben." Er wischte seine feuchten Handflächen an seiner Hose ab und sah auf die Uhr. „Danke, Vic. Ich muss nach Hause, die Kinder abholen. Wir haben ein Gespräch vor uns."

„Verstanden, und viel Glück. Aber weißt du was, ich glaube nicht, dass du es brauchen wirst. Das sind ein paar großartige Kinder, die du da hast."

Evan stand auf und streckte seine Hand aus. Vic nahm sie und drückte sie besonders fest, bevor er losließ. „Geh schon, verschwinde von hier. Ich habe eine warme Vanillelimonade und Berichte von zwei Wochen zu lesen. Willst du tauschen?"

„Wenn ich so darüber nachdenke? Nein."

Matt saß mit dem Sportteil der *Daily News* und einem Teller Lasagne am Küchentisch. Und zwei Bierflaschen. Sein Knie zitterte mit einer Nervosität, die sein verschlossenes Gesicht nicht zeigte.

Er las einen Artikel über einen Verkauf zum vierten Mal, bevor er sich erinnerte, dass er kein Fan der Islanders war und es ihn wirklich nicht interessierte.

Er sah auf seine Uhr. Sah zur Uhr an der Wand. Sah auf die digitale Anzeige der Mikrowelle. Er wusste nicht genau, worauf er wartete. Dachte er, dass Evan einen Zauberstab schwang, alles großartig machte und ihn dann zum Sex einladen würde?

Okay, das war sein Wunschtraum. Das entsprach nicht einmal ansatzweise der Realität.

Er beendete sein Abendessen und leerte das Bier. Brachte den Müll nach draußen und las eine Anzeige auf dem schwarzen Brett für Sambakurse. Und ein Verkaufsangebot für einen Papagei. Keines von beidem interessierte ihn, aber er las sie zweimal, um etwas zu tun zu haben.

Dann ging er zurück in seine Wohnung. Auf seinem Handy erwartete ihn keine Nachricht, keine SMS und Matt rieb sich mit beiden Händen über das Gesicht. Sich Hoffnungen zu machen schien dumm zu sein, aber er konnte nicht anders. Man könnte glauben, dass sein bisheriges Leben ihm ein paar Dinge gelehrt hatte, wie man sich hinstellte und totstellte, wenn die Realität Schüsse aus nächster Nähe auf seinen Kopf abfeuerte.

Vermutlich bin ich einfach ein sturköpfiger Bastard.

Matt schaltete das Licht aus und ging ins Badezimmer. Er dachte, dass er sich in der Dusche einen runterholen konnte, bevor er ins Bett ging und stundenlang an die Decke starrte. Perfekt. Immerhin war das vertrautes Terrain.

Evan saß auf dem Boden im Wohnzimmer und kippte ein Bier herunter, als wäre es das letzte, was er jemals trinken würde. Zwei Stunden. Zwei quälende, schmerzhafte

Stunden mit ein paar Tränen und etwas Wut und viel Evan, der versuchte, Worte für Dinge zu finden, von denen er nicht sicher war, ob sie existierten. Am Ende hatten die Zwillinge genug Informationen, um verwirrt zu sein … aber sie konzentrierten sich auf den Punkt, dass Matt öfter da sein würde, und das war gut.

Kathleen verstand ein wenig mehr; sie schien gespalten zu sein zwischen dem Wunsch, ihren Vater zufriedenzustellen, indem sie akzeptierte, was er sagte, und der Verwirrung darüber, was das alles bedeutete. Sie nickte viel, ihre Augen waren feucht und ihr Lächeln verwirrt.

Auch für sie war es ein großes Plus, dass Matt nun öfter da sein würde.

Miranda war eine vollkommen andere Geschichte, aber das überraschte Evan überhaupt nicht. Zu Beginn war ihr Gesicht steinhart und am Ende wollte sie mit ihrem Vater „allein" sprechen, was sie mit einem bedeutungsvollen Blick zu den anderen Kindern sagte.

Nachdem sie im Bett waren, starrte Miranda einen schonungslosen Angriff. War er schon immer schwul gewesen? Würde er es den Leuten sagen? Würde er seinen Job verlieren? Hatte er Mom wirklich geliebt oder war das alles nur ein Haufen Mist?

Er beherrschte sich – kaum, aber es gelang ihm. Er verstand ihre Verwirrung, denn, verdammt noch mal, er kämpfte immer noch damit. Wie lebte man sein ganzes Leben damit, eine Sache zu denken, die dann plötzlich über den Haufen geworfen wurde?

Es war nicht einfach, es Miranda zu erklären, weil sie zu überreizt war, um zuzuhören. Er versuchte über Sherri zu sprechen, was dazu führte, dass ihm die Tränen kamen. Endlich – endlich – gab Miranda einen frustrierten Laut von sich und sagte: „Ich will mich nicht wieder an Matt gewöhnen, nur um ihn wieder gehen zu sehen, okay? Die Kinder – es hat sie verletzt."

Und dann ging sie nach oben.

Gib uns nicht noch jemanden, den wir lieben, wenn er dann gehen muss.

Er konnte nicht mehr, als zustimmen.

Als Evan sein Bier geleert hatte, warf er seine Flasche in den Müll und verbrachte ein paar Minuten damit die Küche aufzuräumen. Er machte Mittagessen für die Schule und räumte die Spülmaschine ein. Es war alles so schrecklich normal nach allem, was nur *un*normal genannt werden konnte. Eine gute Erinnerung daran, dass das Leben wegen seiner Gefühle nicht enden würde.

Das Telefon schien sich immer wieder in sein Blickfeld zu schieben. Evan brannte darauf, Matt anzurufen und ihm zu erzählen, wie es gelaufen war. Aber er wollte bis zum Morgen warten und sehen, wie es den Kindern ging, wenn sie aufwachten.

Außerdem war da die Sache mit der Nervosität. Er wollte, dass Matt vorbeikam.

Er vermisste ihn mehr, als er es für möglich gehalten hatte und jetzt, wo es möglicherweise wieder ernst werden könnte? Es war schwer, seine Nummer nicht zu wählen.

Aber er brauchte die Zeit, um die wenigen letzten Dämonen zu bekämpfen, die in seinem Kopf lauerten.

MATT GING seine morgendliche Routine durch, die neue harte Arbeit in der Schule. Er ging Joggen. Er dachte darüber nach, einen Fisch zu kaufen. Er hatte gehört, dass sie den Blutdruck senkten und seiner begann zu steigen.

Die Textnachricht, die Evan ihm ein paar Tage, nachdem sie miteinander gesprochen hatten, schickte, half und behinderte ihn gleichzeitig dabei so zu tun, als hätte er sein eigenes Leben.

Fast geschafft, schrieb er.

In ein paar flüchtigen Momenten dachte er darüber nach, sich in eine örtliche Bar zu schleichen, nur für ein paar Drinks. Vielleicht ein wenig flirten. Vielleicht flachgelegt werden. Und ja, dann landete er wieder bei dem Fisch und alten Filmen auf HBO wie ein alter Mann und wartete darauf, dass das Telefon klingelte.

Vielleicht sollte er sich eine Katze anschaffen.

ALS NÄCHSTES traf Evan sich mit seiner Schwägerin. Elena schlug vor, dass sie in ihrer Wohnung einen Kaffee tranken und er stimmte zu, nervös und angespannt und hoffnungsvoll zugleich. Wenn Elena vollständig auf seiner Seite wäre …

Die Wohnung war dunkel und ein wenig grimmig – nicht dass Elena viel anders war. Seit Sherris Tod war sie scheinbar tiefer in ihr ruhiges Selbst gesunken und sprach nur wenig, außer sie war bei den Kindern. Evan konnte sich an ihre letzte Unterhaltung nicht erinnern. Elena kam mit zwei Kaffeetassen aus der Küche. Evan bedankte sich, nahm eine Tasse und setzte sich auf das weiche grüne Samtsofa.

„Also – Miranda hat mir erzählt, dass du jemand Neues kennengelernt hast." Und Evans ganzer Plan, sich langsam an das Thema heranzutasten, löste sich in Luft auf.

„Äh, ja, tatsächlich." Evan versuchte Elenas Tonfall einzuschätzen, ihr blasses, neutrales Gesicht zu lesen. „Ich habe nicht erwartet … ehrlich, Elena, ich habe nie erwartet, nach Sherri noch einmal für jemanden so zu fühlen."

Elena nickte traurig. „Ich weiß. Ich weiß, dass du sie geliebt hast. Aber du musst weitermachen, Evan. Du willst nicht enden wie ich."

Er zog die Augenbrauen hoch. Er wusste nicht – Elena hatte jemanden verloren? Jemanden, in den sie verliebt gewesen war? Sie hatte niemals jemanden zu Familientreffen mitgebracht, seit er dabei gewesen war.

„Ich wusste nicht. Sherri hat nie erwähnt …"

„Oh, sie wusste es nicht. Es war auf dem College. Es war sehr ernst, aber ... ich wusste, dass meine Eltern nie einverstanden gewesen wären." Sie senkte ihren Blick in ihren Schoß und Evan spürte eine plötzliche Mischung aus Angst und Hoffnung, dass sie sein Problem verstehen würde. „Ich meine, er war –" Ihre Stimme senkte sich zu einem Flüstern. „– schwarz. Sie hätten niemals ... ich konnte ihn nicht nach Hause bringen. Er war verletzt und hat es beendet."

„Sherri und ich hätten ihn gerne kennengelernt, Elena, Gott." Evans Hände zitterten. „Du hättest nie jemanden vor uns verstecken müssen."

„Danke." Ihre Stimme war klein, ihre Augen feucht. „Er ... er hat mich ein paar Mal angerufen, seit er von Sherri gehört hat."

„Ruf ihn zurück."

„Oh, Evan."

„Nein, ernsthaft. Ist er verheiratet?"

„N-nein."

„Ruf ihn an und hol dir deine zweite Chance, Elena, du kannst das nicht an dir vorbeiziehen lassen. Du kannst einfach nicht." Er spürte die Scheinheiligkeit in seiner Stimme und füllte sie mit Leidenschaft.

Elena wischte sich mit der freien Hand über die Augen. „Wir sind hier, um über dich zu sprechen."

„Auf eine Art tun wir das. Ich habe jemanden aus albernen Gründen beinahe aus meinem Leben verschwinden lassen. Ich meine albern, weil es die Probleme von anderen Leuten sind – nicht meine. Nicht ... seine."

Jetzt hatte er Elenas Aufmerksamkeit. Ihre ganze Aufmerksamkeit. Ihr verblüffter Gesichtsausdruck entlockte ihm ein nervöses Lachen.

„Ja, also – bring einen Mann nach Hause, der nicht weiß ist, Elena. Ich schlage dich, wenn es darum geht, was schockierender ist."

„UND, DAD, wann kommt Matt vorbei?" Es waren Kathleens Worte, aber Evan hatte den deutlichen Eindruck, dass vor ihrer „unschuldigen" Frage eine Diskussion geführt worden war.

„Ich hatte gedacht, dass wir ihn nächsten Samstag zum Abendessen einladen." Evan versuchte ungezwungen zu sein, während er allen Hühnchen und Kartoffeln auftat.

„Er sollte am Freitag kommen und das ganze Wochenende bleiben", verkündete Danny, während Miranda ihm den Ellbogen in die Seite stieß.

„Halt die Klappe, Danny."

„Sag nicht, dass er die Klappe halten soll, Miranda."

„Ich denke, das ist eine gute Idee!", entschied Elizabeth und rannte zum Telefon. „Ich rufe an und frage!"

„Ich denke, wir sollten abstimmen", fauchte Miranda und Kathleen warf ihren Pferdeschwanz triumphierend hin und her.

„Wir haben abgestimmt. Du hast verloren. Ha!"

Noch bevor Evan die Teller abstellen konnte, hatte Elizabeth begonnen zu wählen.

MATT LEGTE auf der Arbeitsfläche seiner Küche die Wäsche zusammen, ein Auge auf das Rangers-Spiel gerichtet und das andere auf den Topf mit kochendem Wasser auf dem Herd. Eine weitere großartige Nacht in der neuen Casa de Haight.

Das Telefon klingelte und er griff gedankenverloren danach ohne auf das Display zu sehen, um herauszufinden, wer es war. Vielleicht war es ein netter Telefonverkäufer, der sich eine Weile unterhalten wollte.

„Hi Matt", rief eine süße, kleine Stimme in sein Ohr und Matt hätte beinahe sein Handy zwischen Socken und Unterwäsche fallen lassen.

„Hi … Elizabeth? Alles okay, Liebling?"

„Alles ist großartig! Hey, kannst du am Freitag vorbeikommen und übernachten? Wir werden zu Abend essen und ein paar Filme ausleihen und wir können in den Park gehen und so!"

„Wow, Elizabeth, das klingt großartig. Ist dein Dad da?", fragte er vorsichtig.

„Ja, warte! Bis Freitag!" Es folgte eine gedämpfte Unterhaltung, ein Zanken um das Telefon und dann Evans verlegene, amüsierte und atemlose Stimme.

„Hi. Entschuldige das eben."

„Kein Problem – besonders, wenn die Einladung ernst gemeint war", sagte Matt. Er versuchte locker zu klingen und scheiterte kläglich.

„War sie. Ist sie." Evan lachte. „Es gab eine Abstimmung."

„Wie hast du abgestimmt?"

„Ich denke, das ist offensichtlich."

„Also sollte ich meine Zahnbürste mitbringen?"

„Ja", sagte Evan langsam und Matt grinste von einem Ohr zum anderen. „Bring deine Zahnbürste mit."

EVANS WOCHE verlief folgendermaßen: Arbeit, Neckereien von Helena, Arbeit, „Blicke" von Vic Wolkowski, Arbeit, „Blicke" von Miranda, Arbeit, Elizabeth, die fragte, ob schon Freitag war, Arbeit. Unruhiger Schlaf und unerwartetes Lächeln. Er rief den Sozialarbeiter an Dannys und Elizabeths Schule an, um einen Termin auszumachen und tat dasselbe bei der High School. Er sprach mit seinem Therapeuten. Er erledigte alles bis ins kleinste Detail.

Er blickte immer wieder in seinen Kalender, um nachzusehen, ob es schon Freitag war.

MATT TAUCHTE am Freitagabend um sieben Uhr auf und hatte Eis, Geschenke für die Kinder und seine Reisetasche dabei. Er wartete auf der Treppe und atmete tief durch, bis er den Mut fand, auf die Klingel zu drücken.

Als die Tür sich öffnete, wurde er von den Zwillingen überfallen, die einander gegenseitig ins Wort fielen, als wäre es ein Wettbewerb, bei dem es darum ging, wer lauter war. Er verstand, dass sie sich freuten, ihn zu sehen und die Fortsetzung von *Thor* bei einem OnDemand-Service bestellt hatten. Möglicherweise gab es Pizza und war das Eis in der Tüte, und oh, waren diese Geschenke für sie?

Er konnte sie kaum mehr lieben.

„Lasst den Mann reinkommen", rief Kathleen gereizt, packte mit jeder Hand einen Zwilling am Kragen und zog sie von Matt weg. „Sorry, sie sind wie Welpen. Ich frage Dad, ob ich einen Taser zu Weihnachten bekomme."

Matt lächelte und zwinkerte, bevor er hereinkam und ihr einen Kuss auf die Wange gab. „Danke für die Rettung."

„Ich freue mich total, dass du hier bist und … so." Sie errötete ein wenig und blickte auf ihre streitenden Geschwister hinunter. „Es ist einfach – gut."

„Sehe ich auch so." Matt drängte nicht weiter, sondern ging einfach an den Kindern vorbei und ins Wohnzimmer, wo Miranda auf der Couch saß und ihn nicht ansah.

„Oh, hi, Miranda", sagte er beiläufig und gab die Geschenke an Kathleen weiter. „Du kannst schauen wer was bekommt. Das Pfefferspray ist für dich."

Kathleen grinste und warf ihrer großen Schwester einen Blick zu. „Ich hoffe, du hast für Miranda einen orangefarbenen Jumpsuit gekauft."

„Halt die Klappe, Kathleen."

„Halt die Klappe, Miranda."

„Gott, hört auf mit diesem ‚Halt die Klappe', bitte", sagte Evan, der die Treppen hinunterkam und zum Anbeißen aussah.

„Daddy, Matt ist hier!", verkündete Elizabeth und stürzte sich auf die Tasche mit den Geschenken.

„Danke, Liebling." Evan rieb sich den Nacken und sah so schüchtern und unbeholfen aus, wie Matt sich fühlte. „Hi."

„Hi." Matt hob die Tüte mit dem schmelzenden Ben & Jerry's hoch. „Ich – das gehört in den Kühlschrank."

„Ich mache Platz."

„Ich komme mit."

„Ich muss mich übergeben", murmelte Miranda, aber sie wurde enttarnt, als Kathleen vergnügt fragte: „Wieso hat sie dieses alberne Grinsen im Gesicht?"

Oh Gott, Matt hatte sie so sehr vermisst.

Evan öffnete den Eisschrank, räumte eine Packung Hot Pockets um und drehte sich erwartungsvoll zu Matt – der mit einem breiten Grinsen hinter ihm stand.

„Hi. Ich liebe deine Kinder."

„Mach mir ein Angebot."

„Ja, nein. Ich werde sie einfach in ihrem natürlichen Lebensraum besuchen." Matt fühlte sich, als würde sein Gesicht sich bis zum Zerreißen verziehen.

Er wollte Evan küssen, aber trotz all der warmen Begrüßungen wollte er nichts tun, was alles irgendwie merkwürdig gemacht hätte und diesen neuen Anfang vermasseln könnte.

Das Eis wurde weggeräumt und die Aufmerksamkeit richtete sich auf den Schwarm von Kindern, der in die Küche kam. Es gab Geschenke, die gezeigt und Pizza, um die gebettelt werden musste und selbst Miranda kam mit einer gleichgültigen Miene herein – und setzte sich neben Matt.

„Du wirst mich nicht unter dem Tisch treten, oder?", flüsterte Matt und reichte ihr Knoblauchbrötchen.

Miranda schnaubte. „Ihr hättet es mir früher sagen sollen. Ich bin praktisch erwachsen."

„Ja, genau. Ich meine, du hast schon eine Vorstrafe –"

„Matt!"

„Kein Geflüster da drüben. Geht es um die Knoblauchbrötchen?" Danny musterte Matt und Miranda misstrauisch.

„Sorry, Danny. Erwachsenenangelegenheiten", sagte Matt ohne Sarkasmus, während er den Behälter über den Tisch schob.

Danny warf ihnen einen schrägen Blick zu, griff jedoch nach besagten Knoblauchbrötchen. „Ja, was auch immer."

Während sie aßen, wurde die Unterhaltung spärlicher. Matt fragte nach der Schule und Sport und alle trugen etwas bei. Gelegentlich traf sein Blick Evans, sie genossen diesen häuslichen Moment offensichtlich beide.

Das Vorher war wundervoll gewesen, aber das hier? Keine Lüge. Es war perfekt.

THOR: THE Dark World war laut und Matt genoss es zwischen den Zwillingen zu sitzen, die die Plätze neben ihm beschlagnahmt hatten, bevor sie den Tisch zu Ende abräumten. Matt tat etwa zwölf Sekunden lang so, als wäre er verärgert und das forderte seine Schauspielfähigkeiten ziemlich heraus.

Elf Uhr kam und ging mit Danny und Elizabeth, die ins Bett geschickt wurden. (Elizabeth verkündete, dass es am nächsten Morgen Pfannkuchen von Matt zum Frühstück geben musste und er versprach es). Kathleen folgte ihnen ein paar Minuten später und Evan musste sie erinnern, dass es gegen das Gesetz verstieß, nach Mitternacht noch SMS zu schreiben.

Miranda entschied ihre Geduld herauszufordern und blieb eine Weile, sah sich *The Daily Show* und *The Colbert Report* an und durchsuchte das Fernsehprogramm, um herauszufinden „was als nächstes läuft".

„Ja, okay. Ich gebe dir zwanzig Dollar, wenn du nach oben gehst", sagte Matt schließlich und Evan gab ein schockiertes Geräusch von sich. Möglicherweise dankbar, größtenteils schockiert.

„Dreißig."

„Fünfundzwanzig."

„Miranda!"

„Deal. Gute Nacht."

„Gute Nacht."

Sie stolzierte selbstgefällig zu Matt hinüber und hielt ihre Hand auf.

„Ja, du bekommst es morgen, wenn ich sicher bin, dass es keine Unterbrechungen mehr gab."

„Ich bin ein wenig angewidert."

„Jetzt weißt du, wie es mir geht, wenn du deine Dates herbringst", warf Evan trocken ein und jetzt tat Miranda so, als würde sie würgen.

„Ja, okay, ich gehe hoch und schreibe in meinen Blog, wie verstört ich bin", murmelte Miranda. Sie machte sich auf den Weg nach oben und warf einige besorgte Blicke über das Geländer zurück, bevor sie verschwand.

Matt sah verlegen zu Evan. „Sorry, ich wollte sie eigentlich nicht bestechen, aber, äh …"

„Ja, es ist okay." Evan erhob sich aus dem Lehnsessel und warf dem oberen Stockwerk einen weiteren Blick zu. „Ich weiß nicht, ob ich nach oben gehen sollte – sichergehen …"

Matt hob die Schultern, er war erstaunlich ruhig. „Geh nur. Ich nehme an, du wirst anschließend sehr viel entspannter sein."

„Du willst, dass ich entspannt bin?"

Matt mochte das halbe Lächeln. „Ja, ja, das will ich."

MATT RÄUMTE das Wohnzimmer auf, während Evan oben war. Er wühlte in seiner Reisetasche, zog eine Jogginghose und ein T-Shirt hervor und zog sich im unteren Badezimmer um. Entweder war er erstaunlich ruhig oder er stand unter Schock – im Moment war er sich nicht ganz sicher, was es war. Er wollte nur, dass Evan die Kinder in … welchem Zustand er sie auch vorfinden mochte … dann nach unten kam und herausfand … herausfand, ob es zwischen ihnen noch immer funktionierte.

EVAN SAH nach den jüngeren Kindern, strich Dannys Decke glatt und schaltete Elizabeths Nachttischlampe aus. Erinnerte Kathleen, dass ihr Handy sich um Schlag Mitternacht in einen Kürbis verwandelte. Er drückte sich beinahe davor, in Mirandas Zimmer zu gehen, aber sie war diejenige, die ihm am meisten Sorgen machte, also …

„Ja, komm rein, Dad. Meine Güte", rief Miranda. Evan konnte ihrer Stimme das Augenrollen anhören. Er schob seinen Kopf durch die Tür.

„Ich wollte nur …" Evans Stimme brach unbeholfen ab, während er sich gegen den Türrahmen lehnte.

„Es ist okay, Dad, wirklich. Es ist seltsam, aber okay." Sie zupfte an ihrem Bettlaken herum. „Ich mag ihn. Also ist es okay, wenn du ihn auch magst."

„Aber?"

„Aber … was passiert, wenn die Leute anfangen es zu bemerken?"

„Wir sind nicht – wir werden nicht anfangen, zu Elternabenden zu gehen, Miranda." Evans Gesicht wurde warm und er weigerte sich, erneut über die gefährlichen „Was-wenns" nachzudenken.

„Vielleicht sollten wir umziehen."

„Miranda, ich nehme euch nicht von der Schule. Ich werde dich nicht zwingen so kurz vor deinem Abschluss irgendwo anders neu anzufangen. Es wäre nicht fair."

„Okay. Wenn die Leute anfangen, Mist zu euch zu sagen oder wenn sie anfangen, Danny oder Elizabeth oder Kathleen zu hänseln – was dann?"

„Dann beschäftigen wir uns mit diesen Leuten."

„Bei dir klingt es so einfach."

„Es ist nicht einfach. Glaub mir, wenn ich sage, dass ich darüber viel nachgedacht habe. Aber dann muss ich denken – wieso sollte ich sie gewinnen lassen? Wieso haben Leute, die mir egal sind, in meinem Leben etwas zu sagen? Als ich deine Mutter geheiratet habe, haben die Leute gesagt, dass wir zu jung wären. Sie haben gesagt, dass wir verrückt sind, weil wir vier Kinder bekamen. Ich kann mir nicht vorstellen, warum andere Leute mir das vorenthalten wollten."

Miranda rieb sich mit ihrem Ärmel über die Augen und nickte. „Okay, jetzt, äh … geh nach unten, bevor Matt seine fünfundzwanzig Dollar zurückzieht."

„Bist du okay?"

„Ich denke schon." Sie richtete sich auf, ihre Augen waren feucht. „Noch mal fünfundzwanzig Dollar könnten aber helfen."

„Erpressung ist eine Straftat. Gute Nacht."

„Wie wäre es, wenn ich die Kinder davon abhalte, euch vor zehn zu wecken?" Evan wurde rot und schloss die Tür. „Deal", murmelte er.

EVAN MACHTE einen Abstecher ins Schlafzimmer, um – Gott helfe ihm – sicherzugehen, dass es aufgeräumt war. Er bezog das Bett frisch.

Er war ein Perversling.

Er joggte nach unten und fand Matt auf der Couch. Der Fernseher war ausgeschaltet und die meisten Lichter ebenfalls. Die Stimmung war offenkundig,

230

aber er vermutete, dass sie mittlerweile sogar am Bahnsteig der Linie A während der Hauptverkehrszeit herummachen würden.

„Was? Keine Kerzen?" Er lachte nervös, als Matt sich erhob, um über die Rückenlehne der Couch zu sehen.

„Ich wollte gerade ein paar anzünden. Hast du irgendwelche gute Musik?"

„Wenn du die Stereoanlage anschaltest, wirst du R5 hören."

„Ich weiß nicht, was das ist."

„Sei froh."

Evan blieb unsicher am Treppenabsatz stehen und ging dann zu Matt hinüber. „Hallo Matrose."

„Ich bin heute Nacht nicht wirklich in Stimmung für Rollenspiele." Matt sah auf, lächelte und blinzelte und Evan dachte, dass er diesen Blick vielleicht am meisten vermisst hatte.

„Ah, langsam angehen lassen, nehme ich an", brachte Evan hervor, dann lag Matts Hand auf seinem Arm und Evan fiel (sehr bereitwillig) neben ihm auf die Couch. Und irgendwie auf ihn.

„Ist das langsam genug?", fragte Matt.

Ihre Gesichter waren einander nah und Evan wurde von Schmetterlingen heimgesucht. Wenn er erneut begann, diesen Weg zu beschreiten, würde er nicht anhalten.

Matt schien zu warten, dass er den nächsten Schritt machte. Seine Hand lag an Matts Unterarm, aber das war alles. Er hielt den Atem an.

„Zu langsam", sagte Evan leise und drängend, und lehnte sich vor, um einen Kuss zu initiieren. Er war wirklich an der Reihe zu beweisen, dass ihm das hier etwas bedeutete.

An diesem Punkt waren sie ein paar Mal gewesen, oder zumindest an einem einigermaßen ähnlichen Punkt: zaghafte Küsse. Sie waren weitergegangen und jedes Mal hatte Evan etwas zurückgehalten – aus Angst, aus Schuld. Jetzt waren sie leise, weil die Kinder oben waren, aber scheiß drauf – es bedeutete ihm definitiv etwas, seine Zunge in Matts Mund zu schieben.

MATT DACHTE, dass er träumte, aber sein Bein würde nicht verkrampfen, wenn es ein Traum wäre und Evan würde keine Jeans tragen, also musste es real sein, dass sie aufeinanderlagen und sich küssten. Und Evan küsste ihn wirklich. Mit Zunge und allem. Und dann bewegte Evan sich und setzte sich über ihn und Matt gefiel diese Realität besser als seine Träume. Er schob seine Hände unter Evans T-Shirt – die Narben, sein Herz – um seinen Oberkörper herum und seinen Rücken hinunter, bis er den Hosenbund erreichte.

Evan spannte sich nicht an, hörte nicht auf, sich zu bewegen. Und Gott, wie er sich bewegte. Er rieb sich an Matts Schoß, bis Matts Augen vor Lust in seinen Hinterkopf rollten.

„Werde nicht lang durchhalten", stellte er mit einem Stöhnen fest, als sie den Kuss lösten, um zu atmen. Er schob seine Hände tiefer in Evans Hose und Evan vergrub seine in Matts Haar. Offensichtlich machte Evan sich kein Sorgen darum, wie schnell das alles passierte.

„Wir haben die ganze Nacht", murmelte Evan und schob seine Hüfte vor.

„Äh … okay." Matt atmete heftig aus und riss eine Hand von Evans schönem, schönem Arsch los, um sein T-Shirt nach oben zu schieben. „Das … das ist gut."

Untertreibung des Jahres.

EVAN ZÖGERTE nicht, er streifte sein T-Shirt ab und ließ es neben sie fallen. Er zögerte nicht, nach dem Bund von Matts T-Shirt zu greifen – und über seine gewaltige Erektion zu streichen. Okay, er zögerte, bevor er seine Hand in Matts Hose schob, aber der Moment war kurz genug, um ihnen eine Gelegenheit zu geben einzuatmen – Sauerstoff, den sie beide brauchten, denn nach etwa drei Sekunden lag Evans Mund auf Matts und alles endete, außer das Schreien.

Oder das Stöhnen.

Oder die Nässe über Evans Hand, als Matt sich anspannte und sich ihm entgegenbog und Evan spürte es überall – das Wollen und das Verlangen und der Genuss, den er gab und bekam und alles war gut. Jeder einzelne Teil.

MATT BLINZELTE zu Evan auf, der so selbstgefällig und zufrieden wirkte, wie Matt ihn noch nie gesehen hatte, und grinste.

„Nun, meine Sorge, dass das nicht mehr funktionieren würde, hat sich erledigt", sagte Matt. Er fühlte sich nach einem Nickerchen. Oder vielleicht würde er einfach noch eine Weile Evans Arsch betatschen.

EVAN ZUCKTE die Schultern und versuchte locker auszusehen, während er sich an Matt rieb – und sein T-Shirt benutzte, um seine Hand abzuwischen. „Übung macht den Meister."

„Ich denke, diese Couch erregt mich einfach."

„Was macht das Bett mit dir?"

Matt blinzelte. „Ich denke, es … überrascht mich."

„Ich möchte, dass du mit mir nach oben kommst."

„Gleich." Matt legte seine Hand auf Evans Brust – Narben, Herzschlag, Muskeln – und drückte ihn weit genug zurück, um den Reißverschluss seiner Jeans zu erreichen.

Evan hoffte, dass Matt ihn sehen konnte – ihn in diesem Moment wirklich sehen konnte. Noch immer ein wenig Schüchternheit, ein wenig Angst, aber vor allem … Lust.

Und vielleicht etwas mehr.

„Wenn du noch mal mit mir Schluss machst, werde ich etwas Drastisches tun. Wie nach New Jersey zu ziehen", murmelte Matt, öffnete Evans Jeans und genoss das Geräusch, das er Evan damit entlockte.

„Kann … das nicht zulassen", sagte Evan mit atemloser und rauer Stimme.

„Dann tu' es nicht."

Matt umfasste Evans Schwanz und dann hörten sie auf zu sprechen.

EVAN STOPFTE sein T-Shirt im Küchenmüll ganz nach unten.

Er schaltete alle Lichter aus und ging die Treppen nach oben in das Schlafzimmer. Matt wartete bereits.

Matt … in seinem Schlafzimmer.

Evan drehte nicht durch. Es gab einen kurzen Moment, in dem er Sherri vermisste und dann schob er den Gedanken sanft zur Seite. Nicht vollständig, weil sie nicht ganz aus seinen Erinnerungen und seinem Leben verschwinden würde, aber jetzt gab es genug Platz für beide.

Er legte seine Hand auf den Türknauf, atmete tief ein und drückte dann die Tür auf. Matt stand neben dem Bett. Er hatte sich ausgezogen und sah ein wenig verwirrt aus.

„Du hast das Zimmer umgeräumt?"

„Ja, ich dachte, es wäre an der Zeit." Evan schloss die Tür und drehte den Schlüssel um.

„Ich mag es."

„Danke. Die Bettwäsche ist frisch", fügte er hinzu, hilfreich und ein wenig albern zugleich.

Matt lachte und schüttelte den Kopf. Er kletterte ins Bett und schüttelte die Kissen auf, als wollte er es sich für einen langen Winterschlaf bequem machen.

„Nicht mehr lange. Komm rein."

Evans Jeans landeten in Rekordzeit vor der Tür des Schrankes.

TERE MICHAELS begann ihre Schreibkarriere inoffiziell im Alter von vier Jahren, als sie erfuhr, dass Leute bezahlt wurden, um Geschichten zu schreiben. Es schien der perfekteste und logischste Beruf der Welt zu sein und von diesem Moment an, stand ihr Weg außer Frage. (Der Teil mit den Liebesromanen war Schicksal – sie wurde am Valentinstag geboren.)

Es dauerte sechsunddreißig Jahre der „Recherche" und „Lebenserfahrung" und nun ja … des Lebens … bis ihr erstes Buch veröffentlicht wurde, aber sie bereut nichts (sie glaubt nicht an Reue). Bis es soweit war, hatte sie einige interessante Stellen beim Fernsehen, mit Animationen, in der Kunstausbildung, in der Öffentlichkeitsarbeit und bei einem nationalen Magazin – aber sie hat nie aufgehört, zu glauben, dass sie sich ihren Unterhalt letztendlich damit verdienen würde, Geschichten über die Liebe zu schreiben.

Sie ist ein Mitglied von RWA, Rainbow Romance Writers, und Liberty States Fiction Writers.

Ihre Heimat liegt in einer kleinen Stadt in New Jersey, sehr nah bei NYC, einer Stadt, die sie sehr liebt. Sie teilt ihr Leben mit ihrem Ehemann, ihrem Sohn im Teenager-Alter – der einfach nicht aufhört zu wachsen – und drei unglaublich verwöhnten Katzen. Ihre freie Zeit verbringt sie damit, viel zu viele Sportsendung anzusehen und die aktuelle Auswahl ihres Buchclubs zu lesen. Sie liebt lange Spaziergänge im Park, Kinobesuche und Freiwilligenarbeit.

Nichts macht sie glücklicher als zu wissen, dass sie einen Leser zum Lachen, Lächeln oder Weinen gebracht hat. Deshalb teilt sie ihre Werke mit anderen Menschen. Sie liebt es, von Fans oder anderen Autoren zu hören und steht immer für Vorträge, Besuche und Workshops zur Verfügung.

Findet sie unter www.teremichaels.com, auf Twitter (@TereMichaels) und auf Facebook (www.facebook.com/tere.michaels).

Von Tere Michaels

Vertrauen und Hingabe

Veröffentlicht von Dreamspinner Press
www.dreamspinner-de.com

www.ingramcontent.com/pod-product-compliance
Lightning Source LLC
Chambersburg PA
CBHW022112240626
47153CB00007B/2340